T0243938

EL PRÍNCIPE DE BROADWAY

JOANNA SHUPE

EL PRÍNCIPE DE BROADWAY

TITANIA

Argentina • Chile • Colombia • España
Estados Unidos • México • Perú • Uruguay

Título original: *The Prince of Broadway*
Editor original: Avon Books
An Imprint of HarperCollins*Publishers*, New York
Traducción: Ana Isabel Domínguez Palomo y M.ª del Mar Rodríguez Barrena

1.ª edición Agosto 2022

Todos los personajes de esta novela son ficticios, y por tanto son producto de la imaginación de la autora. Cualquier semejanza con personas vivas o fallecidas o con acontecimientos es mera coincidencia.

Copyright © 2020 *by* Joanna Shupe
Translation rights arranged by Taryn Fagerness Agency and Sandra Bruna Agencia Literaria, SL
All Rights Reserved
© de la traducción 2022 *by* Ana Isabel Domínguez Palomo y M.ª del Mar Rodríguez Barrena
© 2022 *by* Ediciones Urano, S.A.U.
Plaza de los Reyes Magos, 8, piso 1.º C y D – 28007 Madrid
www.titania.org
atencion@titania.org

ISBN: 978-84-17421-69-4
E-ISBN: 978-84-19029-97-3
Depósito legal: B-12.138-2022

Fotocomposición: Ediciones Urano, S.A.U.

Impreso por Romanyà Valls, S.A. – Verdaguer, 1 – 08786 Capellades (Barcelona)

Impreso en España – *Printed in Spain*

El príncipe de Broadway

—No. Sé muy poco de ti —insistió—. Por ejemplo, no tengo ni la más remota idea de si sabes besar bien.

Clay guardó silencio un instante, pero solo fue un instante.

—¿Me estás pidiendo que rectifique esa circunstancia? —Le colocó las
manos en los brazos y se los acarició mientras subía por ellos en dirección
a los hombros, continuando hasta el mentón, donde sintió las ásperas caricias de sus dedos—. Porque vas a descubrir que soy muy receptivo a las
peticiones.

Florence se estremeció cuando le acarició la piel de la garganta con los
nudillos, sin dejar de mirarla. Como si el simple roce fuera una prueba.
Como si esperara que ella lo apartase.

No lo hizo.

El contacto tuvo el efecto contrario. Sus nudillos la hipnotizaron mientras la acariciaban, dejando una estela a su paso, y comprendió al instante
que sí, que Clay podía ser tierno con ella. Y eso le gustaba. Mucho. Empezaba a costarle trabajo respirar a causa de la expectación. Se pegó un poco
más a él.

Clay inclinó la cabeza y sus manos se desplazaron hasta tomarle la cara
entre ellas. Florence se fijó en todos sus detalles: el asomo de barba, el arco
de su labio superior. Las pestañas tan oscuras que le rodeaban los ojos. Las
arruguitas de su piel que delataban que había vivido plenamente. Cada

centímetro de su persona era fascinante, cada marca y cada cicatriz, una faceta más de su misterioso pasado.

Le colocó la boca casi encima de la suya, dejando sus narices a punto de rozarse.

—¿Ya has cambiado de opinión?

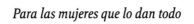

Para las mujeres que lo dan todo

1

La Casa de Bronce
Broadway con la calle Treinta y tres, Nueva York, 1891

Había un lugar reservado en el infierno para los hombres que intentaban hacer trampas jugando a las cartas.

Clayton Madden se encontraba en una habitación situada en la parte posterior de su casino, mirando con el ceño fruncido al hombre arrodillado en la alfombra. Dicho hombre tenía toda la cara mojada por las lágrimas y los mocos, y sus súplicas pidiendo clemencia resonaban en las desnudas paredes de yeso. Las palabras no significaban nada para Clay. Las ratas acorraladas siempre suplicaban por su vida cuando estaban atrapadas. Era algo que había visto una y otra vez.

Tenía fama de insensible, de monstruo frío. Y era absolutamente cierta. Hacía tiempo que se había endurecido dada la crueldad de ese mundo, ya que había crecido pobre en una ciudad que veneraba el dinero y el prestigio por encima de la bondad y la fe. Donde reinaban los chanchullos, los sobornos y la violencia. Había aprendido... y había prosperado. Fue ascendido por las filas de los bajos fondos criminales hasta que acumuló suficiente poder para usarlo en su propio beneficio. La oscuridad se había instalado en su alma años antes de abrir el casino más elegante de la ciudad.

Le encantaba la Casa de Bronce. Era su orgullo y su alegría, la culminación de todas las penurias que había tenido que pasar y de todos sus esfuerzos. Los hombres más ricos y privilegiados de la ciudad lo visitaban todas las noches. Ansiosos por apostar grandes sumas de dinero, que él se embolsaba con mucho gusto. Sin embargo, algunos hombres se creían más listos que él. Creían que podían robarle y salirse con la suya.

Odiaba a esos hombres por encima de todo.

Se encargaba de ellos con rapidez y dureza. Los dejaba vivir, por supuesto, pero a duras penas. Los muertos no podían difundir historias para advertirles a otros posibles tramposos de que los casinos de Madden estaban prohibidos. Por no mencionar que matar conllevaba preguntas que prefería no responder.

—Por fa-favor, señor Madden. —El hombre estaba temblando, y se le quebraba la voz—. Por favor, no me haga daño. No volveré nunca, lo juro.

La misma cantinela, diferente rata. ¿De verdad creía que era tan tonto como para dejarlo marcharse sin represalia alguna?

Clay negó con la cabeza.

—Tienes razón. No vas a volver nunca, no después de que haya acabado contigo.

El sudor cubrió la frente del hombre y los ojos estuvieron a punto de salírsele de las órbitas.

—No, por favor. Tengo familia...

—¿Qué te gustaría hacer?

Clay se volvió hacia la persona que había formulado la pregunta. Su ayudante y amigo de toda la vida, Jack el Calvo, esperaba en las sombras. Jack era un antiguo púgil y un tirador de primera. También era leal, inteligente y bueno con las personas, algo en lo que él flaqueaba. Dejaría su vida en manos de su amigo sin pensarlo.

—¿Cuánto? —En la mente de Clay, todo se medía en términos de dólares y centavos.

—Ciento veinte antes de que le paráramos los pies.

No era una cantidad exorbitante, aunque se trataba más de principios.

—En ese caso, lo de siempre.

—Entendido. ¿Quieres hablar con él primero? —Jack esbozó una sonrisa torcida, como si anticipase su respuesta.

—Pues sí. —Ningún tramposo salía de la Casa de Bronce sin recibir una «charla» de Clay.

—Pues entonces, antes de que te manches el traje de sangre, también debo decirte que ella ha vuelto.

Clay enderezó la espalda. ¿Y se lo decía en ese momento? ¡Por Dios!

—¿Desde cuándo?

—Entró mientras traíamos a esta sabandija.

¡Maldición! ¿Por qué había vuelto? Se pasó una mano por el mentón.

—Ocúpate tú de esto —dijo al tiempo que señalaba al hombre que sollozaba en el suelo—. Y no me destroces las alfombras.

Jack les hizo un gesto con la barbilla a los dos miembros del personal que esperaban cerca.

—Llevadlo al cobertizo de la carne —les ordenó—. Me encargaré de él dentro de un momento.

Clay salió del despacho y se dirigió a toda prisa a la galería, concentrado en ella, relegando al olvido los últimos minutos. Lo único que importaba era llegar al punto desde donde observaría escondido. Tenía que verla por sí mismo.

Ella no debería estar allí. Su familia era muy rica y privilegiada. Dinero viejo y mentes estrechas. La clase de persona que él explotaba para su propio beneficio. Su padre era legendario, un rimbombante fanfarrón que pasaba por encima de cualquiera que se atreviera a interponerse en su camino, incluidas las familias menos afortunadas que intentaban ganarse la vida como podían en los barrios bajos de la ciudad.

¿Qué pensaría Duncan Greene de las visitas nocturnas de su hija mediana a la Casa de Bronce? Casi deseaba poder decírselo por el mero hecho de ver su reacción.

Le costaba explicar por qué le permitía la entrada. Al fin y al cabo, la Casa de Bronce tenía reglas estrictas para la admisión. En el casino se reunían los hombres de cierta clase social; hombres con los bolsillos llenos y la cabeza hueca. Las mujeres tenían prohibida la entrada, por orden explícita suya. Ni siquiera admitía prostitutas, tal como hacían muchos otros casinos.

Sin embargo, ella se burlaba de sus reglas. Lo había hecho en más de una ocasión. No solo eso, sino que también se marchaba después de ganar. En todas las ocasiones.

Admiraba eso de ella. De modo que toleraba su presencia.

Era una irresponsabilidad por su parte, y él era cualquier cosa menos irresponsable. Se enorgullecía de su centrado sentido común, que le había salvado la vida una y otra vez en una ciudad llena de peligros y corrupción. Ese agudo instinto lo había ayudado a ascender hasta la cima de los bajos fondos de Nueva York, los lugares que satisfacían el voraz apetito por el vicio. Y su instinto le pedía a gritos en ese momento que la echara.

Subió de dos en dos los escalones que daban a la galería, golpeando con fuerza la vieja madera con los zapatos. Esa mujer empezaba a ser un problema; un problema que tenía que solucionar. Su presencia era una distracción. No de un modo soez y destructivo, pero casi todos los hombres que estuvieran cerca la mirarían con lujuria o buscarían sus favores de alguna manera. Era asqueroso. Y lo peor era que los hombres que la miraban con lascivia o buscaban sus favores no jugaban. Otro motivo por el que las mujeres no tenían cabida entre esas paredes.

Llegó a la galería y se detuvo para admirar la espaciosa planta baja del casino. ¡Ah, gloriosa! Su reino. La zona estaba llena de hombres con trajes oscuros y pomada en el pelo, que brillaba a la luz de los apliques de gas mientras se gastaban el dinero en juegos frívolos en los que no tenían la menor oportunidad de ganar. Esa imagen siempre lo complacía.

Salvo esa noche. Porque ella estaba allí.

La vio de inmediato. La luz se reflejaba en su pelo rubio y en su piel aterciopelada. Los voluptuosos labios rojos dejaban a la vista unos dientes blancos cuando sonreía o reía, algo que sucedía a menudo. Era una solitaria y preciosa flor en un erial de suciedad y arbustos. ¿Qué demonios hacía en su casino? ¿Qué pretendía?

Una puerta cercana se cerró y se oyeron unos pasos que se acercaban. Clay ni se molestó en volverse. Solo una persona se atrevería a subir hasta ese lugar.

—Esta noche está sola de nuevo —dijo Jack—. ¿Quieres que la acompañe a la calle?

—No —contestó deprisa. Demasiado.

Jack soltó una risilla.

—Entiendo.

Clay lo miró con gesto amenazador por encima del hombro.

—¿No deberías estar encargándote de nuestro otro problema?

—Los muchachos se encargarán de él, no te preocupes. He pensado que necesitarías mi ayuda con ella.

—No necesito ayuda. Necesito que deje de distraer a los clientes. Están comiéndosela con los ojos en vez de gastándose el dinero.

Jack se acercó a la barandilla y miró hacia abajo.

—No puedo culparlos. Es bonita.

¿«Bonita»? No. «Bonita» era una palabra demasiado anodina para describirla. Demasiado superficial. Los pájaros eran bonitos. Una reluciente moneda de oro, el cielo al atardecer. Una escalera real. Esas cosas eran bonitas.

Ella era ¡radiante! Un festín para la vista. Con esos ojos que relucían con un brillo travieso. Una sonrisa astuta que ocultaba secretos. Era el sol en un día de tormenta. La calidez y la luz en mitad del peor elemento. Que no era otro sino él mismo.

—Pues yo sí que puedo culparlos —masculló Clay—. Como si no hubieran visto nunca a una mujer. No es nada especial.

Jack guardó silencio, aunque la palabra «mentiroso» flotó entre ellos en las sombras. Por suerte para él, su amigo no se molestó en pronunciarla y en cambio dijo:

—¿Vas a quedarte aquí toda la noche para observarla como un espectro o la llevo a tu despacho?

—¿Y por qué iba a querer hablar con ella?

—Para averiguar por qué sigue viniendo.

—Supongo que lo hace porque no deja de ganar. ¿Has hablado con el personal? Quiero que pierda dinero, no que lo gane.

—¿Qué ha pasado con eso de «la casa no necesita hacer trampas porque al final siempre gana»?

—Es evidente que la casa no está teniendo éxito con ella.

Jack se quedó callado un momento.

—Hablaré con ellos.

—Bien.

—Supongo que eso significa que seguirás permitiéndole la entrada.

—No lo he decidido. —Era mentira, y ambos lo sabían. Lo intrigaba..., y no era un hombre que se dejara intrigar con facilidad.

«Te estás comportando como un necio. Dile que no vuelva más».

Todavía no. Necesitaba saber qué la motivaba. Esa era la tercera noche que iba a la Casa de Bronce en diez días, y los beneficios de la casa en dichas noches se habían reducido considerablemente. ¿Cuánto tiempo podría continuar de esa manera antes de que su presencia le arruinara el negocio?

Jack tenía razón. Había llegado el momento de averiguar qué tramaba.

—Muy bien, llévala a mi despacho.

—Por fin —repuso Jack—. Así a lo mejor ya no le harás la vida imposible a todos.

—Soy el dueño —masculló con rabia—. Cualquiera que no se sienta a gusto puede buscarse otro trabajo..., y eso también vale para mi mano derecha.

Jack se alejó sin molestarse en contener una carcajada. El sonido lo puso de los nervios, pero en vez de atacar, Clay mantuvo los ojos clavados en la mujer del casino. Se había percatado de que prefería la ruleta y de que apostaba casi siempre al rojo. Un color curioso el rojo. Hacía pensar en corazones y flores, en carne y sangre. Él prefería el negro, como el barro y el carbón. Como la podredumbre y la ruina. Como la mancha que tenía en el alma.

¿Estaría ella al tanto de la historia que lo vinculaba a su padre?

Lo dudaba. De estarlo, se mantendría bien lejos de los hombres de su calaña.

La multitud se dispersó enseguida para dejar pasar al corpulento Jack. Ella levantó la mirada de las fichas con irritación antes de adoptar una expresión agradable. Jack pronunció unas palabras y, sin alterarse lo más mínimo, ella volvió la cabeza hacia la galería, clavando los ojos en los suyos. Se quedó sin aliento, ya que el impacto de esos ojos castaño verdosos fue como un mazazo. Una reacción ridícula, se reprendió. Ella no podía verlo, no cuando estaba oculto entre las sombras.

De todas formas, retrocedió un paso antes de dar media vuelta.

Se reprendió mentalmente. No iba a permitir que lo intimidase. Nadie, ya fuera hombre o mujer, le había ganado la partida a Clay Madden. Una guapa señorita de la zona alta de la ciudad no sería la primera en lograrlo.

Había llegado el momento de poner a Florence Greene en su sitio.

Por fin había llamado la atención del señor Madden, pensó Florence.

Siguió a Jack, el gerente del casino, por una serie de pasillos oscuros mientras la expectación le corría por las venas. No había ido a la Casa de Bronce para ganar dinero, aunque eso lo había conseguido con facilidad.

No, había ido para aprender.

No sobre los juegos de azar, claro. Esos los conocía. Tampoco quería saber cómo funcionaba un casino. En realidad, quería aprender cómo funcionaba el mejor casino de la ciudad. De manos de un hombre, el enigmático dueño del casino, Clayton Madden.

Cualquiera que jugase a las cartas o a los dados en la ciudad conocía su nombre. Madden era el dueño de salones de billar, salas de apuestas ilegales, mesas de dados... Dominaba toda la actividad del juego en la ciudad. Se decía que convertía en oro todo lo que tocaba. Poseía un imperio que ni la policía ni Tammany Hall podían derribar.

Sin embargo, la Casa de Bronce lo había convertido en leyenda.

Famosa por ser el casino más exclusivo y justo, la Casa de Bronce era el lugar donde las élites se reunían para beber champán, comer caviar y jugar. Todas las mesas de juego eran honestas, ya que se pagaba demasiado a los crupieres como para que hicieran apaños. Madden trataba bien al personal y a los clientes..., a menos que lo traicionaran. Aquellos que se atrevían a ir en contra de sus intereses recibían un trato rápido e irrevocable. Un trato tan espantoso que solo se hablaba de él en susurros. Florence había oído rumores de huesos rotos, de casas incendiadas. Se suponía que a un enemigo lo había lastrado con cemento y cadenas antes de tirarlo al East River.

Como mujer, sabía que su presencia en el casino llamaría la atención. Lo había planeado así. Se había deleitado con la idea. Una parte de ella esperaba que la echasen al poco de llegar. Sin embargo, le habían permitido quedarse. Más de una vez.

Y él la había estado observando.

De alguna manera había percibido su presencia allí arriba, en la galería en penumbra, mirándola, a pesar de no saber qué aspecto tenía en realidad. Al parecer, muy pocos conocían su cara, ya que nunca abandonaba el casino a menos que fuera absolutamente necesario. Mientras estaba abierto, él permanecía en las sombras y Jack se encargaba de los problemas de la sala.

En ese momento Madden quería conocerla. Aunque era lo que ella necesitaba, debía admitir que la aterraba.

Su padre le gustaba decirle a sus hermanas y a ella: «No demostréis miedo. Los hombres temen a las mujeres a las que no pueden intimidar». De modo que enderezó más la espalda y se cuadró de hombros. Se reuniría con él demostrando valor o no lo haría.

Una enorme y recargada puerta de madera con una placa de latón esperaba al final del pasillo. Escrito en la placa y con letras grandes se podía leer «No entrar». Contuvo un escalofrío. «Nada de demostrar miedo».

Jack se detuvo y se dio media vuelta. Tenía la tersa y oscura piel de la frente arrugada mientras la observaba.

—¿Se asusta con facilidad, señorita Greene?

—Por supuesto que no. —Al menos, intentaba aparentar que no lo hacía.

Jack esbozó una lenta sonrisa.

—Sí, desde luego. Puede que sea usted justo lo que necesitamos por aquí. —Antes de que pudiera preguntarle qué quería decir con eso, lo vio abrir la puerta y hacerle un gesto galante para que pasara—. Usted primero.

Florence le siguió el juego y le agradeció el gesto con una majestuosa inclinación de la cabeza.

—Gracias, caballero.

La estancia estaba bien iluminada y un alegre fuego crepitaba en la chimenea. Unas alfombras orientales cubrían el suelo, y las paredes estaban recubiertas de oscuros paneles de madera. Había una enorme mesa en un extremo, con dos sillones pequeños delante. Era una estancia acogedora, bien usada.

Y estaba vacía.

Miró a Jack por encima del hombro.

—¿Está...?

—Vendrá enseguida, señorita. Usted espere aquí. —Jack se despidió con un breve gesto de cabeza y se marchó, dejándola sola en el despacho de Clayton Madden.

Su despacho.

Así que allí era desde donde supervisaba su imperio del juego. Se lo había imaginado más... suntuoso. Al fin y al cabo, era uno de los hombres más ricos y poderosos de la ciudad. Sin embargo, se trataba de una estancia sencilla, no una diseñada para resaltar su considerable riqueza. ¡Qué contradicción más fascinante!

Había un montón de papeles bien ordenados en la mesa. Ansiaba hojearlos, descubrir qué asuntos reclamaban su atención. ¿Créditos que les había dado a sus clientes y que expiraban pronto? ¿Facturas de los proveedores de champán y de caviar? ¿Informes sobre los crupieres y las operaciones del casino?

Su mente era un hervidero de posibilidades, y su corazón estaba lleno de envidia. «Algún día. Algún día tendrás un despacho como este».

La puerta que tenía a la espalda se abrió, y se dio media vuelta para enfrentarla. Un hombre alto estaba en el vano, y sus anchos hombros casi ocupaban todo el hueco. Iba vestido de negro por completo, sin atisbo de color en su persona. Ni adornos en el cuello ni botones de plata a la vista. El pelo oscuro le enmarcaba el rostro, con los mechones algo más largos de lo que dictaba la moda, y dos cicatrices lo desfiguraban: una le partía una ceja y la otra le llegaba hasta la barbilla.

No tenía una belleza convencional, como los ricachones de la alta sociedad que dormían durante el día y se iban de fiesta por la noche. No, ese hombre era apuesto, pero con un aire peligroso, rudo e inflexible. Irradiaba confianza, como si nunca fracasase, como si nunca dejase que nadie le dijera qué hacer. Un guerrero, maltrecho por los años en la liza, alguien que había levantado un imperio con las manos.

Ojalá eso no la atrajera tanto, ojalá no sintiera una extraña conexión en las entrañas..., pero así era. No todos los días se encontraba con un hombre tan peligroso y astuto, tan interesante y complejo.

Él aceptó su mirada, y quedó patente que estaba esperando con impaciencia apenas contenida a que terminara de examinarlo. ¿Lo había mirado durante demasiado tiempo? Entrelazó las manos y borró toda expresión de su cara. «No reacciones. No le des nada». Al fin y al cabo, había perfeccionado esa expresión ausente a lo largo de los años por la necesidad de ocultarles sus desventuras a sus padres. Siempre funcionaba.

A Madden le temblaron los labios un poco por la risa contenida, como si pudiera ver más allá de su fachada. Imposible. Había perfeccionado la expresión ausente en cada baile, en cada cena y en cada evento social desde que tenía dieciocho años. Nadie había sospechado jamás.

—Señorita Greene. —Dio un paso hacia delante y cerró la puerta tras él.

El nerviosismo le recorrió la columna, como un escalofrío que la avisara del peligro. Estaba a solas con él, un hombre del que se decía que no era ajeno a la violencia.

«No sería tan imbécil como para hacerle daño a la hija de Duncan Greene». ¿O sí?

No le gustaba tener miedo. Vivía con descaro, alejada de lo que la sociedad consideraba un comportamiento femenino normal. Los tés de la tarde y los grupos de bordado no eran para ella. Tenía planes mucho más emocionantes para su futuro. Dados y ruletas. Cartas y pase inglés. El miedo era para otras.

Alzó la barbilla.

—Supongo que es usted el señor Madden.

—Siéntese —replicó a esas alturas desde el otro lado de su mesa, señalando uno de los sillones.

—No hasta que me conteste.

Él guardó silencio y la miró el tiempo suficiente para incomodarla. Tenía unos ojos oscuros e insondables, sin mostrar en modo alguno lo que pensaba.

—¿Qué me ha preguntado, señorita Greene? Porque no he oído pregunta alguna.

—¿Es usted el señor Madden?

—Sí, lo que quiere decir que este es mi casino. Y que usted ha entrado sin permiso. —Se sentó en un enorme sillón de cuero sin esperar a que ella lo hiciera antes.

—Nadie me ha pedido que me vaya.

—Es usted consciente de que las mujeres tienen prohibida la entrada en este club. Sin embargo, se ha saltado esa regla. Muchas veces. ¿Le importa decirme el motivo?

—Supuse que las reglas habían cambiado. —Una mentira. En su primera visita había entrado por la cocina y después se había colado hasta la sala del casino. En visitas posteriores había esbozado una sonrisa y le había colocado un billete en la mano al portero. El personal la reconocía a esas alturas, pero sabía que era la benevolencia de Madden lo que le permitía seguir entrando.

—Dejémonos de falsedades. El único motivo de que le sea permitida la entrada a la Casa de Bronce es mi curiosidad. Ahora le estoy pidiendo que la satisfaga.

Aunque había hablado con cortesía, de alguna manera le pareció una amenaza.

—¿Y si no?

—La mayoría de las personas es lo bastante inteligente para no negarse a mis peticiones.

—No me hará daño. —Lo dijo con más seguridad de la que sentía. Por dentro la duda le había provocado un nudo en el estómago.

Lo vio enarcar una ceja oscura.

—¿No se lo haré?

—No me dejo intimidar así como así, señor Madden.

Algo le cruzó la cara, tal vez un ramalazo de admiración. ¿Su respuesta lo había complacido?

—Empiezo a verlo. Al fin y al cabo, estuvieron a punto de drogar a su hermana aquí, pero usted sigue volviendo.

Florence agitó una mano en el aire. Mamie no se había dejado engañar. El torpe intento de aquel hombre de echarle un líquido desconocido en su copa de champán fue más evidente que las llamas del infierno. Además, sentía que la vigilaban cada vez que iba a la Casa de Bronce: una presencia protectora que no permitiría que nada espantoso le sucediera entre esas paredes.

¿Era Madden quien velaba por ella? ¿Quien la observaba?

No sabía si la idea la emocionaba o la asustaba.

—Estoy totalmente a salvo en su casino.

Él no se molestó en confirmarlo ni en negarlo. En cambio, replicó:

—Demuestra un considerable talento en las mesas. ¿Cómo ha aprendido una señorita de la zona alta de la ciudad algo así?

Se encogió de hombros.

—Práctica.

Él echó la cabeza hacia atrás y soltó una carcajada. El sonido fue ronco y auténtico, y la alegría le transformó la cara en algo... más suave. Más joven. No se había dado cuenta hasta ese momento. No podía tener más de treinta o treinta y un años. Sintió escalofríos, como si le hubieran dado un as y un rey mientras jugaba al veintiuno.

¡Por el amor de Dios! ¿Se sentía atraída por él?

Reconocía la sensación. Había habido varios jóvenes en su vida a lo largo de los años. Le gustaban los besos, las caricias y todo lo que eso conllevaba. Ni se le había pasado por la cabeza reservarse para el matrimonio, no cuando tenía el mundo entero por delante. Era una mujer moderna al mando de su propio destino..., y su futuro no incluía estar bajo el yugo de un marido. Quería un igual, no un carcelero.

Sin embargo, la atracción por Clayton Madden podría complicarle las cosas.

Madden recuperó la compostura y sacudió la cabeza, como si quisiera despejársela.

—Ya veo que no es usted novata. Ha salido con ganancias cada vez que ha venido. Sin embargo, su presencia aquí supone una distracción. Mis clientes no están acostumbrados a ver a una mujer entre sus filas. Es usted... distrayente.

Habría sido un halago de no ser porque fruncía el ceño.

—Eso no es culpa mía. Si admite a más mujeres, no se fijarán en mí.

—Imposible. Ningún hombre la pasaría por alto, ni en mitad de una multitud.

Se le secó la boca al oírlo. Desde luego que eso sí era un halago. Sin embargo, no creía que estuviera coqueteando con ella, solo estaba siendo sincero. Clayton Madden no parecía uno de esos hombres dados al coqueteo.

—Sus normas están anticuadas. Debería permitir que las mujeres jugasen.

—No en esta vida. Si los hombres están pendientes de las mujeres, no están regalándome su dinero.

Contuvo una sonrisa al oírlo. Su actitud le venía de perlas a sus planes. Que se olvidara de la mitad de la población de Nueva York, de las mujeres que estaban aburridas y que buscaban entretenimiento. Ella pronto se quedaría con el dinero de sus asignaciones en su casino exclusivo para mujeres. Aun así, fue incapaz de no replicar:

—Así que las mujeres debemos sufrir por la estupidez de los hombres. Otra vez.

Él parpadeó y la miró con expresión absolutamente desconcertada, pero también con admiración.

—Ya veo que es una mujer que no se muerde la lengua. Es una cualidad que valoro. Así que vamos a poner las cartas sobre la mesa de una vez por todas. ¿Por qué sigue viniendo a la Casa de Bronce? ¿Qué busca?

«Ahora o nunca, Florence», se dijo.

—Vengo para que me dé usted clases. Quiero que me enseñe a dirigir un casino.

2

Clay se quedó inmóvil, convencido de que le había fallado el oído.

—¿Cómo dice?

Ella se acercó a la mesa, acompañada por el frufrú de las faldas a cada paso, un susurro muy femenino que le recorrió la piel. Florence Greene era más despampanante de cerca. Parecía un ángel rubio, aunque de ojos traviesos y una boca perversa. Largas y elegantes extremidades combinadas con el orgulloso porte nacido del privilegio y la riqueza. Deseaba despreciarla con todas sus fuerzas..., pero sentía todo lo contrario. Era provocativa e inteligente, una mezcla peligrosa.

Sobre todo cuando él planeaba vengarse de su padre.

Duncan Greene había sellado su destino veinte años antes, cuando derribó una manzana entera de casas en la zona este para construir un bloque de oficinas. Una de dichas casas pertenecía a los Madden, que no recibieron un precio justo de mercado por la propiedad (Greene era un cabrón avaricioso) y, por tanto, no habían podido mudarse a una casa de condiciones parecidas. La familia había acabado en una chabola, donde su hermano menor murió de cólera y de la que su padre se fue.

Una familia destruida. Vidas que fueron a peor. Clay pronto le devolvería el favor y pasaría al siguiente capítulo de su vida. Pero no podría hacerlo si Florence seguía distrayendo a sus clientes. Tenía que encontrar la forma de librarse de ella para siempre.

La vio sentarse en uno de los sillones que había al otro lado de la mesa y mirarlo a los ojos.

—Pienso abrir mi propio casino. Me gustaría aprender de usted cómo hacerlo.

Se le escapó un sonido ronco, una especie de carcajada. ¡Por Dios! Esa era la segunda vez que lo hacía reír. No recordaba cuándo fue la última vez se había reído antes de esa noche. Era impresionante.

—Señorita Greene, las mujeres de su... posición no abren negocios propios. Se casan. Tienen hijos. Pasan el verano en Newport y cosas así. Creo que debería volver a casa y...

—Por favor, no use ese tono condescendiente conmigo. Créame, soy muy consciente de mi posición y de lo que se supone que hacen las mujeres de mi edad. Pero no me interesa lo más mínimo el matrimonio, los hijos o Newport. Deseo abrir un casino para mujeres.

Eso le dejó claro que estaba loca.

—El juego es ilegal.

Ella lo miró con expresión elocuente.

—Cualquier cosa es legal por el precio adecuado.

Cierto. Lo intentó de otra manera.

—Las damas de la alta sociedad no juegan. Puede que las mujeres de las clases bajas jueguen de vez en cuando a las cartas o a la lotería, pero las mujeres ricas no lo hacen.

—Se equivoca. Desde luego que juegan.

Su terquedad empezaba a ponerlo de los nervios.

—No, no juegan —masculló.

—¿En serio? ¿Y a cuántas damas de la alta sociedad conoce?

Debía admitir que a pocas. A ninguna, de hecho.

—Aunque tenga razón, mi casino no es un colegio. Y yo no tengo el tiempo ni las ganas de servirle de mentor a nadie.

—¿Por qué no?

—Porque mi tiempo es muy valioso y no hago obras de caridad.

—Pues le pagaré. La tarifa por hora que estipule.

Frustrado, tamborileó con los dedos sobre el brazo del sillón. ¿Tan ansiosa estaba por entrar en la guarida del león? No era el lugar adecuado para ella. El juego volvía desesperados a los hombres, incluso los volvía idiotas. La noche anterior, un hombre que lo había perdido todo intentó estrangular a un crupier. Era un lugar peligroso, y su personal debía estar atento al trabajo, no vigilar a esa mujer.

—Sería tirar el dinero. Nunca conseguiría pasar de la policía y de los políticos para abrir las puertas.

—Por eso necesito su guía. El tipo de casino que quiero abrir es igual que la Casa de Bronce.

Quiso poner los ojos en blanco ante su ingenuidad. Él había tardado quince años en conseguir algo tan grandioso como la Casa de Bronce. Había estado ahorrando y trapicheando media vida en los callejones y en los bares para poder sentarse donde lo hacía en ese momento. Las cicatrices que tenía eran un recordatorio diario de su esfuerzo. ¿Y ella creía que bastaría con chasquear los dedos y conseguir lo que quería?

Esa mujer era increíble.

Tendría que echarla. Negarse a su petición y prohibirle que volviera en el futuro.

Y sin embargo...

La idea de ayudar a la hija de Duncan Greene a descender a los bajos fondos de la ciudad era muy atractiva. Su padre lo detestaría. La familia acabaría humillada y su posición social se iría al garete. Tal vez incluso arruinaría algunos de los negocios de Greene, lo haría perder dinero. Y la posibilidad de colaborar en la caída de Greene hacía que la proposición fuera más dulce si cabía.

No satisfaría su sed de venganza, pero era un buen comienzo.

—Solo necesitaría dos o tres horas de su tiempo una o dos veces a la semana —siguió ella con impaciencia—. No creo que sea un inconveniente para usted.

No le contestó de inmediato. Negociar se parecía mucho al juego. Había que demostrar paciencia. De lo contrario, nunca se conseguía lo que se quería.

Y lo que quería en ese preciso instante era saber hasta dónde llegaría ella. Descubrir lo mucho que ansiaba ese casino suyo. ¿Qué estaba dispuesta a entregar para conseguirlo? Porque había decidido que le gustaba lo suficiente para mantenerla allí. Si su intención era acabar con la reputación destrozada, estaría encantado de ayudarla en el proceso.

—Dígame su precio, señor Madden.

Soltó una cantidad obscena.

—Cien dólares la hora.

—Hecho. ¿Cuándo empezamos? ¿Esta noche?

—Ni siquiera ha intentado negociar. Tal vez esté perdiendo el tiempo intentando enseñarle algo.

La vio esbozar una sonrisa de oreja a oreja al otro lado de la mesa al tiempo que le chispeaban los ojos. El efecto fue como un flechazo en el pecho que lo dejó sin aliento. ¡Maldición! Era preciosa. La había observado tantas veces desde lejos que no se había preparado para presenciar de cerca su alegría. Lo destruyó. Por completo. Se quedó sin habla mientras su cerebro intentaba asimilarlo.

—No se arrepentirá, señor Madden. Lo juro.

No se arrepentiría, pero apostaría lo que fuera a que ella sí. Claro que el arrepentimiento de los demás no era problema suyo. ¿Alguien deseaba apostar toda su fortuna a una carta? Adelante. ¿Alguien ofrecía su casa como aval y acababa perdiéndola? Que le dieran las escrituras. En última instancia era un hombre egoísta que solo se preocupaba de sus intereses. De modo que las consecuencias de los actos de Florence Greene tendría que soportarlas ella sola.

Aunque debía mencionarle algo.

—Debería comentarle algunas cosas antes de que acordemos algo.

La vio inclinarse hacia delante, ansiosa y entregada, pendiente de todas y cada una de sus palabras. Una repentina fantasía cobró vida en su mente, y se imaginó que le enseñaba algo más que juegos de cartas y libros de cuentas. Juegos apasionados y sensuales con castigos y recompensas. Órdenes de que se inclinara sobre la mesa cuando se portase mal para dejarla sin aliento por el placer...

¡Joder! Apartó la mirada y tomó una honda bocanada de aire.

—Voy a poner las cartas sobre la mesa. Me siento atraído por usted.

Ella enarcó muchísimo las cejas, y se quedó boquiabierta.

—¿Có-cómo?

—Que me resulta atractiva, señorita Greene. Sin duda una mujer tan guapa como usted entiende lo que eso significa.

—Entiendo lo que significa, pero ¿por qué decírmelo?

Sencillo. Porque no tenía nada que ocultar.

Porque ella era un peligro para su paz mental.

Bien sabía Dios que lo mejor para ambos sería que se lo pensara mejor y se buscara a otro mentor.

—Sinceridad absoluta —repuso—. Debe entender que mis motivos nunca son puros. Soy egoísta como el que más, y si tengo la oportunidad de llevármela a la cama, no dudaré en aprovecharla.

—No... me creo que me lo esté diciendo. ¿Piensa forzarme a...?

—Desde luego que no —la interrumpió con énfasis—. Nunca le haría daño ni la forzaría a hacer nada en contra de su voluntad. Sin embargo, mis objetivos no se alinean con lo que dicta el decoro casi nunca. Si espera que me comporte como un caballero, se va a llevar una tremenda decepción.

Lo miró con atención, con una expresión pensativa en esos ojos verdosos.

—Soy más que competente con una pistola. Si me hace daño, vendré y le meteré una bala en el pecho.

—Me parece justo, pero no le haré daño. Tampoco se lo hará nadie más de esta ciudad mientras esté bajo mi protección.

—¿Algo más?

—Pues sí. Mi intención es la de provocar la ruina de su padre.

—¿La ruina de mi padre? ¿De Duncan Greene? —Movió los labios antes de decir—: Debe de ser una broma.

Entrelazó las manos detrás de la cabeza y la observó mientras ella asimilaba las noticias.

—Lo digo muy en serio. No voy a aburrirla con los detalles, pero debe saber que accedo a este plan suyo porque su padre lo detestaría con todas sus fuerzas. Cualquier cosa que le provoque el más mínimo resquemor es un aliciente para mí.

—No le cae bien.

Un eufemismo. Duncan Greene se lo había arrebatado todo a su familia. Y pronto él le arrebataría algo que le importaba.

—No, no me cae bien.

—No sé si intenta asustarme o si me está diciendo la verdad.

—Si la verdad la asusta, en ese caso no se le ha perdido nada abriendo un casino. El mundo está lleno de decisiones duras y de elecciones difíciles. No puede tener buen corazón. ¿Qué hará cuando una amiga con una deuda considerable acuda a usted llorando porque no puede pagar? ¿Le dará unas palmaditas en la espalda y le dirá que no se preocupe, que confía en que acabará pagándole con el tiempo?

—No vivo entre algodones, señor Madden. Sé que dirigir un negocio no será fácil.

—El juego es más que un negocio, señorita Greene. Es una forma de vida. Una obsesión candente para algunos. Si quiere algo seguro, búsquese un empleo en unos grandes almacenes.

La vio frotarse la frente.

—A ver si lo entiendo: que usted acceda a ayudarme no tiene nada que ver con el dinero que voy a pagarle, sino con su deseo de vengarse de mi padre.

—Se equivoca. Todo tiene que ver con el dinero. La venganza es un plus muy agradable.

—Egoísta como el que más —masculló ella, repitiendo sus palabras.

—Eso es..., y será mejor que no se le olvide.

Un momento... Madden intentaba arruinar a su padre. ¿Qué quería decir eso? ¿Dejarlo en la bancarrota? No creía que eso fuera posible. Su padre era muy cuidadoso con el dinero, y disfrutaban de una posición acomodadísima. Por no mencionar que además era inteligente. Nadie era capaz de engañar a Duncan Greene. Salvo ella, claro.

—¿Cómo va a intentar arruinar a mi familia exactamente?

Madden ladeó la cabeza y pareció sopesar su pregunta. Florence lo miró con los párpados entornados. El dueño del casino era una sorpresa en muchos aspectos. Sí, resultaba intimidante, pero no la trataba como si fuera una niña tonta con la inteligencia de un mosquito, como hacían muchos hombres de su edad. En cambio, le prestaba atención y dialogaba con ella. Era refrescante.

A decir verdad, se había preparado para pagar muchísimo más por su ayuda. La Casa de Bronce era el modelo de casino que ella deseaba abrir para las mujeres. Ningún otro lugar se le parecía, no en la ciudad de Nueva York. Además, se decía que Madden era un genio, un empresario muy astuto al que se le daban muy bien los números. Tenía la impresión de que elegir a otro sería conformarse.

Y necesitaba aprender deprisa. Contaba con menos de dos años para abrir su casino y labrarse un futuro independiente. De un tiempo a esa parte, su padre había estado presionando a su hermana Mamie, que ya tenía veintitrés años, para que se casara. Con sus veintiún años, ella sería la siguiente. La paciencia de Duncan Greene con sus hijas solteras tenía un límite, y ella no tenía la menor intención de entregarle su vida a un desconocido. Pensaba mantenerse por su cuenta.

Su plan comenzó seis meses antes. Durante años había jugado con su abuela y sus amigas, que apostaban sus joyas y otras fruslerías en partidas semanales de eucre. Las partidas podían tornarse feroces, y ella se dio cuenta de que a las damas les gustaba tanto apostar como a los caballeros. Por desgracia, no había un lugar en el que las mujeres pudieran hacerlo con seguridad.

Empezó a preguntarse por qué no. ¿Por qué las mujeres no podían tener un casino exclusivo para ellas, donde los hombres no tuvieran permitida la entrada? Contrataría a mujeres para que fueran crupieres y camareras, les daría trabajo a quienes lo necesitaban. Las cosas estaban cambiando con rapidez para las mujeres en la ciudad. Trabajos, pisos, bicicletas, independencia... Los viejos tiempos iban quedando atrás, estaban cambiando. Y le gustaba la idea de emprender un negocio en solitario.

Donde podría ser ella misma, vivir según sus reglas y no volver a sentir jamás que no era lo bastante buena.

De modo que empezó a frecuentar las zonas más sórdidas de los barrios bajos para aprender sobre los juegos de azar, con una pequeña pistola en el bolso como medida de seguridad. Ruleta en el West Village. Paso inglés y fantan en Chinatown. Veintiuno cerca de Wall Street. Sin excepción, les daba las ganancias a sus hermanas, que a su vez las usaban para ayudar a los necesitados en las zonas más pobres.

En ese momento se encontraba en el casino más elegante y exclusivo del estado. Aunque el juego era ilegal, nunca hacían redadas en la Casa de Bronce porque Madden tenía en el bolsillo a la policía y a varios políticos. ¿Cómo se conseguía eso? No tenía la menor idea, razón por la que necesitaba la ayuda de Madden para aprender el negocio.

Sin embargo, ¿de verdad pensaba arruinar a su padre? ¿Cómo iba a trabajar con un hombre en esas condiciones?

Al fin él contestó:

—Prefiero no compartir mis planes. No tienen nada que ver con usted directamente.

—Sí que tienen que ver si afectan a mi familia.

—Podría contárselo a su padre. No puedo arriesgarme. Además, se va a enterar pronto de todas maneras.

Soltó un suspiro frustrado. ¿De verdad se lo estaba pensando? Sí, porque no tenía más alternativas, no en tan poco tiempo. Además, ¿no debería pegarse a él con la esperanza de averiguar cómo pensaba arruinar a su familia? Después podría avisar a su padre.

—Tengo la sensación de estar haciendo un trato con el diablo —masculló.

—Exactamente. —Sus ojos oscuros destellaron a la tenue luz de la lámpara de gas—. Nunca he fingido ser un hombre agradable.

Sintió un hormigueo en la piel. Que Dios la ayudara, pero eso le gustaba todavía más.

—No va a espantarme.

—¡Ah! Deme tiempo, señorita Greene. —Lo dijo en voz baja y ronca, con el mismo tono que usaría un amante. Era evidente que intentaba espantarla.

Lo que demostraba que a ese hombre le quedaba mucho por aprender de las mujeres modernas. Era más dura de lo que parecía y no pensaba encogerse de miedo delante de él.

—Podríamos empezar tuteándonos. Llámame Florence —dijo.

Él esbozó una sonrisa torcida.

—¿Qué habrías hecho si no me hubiera fijado en tu presencia en mi casino?

—Seguir viniendo hasta que lo hicieras.

—Sabía que estabas sobornando a mis porteros. Podría haberte detenido en cualquier momento.

—Pero no lo hiciste. ¿Fue por mi padre?

—Desde luego que no. No le permito licencias a nadie que tenga relación con Duncan Green.

—¿Estás seguro de que no vas a contarme los planes que tienes para él?

—Segurísimo. —Tamborileó con los dedos en la mesa—. Bueno, ¿qué decides? ¿Clases sobre cómo dirigir la Casa de Bronce a cien dólares la hora o te volverás a los salones de billar?

Casi se estremeció al oírlo. La idea de no regresar nunca más a ese lugar, de volver a los salones de billar (esos antros de juego asquerosos situados en los peores barrios) era deprimente. Allí sentada se encontraba más cerca que nunca de su independencia. No podía marcharse.

Ya encontraría la forma de estropear sus planes de venganza.

—Muy bien. Pagaré por las clases.

—En ese caso, llámame Clay. —Se levantó del sillón y echó a andar hacia la puerta.

Al verlo girar el pomo, ella se puso en pie a toda prisa.

—Un momento, ¿adónde vas? —Todavía no habían acordado un calendario para las clases.

—Acompáñame. Es hora de que recibas tu primera clase. —Enfiló el pasillo mientras ella se quedaba allí plantada, mirando el vano vacío. ¡Oh! No se esperaba empezar esa noche.

Se levantó las faldas y salió tras él con rapidez.

—¿No te gustaría oír lo que me interesa y con lo que necesito ayuda? —le preguntó, si bien solo veía esos anchos hombros cubiertos por la chaqueta negra de paño de lana—. Ni siquiera sabes lo que estoy planeando. —Él empezó a subir un tramo corto de escaleras, como si ella no existiera. Soltó un suspiro frustrado y lo siguió—. ¿Vas a contestarme?

—No merece la pena. Tienes que empezar desde abajo.

—¿Qué quiere decir eso?

Clay llegó a un descansillo y se dio media vuelta para esperarla.

—Quiere decir que el ritmo y el contenido de cada clase lo decido yo. Y si tengo que cancelar o reducir el tiempo, respetarás mi decisión. No cabe discusión. Ahora, ve a la izquierda y dobla la esquina.

¡Por Dios! ¡Qué frustrante era ese hombre!

Siguió andando por el ajado suelo de madera hasta llegar a un pasillo. Desde abajo llegaban los ruidos del casino (gritos y maldiciones, dados y fichas) y la sacudieron como si hubiera tocado un cable eléctrico. Los hombres daban eso por sentado, su capacidad para deleitarse con el vicio y el pecado a voluntad, mientras que las mujeres cargaban con la obligación de mantener las virtudes de la sociedad. Cualquier desliz implicaba el fracaso y la ruina, la condenación del alma y el castigo de la soltería.

¡Al carajo con eso!, como le gustaba decir a su cocinera cuando creía que nadie la oía. Ella anhelaba el peligro y la libertad de cada parte de esa ciudad, sobre todo de las zonas que tenía vedadas. ¿Por qué perder el visto bueno de la sociedad solo por hacer de vez en cuando lo que cualquier hombre de su misma edad hacía todas las noches?

Su casino lo cambiaría todo. Un salón de juego ilegal donde las damas de la alta sociedad podrían perder sus asignaciones y sus joyas sin temor a recriminaciones. «Prohibida la entrada a los hombres» implicaba que no habría juicios ni chismorreos. Las mujeres serían libres para disfrutar, para vivir sin que los hombres lo arruinasen todo.

Ojalá pudiera unir a todas las mujeres en un sindicato...

Después de seguir las indicaciones que Clay le había dado, se encontró en la galería situada sobre la planta baja del casino. Se quedó sin aliento. Desde allí arriba podía verlo todo.

—Sabía que estabas observando.

Se colocó pegado a ella, junto a la barandilla.

—Cuando hay un problema potencial en mi casino, sí.

—¿Eso era yo, un problema potencial?

—Una mujer inocente en la guarida de un león siempre es un problema.

—No soy inocente. —Se quedó paralizada. Las palabras habían brotado de sus labios como un tren que viajaba a gran velocidad. Y solo por el afán de refutar su opinión de que era una muchachita protegida de la zona alta de la ciudad.

«Idiota». ¿Qué le importaba si Clayton Madden creía que era una ingenua? Por desgracia, no podía borrar las palabras. Tal vez él se comportara como un caballero y lo dejara pasar.

—Unos cuantos besos torpes de jovenzuelos entre vals y vals no cuentan —replicó él, y la esperanza de que demostrase un comportamiento caballeroso se esfumó. No había necesidad de mencionarle que no se había detenido en unos cuantos besos torpes. Bien sabía Dios que ya se había ido de la lengua.

Él señaló el casino.

—Los hombres que juegan aquí suelen estar borrachos o eufóricos por haber ganado. Una mujer sin acompañante puede resultar una tentación demasiado fuerte para algunos de ellos, con independencia de que ella acceda o no. Ya viste lo que estuvo a punto de pasarle a tu hermana.

—No es necesario que te preocupes por mí. Soy capaz de cuidarme sola.

—¡Ah! Desde luego.

Su tono implicaba que no la creía, pero lo pasó por alto para observar la escena que se desarrollaba a sus pies. Los clientes se distribuían por la sala del casino, y todas las mesas estaban llenas. Esa multitud de hombres elegantes, todos con esmoquin negro y abultadas carteras, era una belleza. ¿Cómo se las había apañado Clay para crear todo eso en tan poco tiempo? La Casa de Bronce apenas tenía un año.

Los minutos pasaron, y él seguía en silencio. Su impaciencia se impuso.

—¿Hay algún motivo para estar aquí o me estás birlando cien dólares?

—Estaba esperando a ver cuánto tardabas en preguntar. Sí, hay un motivo. Cierra los ojos.

—¿Qué? —Lo miró de reojo—. ¿Por qué?

—Porque yo soy tu mentor y te digo que lo hagas. Si prefieres aprender de alguien que no podrá enseñarte ni una mínima parte de lo que yo sé, niégate a hacerlo. Tengo un sinfín de tareas de las que debería estar ocupándome.

Sintió que el rubor le subía por el cuello, como una furia que le llegó a la raíz del pelo. Si así trataba a los demás, no era de extrañar que su ayudante se encargase de todo en la sala mientras el casino estaba abierto.

Se obligó a cerrar los ojos. Los sonidos procedentes de la planta baja se intensificaron, al igual que la presencia del hombre que tenía al lado. Su olor era... muy masculino, con una leve nota a tabaco y a bosque. ¿A pino? La extraña mezcla le gustaba. ¡Maldición! Oyó el leve crujido de sus zapatos cuando se acercó más a ella. Le rozó el codo con el suyo.

—¿Qué oyes?

—Voces.

—¿Qué más?

No entendía lo que le estaba preguntando. ¿Era algún tipo de prueba? De ser así, ¿ya estaba fracasando?

—Muchas voces.

—Florence, esfuérzate. Tienes que oírlo todo. Tómate un momento y piensa.

Soltó el aire y dejó la mente en blanco. Sus hermanas y ella acostumbraban a jugar al escondite fuera de casa en verano. La primera en encontrar a las otras dos ganaba. Ella ganaba casi siempre. Se quedaba muy quieta y aguzaba el oído hasta que los sonidos habituales desaparecían y podía captar los sonidos más raros. Después iba corriendo hacia el escondite de Mamie y de Justine para descubrirlas.

Lo mismo sucedió esa noche. Las voces quedaron relegadas al fondo, de modo que pudo oír los sonidos que se producían.

—Dados, más de un juego. Justo debajo de nosotros. Una ruleta girando, una bola que cae en otra. —Una bolita de marfil rebotó contra el metal—. Una botella de champán descorchada. Gente amontonando las fichas.

—¿Nada más?

—Alguien barajando cartas. —Contuvo el aliento mientras intentaba captar algo más—. Un ruido como de arrastrar algo.

—Ahora abre los ojos.

Parpadeó en la penumbra y dejó que sus ojos se acostumbraran a la luz.

—¿Qué tal lo he hecho?

—Dímelo tú.

Se contuvo para no mirarlo con el ceño fruncido y clavó la mirada en la sala del casino. Un camarero servía champán en un punto. Había varias partidas de pase inglés en marcha. Un anciano cojo de una pierna se acercaba despacio a la salida, arrastrando el pie por el suelo de madera. Miró a Clay con una sonrisa satisfecha.

—Diría que bastante bien.

Él estaba concentrado por completo en su boca. La intensidad de su mirada le provocó un ramalazo de calor por todo el cuerpo, dejándola clavada en el suelo. ¿En qué estaba pensando? ¿En algo relacionado con la atracción que sentía por ella? El corazón se le aceleró mientras el momento se alargaba y el mundo que los rodeaba se volvía más lejano en su escondite a oscuras. Las facciones de Clay le parecían más marcadas a esa distancia, con unos ángulos y unas cicatrices que la fascinaban. Delataban la historia de una vida muy distinta de la suya.

«Ya basta». Por más atractivo que le resultara, no podía dejarse distraer de su objetivo. Los hombres solo querían una cosa de las mujeres: controlarlas. Dejarlas sin opciones.

Nadie iba a dejarla a ella sin opciones. Jamás.

Carraspeó, apartó la mirada y la clavó en las partidas de pase inglés.

—Debes aprender a desentenderte del ruido en cualquier momento, a concentrarte en lo que falta o lo que está fuera de lugar. Debes conocer los sonidos, familiarizarte con ellos, hasta que sean como tu propia respiración. Después sabrás cuándo alguien te está robando. —Señaló la mesa de póquer situada en la parte izquierda de la sala—. Observa.

Uno de los jugadores miraba con desinterés a un hombre que estaba en la ruleta más cercana. Desde su lugar en la mesa de la ruleta, el hombre en cuestión podía ver las cartas de los otros jugadores de póquer. Se comunicaba con su amigo dándose unos golpecitos discretos en el brazo con los dedos, y de esa manera le indicaba qué cartas tenían sus rivales.

Florence soltó el aire.

—Está haciendo trampas. ¿Cómo se suponía que iba a oír eso?

—Era imposible que lo hicieras. El hombre de la ruleta no está apostando. Ni siquiera está mirando la ruleta. En este caso lo que falta es lo importante. —Levantó una mano para avisar a Jack, que estaba lidiando con un jugador borracho y vocinglero en una mesa de pase inglés. Tras una rápida sucesión de gestos, Clay la tomó del codo y la guio hacia la escalera—. Jack te estará esperando abajo. Tengo que ocuparme de otro asunto.

—¿De los tramposos?

—Sí, es la segunda vez que sucede esta noche. Debe de ser mi noche de suerte.

Pronunció las palabras con rabia, pero también con un deje expectante. Florence casi sintió lástima por esos dos tramposos.

—Un momento... ¿Me estás echando?

—Son las condiciones que hemos acordado, sí. Cuando tenga que acortar nuestras clases, respetarás mi decisión. Y esta clase ya ha acabado.

—En fin. ¿Y cuándo vuelvo a por la siguiente?

La impaciencia era patente en los pasos apresurados que daba Clay, en los movimientos secos de sus brazos. Abrió con gesto brusco la puerta situada en la parte alta de la escalera.

—¿Por qué no me sorprendes? Te gusta hacerlo.

Acto seguido, desapareció, dejándola para que bajara sola. Al llegar al último peldaño, se dio cuenta de que él tenía razón: le gustaba sorprenderlo.

Lo que le preocupaba era que se hubiera dado cuenta antes que ella.

3

Clay se apretó el trozo de hielo contra los nudillos y se dirigió a su despacho. ¿Dos intentos de hacer trampas en la Casa de Bronce en una noche? Algo inusual. Sin embargo, no tanto como Florence Greene. Esa muchacha era sorprendente. No había conocido a muchas mujeres de la alta sociedad, pero debía de suponer que su intención de abrir un casino para señoras la colocaba en una nueva categoría ocupada solo por ella. Claro que nunca lo lograría. Duncan Greene la encerraría y tiraría la llave antes de permitirlo.

Aunque sería muy divertido ver cómo lo intentaba.

La ayudaría de cualquier manera posible. Si con eso lograba molestar a su familia, podía contar con él. Durante los últimos veinte años se había centrado en dos cosas: ganar dinero y arruinar a Duncan Greene. Las bases las había asentado hacía ya tiempo, pero en cuestión de seis meses el plan debería dar sus frutos. Cuando el polvo se asentara, la casa familiar de los Greene estaría asolada. Destruida. Igual que le sucedió a la suya.

Ojo por ojo, diente por diente. Esa era su forma de actuar, y no había nada que Duncan Greene pudiera hacer para evitarlo.

Esbozó una sonrisa torcida y abrió la puerta del despacho, dispuesto a volver al trabajo. Se detuvo en el vano de la puerta. Había una pelirroja en su sillón, con las botas plantadas sobre la mesa y un puro encendido en los labios. Suspiró y entró antes de cerrar la puerta.

Annabelle Gallagher. Una de las pocas personas a las que consideraba amigas y también una de sus inversores. Era la dueña del burdel emplazado al lado de la Casa de Bronce, un establecimiento que les proporcionaba un servicio a los ricachones elegantes que él no estaba dispuesto a ofrecer. No comerciaba con carne, aunque las muchachas de Anna estaban allí voluntariamente y las cuidaban bien. Era su negocio, y él no pensaba juzgarla. Bien sabía Dios que Anna nunca lo había juzgado por cómo había ganado el dinero durante los diez años que hacía que duraba su amistad.

Un túnel secreto bajo tierra conectaba los dos edificios, dando acceso en caso de que alguna vez la policía metropolitana de Nueva York hiciera alguna redada en alguno de sus negocios. Sin embargo, costaba imaginar que algo así sucediera en la Casa de Bronce, ya que el segundo al mando del cuerpo policial también era un inversor de su club. De todas formas, le gustaba estar preparado para cualquier eventualidad. Esperaba que el túnel permaneciera sin uso para siempre, salvo para la ocasional visita de Annabelle.

Ella soltó el aire, dejando escapar una voluta de humo. Sus habanos eran buenos, ¡maldita fuera!

—Hola, Clayton.

—¿Una noche floja?

—No. La verdad es que estamos bastante ocupadas. Pero he oído un rumor interesante. Se me ha ocurrido venir para comprobarlo con mis propios ojos.

Clay se dejó caer en uno de los sillones emplazados delante de su mesa y alargó la mano hacia la caja esmaltada donde guardaba los puros. Normalmente disfrutaba de las visitas de Anna, pero esa noche estaba alterado. Dos tramposos en el casino y la lujuria que le despertaba Florence Greene le habían dejado un humor de perros. Soportar el peso de un imperio desde luego que podía agotar a un hombre.

—¿Y de qué rumor se trata?

—Que has dejado que una mujer juegue esta noche en tu casino.

—Te equivocas. —Se tomó su tiempo para elegir un puro y le cortó la punta con las tijeritas plateadas.

—Sabía que era mentira. Jamás te saltarías tus inquebrantables reglas por una cara bonita.

—He dejado que juegue tres noches esta semana. —Disfrutó al ver que abría la boca por la sorpresa—. Vas un poco retrasada, Anna. Es sorprendente, ya que a tus clientes les gusta tanto cotillear como que se la chupen.

Ella esbozó una sonrisilla.

—Casi. Al fin y al cabo, mis chicas son las mejores de la ciudad. Háblame de esa mujer. ¿Quién es?

Le dio unas caladas al puro que había encendido.

—Florence Greene.

—Florence... —Anna abrió tanto los ojos que resultó hasta cómico—. No puedes estar hablando de esa Florence Greene. ¿La hija de Duncan Greene?

—Pues sí. La mediana. La alborotadora.

Anna golpeó el suelo con los pies al enderezarse.

—¿Se puede saber por qué la has dejado entrar?

Clay soltó una bocanada de humo mientras buscaba la respuesta. Al final, solo había una posible.

—Supongo que por curiosidad.

Anna cerró la boca y entrecerró los ojos, observándolo con atención. Tras un largo minuto, asintió con la cabeza.

—¡Ah! Ya entiendo. Eso explica por qué los has tenido a todos más aterrados de la cuenta esta semana.

No entendía de lo que estaba hablando.

—Menuda ridiculez. Esta semana no ha sido distinta de cualquier otra..., salvo que he tenido que lidiar con dos tramposos en una noche.

—Empezaban a ser cada vez más osados. Sin duda su reputación flojeaba.

—No, creo que es por la señorita Greene. Te cae bien.

—¡Vete al cuerno! —masculló, aunque no lo dijo con mala intención, y los dos lo sabían.

—Clayton Madden, ablandado por una elegante señorita de la zona alta de la ciudad. —Sonrió y sacudió la cabeza—. Nunca creí que llegaría este día.

Apretó los dientes. Si se corría el rumor, lo perseguiría para siempre.

—Tengo trabajo pendiente y sin duda tú tienes clientes en la puerta de al lado. Por más que me guste tu visita, creo que ha llegado a su fin.

—¿Es bonita?

—¡Anna! —Se puso en pie—. Largo de aquí.

Ella se levantó con una carcajada.

—Aquí tiene su asiento, majestad. —Agitó una mano y se apartó.

Clay rodeó la mesa y se sentó, y el cuero del sillón, ya suavizado por el uso, crujió bajo su peso.

En vez de marcharse, Anna se acercó al aparador. Clay se desentendió de ella para concentrarse en el montón de papeles que tenía sobre la mesa. Eran informes económicos de varios negocios que tenía repartidos por la ciudad. Les debía los pagos cuatrimestrales a sus inversores, incluida Anna. Los beneficios netos marcarían cuánto pagar, si acaso encontraba un hueco para poner al día los libros. De un tiempo a esa parte era incapaz de concentrarse.

«A lo mejor te has ablandado».

No, jamás. La idea era ridícula. Se concentraría en lo verdaderamente importante: el dinero y la venganza.

Una copa medio llena de licor apareció en su mesa.

—Bébetelo —le dijo ella—. Es tu favorito y te endulzará el humor.

—Mi humor no necesita endulzarse —replicó con tono seco al tiempo que soltaba el puro para sustituirlo por la copa—. Y no me cae bien. Solo quería averiguar por qué estaba tan desesperada por jugar aquí.

Anna se sentó en uno de los sillones.

—¿Y?

Bebió un buen sorbo y dejó que el bourbon lo calentara por dentro.

—Tiene intención de abrir un casino. Para mujeres.

Anna chilló, y una sonrisa alegre asomó a sus delicadas facciones.

—¡Ay, me gusta! Tiene mi visto bueno, Clay, tiene mi visto bueno.

—Da igual lo que estés pensando, para ya. Me ha contratado para que le enseñe a dirigir un casino. Nada más.

—¿Y has accedido? No puede ser por el dinero. Bien sabe Dios que tienes de sobra.

No, no lo tenía. Nunca se tenía dinero de sobra, sobre todo en la ciudad de Nueva York.

—Me... complace ayudarla a recorrer el camino hacia el vicio y la perdición. Sobre todo porque detesto a su padre y sé lo mucho que esto irritará a ese viejo cabrón.

Anna se puso seria y frunció el ceño.

41

—No me gusta que la uses. Los hombres y sus motivos ocultos. Las mujeres ya lo tenemos bastante difícil sin que nos mientan...

—No le he mentido en nada. De hecho, le dije lo mucho que odio a su padre.

—¿En serio?

—Sí. También le dije que me atrae.

Eso pilló desprevenida a su amiga.

—¿Cómo se tomó las noticias?

—No como me lo esperaba —admitió—. Creía que la espantaría al decírselo, la verdad. Se limitó a preguntarme si pensaba forzarla. Cuando le dije que no, me amenazó con dispararme si le hacía daño.

Anna apretó los labios, como si estuviera conteniendo una carcajada. Ocultó la cara al beber un buen sorbo de bourbon.

—¿Eso quiere decir que no piensas llevártela a la cama?

—Sería una idea espantosa. Las mujeres de su clase empiezan a tener ideas después de semejante intimidad.

—Conoces a muchas damas de la alta sociedad, ¿no?

—A las suficientes. Y ni siquiera yo me tiraría a una mujer solo por vengarme de su padre.

«Ojo por ojo».

—¿Y si ella también se siente atraída por ti?

Sacudió la cabeza. Florence Greene podía elegir entre cualquier hombre de Manhattan. ¿Por qué iba a fijarse en un hombre como él, que vivía en las sombras?

—No hay atracción por su parte, ni la habrá.

No después de que pasara un tiempo con él. Era incapaz de ofrecer romanticismo o calidez. Largos paseos y meriendas en el parque. Él prefería la noche, con la húmeda niebla y el anonimato que ofrecía.

Anna apuró el licor.

—Será mejor que vuelva a mi establecimiento. —Se puso en pie—. ¿Te mando a una muchacha para que te haga compañía esta noche?

Se lo pensó. El problema era que las chicas de Anna cobraban. A él no le gustaba la pasión fingida. Y sabía que no tenía una cara que atrajese a admiradoras.

—No, no es necesario.

—Clay —Anna pronunció su nombre con voz más tierna, de modo que se preparó—, llevas solo demasiado tiempo. ¿Cuánto ha pasado desde aquella viuda tan guapa? ¿Un año?

Once meses, pero ¿quién llevaba la cuenta?

—No malgastes tu lástima conmigo. Estoy estupendamente. Ve a ocuparte de tu negocio.

—No pienso zanjar el tema. Mereces ser feliz.

«No, no me lo merezco», pensó mientras observaba a Anna marcharse. No era un buen hombre. Durante toda su vida se había valido del miedo y de la violencia para conseguir lo que quería: dinero, poder y la ruina de Duncan Greene. Solo después de conseguirlo todo buscaría un negocio legal; un negocio que pudiera convertirlo en alguien merecedor de un poquito de felicidad.

Hasta entonces, estaría encantado de seguir en las sombras.

Florence Greene había dicho que era como hacer un trato con el diablo. No se equivocaba tanto.

—¿Dónde estuviste anoche?

Florence apartó la mirada de los edificios frente a los que pasaban para dirigirle una mirada elocuente a su hermana menor, Justine. Era media mañana, y las tres iban en dirección sur para visitar a su abuela, que vivía a tres manzanas de distancia.

—No sé a qué te refieres. Estuve en casa.

—De eso nada. Fui a verte a eso de las once y media, y tu cama estaba vacía.

—Ya me hago una idea de adónde fue —terció Mamie—. Y apuesto a que empieza con las letras «c» y «b».

—¿La Casa de Bronce? ¿Otra vez? —Justine enarcó tanto las cejas que casi le llegaron al nacimiento del pelo—. ¿Ganaste al menos?

—Pues claro. —Como si fuera a perder—. Y donaré todo el dinero a tu obra benéfica, como siempre. ¿Por qué nadie le pregunta a Mamie dónde estuvo ella anoche? —Florence sabía muy bien que su hermana mayor había salido para encontrarse con un hombre. ¿Por qué su excursión a la Casa de Bronce era más interesante que la cita de Mamie?

—¡Vaya! Eso sí que es interesante. Sé que no se reunió con Chauncey —dijo Justine, refiriéndose al que era casi el prometido de Mamie—. Porque está con su familia en Boston.

Florence puso los ojos en blanco y clavó la vista en el techo del carruaje.

—No os mostraríais más desinteresados el uno en el otro ni aunque fuerais desconocidos. ¡Por Dios, Mamie!, ¿por qué te vas a casar con ese hombre?

—No quiero hablar de Chauncey..., ni de ningún otro hombre —añadió su hermana con más dureza de la habitual.

Eso solo consiguió aumentar su interés por el tema. Porque se hacía una idea de quién era el otro hombre. El ambiente crepitaba cada vez que Mamie y Frank Tripp estaban en la misma habitación. Sin embargo, sabía que presionar a su hermana no ayudaría en nada. Mamie, que era terca como una mula, tenía que tomar una decisión por sí sola. Florence miró a Justine y sacudió la cabeza de modo casi imperceptible para indicar que tenían que cambiar de tema.

—Bueno, la Casa de Bronce —dijo Justine al tiempo que señalaba con la cabeza a Florence—. Cuéntanoslo todo.

—Por fin he conocido al señor Madden.

Sus hermanas la miraron estupefactas.

—¿De verdad? —La voz de Mamie era apenas un susurro, aunque estaban solas.

—Pues sí. Ordenó que me llevaran a su despacho y exigió saber por qué volvía una y otra vez a su casino.

—¿Qué le dijiste? —le preguntó su hermana mayor.

—Olvídate de eso un momento —repuso Justine—. ¿Qué aspecto tiene?

Justine era la romántica, la que siempre veía lo mejor de los demás. Creía que todas las personas podían redimirse si se les demostraba el amor suficiente.

—Corpulento, con hombros como... —Separó las manos para indicar la anchura de los hombros de Clay—. Y guapo, aunque con un rostro curtido.

—No les dijo a sus hermanas lo que él había admitido, que se sentía atraído por ella y que pensaba arruinar a su padre. Pronto se le pasaría lo primero y ya se encargaría ella de hacerlo cambiar de idea con respecto a lo segundo.

—¿Te hizo daño? —Mamie frunció el ceño y encorvó la espalda—. Porque lo...

—Tranquilízate, hermana. No me hizo daño. Y ha accedido a enseñarme.

—¿A enseñarte? —Justine miró a Mamie y después la miró a ella—. No me digas que otra vez estás con lo del casino para mujeres.

Florence les había contado a sus hermanas su idea hacía unos meses, y Justine, como era de esperar, había discutido la necesidad de un casino solo para mujeres. A Mamie le gustó la idea y solo dijo que sería poco práctico. A Florence le daba igual. Les demostraría a todos que una mujer podía tener tanto éxito en los negocios como un hombre.

—Sí, otra vez estoy con lo del casino para mujeres. Y malgastas saliva si crees que vas a hacerme cambiar de opinión.

Justine apretó los labios, pero no añadió nada más. El carruaje dobló una esquina para enfilar la calle Setenta y nueve, y Florence intentó dejar atrás su estado de ánimo alicaído.

¡Por Dios! Estaba cansada de eso, de sentirse como la rara. Mamie era la hermana segura de sí misma, la fuerte, además de ser la favorita de su padre. Justine, la favorita de su madre, era la recta y la amable. Ella era... nada. La hija por la que ponían los ojos en blanco; la muchacha a la que nadie comprendía. Detestaba la alta sociedad, mientras que Mamie y Justine la toleraban. Quería explorar la ciudad al completo, mientras que sus padres insistían en que permanecieran por encima de la calle Cuarenta y dos. No tenía el menor interés en casarse y entregarle su vida a un hombre, mientras que Mamie estaba prácticamente comprometida, ya que lo habían acordado así hacía muchos años.

Ella siempre era la problemática.

«Florence, pórtate bien hoy en la iglesia».

«Florence, no digas nada escandaloso durante el té».

«Florence, deja de animar a las criadas para que formen un sindicato».

De modo que había aprendido a actuar como se esperaba de ella. A mentir y a fingir. Sin importar lo que requiriese la situación, se adaptaba para encajar. Mamie le dijo en una ocasión que era un camaleón. La comparación le gustó. Cambiar era mucho más fácil que luchar para que se fijaran en ella a todas horas.

Solo su abuela parecía comprender su verdadera naturaleza, la imperiosa necesidad de hacer algo más con su vida. Razón por la cual quería a su abuela más que a ninguna otra persona del mundo.

—Mira, han derribado dos casas por allí, las que están por encima de la casa de la abuela. —Justine señaló por la ventana—. ¿Quién vivía allí?

—Los Turner y los Hoffman, creo —contestó Mamie—. Eran unas mansiones impresionantes. Me pregunto por qué las han derribado.

Florence expresó su acuerdo en voz baja, aunque no era raro. En la ciudad de Nueva York no dejaban de construirse y de derribarse edificios. Lo viejo y lo nuevo. Lo anticuado y lo moderno. Y algunas personas que vivían en esa zona tenían más dinero que sentido común. Por favor, si había un castillo con un foso y todo unas cuantas manzanas al norte.

Y en menos de dos años habría un casino solo para mujeres. ¿No revolucionaría eso a la clase alta neoyorquina? Sería una empresaria independiente, no dependería más que de ella misma.

El carruaje aminoró la marcha hasta detenerse delante de una casa de piedra de cuatro plantas en mitad de la manzana. La puerta principal se abrió antes de que las ruedas dejaran de moverse. La abuela apareció en el primer escalón, alta y ataviada con un elegante vestido mañanero de seda morada. Tenía casi todo el pelo canoso, con apenas unos mechones que recordaban al castaño de su juventud. Era una mujer atractiva, todavía en forma y con una mente agudísima. Como la gran dama de la alta sociedad que era, su abuela celebraba todas las primaveras el Baile de la Forsitia, que dejaba el Baile Patriarch de la señora Astor a la altura de una fiesta infantil.

Las tres se apearon del carruaje. Florence dejó que Mamie y Justine la precedieran, ya que siempre le gustaba ser la última en entrar en casa de su abuela.

—Pareces cansada —le dijo su abuela cuando por fin subió los escalones—. ¿Debería preocuparme?

Se derritió al ver la preocupación de su abuela. Era uno de los cientos de motivos por los que quería a esa mujer.

—Hola, abuela. Estoy bien, solo he estado trasnochando para crear problemas.

La abuela le dio unas palmaditas en la mejilla, mirándola con comprensión y afecto.

—No espero menos de ti, cariño mío. Me temo que las dos somos iguales en nuestra inquietud.

—Y belleza —añadió ella con un guiño exagerado.

—Por no hablar de nuestro amor por las cartas. Por cierto, te echamos de menos ayer en la partida semanal. Gané un broche de diamantes.

Detestaba perderse las partidas semanales de eucre de su abuela.

—Espero que no hicieras trampas de nuevo.

La abuela se echó a reír.

—Como si me hiciera falta recurrir a esas niñerías. Vamos, entra y ponme al día de lo que has hecho esta semana.

Florence sonrió y asintió con la cabeza. Mientras entraba, atisbó otro solar vacío un poco más adelante.

—¿Por qué están derribando tantas casas de un tiempo a esta parte?

—Seguramente para construir otro edificio alto de oficinas. Esos dichosos mamotretos son la perdición de nuestra ciudad. Me ofrecieron comprarme la casa.

—¿Comprarte la casa? —Florence cerró la pesada puerta de madera, que todavía conservaba la muesca de su zapato. Cuando tenía nueve años, se enfadó con Mamie y le tiró una de sus botas, aunque por suerte no le dio, y acabó golpeando la puerta principal de la abuela. Ella se rio por el daño causado y le dijo a Florence que debía mejorar su puntería. Florence se conocía la casa como la palma de su mano. Prácticamente se había criado allí—. Pero no la has vendido, ¿verdad?

—¡Por Dios, no! No paran de mandarme cartas que dejo que se acumulen. No pienso ni molestarme en abrirlas de ahora en adelante.

—Menudo alivio. Me encanta esta casa. —La casa de la abuela había sido su refugio durante la infancia. Se había pasado casi todos los fines de semana allí. A esas alturas toda la familia Greene se reunía en casa de la abuela para las fiestas.

—Lo sé. Por eso te la he dejado en mi testamento.

No era una novedad para ella. La abuela llevaba años diciéndoselo, desde su presentación en sociedad.

—Pero no tienes permitido morirte.

Los labios de la abuela esbozaron una sonrisa más tierna.

—Me temo que nos llega a todos. Aunque tengo recuerdos maravillosos de esta casa. ¿Sabes que tu padre aterrorizaba a su hermana pequeña y a su hermano por estos pasillos?

—¿De verdad? —preguntó.

La abuela la tomó del brazo para conducirla a la sala de estar.

—¡Oh! Tengo historias de tu padre que te pondrían los pelos de punta. A lo mejor te las cuento un día de estos.

—¿No puedes contarnos una hoy?

—A ver... Recuerdo aquella vez que metió una babosa en la zapatilla de tu tío Thomas...

4

Florence llamó a la ya familiar puerta de bronce aquella noche con el corazón en la garganta porque no sabía qué esperar. Clay había aceptado ser su mentor, sí, pero no habían decidido un horario ni habían acordado qué temas iban a tratar. ¿La rechazaría? ¿O le dedicaría tiempo?

No importaba, se dio cuenta. Había accedido a no prohibirle la entrada al casino, y el mero hecho de estar dentro ya era una forma de aprender. De modo que, aunque no lo viera esa noche, la experiencia sería beneficiosa de todas formas.

Y debía cortar de raíz cualquier decepción que le provocase esa posibilidad.

El portero enarcó las cejas al verla.

—Parece que le debo veinte dólares a Jack el Calvo. Estaba seguro de que cambiaría de opinión sobre las clases con el señor Madden.

¡Ah! Así que se había corrido la voz entre el personal.

—¿Has apostado contra mí porque soy una mujer?

—Me llamo Pete —se presentó él al tiempo que le hacía un gesto para que pasara—. Y la apuesta no tenía nada que ver con que sea una mujer. He visto a hombres hechos y derechos mearse encima por la idea de pasar tiempo con el señor Madden. —Se puso colorado—. Disculpe, señorita.

—¡Vaya! He oído cosas peores. No tienes que morderte la lengua por mí.

—Eso es lo que dijo el señor Madden. Nos ha dicho que nadie debe hacer concesiones con usted ni comportarse de otra forma cuando esté aquí. Aunque no me parece apropiado, la verdad. No entran más mujeres en el casino, salvo Annabelle, y a ella no le importa el lenguaje soez.

¿Annabelle? ¿Quién era, pariente de Madden? ¿Una trabajadora a la que no había conocido? ¿Su amante?

—En este caso, el señor Madden está en lo cierto. No necesito un tratamiento especial. Bueno, ¿adónde voy? ¿A la sala del casino?

—A la galería. —Peter pulsó un panel plano que tenía detrás. Se oyó un chasquido antes de que se abriera. Debía de ser otro pasadizo secreto—. El señor Madden quiere que se pase antes por allí.

Hizo caso omiso del cosquilleo que sintió en el estómago mientras subía la estrecha escalera hasta la primera planta. La tenue luz lanzaba sombras por el destartalado interior. Era evidente que Clay no se había molestado en gastar dinero donde no se podía ver. La parte pública del casino era lujosa y elegante. Esa parte..., pues no.

La galería estaba desierta. Sin duda, Clay aparecería cuando le fuera conveniente, de modo que se acercó a la barandilla para observar lo que sucedía en la sala.

—Aquí estás.

Se sobresaltó al oír la voz ronca a su espalda. Se dio media vuelta y descubrió a Clay allí, vestido de negro por completo una vez más. Tenía el rostro impasible, casi amenazante, pero la expresión de sus ojos era harina de otro costal. La luz bailoteaba en sus oscuras profundidades mientras la miraba fijamente, casi como si se alegrase de verla.

—¿Cómo lo haces?

Él ladeó la cabeza.

—¿El qué?

—Andar sin hacer el menor ruido.

—Práctica.

—¿Fuiste ladrón en algún momento? ¿Entrabas en las casas y robabas joyas?

—No, prefiero robar de frente. —Señaló con una mano la sala del casino—. Así es mucho más limpio.

No podía rebatir su lógica.

—Una noche ajetreada. Creo que no había visto tanta gente aquí antes.

—Un poco más ajetreada de lo normal. ¿Ves al grupo que hay al fondo, los que están cerca de la ruleta? Una especie de bacanal antes de la boda.

Buscó con la mirada el lugar que le indicaba... y jadeó. ¡Por el amor de Dios! Conocía a todos los hombres de aquella mesa. Había bailado con muchos en numerosas fiestas y bailes. Había rechazado las atenciones de un par de ellos en un baile de disfraces especialmente bullicioso.

Retrocedió un paso de forma instintiva para ocultarse en las sombras.

—¡Ah! ¿Debo suponer que conoces a esos hombres?

—A un par de ellos —mintió—. Preferiría que no me reconocieran si puedo evitarlo.

—En ese caso, esta noche la clase comienza lejos de la sala del casino. Sígueme.

—¿Lejos de la sala del casino? Pero ¿qué pasa con...?

—Mi casino, mis reglas —la interrumpió Clay mientras recorría el lateral de la galería.

Corrió tras él, sin despegarse de la pared que estaba sumida en las sombras. ¿Adónde la llevaba?

Enfilaron varios pasillos hasta llegar a una escalera. Sin decirle lo que tramaba, empezó a subir. Ese hombre no hacía ruido, caminaba como si fuera un fantasma. Ella, en cambio, se movía acompañada por el repiqueteo de los tacones de sus zapatos, que resonaban con fuerza sobre la vieja madera de pino, alertando de su presencia a cualquiera que estuviese cerca. «Otro truco que necesito que me enseñe», se dijo.

Clay le sostuvo la puerta que había en la parte alta de la escalera para que pasara.

—Bienvenida a la sala de prácticas.

¿Sala de prácticas? Entró... y se quedó helada. Había mesas dispuestas por la amplia estancia, cada una de un juego distinto. Ruleta. Pase inglés. Mesas de cartas. Era un festín de juegos de azar.

Clay se colocó a su lado.

—Pareces una niña en una heladería.

—Tienes un casino en miniatura en la segunda planta.

—Pues sí. Como he dicho, es la sala de prácticas. No pensarás que los crupieres vienen sabiéndolo ya todo, ¿verdad?

Aquello tenía sentido.

—Así que aquí les enseñas el funcionamiento de los distintos juegos.

—Te equivocas. La mayoría ya sabe cómo funciona la ruleta y el pase inglés. Lo que no saben es cómo se juega en mi casino.

—Pero yo he jugado aquí. No se diferencia en nada de cualquier otro sitio.

Lo vio acercarse a la mesa de cartas más cercana.

—¿Eso crees?

Recordó las noches que había pasado jugando abajo.

—Yo... —Dejó la frase en el aire, incapaz de responder.

—Florence, si jugar aquí fuera igual que en cualquier otro sitio, ¿por qué iba la gente a venir a la Casa de Bronce? ¿Por el champán carísimo?

—Porque la Casa de Bronce tiene las mesas de juego más justas de la ciudad.

—Precisamente. No necesitamos timar a los clientes cuando el propio juego está pensado para que la casa siempre gane.

—¿Todos los juegos?

—Sí. —Tomó una baraja de cartas del tapete verde y empezó a barajar, moviendo con destreza esos gruesos dedos.

—Pero yo he ganado siempre que he venido.

—Eres una excepción muy rara. —La miró a la cara un instante—. Claro que eres una excepción en muchos sentidos.

¿Estaba diciendo que era excepcional? Si se tratase de cualquier otro hombre, semejante conversación podría interpretarse como un coqueteo. Pero con Clay no sabría decirlo.

—Tuve suerte.

Él soltó una carcajada seca y ronca, un sonido que brotó sin querer de su garganta.

—La suerte no existe. No, tú tienes muchísimo talento.

La calidez le inundó el pecho al oírlo. No sabía por qué su halago la afectaba de esa manera, pero sintió que se derretía por dentro a toda velocidad. «Si tengo la oportunidad de llevármela a la cama, no dudaré en aprovecharla». ¿Formaba parte de su estrategia? De ser así, mucho se temía que podía funcionar. Las flores y las joyas de los admiradores nunca la habían encandilado, pero ¿un hombre que se percataba de su habilidad para el juego? Eso era peligroso.

Podría ser ella quien lo arrastrase a la cama si seguía así.

—Hasta ahora siempre has considerado los juegos de azar desde el punto de vista de un jugador —siguió él—. Voy a enseñarte a considerarlos desde el punto de vista de la casa.

¿Por qué le resultaba tan atractivo así, con esa voz seria y esa increíble habilidad para barajar? Sus manos eran hábiles y firmes, y las cartas se movían con seguridad entre sus dedos. Las dobló, les dio la vuelta y las cambió de lugar. Cortó la baraja con un gesto de la muñeca. ¡Qué listo! Sería capaz de pasarse horas observándolo.

—¿En qué juego hay más probabilidades de que un jugador gane? —le preguntó él.

Carraspeó antes de contestar.

—En el póquer.

—Te equivocas.

—¿En la ruleta?

—Otra vez te equivocas. El veintiuno tiene las mejores probabilidades para ganar, alrededor de un cincuenta por ciento. También es muy fácil de aprender.

La luz se reflejó en su duro perfil, haciendo que las cicatrices fueran como marcas oscuras a la luz de las lámparas de gas. Le gustaba escucharlo. Observarlo. Sumergirse en sus vastos conocimientos. «Presta atención, Florence. Has venido para aprender, no para comértelo con los ojos».

—¿Debería tomar notas?

Lo vio esbozar una sonrisilla torcida mientras la miraba de reojo.

—¿Te cuesta concentrarte en el tema que nos traemos entre manos? ¿Es un problema femenino... o te distrae demasiado mi presencia?

—¿Un problema femenino? —La rabia asomó a los ojos de Florence, tal como sabía que iba a suceder. Le gustaba verla furiosa, la fría rubia se transformaba al punto en un ángel vengador. Feroz. Lista para destripar. Un hombre menos seguro hasta se habría protegido las pelotas.

Él no. Prefería que sus mujeres tuvieran arrestos.

Se quedó helado, con los músculos paralizados por la incredulidad. «¿Sus mujeres?».

«Clayton Madden, ablandado por una elegante señorita de la zona alta de la ciudad».

Frunció al recordar las palabras de Anna. Él era mejor, mejor que un hombre que se arrastraba por una mujer a la que nunca podría tener. Sí, se sentía atraído por ella, pero cualquier hombre de cierta edad sentiría lo mismo después de pasar un poco de tiempo con Florence. Era magnética. Sin embargo, también era joven y pertenecía a una clase social que prohibía las aventuras amorosas pasajeras.

Que era el tipo de relaciones que mantenía él.

«Supéralo. Enséñale y luego mándala a casa».

—Era una broma —le dijo—. ¿Sabes jugar?

—Por supuesto. —Parecía molesta porque tuviera que preguntarlo siquiera.

Contuvo una sonrisa mientras se colocaba al otro lado de la mesa, delante de ella. Repartió dos cartas para cada uno, una bocabajo y otra bocarriba.

—Pues juguemos. Esas son tus fichas. —Había una caja de madera con fichas de la Casa de Bronce sobre la mesa, según él había ordenado.

—Si gano, ¿abandonarás esa idea tuya de arruinar a mi padre?

¡Qué descarada!

—No, eso es innegociable. Sin embargo, si consigues ganarme a mí, la casa, el dinero que consigas es tuyo.

—¿Y si pierdo?

Una imagen de ella desnuda, tendida en su cama, con el cabello rubio extendido alrededor de la cabeza como un halo, apareció en su mente. Por lo más sagrado, ¡cómo la deseaba! Le ardía la piel solo de imaginárselo. Pero no la tomaría deprisa. La torturaría durante horas hasta que le suplicara...

¡Por Dios! ¿Qué estaba haciendo? Debía de sacarle por lo menos diez años y era demasiado rudo para una heredera de la alta sociedad como ella. Tal vez debería haber aceptado la oferta de Anna de la noche anterior.

De esa forma, podría haberse desecho en la cama de parte de esa... presión y no perder la cabeza esa noche.

—No pasa nada si pierdes —se obligó a contestar.

—Mejor todavía. —La vio frotarse las manos—. Vamos, crupier, no me hagas esperar.

Las cartas se movían con rapidez. Ella ganó las dos primeras manos, pero después perdió las seis siguientes, con un total de doce dólares.

—¿Qué harás ahora? —le preguntó.

—Si las probabilidades son casi al cincuenta por ciento, debe de tocarme una mano ganadora. —Apostó una ficha de veinte dólares—. Vamos.

Se mordió la lengua y repartió cartas. La casa tenía dieciséis. Ella acabó con doce. Florence pidió dos cartas más y acabó pasándose con veintidós. La vio tamborilear con los dedos sobre la mesa con una expresión irritada en la cara.

—¡Maldición! Normalmente se me da mejor.

Soltó la baraja al oírla.

—Tu error es intentar jugar cada mano basándote en la anterior. Cada mano tiene las mismas probabilidades, da igual lo que haya pasado antes. Nunca te «toca» una mano ganadora o perdedora. Ahora, ¿cómo puede un jugador tener ventaja sobre la casa en una partida de veintiuno?

—Controlando las cartas.

—Sí, pero para eso es necesaria una habilidad especial, algo raro. ¿Qué más?

—¿Un crupier compinchado?

—Bien, sí. Por eso siempre hay varios hombres dando vueltas por la sala en todo momento. Observan las mesas para asegurarse de que nuestros crupieres cumplen y de que no hay ningún jugador que trabaja con otro cliente. ¿Algo más?

Florence miró las cartas, con un precioso ceño.

—No sé.

Se repartió dos cartas, dejando una bocabajo.

—Ponte allí. —Le indicó el asiento situado más a la derecha—. Observa la carta del fondo. —Cuando estuvo en posición, levantó la carta oculta para verla.

—¡La he visto! —exclamó ella—. El seis de tréboles.

—Correcto. —Le dio la vuelta a la carta—. Algunos crupieres son torpes y comprueban sus cartas antes de que terminen las apuestas. No lo hacen por maldad, solo por estupidez. Ahora vayamos a la mesa de pase inglés.

A lo largo de las siguientes dos horas, fueron de un juego a otro. Florence demostró ser una alumna aventajada, haciéndole las preguntas adecuadas y otorgándole su absoluta atención. Dejó de pensar en ella como en la hija de Duncan Green, una princesa rica de la alta sociedad, y más como en una camarada. Una confidente que comprendía los entresijos de un casino. Llevaba mucho tiempo sin hablar con tanta franqueza con alguien, salvo con Jack.

Cuando terminaron, no estaba preparado para terminar con la intimidad de la clase. Apoyó una cadera en la mesa de la ruleta.

—Me pica la curiosidad. ¿Qué haces con tus considerables ganancias? ¿Te compras un vestido nuevo, un sombrero o un diamante?

Unos dedos delicados se curvaron sobre el borde de la ruleta vacía y la impulsaron. La ruleta giró, convirtiéndose en una hipnótica mancha roja, negra y brillante.

—No, las dono a una obra benéfica que ayuda a familias de los barrios bajos.

Se quedó boquiabierto. ¿Una... obra benéfica? Por supuesto. Bien sabía Dios que no necesitaba el dinero. Su familia poseía una riqueza obscena. Sin duda alguna Duncan Greene consentía a sus tres hijas.

Aunque Florence no parecía una consentida. Una jovencita consentida no querría montar un negocio; un negocio peligroso que, sin duda, provocaría su ruina, además. Una jovencita consentida no donaría las ganancias que obtuviera jugando a una obra benéfica. Y una jovencita consentida no contrataría al rey del juego de la ciudad para que la corrompiera.

Una excepción muy rara, desde luego.

—¿Siempre has querido ser el dueño de un casino?

Su pregunta lo pilló desprevenido. No esperaba que ella le hiciera a su vez una pregunta íntima.

—No, pero tenía aptitudes. Mi tío dirigía uno en una de las tabernas más populares del Bowery. Cuando mi familia se mudó a Delancey Street, pasé mucho tiempo en esa taberna, aprendiendo las cuentas y a llevar los libros. Empecé a organizar juegos de azar en la calle alrededor de los trece años. A los dieciséis me había expandido a los salones de billar y a las salas de apuestas. A los veintidós encontré a Jack, y empezamos a hacer negocios juntos.

—¿Y el resto de tu familia?

Clay se quedó callado, sin saber cómo responder. Su madre vivía a esas alturas en Filadelfia, lejos de la suciedad y de los malos recuerdos de Manhattan. Su padre los había abandonado cuando él tenía once años, después de que les arrebataran la casa y la destruyeran por culpa de Duncan Greene. Un año después el cólera les arrebató a su hermano Franklin. Pero no deseaba compartir eso con nadie, mucho menos con Florence Greene. Para ella el juego era un pasatiempo. Algo emocionante y prohibido con lo que entretenerse.

Para él el juego lo era todo. Lo llevaba en la sangre. Cientos de personas dependían de que él mantuviera vivas las mesas de juego, de que la bebida siguiera fluyendo, de que las cartas siguieran moviéndose. Y lo había hecho, encantado, durante más de una década para amasar fortuna y poder. Pronto tendría lo suficiente de ambas cosas para arruinar a Duncan Green.

Cuando lo hiciera, se liberaría de esa necesidad de venganza. Sería libre para buscar un futuro solo para él, tal vez uno no tan peligroso.

Sería totalmente libre.

La posibilidad hacía que le diera vueltas la cabeza.

—Clay.

Levantó la cabeza de golpe y vio a Jack en el vano de la puerta abierta.

—¿Qué pasa?

—Bill el Grande está aquí.

—¡Mierda! —¿Por qué iba a verlo el ayudante del superintendente esa noche? El día anterior había realizado los pagos, y la red de policías y políticos que tenía en el bolsillo recibía una buena recompensa por hacer la vista gorda en lo que a su imperio se refería. Era lo último de lo que le apetecía encargarse en ese momento—. ¿Dónde?

—Lo he llevado a tu despacho.

—¿Alguna idea?

Jack y él eran amigos desde hacía tanto tiempo que podían comunicarse con pocas palabras. Algo bueno para él, puesto que nunca había sido muy locuaz. Jack negó con la cabeza.

—Nada. No estoy al tanto de que hubiera algún problema ayer.

Así que se habían hecho todos los pagos y los mensajeros no habían expresado queja alguna.

—Bajo enseguida.

—¿Qué te gustaría hacer...? —Jack señaló a Florence con un gesto de la barbilla.

Clay apretó y relajó las manos mientras pensaba. Si iba a abrir un casino, tenía que saber cómo lidiar con los que ostentaban cierto poder. La ciudad de Nueva York era una ciénaga de corrupción, y había que atravesarla para llegar a alcanzar lo que se quería. ¡Joder! Hasta podría espantarla lo suficiente para que se olvidara de todo su plan.

—Que se ponga al otro lado de la mirilla.

Jack puso los ojos como platos antes de fruncir el ceño.

—¿Estás seguro? Me parece una mala idea.

—Sé lo que hago.

Jack le dirigió una mirada elocuente a Florence antes de clavarla en él de nuevo, como si quisiera comentar que estaban muy cerca el uno del otro.

—Ya lo veo, sí.

—Vete a la mierda.

—¿De qué habláis? —quiso saber Florence.

—Permítame que me disculpe por el señor Madden —le dijo Jack—. A veces se le olvidan los buenos modales.

—No pasa nada. He oído cosas peores.

Jack le dirigió de nuevo una mirada de advertencia.

—Volveré a la sala si no me necesitas.

—No, ya has hecho bastante. —Esperó a que Jack se fuera antes de mirar a Florence—. ¿Todavía quieres abrir un casino en la ciudad?

—Por supuesto. —Frunció el ceño—. No voy a cambiar de idea.

Solo el tiempo lo diría.

—En ese caso, tienes que aprender la lección más importante de todas, una que no aparece en ningún libro.

—¿Ah, sí? ¿Y de qué se trata?

—De cómo sobornar con éxito a la policía. Ven. Vas a presenciar una demostración ahora mismo.

5

Florence se revolvió en el incómodo taburete y miró hacia donde creía que se encontraba Clay. No podía verlo, pero sabía que estaba allí. Percibía su calor, captaba el olor a tabaco en su ropa. Era grande e intimidante, y estaban solos en aquel pequeño y oscuro armario. La recorrió un escalofrío.

Aunque no por el miedo. Ni por asomo.

«Ya basta». ¡Por Dios! La imaginación se le estaba yendo de las manos con ese hombre. Necesitaba concentrarse. La creciente lujuria que sentía tendría que esperar a que volviera a casa, se desvistiera y se metiera en la cama. En ese preciso momento debía aprender los entresijos de un casino.

Claro que esperaba con ansia que llegara el momento de meterse en la cama.

Carraspeó y entrelazó las manos en el regazo. «Mantén las apariencias». Podía hacer lo que fuese necesario, incluso posar como una señorita respetable de la alta sociedad.

Sin hacer el menor ruido, Clay movió algo de la pared y se vio un rayito de luz. «La mirilla», así lo había llamado. Se inclinó hacia delante y pegó el ojo al agujero. ¡Por Dios! Era el despacho de Clay. Podía ver la mesa y los sillones con claridad. Un hombre corpulento ataviado con un traje marrón ocupaba uno de los sillones. Unas pobladas patillas rojizas le cubrían casi toda la cara, y tenía un mostacho a juego sobre el labio superior. Bill el Grande, había dicho Jack. Ladeó la cabeza hacia Clay.

—Pero ¿quién...?

Una mano grande le cubrió la boca, y sintió la áspera piel contra la suya. No eran las manos de un ricachón de la zona alta de Manhattan, acostumbrado a navegar en yate y a montar a caballo. Eran las manos de un hombre, fuertes y encallecidas por el trabajo duro. Manos hábiles. El corazón se le desbocó, y un ramalazo de excitación hizo que se le endurecieran los pezones por debajo de la ropa. Como si él se hubiera percatado de su reacción, le apretó la cara con más fuerza, clavándole un poco las puntas de los dedos antes de apartar la mano. Sintió un resoplido junto a la sien, y el sonido fue algo parecido a la frustración. ¿Estaba molesto con ella?

De repente, deseó poder verlo desatado, por una vez libre de ese gélido control. ¿Qué haría falta para alterar a ese hombre tan enigmático?

Sintió sus labios en la oreja. Susurrando de manera que casi no alcanzó a oírlo, Clay le dijo:

—Ni un solo sonido aquí dentro. Debes quedarte totalmente inmóvil y no hablar. —Asintió con un gesto seco de la cabeza, y él la soltó—. Muy bien.

Acto seguido, desapareció por el pasillo y ella casi se derrumbó mientras el aire le abandonaba los pulmones. ¡Por el amor de Dios! Ese hombre era potente.

Tal vez saber que le resultaba atractiva hacía que se sintiera más cómoda con él. No había secretos, sus motivos eran más que transparentes. La veía tal como era..., y no la juzgaba. ¿Cuándo fue la última vez que había pasado algo así, si acaso había sucedido?

La puerta del despacho de Clay se abrió, y lo vio entrar. Pegó el ojo a la mirilla, ya que no deseaba perderse ni un solo momento de la conversación.

—Bill, no te esperaba —dijo Clay mientras se dirigía a su mesa.

—Buenas noches, Madden. —El hombre se puso en pie, y de inmediato Florence comprendió por qué lo llamaban «Bill el Grande». Medía más de metro ochenta, y los botones del chaleco pugnaban por permanecer cerrados alrededor de su torso, como si hubiera ganado peso y no se hubiera molestado en arreglarse la ropa.

Se estrecharon las manos antes de que Clay se sentara en su sillón al otro lado de la mesa.

—¿Hay algún problema con el pago de ayer?

—Ya sabes qué problema hay. Cuando accedí a invertir en la Casa de Bronce, llegamos a un acuerdo sobre las ganancias.

—Cierto. Acordé revisar tu porcentaje después del primer año, en función de cómo le fuera al casino.

—Y todavía no he recibido ese porcentaje revisado. Es el casino más rentable de la ciudad, puede que de todo el estado, y te estás quedando con esos beneficios.

Clay alargó una mano hacia la caja de puros, abrió la tapa y le ofreció uno a Bill. El hombre escogió uno antes de que Clay eligiera otro, y pronto los dos estaban fumando.

—Bien, si quisiera engañarte, ya lo habría hecho.

—No cuando necesitas que el departamento de policía haga la vista gorda. Si no fuera por mí, ya te habrían hecho una redada y te habrían cerrado el negocio.

—Y si no fuera por mí, tu mujer no tendría esa nueva casa de vacaciones en Poconos.

—¿Cómo...?

—Lo sé todo sobre ti. —Señaló a Bill con el puro—. Le compraste la casa de Poconos y reformaste tu vieja casa de ladrillo de Brooklyn con nuestro dinero. El problema es que ahora quiere otra casa de vacaciones, en Virginia en esta ocasión, para lo que no tienes los fondos necesarios, ¿verdad?

—¡Dios! ¿Tienes un espía en mi casa?

Clay hizo lo que, a ojos de Florence, era una mueca satisfecha.

—Bill, parece que no entiendes cómo funciona este trato —le dijo—. Se te ofreció ser inversor para que protegieras mi casino de la policía y de los tejemanejes políticos. Eso te convierte en mi inversión, una que vigilo con mucho celo. Porque en cuanto dejes de serme útil, o en cuanto vayas en contra de mis intereses, te reemplazaré por otra persona.

—Inténtalo si te atreves —replicó el policía—. Solo hay un hombre con una posición más alta que yo en todo el departamento, y nunca se vendería a gente de tu calaña.

Clay sacudió la cabeza, como si Bill siguiera sin entender.

—También están los comisarios. ¿De verdad crees que ya no tengo influencia en ese ámbito?

¿Clay había sobornado a uno de los comisarios de policía?

—Y eso sin hablar del ayuntamiento y de los jueces. Te necesito, Bill, pero para mí no eres irremplazable. Nadie lo es.

A Florence se le puso la piel de gallina. Se mostraba muy calmado. Muy frío. Las amenazas brotaban de sus labios con la misma facilidad con la que los caballeros de la alta sociedad hacían cumplidos. «¿Y por qué me resulta tan atractivo?». Estaba embobada, más excitada que en mucho tiempo. ¿Qué le pasaba?

—No te creo. Sin mí, te quedarías sin negocio en una semana.

Clay esbozó una sonrisa fría al oírlo, y su expresión denotó una amenaza tan fría que Florence no entendía cómo el tal Bill no estaba acurrucado en un rincón.

—Eso parece una amenaza. ¿Me estás amenazando? —Parecía muy contento por esa posibilidad, como si esperase que la respuesta fuera afirmativa.

Florence se humedeció los labios. El aire estaba muy cargado en el pequeño armario, y una gota de sudor le bajó por el canalillo. Aun así, era incapaz de apartar la mirada de Clay. Le resultaba absolutamente fascinante.

—No te interesa convertirme en tu enemigo, Madden.

—Porque...

—Porque ya puedes despedirte de tu casino. Acabarás en una bonita celda en Las Tumbas.

¿En una celda? ¡Por el amor de Dios! La idea de que Clay acabara entre rejas le parecía mal, como esos osos encadenados del circo.

Clay abrió un cajón, buscó entre varios documentos y después dejó unos cuantos en la mesa.

—¿Y qué crees que pasará con esa bonita casa recién reformada si la Casa de Bronce cierra?

Bill se inclinó hacia delante, pero ella no pudo ver su reacción a lo que contenían los documentos.

—¿Tú... has comprado la hipoteca de mi casa?

Florence estuvo a punto de jadear por la sorpresa, de modo que se tapó la boca con una mano. «Jaque mate», pensó.

—Lo considero una inversión en mi inversión. —Clay le dio una larga calada al puro y después soltó una buena bocanada de humo—. Ahora vas a ponerte en pie y a salir de aquí, y los dos olvidaremos que esta conversación ha tenido lugar.

—Quiero un porcentaje mayor, Madden. Me lo merezco. —Bill golpeó el brazo del sillón con un puño. Al parecer, no pensaba echarse atrás. El muy idiota.

Clay se puso en pie, con el puro entre los dientes.

—No vas a tenerlo.

El policía se levantó del sillón.

—Ya lo veremos, ¿no te parece?

Clay no replicó, sino que mantuvo una expresión estoica mientras Bill salía en tromba del despacho y cerraba de un portazo.

Se hizo el silencio, pero Florence era incapaz de moverse y respiraba entre jadeos mientras sentía la piel acalorada. Eso había sido... sorprendente. Como oír a Mozart componer una sinfonía. O ver a Miguel Ángel dibujar. No conocía a otro dueño de casino, pero sin duda Clay era un maestro, un manipulador brillante centrado en conseguir lo que quería y en proteger lo que ya tenía. Se rumoreaba que era el mejor, y acababa de presenciarlo.

Un runrún le corría por las venas y sentía un hormigueo de lo más inapropiado entre los muslos; síntomas que reconocía muy bien. Presenciar esa conversación la había afectado, la había desequilibrado y, que Dios la ayudara, la había excitado. Todo por culpa de Clay. Un hombre que planeaba arruinar a su padre.

La atracción no formaba parte del trato, no podía formar parte, al menos no en lo que a ella se refería.

Ya había ardido de lujuria antes, y había tomado decisiones más que cuestionables cuando el deseo le nublaba el cerebro. Como aquella vez que le enseñó los calzones a Billy Palmer en una hornacina de la Ópera Metropolitana. Cuando besó a los gemelos Webster en los jardines Vanderbilt. O aquel día que se acostó con Chester McVickar en el hotel Astor Place...

Lo consideró todo un entretenimiento inofensivo, una forma rebelde de experimentación. Sin embargo, los hombres habían imaginado cosas basadas en sus actos y la habían perseguido. Sin tregua. Su padre aún no comprendía por qué había rechazado varias proposiciones matrimoniales.

«Porque no puedo permitir que otra persona controle mi futuro».

Por favor, como si pudiera hacerle entender eso a su padre.

En ese preciso instante Clay clavó los ojos en la mirilla, como si pudiera ver a través de la madera y llegarle al alma. Se quedó sin aliento y sintió que la sangre se le agolpaba en las orejas.

«¡Ay, por favor!». ¿Se daría cuenta? Casi se reprendió por semejante ridiculez de pregunta. Por supuesto que se daría cuenta. A Clay no se le escapaba nada.

Tenía que salir de allí. En ese momento. Antes de que descubriera lo que había estado pensando.

Se puso en pie de un salto y se abalanzó hacia la puerta. La luz del pasillo la cegó mientras corría en dirección contraria al despacho de Clay. De repente, una mano la agarró del brazo, y tuvo que contener un chillido.

Jack el Calvo la miraba con el ceño fruncido.

—Señorita Greene, ¿va todo bien?

—Sí, sí. Todo va bien. Estoy bien. Pero tengo que irme. ¿Le dirá...? —Tomó una bocanada de aire para serenarse—. Por favor, dígale que se ha hecho tarde y que tenía que volver a casa. Volveré dentro de unos días.

Jack asintió con la cabeza y la soltó.

—La escalera está al doblar la esquina, detrás de la tercera puerta. Los muchachos de la entrada le buscarán un carruaje de alquiler. No deambule sola por la calle a estas horas.

—No lo haré. Gracias. —Se alejó a toda prisa por el pasillo, ansiosa por encontrar un poco de paz y ordenar sus pensamientos. Porque la próxima vez que viera a Clay tendría que controlarse a la perfección.

Clay oyó que se abría la puerta del escondrijo y se quedó quieto, a la espera. ¿Por fin la había espantado? Una parte de él rezaba para que así fuera, para que esa parte del negocio la hubiera asqueado. Bien sabía Dios que su vida sería mucho más fácil así. La presencia de Florence en el casino solo complicaba las cosas.

Sin embargo...

En fin, no había motivos para terminar esa idea. Solo los idiotas pedían deseos imposibles.

Soltó una larga bocanada de humo y estaba disfrutando del escozor en los ojos cuando se abrió la puerta del despacho. Aunque no era quien se esperaba.

Jack entró con expresión furiosa.

—¿Qué demonios has dicho aquí dentro?

No tenía la menor idea de por qué Jack estaba tan enfadado.

—Bill ha exigido un porcentaje mayor. Cree que me tiene contra la pared.

—Supongo que lo has puesto en su sitio.

—Por supuesto. Le he enseñado el pagaré. —Dio una larga calada—. No le ha hecho gracia.

Jack se sentó en el mismo sillón que poco antes había ocupado Bill.

—No me cabe la menor duda. Se ha estado gastando el dinero conforme lo recibía.

—Querrás decir que su mujer se ha estado gastando el dinero.

—Al parecer, le encanta ir de compras. Si a sus gastos les añades las facturas de las reformas y la compra de la casa de vacaciones, Bill se encuentra en una situación muy precaria.

—En fin, le he dejado muy clara mi postura. Espero que se calme.

—¿Y si no lo hace?

—Ya pensaremos en eso si llega el momento. ¿Por qué has entrado como si quisieras darme un puñetazo? ¿Por Bill?

—¡Joder, no! He visto que la señorita Greene salía en tromba de aquí como si el casino estuviera ardiendo. No se me ha ocurrido nada que pudieras haberle hecho para afectarla de semejante manera.

Se preparó. Había llegado el momento de que Jack le describiera lo mucho que la había asustado.

—Estaba horrorizada, claro.

—No, no me ha dado esa impresión. No me ha parecido asustada. Solo ansiosa por salir de aquí.

Clay amontonó los documentos que tenía en la mesa e intentó analizar el embrollo que tenía en la cabeza.

—Así que no va a volver.

—Te equivocas. Ha dicho que volverá dentro de unos días.

Era incapaz de entenderlo. ¿No la había espantado? No hacía más que sorprenderlo a cada paso.

—Os vi muy acaramelados en la sala de prácticas.

Clay se acomodó en el sillón y fulminó a su amigo con la mirada.

—¿Te preocupa su virtud, Jack?

—Teniendo en cuenta que has renegado de las mujeres, no especialmente. Pero eso no quiere decir que esté bien.

—Me ha pedido que sea su mentor. No puedo hacerlo por carta ni por telegrama. —Se encogió de hombros—. Nadie la obliga a venir.

—Sé que no voy a convencerte de hacer lo correcto y de que le prohíbas la entrada, así que ni lo voy a intentar.

—Bien. Pues pasemos a temas más importantes. ¿Cómo va la cosa con la arquitecta? —Siguiendo el consejo de uno de los mejores abogados de la ciudad, Clay había decidido construir su casino en la calle Setenta y nueve, le vendiera la casa la señora Greene o no. Sin duda una vez que comenzaran los trabajos de construcción, la mujer querría huir del barrio, momento en el que aparecería de nuevo y le compraría la casa por mucho menos dinero del que le ofreció la primera vez.

Después derribaría la dichosa casa hasta dejarla reducida a escombros. «El círculo se cierra, Duncan, cabrón miserable».

—Va a traer los planos finales pasado mañana —contestó Jack.

—Excelente. Cuanto antes presentemos los planes, antes podré echarle el guante a esa casa.

Jack se puso en pie.

—Y antes averiguará la señorita Greene lo que te traes entre manos. Algo me dice que no le va a gustar.

Clay apagó el puro en el cenicero y alargó las manos hacia un montón de documentos.

—No es asunto suyo.

—¡Qué desengaño te vas a llevar! —Echó a andar hacia la puerta—. Oye, Mike lo tiene todo controlado en la sala y ya casi está vacía. Me voy al establecimiento de Anna.

—¡Ah! ¿La señora Gregson? —Jack llevaba viéndose con la cocinera viuda de Anna casi seis meses.

—Sí. Si me necesitas, ya sabes dónde encontrarme.

Disfrutando de las atenciones de su amante, sin duda.

—No lo haré. Nos vemos mañana.

Se cortaría el brazo antes de estropearle a Jack el poquito de felicidad que tenía.

Cuando se conocieron, su amigo se movía en el circuito del boxeo. Le ofreció el triple de lo que ganaba como boxeador para que lo dejara y se encargase de la seguridad del salón de billar, cuando solo contaba con el salón grande en el Bowery. Jack accedió, y pronto se convirtieron en socios. Era la mejor decisión que había tomado en la vida. Jack era inteligente y justo, los trabajadores lo respetaban y se le daban bien los clientes. Clay no tenía paciencia para lidiar ni con unos ni con otros, asustaba a todo el mundo. Algo muy útil cuando se trataba de policías corruptos y de tramposos, pero poco deseable en cualquier otra situación.

Claro que no podía cambiar su carácter huraño. Se había quemado demasiadas veces con socios, clientes... e incluso con compañeras de cama. Elizabeth, la amante que tuvo durante mucho tiempo, se presentó como viuda, ansiosa por disfrutar de un buen rato, cuando él tenía diecinueve años. Pero se mostraba nerviosa con él. Incluso después de siete meses juntos, se tensaba cada vez que él hacía un movimiento repentino. Tampoco se quedaba a charlar. En cuanto se corrían juntos, se vestía y salía a toda prisa de su alojamiento.

Después descubrió su secreto. Elizabeth no era viuda. Su marido estaba muy vivo... y era uno de sus inversores. La curiosidad la había llevado a su cama, donde le mintió sobre su origen y su familia. Aunque no la odió por ello. La mayoría de los matrimonios no era feliz, y los cónyuges infelices solían buscar alternativas. Él no le debía lealtad al marido, aunque fuera un inversor. Rechazaba inversores todas las semanas. Encontrar dinero nunca fue un problema.

Sin embargo, aquello le enseñó una lección muy valiosa sobre la confianza. La gente mentía para conseguir lo que quería si lo quería con el ansia necesaria. Y él detestaba a los mentirosos.

A partir de aquel momento no volvió a acostarse con mujeres casadas. No merecía la pena, no en una ciudad donde se podía encontrar a una guapa soltera a cada paso. Además se aseguraba muy bien de conocer a quien se metía en su cama. No lo engañarían dos veces.

«No soy inocente».

¡Por Dios! No era la imagen que necesitaba en ese preciso instante. ¿Qué había querido decir Florence con eso? ¿Había perdido la virginidad con algún imbécil con sombrerito de paja que, seguramente, no encontraría el clítoris ni con la ayuda de un mapa? Casi se compadecía de ella si ese había sido el caso.

«Yo podría enseñarle lo que es el placer de verdad».

Tragó saliva con fuerza. Sí, desde luego que podría..., pero, ¿adónde lo llevaría eso? A ningún lugar bueno, estaba claro. Sería mejor concentrarse en los negocios.

Tenía un palacio de vicio y corrupción que dirigir, y no había sitio para una princesa de la alta sociedad en él.

6

⤳

¡Por Dios! ¿Acaso esa cena no iba a terminar nunca?

Florence disimuló un bostezo e intentó no dormirse encima del plato de pato asado. Había acompañado a sus padres a cenar a casa de los Van Alan, y los invitados eran personas mayores, compañeros de su padre y señoras que participaban en los mismos comités benéficos que su madre. El único soltero cercano a su edad era Chauncey, que prácticamente estaba comprometido con su hermana Mamie. Y, la verdad fuera dicha, el polvo era más interesante que ese hombre.

Se suponía que su hermana Mamie también debía asistir a la cena, pero se había echado atrás en el último momento por un dolor de cabeza. ¡Qué tonta había sido al no hacer lo mismo!, pensó. Había supuesto que al menos habría algún hombre joven. Los Van Alan debían de haber pensado que con Chauncey era suficiente, y no se habían molestado en invitar a nadie con quien le apeteciera hablar.

Todo el mundo se mostró educado, aunque resultaba evidente que la miraban con curiosidad. Tal como sucedía en cualquier evento al que asistiera. Nunca había encajado en la alta sociedad, sobre todo porque no le importaba lo que pensaran de ella. Esas reglas tan estrictas y las numerosas tradiciones resultaban ridículas. Dos muchachas con las que Florence había debutado cuatro años antes ya habían sido condenadas al ostracismo por la sociedad: una por divorciarse de un marido mujeriego y la otra por atreverse a criticar el sombrero de la señora Fish prácticamente delante de la susodicha. Ella no quería formar parte de un mundo en el que las mujeres no eran libres para hablar y hacer lo que quisieran.

«¡Ojalá hubiera nacido cien años después!».

—¿En qué está pensando? —le preguntó el señor Connors, un caballero entrado en años sentado a su derecha, que se inclinó hacia ella para hablar. El olor de su colonia la asaltó con la sutileza de un elefante a la carga.

Se apartó un poco e intentó no respirar hondo.

—Solo estaba disfrutando del pato.

—Que yo haya visto, ni lo ha probado.

¿Por qué la observaba con tanta atención? El señor Connors rondaría los cincuenta, si acaso no los había superado ya, y su esposa había muerto unos quince años antes. Se lo había encontrado muchas veces desde que debutó, ya que la alta sociedad neoyorquina no era muy numerosa. En realidad, todo el mundo se conocía. Sin embargo, esa era la primera vez que se sentaba a su lado durante una cena.

«Gracias, Mamie», pensó.

Soltó la copa de vino y agarró el tenedor.

—Es de mala educación llamar mentirosa a una dama.

—Me parece justo —replicó él entre risas—. ¿Se está divirtiendo?

—Por supuesto. ¿Y usted?

—La he estado observando, señorita Greene. Aunque está tan guapa como siempre, no creo que se esté divirtiendo mucho esta noche.

—Es que tengo muchas cosas en la cabeza, nada más. —¿Qué otra razón podría aducir? Desde luego que no podía decirle la verdad, ya que el señor Connors coincidía con la edad de casi todos los presentes.

—¿Y de qué iba a preocuparse una joven como usted?

El tono paternalista de la pregunta no le gustó ni un pelo.

—¡Oh, no quiero aburrirlo!

—Ese es el quid de la cuestión —repuso él, que se inclinó hacia ella y bajó la voz—. Me resulta difícil creer que pueda llegar a aburrirme.

—Yo... —Dejó la frase en el aire. ¿¡Estaba coqueteando con ella!? Si fuera un hombre de su misma edad, la respuesta sería afirmativa. Pero tratándose de un hombre tan mayor... Tal vez se le diera muy mal entablar una conversación educada, nada más. Carraspeó y añadió—: Mi padre ciertamente desearía que fuera más aburrida.

Si acaso pensaba que la mención a su padre le pondría fin al incómodo momento, descubrió que estaba equivocada al oír que el señor Connors decía:

—Bueno, yo no soy su padre y la encuentro bastante refrescante.

—Eso es muy amable por su parte —murmuró y buscó la copa de vino.

El hombre sentado frente a ella mantenía una animada conversación con otro invitado, de manera que no tenía forma de escapar del señor Connors, salvo que se levantara de la mesa y saliera corriendo. Intentó captar la mirada de su madre, pero estaba pendiente del señor Van Alan. Cuando miró a su padre, descubrió que la estaba observando con atención. Enarcó las cejas con gesto elocuente y supuso que él entendería su necesidad de rescate.

Sin embargo, su padre sacudió la cabeza con brevedad, como si dijera: «Sea lo que sea, no des el espectáculo».

La esperanza que atesoraba en el pecho murió de repente. ¿Cómo se le había ocurrido pensar que alguien iba a ayudarla? Sus padres le habían ordenado una y otra vez que debía encajar. Que no ofendiera a nadie ni fuera maleducada. «Sé otra persona, Florence», ¿no era eso lo que querían decir?

Cuando abriera su casino, no tendría que preocuparse por todas esas tonterías. Se ganaría la vida ella sola, sin necesidad de que su padre o su marido le dieran dinero todos los meses.

Mucho tiempo antes había llegado a plantearse la idea de provocar un escándalo para que su reputación acabara hecha trizas y fulminar de esa manera la necesidad de asistir a todos esos eventos. Sin embargo, la habían frenado dos cosas. En primer lugar, un escándalo lastimaría a su madre y a sus hermanas. Ni Mamie ni Justine estaban casadas todavía, y detestaba la idea de dificultarles el futuro. En segundo lugar, necesitaba que las mujeres de la alta sociedad visitaran su casino una vez terminado. Si las ofendía a todas en ese momento burlándose de sus convenciones, no tendría posibilidad alguna de conseguir que se convirtieran en clientas del casino más adelante.

—Lo digo muy en serio —oyó que decía el señor Connors—. Es distinta de las otras muchachas de su edad. Veo en usted una chispa que a ellas les falta. Siempre he admirado eso en una mujer.

Florence bebió dos sorbos de vino y a punto estuvo de apurar la copa.

—Gracias.

—Ha rechazado tres proposiciones matrimoniales, ¿no es así? No puedo culparla. Los hombres de su edad son unos críos. Tontos e inmaduros. Tal vez por eso todavía no ha encontrado a nadie. Tal vez prefiera a alguien mayor.

Sintió que pegaba la pierna a la suya y no esperó a escuchar más. Retiró la silla de la mesa y se puso en pie.

—Si me disculpan —dijo, sin mirar a nadie en concreto, tras lo cual se apresuró hacia el pasillo. Una vez sola, se apoyó en la pared del fondo y se llevó una mano al pecho, con la esperanza de aminorar un poco el ritmo alterado de su corazón. El señor Connors tenía la edad de su padre. La idea de casarse le revolvió el estómago.

¿Le habría rozado la pierna de forma intencionada?

—Florence...

Levantó la cabeza al instante, en cuanto oyó esa voz familiar.

—Papá, ¿qué haces aquí?

Su padre se acercó a ella con el ceño fruncido.

—Estaba a punto de preguntarte lo mismo. Te has levantado de la mesa como si te encontraras mal.

—Estoy bien. Solo necesitaba un momento a solas.

Su padre puso los brazos en jarras, abriéndose el esmoquin.

—¿Por qué?

—Por nada.

—Espero que haya sucedido algo para ponerte en evidencia delante de todos. Otra vez.

Lo único que había hecho era disculparse para salir al pasillo. ¿Cómo era posible que algo así decepcionara tanto a su padre? La ira le acarició la piel tras surgir desde lo más hondo de su ser. Estaba cansada de ser una decepción, de sentirse tan inapropiada todo el tiempo, sobre todo cuando no lo merecía. ¿Su padre quería saber qué había pasado? Bien, pues se lo diría.

—El señor Connors ha hecho que me sintiera incómoda. Quería alejarme de él.

Su padre echó el peso del cuerpo hacia atrás, pero siguió con el ceño fruncido.

—¿Connors? Lo conozco de toda la vida. ¿Qué demonios te ha dicho para que te sintieras incómoda?

—No sé si...

—Florence, dímelo palabra por palabra. Déjate de tus acostumbrados rodeos.

Otra puñalada. La apartó mentalmente.

—Me ha dicho que me admiraba, que soy diferente de las demás chicas de mi edad. Que tal vez prefiera un marido mayor, uno más maduro.

—¿Y? —le preguntó su padre al ver que ella guardaba silencio.

—Y que me ha estado observando.

—¿Nada más?

La expresión de su padre era severa y beligerante, pero ella siguió hablando.

—Me ha rozado la pierna con la suya por debajo de la mesa.

—Algo que puede haber sido accidental.

Florence soltó un largo suspiro.

—¿Sumado a lo que me ha dicho?

—A ver si lo entiendo: te ha hecho un cumplido, ha comentado la posibilidad de que prefieras un hombre mayor (una posibilidad con la que casualmente estoy de acuerdo) y te ha rozado sin querer la pierna por debajo de la mesa. Y por eso has dado un espectáculo al salir corriendo del comedor.

—No he dado ningún espectáculo, papá.

—No discutas conmigo, jovencita. Siempre te pasa igual. No eres feliz a menos que causes revuelo o te conviertas en el centro de atención.

Florence apretó los labios y cruzó los brazos por delante del pecho. Su padre no iba a escucharla, nunca lo hacía de todos modos, así que, ¿para qué molestarse en intentar explicarse? A nadie le importaba cómo se sentía realmente por dentro.

—Ahora, vuelve a entrar y siéntate —le ordenó su padre—. Espero que te quedes callada y que te comportes con educación durante el resto de la cena. No le hagas caso a Connors si lo que dice te molesta. Es inofensivo, y no permitiré que desprecies a nuestros amigos.

Florence alzó la barbilla, movida por una furia impotente que le quemaba el pecho hasta el punto de impedirle hablar.

—¿Me entiendes? —le preguntó con su padre con su voz más severa, una voz que ella había oído mil veces.

—Sí, papá —respondió mientras pasaba a su lado de vuelta al comedor. A su espalda lo oyó murmurar:

—¡Que me aspen, pero esa muchacha va a acabar con todos nosotros!

Clay levantó los puños y siguió golpeando el pesado saco que colgaba del techo. Directo, derechazo, gancho, repetición. El sudor le caía por la frente y por el pecho desnudo. Le costaba trabajo llenar los pulmones de aire, pero siguió adelante.

El casino estaba medio lleno esa noche. Una asistencia decente, según sus primeros cálculos. Los planos del casino de la zona este le habían gustado, lo que significaba que la arquitecta los presentaría en el ayuntamiento para obtener los permisos. Las cosas avanzaban. Prosperaban.

Sin embargo, se sentía inquieto. Molesto. Sabía por qué, pero no quería admitirlo. Aunque tenía la verdad delante de las narices.

Florence llevaba dos días sin aparecer. Se dijo a sí mismo que era lo mejor, pero no podía evitar pensar en ella. Se preguntaba qué estaría haciendo. Probablemente estaría en alguna cena elegante durante la cual algún jovenzuelo le manosearía un muslo por debajo de la mesa.

Golpeó el saco con tanta fuerza que el dolor le subió por el brazo y le llegó al hombro.

No le cabía duda que tendría que alejar a sus pretendientes allá donde fuera. Una mujer como ella, guapa y vivaracha, atraería la atención por doquier. «No soy inocente». ¡Por Dios! ¿En qué estaba pensando para ofrecerle semejante información a un hombre como él?

—Aquí tienes.

Anna entró en el sótano, acompañada por el frufrú de sus faldas y el repiqueteo de sus tacones sobre el duro suelo. ¿Cómo era posible que no la hubiera visto bajar la escalera?

«Esa mujer te tiene distraído. Espabila, Madden».

—Estoy ocupado.

—Siento interrumpir, pero tenía que verte enseguida. Jack me dijo que te encontraría aquí.

Rodeó con los brazos el pesado saco y se apoyó en él, resollando por la falta de aire.

—¿Ah, sí?

Anna se sentó en una caja de madera.

—¿Te acuerdas de Charity? William Coogan, el policía, es uno de sus clientes habituales.

¡Ah! Uno de los pocos comisarios que él no tenía en el bolsillo. Pero solo porque estaba en el de Mulligan, que dirigía todo aquello que no dirigía él en la ciudad.

—Lo conozco.

—Esta noche le ha dicho a Charity que la Casa de Bronce pronto tendrá un nuevo dueño.

Clay resopló, exasperado.

—Eso es ridículo.

—No estarás pensando en vender, ¿verdad?

—¿No crees que si tuviera intención de vender, lo sabrías?

Anna lo miró fijamente a la cara.

—No estoy segura. Nunca me has ocultado nada, pero supongo que hay una primera vez para todo.

—Tienes mi palabra de que te lo diría, Anna.

—Muy bien, no vas a vender la Casa de Bronce. En ese caso, ¿sabes de lo que estaba hablando?

Clay se agachó y recogió la toalla que había dejado antes en el suelo. La utilizó para limpiarse el sudor de la cara.

—Es posible.

Anna esperó un momento y después puso los ojos en blanco.

—¿Y?

—Bill el Grande es un imbécil. Pero no supondrá ningún problema.

—Entiendo. —Anna agachó la mirada y la mantuvo así un buen rato—. ¿Debería preocuparme?

—En absoluto. Lo tengo controlado.

Anna asimiló la información y después se bajó de la caja de madera.

—Me alegro de oírlo. No necesito recordarte lo que significa para mí la inversión que he hecho en este lugar. Es mi oportunidad para retirarme y vivir en una bonita casa al norte del estado, lejos de la suciedad y de las enfermedades de esta ciudad.

—Soy perfectamente consciente de ello, y no os fallaré ni a ti ni a ninguno de los demás inversores.

La expresión de Anna se suavizó al instante.

—No me refería a eso. Para mí eres más que una inversión. Eres mi amigo. Y no puedo permitirme el lujo de preocuparme también por ti, junto con el resto de preocupaciones de mi día a día.

Clay arrojó el pañuelo al suelo.

—No tienes motivos para preocuparte. Lo tengo todo controlado.

—Sí, ya lo veo.

La miró antes de prepararse para golpear de nuevo el saco.

—¿Qué significa eso?

—Significa que nunca bajas al sótano a menos que estés nervioso o molesto.

—Eso no es cierto —mintió. Sí, esa era una de las vías de escape que usaba para desahogarse. Puesto que llevaba una temporada sin una relación estable, tenía dos alternativas: batear con la pelota de béisbol o boxear—: Y ¿cómo lo sabes? Si apenas vienes por aquí.

—No eres el único que recaba información, Clay.

—En ese caso, tu información es errónea.

Siguió con la serie de golpes y ganchos. Cuando por fin se detuvo y se volvió, ella enarcó una ceja.

—¿Esto tiene algo que ver con tu señorita de la alta sociedad desaparecida?

—¡Joder, no! Y no está desaparecida.

—¿Qué dijo Shakespeare sobre la costumbre de protestar demasiado?

—No he leído *Hamlet* —contestó él con brusquedad—. Y dijera lo que dijese, se equivocaba.

—En ese caso, ¿cómo es que sabes que la frase es de *Hamlet*?

Clay masculló algo entre dientes y se volvió de nuevo hacia el saco.

—¿No hay hombres en la puerta de al lado, ningún cliente que necesite mimos?

—Pueden esperar. Estoy demasiado ocupada mimando al hombre aquí presente.

—Yo no necesito mimos. Déjame en paz. Eres tan mala como Jack.

Anna sacudió la cabeza y echó a andar hacia la puerta.

—Espero que la señorita Greene vuelva pronto, por el bien de todos.

—Sin duda, tus espías te informarán en cuanto reaparezca.

—Sin duda. Por supuesto, existe la posibilidad de que no lo haga. Jack me ha dicho que se fue echando humo por las orejas.

Clay sintió una opresión en el pecho y una serie de ardientes emociones no deseadas por la simple posibilidad de no volver a verla. Era una reacción absurda. Le daba igual si ella regresaba o no. Había cosas más importantes de las que preocuparse, como por ejemplo ampliar su negocio. Vengarse de Duncan Greene. Asegurarse de que Bill el Grande no se desmarcaba de la línea trazada. Descubrir por qué motivo había aparecido una oleada de tramposos a lo largo de esas dos últimas semanas en el casino.

Así que sí. Tenía preocupaciones mucho más urgentes que Florence Greene.

Se obligó a relajar los hombros.

—A menos que haya cambiado de opinión sobre la idea de abrir un casino, volverá.

—Admiro tu confianza, Clay. Y casi me habría creído que lo dices en serio si no te hubiera visto la cara cuando he dicho que existe la posibilidad de que ella no vuelva. Parecía que te hubieran dado un puñetazo en el estómago.

—Lárgate, Anna. —Golpeó el saco con una combinación de ganchos de izquierda y de derecha mientras las carcajadas femeninas resonaban en sus oídos después de que ella se fuera.

—Date prisa, Mamie —dijo Florence al tiempo que agarraba a su hermana del codo. Se sentía rebosante de energía, incapaz de calmarse. Como si experimentara un hormigueo por debajo de la piel que no podía pasar por alto. Cada vez que se sentía así, sabía que debía escapar en busca de alguna emoción. El baile, las cartas, la música y las risas estridentes. ¡Experimentar la vida! Por regla general, Mamie la acompañaba en esas salidas, aunque esa noche había tenido que recurrir al chantaje para convencerla—. Debemos llegar antes de que empiecen a aguar las bebidas.

—No entiendo —protestó Mamie mientras caminaban por la calle Treinta y uno—. ¿Por qué no vamos a la Casa de Bronce?

«Porque soy una cobarde», pensó Florence.

No había puesto un pie en la Casa de Bronce desde hacía dos días, durante los cuales había intentado luchar contra la fascinación que sentía por Clayton Madden. Sus sentimientos eran complicados y retorcidos, como un nudo apretado imposible de desenredar. En realidad, resultaba vergonzoso. Ese hombre seguramente tuviera montones de mujeres a cualquier hora del día en la primera planta de su club, dispuestas a satisfacer todos sus caprichos.

«Me siento atraído por usted».

¿Era ese el motivo por el que no podía dejar de pensar en él? No, descartó esa idea de inmediato. Unos cuantos hombres le habían confesado que la deseaban en los últimos años. ¡Por el amor de Dios, si Archibald Warner le había suplicado que se fuera a la cama con él en el último baile que organizó su abuela! Ese tipo de comentarios nunca la habían afectado, así que, ¿por qué la afectaba el de Clay?

—Florence, ¿me estás escuchando?

—Sí, lo estoy haciendo, y no vamos a la Casa de Bronce porque esta noche quiero ganar una buena cantidad de dinero y allí no puedo apostar más. Debemos ir a otro lugar.

—No sé por qué vamos a dicho lugar con tantas prisas, como si nos persiguieran. Me gustaría que fueras más despacio.

—Deja de quejarte —replicó Florence—. Me lo debes por no haber asistido a la cena de los Van Alan. Que te dolía la cabeza... ¡Y un cuerno!

—Ya me he disculpado por dejarte sola durante aquel evento. No hay necesidad de torturarme atravesando la ciudad a la carrera, Florence.

En la esquina se encontraba la taberna de Donnelly. Una puerta lateral conducía a las estancias superiores, donde se jugaba y se apostaba, lejos de las miradas indiscretas y de la policía. Florence ya había jugado allí en dos ocasiones. Algunas mujeres frecuentaban la taberna de Donnelly para jugar a la ruleta, a las cartas, a los dados y a otros juegos de azar, de manera que Mamie y ella seguramente no llamarían la atención por ser las únicas. Claro que aunque esa noche se habían vestido con discreción, llamarían la atención por ser las únicas damas de la alta sociedad.

Era algo que no podía evitarse.

Le dio un dólar al portero, que les permitió entrar. Mamie la siguió por la escalera y entró en la sala de juegos. Las mesas estaban repartidas por la estancia, cuyo suelo era de madera basta y tenía las paredes de yeso agrietadas, lo que le confería un aspecto de descuidado abandono. Unos hombres de aspecto rudo recorrían el perímetro mientras observaban las mesas con ojos de halcón. El lugar olía a sudor, perfume y humedad. Florence estuvo a punto de frotarse las manos, ansiosa por empezar.

—¡Vaya! ¡Qué lugar tan bonito! —se burló Mamie en voz baja—. ¿Cómo lo has descubierto?

—Eso da igual. Vamos a jugar.

Mamie se acercó a las mesas de la ruleta, pero Florence se detuvo y recordó sus clases con Clay. Si quería ganar, tal vez debería seguir con el veintiuno. Al fin y al cabo, era el juego con mayores probabilidades. Le tocó el brazo a su hermana.

—Voy a jugar allí.

—¿No vas a jugar a la ruleta? ¡Si te encanta!

—Lo sé, pero he pensado que esta noche quiero probar mis habilidades con las cartas.

—Yo me quedo con la ruleta.

Se separaron en ese momento. Mamie echó a andar hacia el otro extremo de la estancia, donde estaban las mesas de la ruleta, y Florence se dirigió hacia las mesas de cartas. Dos hombres entrados en años estaban jugando al veintiuno. Florence eligió una silla vacía, sacó un pequeño fajo de billetes del bolso y se los entregó al crupier para que le diera fichas.

La partida transcurrió a buen ritmo. Siguió de nuevo el consejo de Clay de aceptar las probabilidades de cada mano y no pensar más allá de lo que tenía delante. Resultaba relajante barajar y repartir, observar y apostar. Era fácil perder la noción del tiempo. Ganaba más de lo que perdía, y pronto se encontró en posesión de un buen montón de fichas.

—Lo estás haciendo bien —dijo uno de los hombres mayores contra los que jugaba—. Debes contarnos tu secreto.

Florence sonrió mientras miraba sus cartas y descubría un total de diecinueve.

—No hay ningún secreto. Supongo que tengo suerte.

El crupier la observó detenidamente, prestándole más atención a ella que a los demás jugadores. Algo que no le resultaba extraño, ya que era la única que estaba ganando de forma sistemática. A los otros dos apenas les quedaban fichas.

—¿Otra carta, señorita? —le preguntó el hombre.

—No, me planto.

Los otros dos jugadores pidieron cartas y acabaron pasándose. El crupier levantó una carta y sumó más de veintiuno. Florence volvió a ganar.

Mientras el crupier contaba sus ganancias, se percató de que recorría la estancia con la mirada. ¿Qué o a quién estaba buscando? En cuanto vio que su mirada se detenía en un punto concreto, Florence echó un vistazo por encima del hombro. El hombre que había visto pasearse por la sala de juegos, supervisando las mesas, miraba fijamente al crupier, como si se estuvieran intercambiando un mensaje silencioso. Dejó de apilar las fichas un instante, preocupada de repente. Claro que no había hecho nada malo, ¿por qué debería preocuparse?

Después de otra mano, el hombre en cuestión se colocó a su lado. Era el jefe de planta.

—Señorita, acompáñeme.

Ella lo miró parpadeando.

—¿Yo? ¿Para qué?

—Está contando cartas, y eso no está permitido. Debe levantarse y seguirme. Ahora mismo.

—¡Que estoy contando cartas! —exclamó en voz alta, y sus palabras reverberaron en la espaciosa estancia—. No estoy contando cartas. ¡Es pura habilidad! No necesito hacer trampas.

El hombre la agarró por el codo y la puso en pie con brusquedad.

—Ninguna mujer tiene tanta habilidad, a menos que haga trampas. He estado observando, que no se le olvide. Acompáñeme.

—Pero se equivoca —protestó ella, que intentó hacerse con sus fichas, aunque el jefe de sala le hizo un gesto con la cabeza al crupier.

—Recoge esas fichas. La señorita no las va a necesitar.

—¡Son mis ganancias! —protestó a voz en grito al tiempo que clavaba los talones en el viejo suelo de madera de pino para evitar que la sacara de la sala de juegos. Sin embargo, él era más fuerte y su resistencia apenas si le supuso una molestia. ¿Dónde estaba su hermana? Volvió la cabeza para buscarla.

—¡Deténgase ahora mismo! —gritó Mamie, que se acercó al instante—. Suelte a mi hermana.

—¿Esta es su hermana? —El hombre se volvió y esperó a que Mamie llegara a su lado—. En ese caso puede acompañarnos. Vengan conmigo las dos.

Mamie intercambió una mirada preocupada con Florence antes de alzar la barbilla, con ese gesto suyo tan imperioso. La verdad era que podía parecer muy regia cuando quería serlo.

—¿Adónde nos lleva?

—Ya lo verá.

Florence forcejó para zafarse del apretón del hombre.

—Déjeme cobrar mis fichas y me iré, se lo juro.

—Me temo que no puedo hacer eso, señorita.

—¡Qué barbaridad, suélteme! —Intentó darle una patada en la pierna, pero las dichosas faldas se lo impidieron—. Esto es indignante. No he hecho nada malo.

—Eso se lo cuenta usted a Donnelly.

La arrastró hasta salir de la estancia, como una locomotora que tirara de un vagón. Todas sus súplicas e intentos de liberarse fueron en vano. Cuando llegaron al final del pasillo, el hombre abrió una puerta y prácticamente la arrojó al interior. Mamie entró justo detrás de ella, ¡gracias a Dios! Aunque no creía que esos hombres fueran a hacerle daño, agradecía el hecho de no estar sola.

—¿Qué tenemos aquí? —preguntó un hombre mientras se levantaba de la mesa a la que estaba sentado. Había montones de billetes repartidos por su superficie, más de los que Florence había visto jamás en un mismo lugar.

—Donnelly, tenemos una contadora de cartas.

—No, yo no he...

—¿Esta cosita? —Donnelly se acercó, esbozando una lenta sonrisa mientras esos ojos oscuros la recorrían de la cabeza a los pies. Tenía los labios secos y agrietados, y la saliva se le había secado en las comisuras. A juzgar por el color de su nariz, abusaba del alcohol.

Florence sintió que el miedo le corría por las venas.

—No quiero tramposos en mi club —dijo Donnelly.

—Yo no he hecho trampas. —¿Por qué no la creían?—. Da la casualidad de que se me da muy bien jugar al veintiuno.

—Tan bien que le ha sacado cuatrocientos a Biddle.

La sonrisa de Donnelly se desvaneció al tiempo que enarcaba las cejas.

—¿Cuatrocientos? ¡Joder! Eso es mucho dinero.

—Por eso sabía Biddle que estaba haciendo trampa.

—No estaba haciendo trampa —insistió ella.

—Señores —terció su hermana, que dio un paso adelante. Una Mamie sensata y razonable, dispuesta a salvarla de otro desastre. Aunque se lo agradecía, siempre le molestaba que tuviera que rescatarla—. Mantengamos la calma. Mi hermana es muy hábil con las cartas. Nunca la he visto hacer trampa, ni una sola vez.

—Que nadie se dé cuenta no significa que no ocurra —repuso Donnelly—. Nunca he conocido a una mujer que gane tanto con Biddle, ni siquiera una tan elegante como tú.

—Bueno, nunca ha conocido a nadie como mi hermana —replicó Mamie casi con orgullo—. Ha recibido clases de...

—¡Mamie, no! —exclamó Florence, pero era demasiado tarde.

—... del señor Clayton Madden —concluyó su hermana.

Donnelly se quedó boquiabierto por la sorpresa mientras cruzaba los brazos por delante del pecho.

—Un momento... ¿Esta cosita rubia ha recibido clases de Clayton Madden? ¿De Clayton Madden, el dueño de la Casa de Bronce?

Florence cerró los ojos. Lo último que quería era arrastrar a Clay a ese lío. Bastante humillante era que la acusasen de hacer trampas, como para que encima él fuera testigo de semejante mortificación.

—Sí, ese mismo. Díselo, Florence —añadió Mamie, dándole un codazo en las costillas.

—Está equivocada —le aseguró ella a Donnelly—. Clayton Madden no me conoce.

—¿Por qué mientes? —le preguntó Mamie—. Me has dicho que la otra noche accedió a...

Donnelly levantó una mano para indicarles que guardaran silencio y le dijo a su jefe de sala:

—Envíale una nota. Veamos si esta historia se sostiene.

—No es necesario llegar a ese extremo —dijo Florence.

—¡Ah! Yo creo que sí lo es —la contradijo Donnelly—. Así descubriremos si, además de tramposa, eres una mentirosa. Siéntense, señoritas. Van a estar aquí un buen rato.

7

La espera fue insoportable. Florence y Mamie se sentaron en el despacho de Donnelly, en silencio, comunicándose solo con la mirada, mientras el susodicho contaba el dinero en su escritorio. Mamie se disculpó por sacar a colación el nombre de Clayton Madden, y Florence le hizo saber que no estaba molesta. Las ruedas ya se habían puesto en marcha, y a esas alturas solo podían esperar para ver cómo se desarrollaba la noche. Florence se disculpó por haberlas conducido hasta allí en primer lugar y Mamie le hizo un gesto para indicarle que no era necesario. Resultaba increíble lo mucho que podían decirse sin necesidad de palabras.

Florence estaba a punto de morirse de la vergüenza. Clay la regañaría por haber sido tan descuidada. Debería haberle prestado más atención al crupier y mantener sus ganancias a un nivel razonable para no llamar la atención. Tonta, tonta y tonta.

Finalmente, y después de lo que parecieron años, la puerta se abrió y entró Jack con un bombín en la mano. Al verlo soltó el aliento que había estado conteniendo. Al menos no era Clay quien había ido.

La mirada de Jack recorrió la estancia hasta posarse en ella. Cuando la vio, sus hombros se relajaron al tiempo que asentía brevemente con la cabeza. ¿Había estado preocupado por ella?

—Jack el Calvo —dijo Donnelly mientras atravesaba el despacho—. Gracias por venir.

—Hola, Donnelly. Madden te manda saludos. —Florence se encogió al oír la mención del nombre de Clay.

Debía de creerla una idiota, aunque no hubiera hecho nada malo.

—¿Cuál es el problema? —preguntó Jack mientras aceptaba el apretón de manos de Donnelly.

—He pillado a la rubia haciendo trampas a las cartas. La hermana dice que ha recibido clases de tu jefe.

—Pues sí, ¿no es cierto? —reconoció Jack, al tiempo que la miraba con gesto enigmático—. ¿Por qué crees que estaba haciendo trampas?

—No estaba haciendo trampas...

—Le ha sacado cuatrocientos a mi mejor crupier. Nadie gana tanto con Biddle.

—¡Ah! Entonces estás poniendo en tela de juicio la habilidad de la señorita.

—¿Esperas que crea que esta muchacha es capaz de ganar cuatrocientos dólares? ¿En la mesa de Biddle? Aunque le haya dado clases Madden, es imposible.

—Esto es ridículo —terció ella—. Soy una jugadora de cartas excelente.

—Lo es —dijo Mamie—. La he visto jugar.

—Madden se ha encariñado con la muchacha —dijo Jack—. Tiene mucho talento.

—¿Me estás diciendo...? ¿¡Madden y ella...!? —Donnelly se quedó boquiabierto de nuevo—. ¿Me estás tomando el pelo?

—No, desde luego que no.

Florence estuvo a punto de hablar para negarlo. Al fin y al cabo, Clay y ella solo eran mentor y alumna, no amantes. Jamás se dejarían llevar por la atracción que había entre ellos, no si podía evitarlo. Sin embargo, si Donnelly la creía bajo la protección de Clay, eso podría ayudar a que la liberaran. Era bastante probable que ese hombre no quisiera enfadar a Clayton Madden. Donnelly la miró con el ceño fruncido, como si tratara de entender todo aquello.

—No la habrá mandado para robarle a Mulligan, ¿verdad?

—Cuidado —dijo Jack, con un deje amenazador en la voz—. Antes de lanzar acusaciones piénsatelo bien. Sabes que mi jefe aprecia mucho a Mulligan.

¿Mulligan? Florence no sabía de quién estaban hablando.

Donnelly señaló a Florence.

—Entonces, ¿qué hace aquí, contando cartas en uno de sus clubes?

—Otra vez acusando... —Jack cruzó los brazos por delante del pecho y se balanceó sobre los talones—. Dime, ¿has oído alguna vez que Madden tome a alguien bajo el ala, sobre todo a una mujer?

—No, desde luego que no.

—Exacto. No es un hombre caritativo. Ahora bien, teniendo en cuenta que ha aceptado ser su mentor, ¿no te deja eso claro que la muchacha cuenta con buenas habilidades? ¿De verdad crees que Madden aceptaría a alguien que no fuera habilidoso?

Donnelly se frotó el mentón sin afeitar.

—Bueno, no, supongo que no lo haría. Pero sigo sin poder creerme que le haya sacado cuatrocientos dólares a mi mejor crupier. Ninguna mujer es tan habilidosa.

Estaba cansada de que hablaran de ella como si no estuviera presente.

—Permítanme demostrárselo. Les demostraré lo habilidosa que soy.

—Buena idea. ¿La ponemos a prueba? —Jack le guiñó un ojo.

—¿Cómo? —quiso saber Donnelly.

—Trae a Biddle —respondió Jack— o al crupier que prefieras, y veamos cómo juega. Puedes mirar para asegurarte de que está al nivel.

—¿Y qué pasa si la pillo haciendo trampas?

—En ese caso, Madden pagará cinco veces lo que supuestamente os ha estafado. Pero...

—Pero ¿qué?

—Bueno, si gana sin hacer trampas, dejarás que se lleve lo que gane.

Florence se animó al oír eso. Podía hacerlo, sin importar quién repartiera las cartas. No necesitaba hacer trampas para ganar.

—Bien. —Donnelly se dirigió a la puerta y le ordenó a alguien que fuera en busca de Biddle sin pérdida de tiempo—. Ahora veremos si posee esas habilidades de las que tanto hablas. Vamos, muchacha.

Florence se levantó y echó andar hacia la mesa, que Donnelly procedió a despejar al instante. Todo el dinero desapareció en el interior de la caja fuerte del rincón. Mamie se colocó a su lado y Jack se situó en el otro extremo. Florence intentó calmar su acelerado corazón. Detestaba que la hubieran puesto en esa tesitura, pero al menos Donnelly le estaba dando la oportunidad de demostrar su valía.

Biddle no tardó en llegar y sacó una baraja nueva de su caja. De todas formas, Jack solicitó verla. Ojeó las cartas y las contó para asegurarse de que la baraja no había sido alterada de ninguna manera. Satisfecho, se la devolvió al crupier. Mamie alargó un brazo para darle un apretón en la mano mientras se repartían las cartas. Florence la miró con una breve sonrisa. No tenían nada de lo que preocuparse, no con Jack allí y su habilidad para jugar al veintiuno.

La primera mano le ofreció un total de doce. No era lo ideal. La casa tenía un tres. Tampoco era lo ideal. Sin embargo, sabía por Clay que las probabilidades mejoraban un poco si pedía una carta en esa situación, y eso fue lo que hizo. Un seis, lo que le daba un total de dieciocho. El crupier levantó dos cartas y se retiró con veintitrés. Primera mano para ella.

Durante los siguientes diez minutos, Biddle repartió las cartas sin que nadie hablara en el despacho. Florence perdió dos manos, una porque no separó una pareja de nueves y otra cuando el crupier sacó veintiuno. El resto fueron todas suyas, y Jack empezó a reírse al verla ganar con un as y un diez.

—¿Te ha impresionado lo suficiente, Donnelly? Yo diría que tienes suerte de que solo haya ganado cuatrocientos.

Donnelly soltó un largo suspiro mientras se sacaba un fajo de billetes del bolsillo.

—¡Maldita sea! En fin, aquí tiene sus cuatrocientos. Será mejor que no la vuelva a ver, señorita.

Florence se puso en pie y aceptó el dinero.

—No me verá, señor Donnelly. Se lo prometo.

Jack y Donnelly intercambiaron un apretón de manos, pero Florence se agarró al brazo de su hermana y se dirigió a la puerta. Quería salir de ese lugar lo antes posible.

—Has estado increíble —susurró Mamie—. Sabía que eras buena, pero ha sido asombroso.

—Ya hablaremos luego. —Florence salió del despacho al pasillo y desde allí siguieron hasta la puerta principal, desde donde bajaron los escalones hasta la calle.

—Espere, señorita —dijo Jack, que les pisaba talones. El hombre señaló un elegante carruaje negro que esperaba en la calle a unas puertas de distancia—. Suban. Las llevaré a su casa.

—¡Oh! No queremos molestar —rehusó Florence—. Gracias por venir, Jack.

—Permítame decirlo de otra manera. El señor Madden me ha pedido que la acompañe hasta su puerta, señorita Greene. —Su expresión se mantuvo firme, para dejarle claro que tenía la intención de cumplir la orden de Clay.

Florence encorvó los hombros.

—Jack, ¿recuerdas a mi hermana, Mamie?

Él se llevó una mano al bombín a modo de saludo.

—En efecto. Un placer verla de nuevo, señorita Greene.

—Lo mismo digo. Gracias por salvarnos esta noche.

—¡Vaya, si no he hecho nada! —Hizo un gesto para que se acercaran al carruaje—. La señorita Greene se ha encargado de todo sola. Por cierto, debería haber separado esos nueves.

Florence estuvo a punto de poner los ojos en blanco.

—Lo sé. Fue un error ridículo.

—El único que cometió, en realidad. —Jack abrió la portezuela del carruaje—. Al menos, durante la partida.

—¿Vas a decirme lo idiota que he sido al venir aquí?

—No. El señor Madden planea hacerlo él mismo mañana. Me ha ordenado que le dijera que quiere verla en el casino a las nueve.

Florence se detuvo en el escalón. Las palabras llevaban un claro mensaje subyacente.

—¿Debo preocuparme?

—A estas alturas, ya no intento leerle la mente, señorita. Pero nunca lo he visto tan nervioso como cuando llegó el mensajero para explicarnos la tesitura en la que usted se encontraba. No me pareció muy contento que digamos.

—¿Porque me acusaron de robar?

—No podría decirle exactamente por qué. Puestos a suponer, diría que le preocupaba más que corriera usted peligro. Este no es un lugar seguro para las señoritas de bien.

—Puedo cuidarme sola —refunfuñó mientras se colocaba las faldas y se sentaba.

Jack sacudió la cabeza al tiempo que se sentaba frente a ellas.

—Ahora es usted de Madden. Y él siempre cuida de los suyos.

Florence llegaba temprano.

Eso complació a Clay, seguramente más de la cuenta. La observó desde las sombras, oculto en la galería del casino. Estaba preciosa con un vestido de noche de seda azul marino que debía de haber confeccionado la modista más cara de la ciudad. Iba peinada a la perfección y lucía pendientes de diamantes, dos detalles cuyo fin era el de resaltar su elegante cuello. Ansiaba acariciar esa piel de alabastro y comprobar su suavidad con los labios y la lengua.

Todavía estaba enfadado por la tontería que cometió la noche anterior. Apostar en otro lugar era una bofetada en su cara, y más aún haber elegido uno de los garitos de juego de Mulligan para hacerlo. ¿Era Florence consciente del peligro que había corrido, de lo mal que podría haber salido todo si Jack no hubiera intervenido en su nombre?

A punto estuvo de desgastar el suelo de tanto pasear de un lado para otro hasta que se enteró de que estaba sana y salva. El alivio que le provocó la noticia le dejó claro hasta qué punto estaba obsesionado con ella.

Clayton Madden, ablandado por una elegante señorita de la zona alta de la ciudad…

Empezaba a pensar que era cierto.

No, no podía dejar que lo fuera. La hija de Duncan Greene le estaba vedada por muchas razones.

Sin hacer ruido, se acercó y se detuvo justo detrás de ella. Se percató de que contenía el aliento y supo que era consciente de su presencia.

—Tenía el presentimiento de que estabas aquí, observando —dijo ella mientras lo miraba por encima del hombro—. Hola, Clay.

No dijo nada. Sus pensamientos eran un amalgama de ira, alivio y lu-juria, emociones que no estaba dispuesto a expresar todavía.

Florence suspiró y se dio media vuelta.

—En fin, pues vamos a ello. Sin duda tienes un sinfín de recriminacio-nes por lo de anoche.

La observó con las manos metidas en los bolsillos. Ese cutis perfecto, los delicados rasgos de su rostro. Y empezó a hacerse preguntas. ¿Por qué estaba dispuesta a arriesgar su reputación (por no hablar de su vida) en uno de los garitos de Mulligan? ¿Tanto le había asqueado su conversación con Bill? ¿Por eso había ido a jugar a un casino de mala muerte la noche anterior? ¿Qué habría hecho si Jack no hubiera intervenido con Donnelly? ¿Qué haría si la besaba?

Esa última pregunta fue la que lo llevó a apretar más los labios.

—De acuerdo. —La vio levantar las manos—. Es evidente que estás en-fadado conmigo. Fue una estupidez, por supuesto. Quería ganar un poco de dinero y poner a prueba el consejo que me habías dado, así que volví al garito de juego de Donnelly. Pero no fui sola, me acompañaba mi hermana. No debí quedarme tanto tiempo en esa mesa. No le estaba prestando aten-ción a las ganancias, y el crupier no tardó en fijarse en mí. —Tomó una honda bocanada de aire y siguió hablando—: No fui yo quien sacó a relucir tu nombre. Fue mi hermana, aunque intenté que cerrara la boca. No fue mi intención en ningún momento involucraros a Jack ni a ti. Pero gracias por haberlo enviado a ayudarnos.

Esperó en silencio mientras asimilaba sus palabras y las analizaba. Re-sultaba evidente que contemplaban el problema desde dos ángulos distin-tos, porque la opresión que sentía detrás del esternón siguió presente aun después de oír su discurso.

—¿No vas a decir nada? —le preguntó ella al ver que el silencio se pro-longaba.

Clay carraspeó.

—Me han dicho que no separaste un par de nueves.

La sorpresa la dejó boquiabierta, aunque no tardó en recuperarse mien-tras se le escapaba una risa de los labios.

—Creía que estabas enfadado conmigo.

—Estoy enfadado. Estuve a punto de atravesar una pared de un puñetazo cuando se presentó el hombre de Donnelly diciendo que habían sorprendido haciendo trampas a una mujer que aseguraba ser mi alumna.

Vio que se le movían los músculos de la garganta al tragar.

—Esa reacción parece un poco extrema, dadas las circunstancias.

—¿Qué circunstancias?

—Pues las de que solo te pago para que me enseñes a manejar un casino. Apenas nos conocemos.

La irritación le provocó un hormigueo en la piel, aunque lo cierto era que ella no se equivocaba del todo. Sin embargo, parecía que debía enseñarle algo más.

—Florence, estar bajo mi tutela significa que te encuentras bajo mi protección. Estamos vinculados, te guste o no. —Ella hizo ademán de querer decir algo, así que Clay levantó una mano—. Además, tu decisión sobre el lugar donde jugar anoche fue desafortunada. ¿Sabes quién es el dueño de la taberna de Donnelly?

—Un hombre llamado Mulligan, creo.

Florence no mostró ninguna reacción, lo que confirmó sus sospechas.

—Es obvio que no has oído hablar de Mulligan, que dirige todo aquello que no dirijo yo en la ciudad. Somos... socios, por así decirlo.

—¿Rivales?

—No del todo. Yo ya estoy por encima del tipo de garitos que regenta Mulligan. No somos enemigos, pero tampoco somos amigos. Lo más importante es que les da bastante libertad a los hombres que dirigen sus negocios a la hora de tratar a los clientes. Aunque no te hubieran acusado de hacer trampa, el simple hecho de estar allí suponía un peligro para ti.

Ella les restó importancia a sus palabras agitando una mano.

—Me he movido por toda la ciudad y nunca me he topado con ningún problema. No corro el menor peligro.

—No seas ingenua, Florence —le soltó—. No estás segura en los casinos, ni en las salas de baile, ni en las tabernas ni en los demás tugurios de mala muerte. Aunque no te asuste que te puedan violar o hacerte cualquier otro tipo de daño personal, la posibilidad de ser secuestrada para pedir un rescate sí debería asustarte. Tu apellido te pone en peligro. Bien sabe Dios que tu padre se ha ganado un buen número de enemigos a lo largo de los años.

—Incluido tú.

—Sí, yo me incluyo entre ellos, aunque no necesito utilizarte para vengarme de él. Sin embargo, no todos los hombres pensarían igual.

—Nadie se atrevería.

—Sí, desde luego que lo harían. Mulligan no se lo pensaría dos veces para usarte como peón a fin de ganar poder en la ciudad.

La vio morderse el labio inferior y esperó hasta oír sus palabras.

—Hablas de él como si fuera una especie de hombre del saco.

—No es alguien con quien se pueda tontear. Mulligan fue ascendiendo en una pandilla de Five Points. Cuando se hizo mayor, comprendió que todos ganarían mucho más dinero si reunían todas las pandillas bajo un único liderazgo: el suyo. Ese hombre supervisa un vasto imperio criminal desde las instalaciones de su club New Belfast Athletic. Seguramente sea la única persona de la ciudad que sabe tanto de apuestas como yo.

—Mmm... —Florence clavó la mirada en los clientes que jugaban en la planta baja.

Clay no añadió nada más y dejó que asimilara la información que acababa de darle. Lo que hizo fue observar cómo cambiaba el dinero de manos en las mesas mientras los clientes perdían. La imagen lo emocionaba muchísimo.

Finalmente, Florence se volvió hacia él.

—¿Y si me apetece jugar en otro lugar? ¿En uno donde nadie sepa quién soy?

—En ese caso, dímelo. Hay varios establecimientos pequeños de los que soy dueño donde estarías segura y podrías mantenerte en el anonimato.

—¿De verdad estabas preocupado por mí?

¿Acaso no se lo había dicho ya? ¿Estaría buscando halagos?

—Sabes que...

Un silbido agudo y penetrante atravesó el aire como una espada. Todas las miradas se clavaron en la entrada, donde estaba Jack, con los ojos desorbitados. Silbó una vez más y luego se pasó un brazo por encima de la cabeza, trazando un círculo, lo que hizo que todos los crupieres se pusieran en movimiento a una velocidad vertiginosa.

—¡Maldita sea! —masculló Clay.

—¿Qué pasa?

Corrió hacia la escalera mientras contestaba.

—Una redada.

8

Todo había sucedido muy rápido.

En un abrir y cerrar de ojos habían pasado de estar tan tranquilos, discutiendo en la galería, a ver el casino sumido en el caos. Aunque era un caos organizado. Resultaba evidente que el personal había ensayado por si llegaba ese momento, ya que todos sabían qué hacer para ocultar toda evidencia de juego. Las fichas y el dinero se guardaron en cajas cerradas. Les dieron la vuelta a las mesas y las aseguraron en su lugar. Jack abrió una puerta secreta emplazada en uno de los paneles de madera de la pared y reveló un pasadizo secreto por el que los clientes fueron saliendo en silencio, cual ratas que huyeran de un barco que se hundía.

—¡Florence!

Oyó que Clay la llamaba entre dientes y se apresuró a seguirlo. La estaba esperando al pie de la escalera, con el ceño fruncido.

—¿Pensabas quedarte ahí y esperar a que la policía te interrogara?

—No. Estaba observando a tu personal mientras ocultaban todo rastro de que esto es un casino. Ha sido fascinante.

—Es un fastidio —la corrigió él—. Y tenemos que salir de aquí.

Clay abrió una puerta y la condujo por un largo pasillo. Justo cuando ella estaba a punto de doblar la esquina, lo vio detenerse. La pared en ese lugar era de ladrillo, no de yeso. Clay tanteó debajo de un aplique y accionó lo que debía de ser un mecanismo de apertura, porque los ladrillos se separaron de la pared. Otro pasadizo secreto.

Clay empujó la sección de pared para abrirla más y ella se deslizó por el hueco. Una vez que él la siguió, le preguntó:

—¿No vas a quedarte para hablar con la policía?

—No. Jack es mucho más razonable en este tipo de situaciones. Si me quedo, es probable que golpee a alguien.

Cerró la pared, y la oscuridad los rodeó. Antes de que pudiera preocuparse, Clay la tomó de una mano.

—Vamos. No está lejos. Ten cuidado, hemos llegado a una escalera.

Bajaron los peldaños y, al llegar al último, él la agarró un momento por las caderas para que recuperase el equilibrio. Sus manos la abandonaron casi al instante, y abrió otra puerta. Apenas habían dado unos pasos cuando Clay cerró de nuevo y oyó que tiraba de una cadena. Una suave luz amarilla iluminó el reducido pasillo en el que se encontraban. El techo era tan bajo que él tenía que agacharse para poder andar. Florence se quitó una telaraña de una manga y lo siguió con paso firme por la penumbra. Se percató del movimiento de esos anchos hombros por debajo de la chaqueta negra. Para ser un hombre tan grande se movía con agilidad. Saltaba a la vista que era una ruta conocida.

—¿Adónde vamos?

—Al burdel de al lado.

¿Un burdel? Una repentina emoción le inundó las venas. Aquella se estaba convirtiendo en una noche extraordinaria.

—¿Vas y vienes a menudo? —Contuvo el aliento, sin saber por qué su respuesta era importante. Sin embargo, en cierto modo lo era.

—No, no desde que lo mandé construir. Pero Annabelle lo usa a menudo.

Annabelle. Otra vez ese nombre. Los pulmones se le desinflaron como un globo pinchado. Por supuesto que las mujeres irían a verlo a él. El gran Clayton Madden no visitaría un burdel como un común plebeyo.

«¿Y a mí qué me importa?», se preguntó.

No le importaba. El hecho de que le latiera el corazón un poco más rápido en su presencia no significaba que hubiese algo entre ellos. No era tan tonta como para interesarse por él (o por cualquier otro hombre) cuando tenía un objetivo tan claro. Faltaban menos de dos años para que se quedara sin opciones y sin independencia. Se alegraba de saber que Clay tenía una amante. Esa información la ayudaría a no perder de vista su objetivo durante las clases.

—Si algún día diriges tu propio casino —dijo él—, recuerda construir una vía de escape por si acaso.

—¿Para huir de una redada policial?

—De eso o de cualquier otra cosa que requiera una escapatoria rápida. Te sorprendería saber la cantidad de gente que prefiere no separarse de su dinero, incluso después de haberlo perdido limpiamente.

Llegaron a otro tramo de escalera. En la parte superior, Clay dio tres golpes rápidos. Se oyó un chasquido metálico justo antes de que se abriera la pared.

—Has tardado bastante —dijo una voz femenina.

Clay la tomó de la mano, y Florence sintió el roce áspero y cálido de su piel contra la suya. Le dio un tirón y se descubrió en un pequeño armario lleno de ropa. Una mujer con una preciosa melena pelirroja y unos grandes ojos azules cerró el panel tras ellos.

—Menos mal que tenías controlado a Bill el Grande —murmuró la mujer antes de mirarla a ella—. Señorita Greene, un placer. Soy Annabelle Gallagher, la dueña de este elegante establecimiento.

Florence parpadeó ante semejante familiaridad. ¿Cómo era posible que esa mujer la conociera? ¿Acaso Clay le había hablado de ella?

—Es un placer conocerla, señorita Gallagher.

—Con Annabelle bastará. Ahora, seguidme para esconderos en un sitio seguro. —Les hizo un gesto para que la siguieran hasta un pasillo.

—Podemos salir por el callejón —dijo Clay.

—Esta noche, no. La policía está por todo el vecindario. Será mejor que os escondáis aquí. —Al llegar al extremo del pasillo, movió un cuadro y dejó a la vista una palanca que giró, tras lo cual se abrió una estantería situada en la pared de enfrente.

—Ingenioso —murmuró Clay, que separó más la estantería para que ella pasara.

La oscuridad la envolvió de nuevo. No tenía ni idea de dónde estaban, pero agradecía estar a salvo. Que la interrogaran o la detuvieran en un casino no le parecería bien a su padre.

—No eres el único que tiene habitaciones secretas —replicó Annabelle. Una vez que Clay entró, susurró—: No hagas ruido y disfrutad del espectáculo.

—Espera, esto es...

—Vendré a buscaros cuando Jack me diga que es seguro. —Acercó una mano a la cabeza de Florence, y un panel de madera del tamaño de un cuadro pequeño se deslizó por la pared.

«¡Qué barbaridad!», pensó Florence. Se trataba de una abertura. ¿Sería como la mirilla de Clay?

Antes de que Florence pudiera preguntar, cerró la estantería y echó el pestillo. La suave luz amarilla procedente de la abertura le llamó la atención y se inclinó para mirar.

—Yo que tú no lo haría.

Hizo caso omiso de las palabras de Clay y se asomó al rectángulo de luz. ¡Ay, por Dios! Podía ver la habitación contigua. Y allí dentro había gente. Se apartó, asustada.

—Te lo he dicho —repuso él con tono de superioridad. Alargó el brazo para cerrar el panel—. No son actividades apropiadas para los ojos de una señorita decente.

Florence sintió que se le erizaba el fino vello de la nuca. ¿Cómo se atrevía a decidir lo que podía o no podía ver? Levantó un brazo para agarrarle la muñeca e impedir de esa manera que cerrara el panel.

—Me dijiste que conmigo no te comportarías como un caballero. No cambies de opinión ahora.

—Florence —dijo él con un suspiro exasperado—, ahí dentro hay gente follando. ¿De verdad quieres verlo?

Pues sí, en cierto modo lo deseaba.

—Supongo que es de mala educación mirarlos.

—Ellos no opinan igual. Quieren que otros miren. En caso contrario, habrían cerrado el panel por su lado de la pared.

«¡Oh!», exclamó ella para sus adentros.

—Quieres decir que...

—¿Que a algunas personas les gusta realizar actos sexuales mientras otras miran? Sí, eso es lo que quiero decir.

—En ese caso, lo que te preocupa es que me escandalice por mi naturaleza delicada.

Clay no replicó de inmediato, y ella aprovechó para contemplar sus rasgos bajo la tenue luz procedente de la estancia contigua. En ese momento parecían tallados en granito mientras sopesaba sus palabras. Ella había visitado casinos, salas de billar, viviendas de alquiler insalubres y tugurios por toda la ciudad. Cualquier posibilidad de escandalizarse había desaparecido hacía mucho. Además, no necesitaba a ese hombre para protegerse de lo inseguro o de lo desagradable. Bien sabía Dios que sus padres llevaban gran parte de su vida intentando hacerlo y tampoco les había funcionado.

Clay se apartó del panel de madera y se colocó detrás de ella.

—Si te digo que no, mirarás para llevarme la contraria. Así que adelante. Pero luego no me digas que no te he advertido. —Golpeó dos veces el cristal, presumiblemente para que los ocupantes de la estancia contigua supieran que tenían público.

Por costumbre, ella se agachó para evitar que la vieran.

—¿Pueden vernos?

—No, aquí está muy oscuro.

—¡Ah! —Se enderezó, sintiéndose un poco tonta. La ventana era rectangular y tenía más o menos el tamaño de una hoja de papel. Lo bastante grande para que Clay y ella pudiesen mirar al mismo tiempo. Se acercó para ver qué pasaba.

Un hombre y una mujer estaban de pie frente al fuego, besándose. El hombre estaba en mangas de camisa, con los pantalones puestos. La mujer, de pelo castaño recogido en la coronilla, llevaba un corsé, una camisola, unos calzones, las medias y las botas. Sus bocas se movían con avidez y era evidente que habían separado los labios para besarse con lengua. El hombre acarició los pechos de la mujer, los rodeó con las manos y hundió los dedos en las voluptuosas curvas que se elevaban por encima del corsé. Florence se acaloró de repente y sintió un escalofrío al mismo tiempo a causa de la escena que se desarrollaba frente a sus ojos.

El hombre aflojó los cordones del corsé, y la mujer lo ayudó, sin dejar de besarse en ningún momento mientras colaboraban para deshacerse de la prenda. Una vez que estuvo en camisola, el hombre empezó a besarla en el cuello mientras se apoderaba de sus voluminosos pechos. En ese momento la mujer le colocó la mano en la parte delantera de los pantalones y empezó a acariciarlo por encima de la prenda. Florence sintió que se le endurecían los pezones por debajo del corsé a causa del deseo. Sus encuentros amorosos no habían sido tan... carnales. Habían sido civilizados. Educados, casi.

Aburridos.

Aquello era algo totalmente distinto, salvaje y descarnado. Desesperado. Su cuerpo reaccionó al estímulo y la sangre empezó a correrle por las venas con más rapidez, mientras el deseo se acumulaba entre sus muslos. El olor de Clay, a bosque con una sutil nota a tabaco, saturaba el pequeño espacio, recordándole que no estaba sola. Seguía de pie a su espalda, sin hablar, una poderosa presencia masculina que le resultaba imposible pasar por alto. Sin embargo, no apartó los ojos de la pareja de la habitación contigua.

El hombre le estaba arrancando la camisola a la mujer para llevarse de inmediato un pezón a la boca, mientras la mujer echaba la cabeza hacia atrás, con los ojos cerrados por el placer. Florence era consciente de su respiración acelerada y jadeante, que delataba su estado de excitación, pero le daba igual. No podía apartar la mirada ni marcharse. Tenía los pies clavados en el suelo, el cuerpo acalorado y frío a la vez mientras las garras del deseo se clavaban en ella. Recordó la dulce tortura, la sensación de que unos labios fuertes la succionaran.

El paraíso. Era el paraíso.

Y en ese momento sucedió algo inesperado. Tras deshacer el nudo de los calzones de la mujer, el hombre se tumbó en el suelo y la mujer se puso sobre él. Justo cuando Florence pensaba que iban a besarse en la boca de nuevo, el hombre se movió hasta colocarse justo debajo de sus piernas, de manera que ella acabó sentada a horcajadas sobre su cara.

—¿Se puede saber qué...? —susurró Florence.

Oyó una suave carcajada a su espalda.

—Despídete de tu naturaleza delicada.

Florence tragó saliva. La mujer estaba... sentada sobre la cara del hombre, mientras él la acariciaba entre los muslos con la boca. En la vida había imaginado que algo así fuera posible. Su único amante serio, Chester, no la había besado allí ni mucho menos. ¿Aquello era...? ¿Todo el mundo lo hacía?

La mujer movía las caderas y se acariciaba los pechos, se los apretaba incluso, mientras el hombre la complacía. Había cerrado los ojos con fuerza y tenía el rostro demudado por el placer. Florence jamás había visto a una mujer en semejante estado de euforia, como si la hubieran drogado. Ella misma estaba mojada y excitada, como si su cuerpo estuviese celoso de lo que veía. Sentía un deseo palpitante entre los muslos mientras observaba a la pareja.

«Me excito solo con mirar».

En realidad, la palabra «excitada» se quedaba corta para lo que estaba experimentando. Se sentía arder. Como si se estuviera abrasando. El sudor le caía entre los omóplatos, y le molestaba hasta la ropa. Se le agitaba el pecho porque respiraba de forma superficial, y sentía la dura presión de las ballenas del corsé más el roce de la tela en los pezones. «¡Por Dios, me estoy muriendo!». La encontrarían allí dentro al cabo de unas semanas, muerta por la lujuria.

Pronto. Pronto se iría, volvería a casa y aliviaría ese horrible deseo ella misma, acariciándose una vez que estuviera debajo de las sábanas. Hasta entonces debía mantener la cabeza fría.

—¿Te gusta lo que ves?

Clay seguía detrás de ella y su voz era un pecaminoso susurro en su oreja. Se estremeció e intentó no acabar derretida en el suelo.

—No tenía ni idea.

—Se lo está comiendo. Lamiendo su sexo mojado. Chupándole el clítoris.

Florence jadeó, debilitada por esas crudas palabras que parecieron llegarle a la médula de los huesos. Estaba a punto de que se le doblaran las rodillas. Se moría por preguntarle si alguna vez había hecho lo mismo, pero tenía la boca seca. Hablar le parecía un esfuerzo demasiado grande.

—No hay nada como el sabor del deseo de una mujer —siguió él—. Intenso y picante, lo más delicioso.

¡Ay, por Dios!

Escuchaba un zumbido, como si tuviera los oídos atronados por culpa de la sangre que corría por su cuerpo. El ansia la devoraba y se preguntaba qué haría Clay si se daba media vuelta y lo besaba en la boca.

—O cuando sientes que sus muslos se estremecen a ambos lados de tu cabeza —añadió—. Cuando ese pequeño botón se endurece y se hincha en tu lengua justo antes de que se corra.

Florence apoyó la palma de la mano en la pared para estabilizarse. Los latidos de su corazón se reflejaban entre sus muslos, un deseo palpitante que aumentaba por momentos. Más ávido. Más ardiente.

—Está llegando al clímax. Mira.

Como si pudiera mirar hacia otro lado...

Apretó los muslos y siguió mirando mientras la mujer empezaba a estremecerse y sus gritos reverberaban hasta atravesar la pared. No llegó a caerse al suelo porque el hombre la sostuvo mientras se llevaba la otra mano a la bragueta. Una vez recuperada, la mujer lo ayudó a liberar su miembro erecto. Era grueso y parecía duro, coronado por un glande redondo. No era la primera vez que Florence veía un pene, por supuesto, aunque no había examinado ninguno. En el caso de Chester, apenas habían pasado unos segundos antes de que la herramienta en cuestión cumpliera su función, de manera que no tuvo oportunidad de detenerse en los detalles.

En ese momento lo asimiló todo. ¡Qué maravilla era esa pieza de la anatomía, tan erguida y orgullosa! Diseñada para dar y recibir placer. El hombre se acarició con una mano, recorriendo toda su longitud mientras la mujer se movía para pegar sus caderas. Una vez en posición, el hombre acercó su miembro para penetrarla.

Florence estuvo a punto de caerse al suelo.

«¡Dios mío! ¿Qué hago para aguantar?», se preguntó.

—¿Ya está bien? ¿Cierro el panel?

—No —susurró ella con un hilo de voz, y Clay se rio entre dientes.

No le importaba. Que se riera de ella, si quería. Aquello era demasiado... educativo para resistirse.

El miembro masculino desapareció en el interior del cuerpo de la mujer y Florence se oyó gemir. Fue débil, un sonido de frustración y deseo reprimidos, pero era imposible que Clay no lo hubiera oído. Aunque a ella no le importaba. La escena era lo más excitante que había visto en la vida. Sentía el cuerpo tenso, al límite. Si apretaba los muslos, seguramente sufriría una combustión espontánea. Si Clay no estuviera allí...

—¿Te tocarías ahora mismo si estuvieras sola? —lo oyó susurrar.

El calor le abrasaba la piel. ¿Le estaba leyendo el pensamiento? ¿O su deseo era tan evidente?

No pudo responder, en parte por vergüenza. Aunque lo más probable era que se debiese a que tenía el cerebro demasiado ocupado mientras asimilaba lo que estaba presenciando.

La mujer se incorporó sobre las rodillas y luego volvió a bajar. El hombre alargó los brazos para tocarle los pezones. Se los pellizcó y se los acarició. Sus ojos tenían una expresión salvaje y sus movimientos se tornaron frenéticos, como dos criaturas irreflexivas a las que solo les importara el placer. Una ninfa y un sátiro en un bosque aislado, concentrados en satisfacerse mutuamente. La mujer era audaz. Segura de sí misma. Movía las caderas para meter y sacar el miembro masculino de su cuerpo.

—¿Lo harías? —le preguntó el diablo por encima del hombro—. ¿Te levantarías las faldas y te acariciarías hasta correrte?

—Yo... —Florence carraspeó—. Deja de intentar avergonzarme.

—No quiero avergonzarte. Quiero conocerte. Es obvio que esto te excita. Y, como tú misma has dicho, no eres inocente.

—¿Tú lo harías? —le soltó ella.

—Sí, si estuviera solo me la sacaría y me la tocaría hasta correrme.

Florence sintió que se le paralizaban los pulmones, incapaces de funcionar al oír su confesión. ¡Por el amor de Dios! ¿Por qué tenía que decirle esas cosas?

—Pero estamos hablando de ti. Y no hay razón para que te reprimas, ya que de momento estamos aquí atrapados.

—Salvo tu presencia, claro está.

—Podría darte la espalda.

La idea le gustaba tanto que el deseo palpitó con más intensidad entre sus muslos. Pero era demasiado escandaloso, demasiado depravado... hasta para ella.

—No sería capaz.

—Sí, eres capaz. Solo tienes que fingir que no estoy aquí.

—Pero estás aquí. No puedo olvidarlo. ¿Y lo que me pides? Es privado.

—¿Dónde está tu espíritu aventurero? ¿Dónde está la mujer que disfruta asumiendo riesgos, que quiere ser tratada con igualdad? No tienes nada que temer de mí. No te tocaré. Te lo juro por las escrituras de la Casa de Bronce.

—Yo...

La mujer de la habitación contigua se inclinó hacia delante hasta que el hombre se llevó un pezón a la boca. Tumbado como estaba de espaldas, había doblado las rodillas a fin de apoyar los pies en el suelo para poder impulsar las caderas hacia arriba.

Florence cerró los ojos un instante, con todo el cuerpo en tensión. ¡Por Dios! ¿Cuánto tiempo más podría seguir aguantando?

—Esto es distinto. No puedo deshacerme de repente de toda una vida de enseñanzas según las cuales esto está mal.

—En ese caso deshazte de lo que eres.

—¿Cómo dices?

—Que te conviertas en otra persona, aunque sea por un momento. El placer físico no es malo. Quien te diga lo contrario pretende que sigas siendo una ignorante o que preserves la castidad. Tal vez ambas cosas.

—¿Y quién puedo ser, entonces, si no soy yo misma?

—Cualquiera. Una criatura hedonista que busca su propia satisfacción. Una mujer que he traído aquí como invitada. Una joven que se ha colado para descubrir por sí misma el porqué de tanto misterio. Hay un sinfín de opciones.

Al otro lado de la pared, el hombre puso a la mujer a gatas y se deshizo rápidamente de la ropa que le quedaba. Una vez desnudo, la penetró desde atrás. Lo vio tensar los glúteos cada vez que salía y entraba de ella mientras los pechos de la mujer se balanceaban con cada embestida. La imagen era descarnada, terrenal y de lo más hipnótica. El cuerpo de Florence pedía alivio a gritos.

¿Podría hacerlo? ¿Podría fingir ser otra persona mientras aliviaba esa desquiciante necesidad? Clay había prometido no mirarla ni tocarla. ¿Tan malo sería?

«Sería vergonzoso, desde luego».

Al ver que ella no hablaba, Clay le preguntó:

—¿Y si yo hago lo mismo, pero dándote la espalda?

Florence se mordió el labio, y la idea estuvo a punto de arrancarle un gemido. Eso sin duda mitigaría la vergüenza. Si ambos se masturbaban, las consecuencias no le resultarían tan preocupantes. ¿Clay, acariciándose el pene con frenesí? «Sí, por favor, sí», pensó. Que el Señor la perdonara, pero su resistencia se debilitó al imaginárselo.

Así que claudicó.

—Vuélvete —le dijo.

Miró por encima del hombro y comprobó que Clay le daba la espalda. Una vez que estuvo de cara a la pared opuesta, añadió:

—Empieza tú.

Clay soltó una especie de gruñido estrangulado.

—De acuerdo, pero espero que no tardes mucho en unirte.

Vio que se le movían los hombros mientras se llevaba las manos a la pretina de los pantalones. Acto seguido oyó el frufrú de la ropa y el gemido que se le escapó.

—¡Joder! —susurró Clay—. ¡Qué gusto!

«Voy, voy, voy...», pensó ella mientras se volvía hacia la ventana, aunque sus dedos parecían incapaces de subir las faldas tan rápido como le gustaría. La desesperación la volvió torpe, aunque perseveró, apartando capas y capas, dando tirones a un lado y a otro, hasta que logró sostenerlas todas con un solo brazo. Sintió el aire frío en las piernas cubiertas por las medias y fue directa a la abertura de los calzones. En cuanto se tocó, puso los ojos en blanco. Estaba empapada e hinchada, casi delirando por la necesidad de alcanzar el alivio, de manera que no perdió el tiempo y fue directa al clítoris.

—Te oigo —dijo Clay, que añadió con voz ronca—: Estás empapada, ¿verdad?

Florence era incapaz de pronunciar palabra. Jadeó, y sus pulmones apenas lograron retener el aire antes de soltarlo de nuevo mientras se acariciaba con las yemas de los dedos. Cerró los ojos y se imaginó que se había colado en el burdel. Una joven inocente deseosa de descubrir los

placeres carnales que dos personas podían encontrar juntas. Unos ramalazos de placer le subieron por las piernas y su cuerpo se tensó todavía
más.

«Clay tenía razón. Usar la imaginación lo hace más fácil», pensó.

Oyó ruidos a su espalda en la diminuta estancia. Ruidos que la dis-
traían y que aumentaban su excitación. Piel sobre piel, el roce de la tela. Lo
oyó jadear y se mordió el labio mientras se imaginaba qué aspecto tenía allí
mismo, acariciándose una y otra vez la dura verga con los ojos oscurecidos
por el placer... ¿Estaría pensando en ella?

—¡Por Dios, Florence! —exclamó de repente—. Ojalá pudiera verte ahora mismo. Seguro que estás mojada, sonrojada y preciosa. Me... —Dejó la
frase en el aire y soltó una maldición. Acto seguido, contuvo el aliento y
después soltó un largo gemido.

¡Que el Señor se apiadara de ella! Clay había llegado al orgasmo. En la
misma habitación donde estaba ella. Justo a su espalda.

Era demasiado, todo sucedía demasiado rápido. Se le tensaron las extremidades y todo su cuerpo se encogió, como si fuera a romperse. Antes de
que pudiera evitarlo, llegó al clímax, que le provocó de repente un estallido
de placer y calor, y que borró cualquier pensamiento de su cabeza. Los estremecimientos se apoderaron de ella, y eran tan intensos que tuvo que
apoyar la frente en la pared. El placer siguió y siguió, infinito y tan necesario. Más satisfactorio que nunca.

Cuando todo acabó por fin y su cerebro volvió a funcionar, empezaron
a invadirla la incredulidad y la vergüenza, que le quemaron la piel. ¿Qué
clase de mujer se masturbaba delante de un hombre, un hombre atrevido
y peligroso que deseaba destruir a su padre? Nunca había sido precisamente tímida, pero aquello era pasarse de la raya. ¡Por Dios! ¿Qué había
hecho?

Carraspeó y se colocó bien las faldas. Al mirar por encima del hombro,
vio que Clay estaba completamente vestido y que no había rastro de lo que
acababa de ocurrir en ninguna parte, salvo por el pañuelo que se estaba
guardando en el bolsillo de la chaqueta. ¿Era eso...?

Alguien llamó a la puerta.

—¿Clay?

Annabelle. El pánico invadió a Florence y le resultó imposible enfrentar la mirada de Clay. La dueña del burdel seguramente sabría lo que había ocurrido en esa reducida estancia.

—Salimos dentro de un minuto —le dijo Clay a la mujer que aguardaba al otro lado de la puerta.

—No hay prisa. Jack ha dicho que puedes regresar cuando te apetezca.

—Gracias.

Annabelle no dijo nada, y se hizo el silencio. Florence necesitaba tiempo y espacio para reflexionar sobre lo que había sucedido esa noche. No sabía de qué manera cambiaría eso su relación con Clay, si acaso lo hacía, pero volver a la Casa de Bronce quedaba descartado por completo en ese momento.

—Debería regresar a casa —dijo, todavía sin mirarlo.

Vio que esos hombros tan anchos se movían.

—¿Estás...? —Suspiró, dejando la pregunta en el aire, y se frotó los ojos—. Siento mucho haberte traído aquí. Y no debería haberte presionado si no estabas preparada para hacerlo.

La disculpa la sorprendió, de modo que replicó con sinceridad.

—Estoy avergonzada, pero no siento que me hayas presionado. Soy muy capaz de negarme a hacer algo cuando no me apetece hacerlo.

—¿Estás segura?

—Sí. —La exasperación eclipsó por un momento la humillación que sentía—. Te repito que no soy inocente. No me has corrompido.

Vio el asomo de una sonrisa en la comisura de sus labios antes de que girara el pomo de la puerta. La luz del pasillo inundó de repente la pequeña estancia.

—Me alivia oírlo, porque esta ha sido la experiencia más excitante de mi vida. Creo que tú sí me has corrompido a mí.

9

Clay le dio un puntapié a una botella rota que estaba en el suelo. ¡Maldición! La policía había destrozado todo el bar durante la redada. Al parecer, habían sido incapaces de encontrar algo ilegal durante el registro, así que se habían dedicado a arruinar las botellas de licor.

Esos imbéciles.

Dejando a un lado su asociación con Bill el Grande, se suponía que los pagos que le hacía a los comisarios de la policía debían evitar ese tipo de cosas. Sin embargo, había acabado con el bar destrozado, con unas pérdidas de miles de dólares en licor, con sillas y mesas rotas... Por no mencionar los ingresos que había perdido esa noche. Bill se arrepentiría de haber ordenado la redada a la Casa de Bronce.

El burdel... ¡Por Dios! Florence había estado increíble. Lo había sorprendido. Lo había cautivado. Y él no era de los que lanzaban halagos a la ligera. Oírla gemir de placer, oírla gritar mientras se corría... ¡Joder! En la vida había experimentado nada parecido.

Quería hacerlo de nuevo. La próxima vez, mirándola. Tocándola. ¡Ayudándola!

¿Se lo permitiría?

Después de confesar que se sentía atraído por ella, se había resignado a mantener su relación en un plano impersonal. Se había convencido de que lo mejor era no buscar nada físico con una mujer como Florence. Eso solo sería una complicación. Provocaría inconvenientes. Y él odiaba ambas cosas.

Sin embargo, tener a Florence desnuda, debajo de su cuerpo, bien podría hacer que todas las complicaciones valieran la pena.

—En resumen, que no hemos salido mal parados del todo —dijo Jack desde el otro lado de la estancia mientras rodeaba los muebles y se acercaba a él, con Annabelle a su lado.

—¿Quiénes eran? —le preguntó él.

—A ver. He reconocido a Harris y a McGinnis. Los otros eran todos jóvenes, demasiado tontos como para ser conscientes de lo que estaban haciendo.

Clay no se sorprendió. Harris y Bill el Grande eran de la misma ralea. Ambos se aprovechaban de todos los bares, burdeles y tabernas del Tenderloin. Hundió con fuerza un zapato en la alfombra, que se aplastó por todo el líquido que había en el suelo.

—Sinceramente, no creía que fuera tan tonto.

—Sí, en fin. Bill nunca ha sido famoso por su inteligencia. Cree que te tiene acorralado y que puede conseguir más.

Ambos sabían que Bill se equivocaba.

—La pregunta es, ¿qué hacemos primero? ¿Enseñarle a su mujer las pruebas de que tiene una amante o ejecutar la hipoteca de su casa de Brooklyn?

—Voto por lo de la amante —contestó Annabelle, con cierto brillo en los ojos—. Su esposa convertirá su vida en un precioso infierno.

—Hecho. Asegúrate de que se haga, Jack, ¿quieres?

—Con mucho gusto. ¿Organizo que vengan las limpiadoras?

Clay señaló el desorden.

—Que los muchachos se lleven primero los cristales rotos, las mesas y las sillas. Habrá que cambiar las alfombras.

Jack asintió pero lo miró con atención.

—Mmm... Creía que te enfurecerías más con todo esto.

—Estoy furioso.

—¿Ah, sí? Te he visto furioso, y esto parece muy diferente. O quizá mientras estabas ahí al lado con la señorita Greene...

—Para. No termines esa frase. —Tanto Jack como Annabelle se echaron a reír, y Clay apretó los dientes—. ¿No tenéis cosas mejores que hacer que seguir aquí plantados para irritarme?

Jack levantó las manos y se volvió hacia Annabelle.

—Todo tuyo, Anna. Yo voy a intentar organizar todo esto.

—Tampoco es necesario que te quedes —le dijo Clay a Annabelle.

—Déjate de pamplinas —replicó ella—. Está claro que necesitas mi ayuda.

—¿Yo? —Clay se inclinó para recoger dos grandes trozos de cristal roto que dejó sobre la barra—. Cuidado con los pies.

Ella se agachó para agarrar con cuidado una botella rota.

—Así que la señorita Greene y tú...

Clay guardó silencio. Cualquier cosa que dijera solo serviría para alentar las intromisiones de Anna.

—Sé que ha pasado algo en esa pequeña habitación esta noche. Aunque puedes negarlo todo lo que quieras.

—Tal vez no sea de tu incumbencia. ¿Y por qué nos metiste ahí, para empezar?

—Porque la policía jamás encontraría esa estancia si registrara el burdel. Y de nada. —Dejó otra botella en la barra—. Admítelo, a los dos os ha gustado el espectáculo.

Florence lo había disfrutado mucho, pero no pensaba decírselo a Anna.

—Fue de lo más inapropiado.

—Me imagino que cualquier mujer que te contrate como mentor no va a desmayarse si ve a una pareja disfrutando un poco. Y tú pareces... relajado. Creo que esta mujer me gusta todavía más.

—A mí también. —Por desgracia.

—Me alegra que lo digas. Jack me ha comentado que tus planes para el casino de la calle Setenta y nueve Este están avanzando. Supongo que vas a retrasarlos un poco en beneficio de la señorita Greene, teniendo en cuenta que implican derribar la casa de su abuela.

¿Retrasar el momento de arruinar a Duncan Greene y su casa familiar? No podría vivir consigo mismo si no completaba su plan.

—Ni hablar. Y, por cierto, su abuela no me ha hecho nada. A quien no trago es a su padre.

—Creo que esa distinción no va a significar mucho para ella.

—Mis planes no han cambiado. Ella no tiene ni voz ni voto sobre cómo dirijo mis asuntos, pase lo que pase entre nosotros. —Oyó que Anna emitía una especie de resoplido, que lo hizo entrecerrar los ojos—. No me crees.

—Te conozco desde hace mucho tiempo, así que voy a darte un consejo —replicó al tiempo que le ponía una mano en un brazo—. No empieces nada con ella si sigues empecinado en arruinar a su familia. Es cruel, Clay. Y aunque se te puede acusar de muchas cosas, nunca has sido cruel con los inocentes de forma intencionada.

—Duncan Greene no es inocente.

—Pero su hija sí lo es.

—Una cosa no tiene nada que ver con la otra, y no pienso cortejar a Florence Greene. Deja de preocuparte por ella.

—Las mujeres debemos preocuparnos las unas por las otras —soltó Annabelle—. Bien sabe Dios que los hombres no lo harán.

La irritación hizo que se le acalorara la piel.

—Haré lo que me dé la gana con Florence Greene, y mis planes para su padre no han cambiado en absoluto.

Annabelle dejó un trozo de cristal sobre la barra y después se sacudió el polvo de las manos.

—Entiendo. En fin, perdóname por preocuparme. No sé si eres consciente de que si sigues alejando a la gente, algún día solo te quedará tu venganza.

Estuvo a punto de disculparse con ella, pero se mordió la lengua. Ya le había explicado a Florence su necesidad de venganza, y eso no le había impedido seguir yendo al casino. Estaba claro que no le preocupaba el futuro de su padre.

—Tomo nota —dijo finalmente.

La expresión de Anna se tornó triste, una vez disipado el enfado.

—No quiero discutir contigo. Solo quiero verte feliz.

—Lo seré una vez que me vengue de Duncan Greene. Y yo tampoco quiero discutir contigo. Salvo por Jack, eres mi amiga más antigua.

—¡Caray, somos tus únicos amigos!

—Es cierto.

—Por eso nos hemos percatado de lo diferente que estás desde que la señorita Greene empezó a visitarnos. Jack me ha dicho que el otro día te pilló silbando mientras te ocupabas de la contabilidad. ¡Silbando!

Eso le pasaba por dejar la puerta de su despacho abierta fuera de horario.

—No seas ridícula. Y no le hagas caso a Jack.

Anna sacudió la cabeza mientras se acercaba a él.

—Tengo que irme. Pero antes permíteme darte un consejo.

—No, gracias.

—¡Qué pena! De todos modos, te lo voy a dar. Seduce a la simpática señorita Greene, pero trátala con cuidado. Es joven y ha vivido muy protegida, pese a todas sus bravatas. Sé sincero con ella en lo referente a tus intenciones.

Lo había sido. En varias ocasiones.

—¿Algo más?

Anna suspiró y echó a andar hacia la puerta.

—Nada más, supongo. Dile que el pasadizo siempre está abierto, por si quiere preguntarme algo. Como he dicho antes, las mujeres debemos cuidarnos las unas a las otras, sobre todo a las que se involucran con los dueños malhumorados de los casinos.

La Casa de Bronce permaneció cerrada durante dos días después de la redada. Florence agradeció el respiro. Pasó ese tiempo rememorando lo sucedido en el burdel y preguntándose cómo volvería a enfrentarse a Clay.

Durante casi tres años, había llevado una vida descocada y atrevida, saliendo a escondidas y moviéndose a solas por la ciudad. Bebiendo, bailando. Con hombres. Sin embargo, lo que había sucedido en el burdel era escandaloso hasta para ella. Se había masturbado hasta llegar al orgasmo con Clay al lado. Y él había hecho lo mismo. Había sido la experiencia más excitante y a la vez más horrible de sus veintiún años. Menos mal que parecía que él se había tomado el episodio con calma y se limitó a desearle buenas noches con amabilidad al marcharse, como si no hubiesen compartido algo trascendental.

En ese momento se le ocurrió una idea. ¿Y si no había sido trascendental para él? Clay tenía acceso al burdel las veinticuatro horas del día. Tenía acceso a las mujeres que trabajaban allí. Aunque había bromeado con que ella lo había corrompido... Claro que tal vez su intención solo había sido que se relajara. Ese tipo de citas ilícitas tal vez fuera algo cotidiano para él.

«¿Te creías especial?», se preguntó.

No, no para un hombre como Clay. Seguramente contaba con una ristra de amantes para mantenerse ocupado. Sin duda, con el paso de los días se olvidaría de lo sucedido en la pequeña estancia si no lo había hecho ya. Esa idea le facilitó la perspectiva de volver al casino. Porque podía entrar y actuar como si no hubiera pasado nada.

La noche en cuestión había sido un lapsus momentáneo que ninguno de los dos volvería a mencionar... Pero que ella reviviría en su mente cuando estuviera sola en la cama.

Se mordió el labio y contuvo una sonrisa mientras entraba en el casino. El portero que vigilaba la puerta trasera de los empleados la saludó y le transmitió el mensaje de que fuera directamente al despacho de Clay. Mientras pasaba por alto los desbocados latidos de su corazón, se quitó la capa.

—¿Estás seguro? ¿A su despacho?

—Sí, señorita. La planta baja no había estado tan concurrida desde hace meses. Todo el mundo ha venido después de la redada.

¡Qué cosas! A los chacales de la ciudad les encantaba un buen espectáculo. Tras darle las gracias al portero, se dirigió por los pasillos interiores al despacho de Clay. Los sonidos del casino se filtraban a través de las delgadas paredes. Los clientes se lo estaban pasando en grande, al parecer. ¿Y por qué no iban a hacerlo? ¿Por qué no iban a salir a celebrar su fortuna y sus privilegios mientras sus esposas y sus hermanas los esperaban obedientes en casa?

Ella cambiaría ese patrón. Oiría las mismas carcajadas estridentes y la misma alegría en su casino, con la salvedad de que las voces no serían tan graves.

La luz se derramaba por la puerta abierta del despacho de Clay. Mientras se frotaba las palmas de las manos en las faldas, Florence respiró hondo y se asomó al interior. «Una ristra de amantes. Tú no eres especial», se recordó.

Clay estaba inclinado sobre su mesa, con una pluma en la mano mientras revisaba un libro de contabilidad. Vestido de negro, como siempre. Sus cicatrices eran dos sombras gemelas a la luz de la lámpara de gas y se preguntó de nuevo cómo se las habría hecho. Llevaba unas gafas redondas con montura dorada y al verlas experimentó una sensación rara en el estómago. «Lleva gafas. Y le quedan fenomenal».

La inseguridad se apoderó de ella, y debatió qué hacer. ¿Cómo debía saludarlo? «Buenas noches. No, no he pensado en absoluto en tus gemidos mientras llegas al clímax».

Lo cual sería una mentira.

En ese instante Clay alzó la mirada, esos oscuros ojos enmarcados por la montura metálica se clavaron en ella y lo vio esbozar una sonrisa torcida.

—¿Planeas pasarte toda la noche espiándome?

—Por supuesto que no. —Entró y se acercó a su mesa—. No quería interrumpir.

Él se quitó las gafas, dobló las patillas y las colocó junto a los documentos.

—Te he oído andar por el pasillo. —Señaló sus pies.

—¡Ah! No había pensado en eso. Supongo que necesitaré zapatos de suelas más blandas cuando abra mi casino.

—O menos faldas.

Ese comentario le recordó que se las había levantado la otra noche. El calor la inundó. ¡Caray, y eso que no llevaba ni cinco minutos allí!

—Te estás poniendo colorada —señaló él, que se puso en pie—. ¿Qué te he dicho para avergonzarte?

—Lo sabes muy bien.

—¡Vaya! —Se metió las manos en los bolsillos del pantalón y encorvó un poco los hombros, aunque seguían siendo anchísimos—. Creía que ese tema había quedado zanjado.

«Deja de actuar como una tonta. Se supone que tienes experiencia y madurez», se recordó.

—Y así es. Está zanjado. No le hagas caso a mi tez blanca, propensa a ruborizarse. En fin, ¿sobre qué vamos a hablar esta noche? Quería preguntarte sobre cómo llevas la contabilidad.

—Sí, sí. Ya llegaremos a eso. —Clay atravesó el despacho y cerró la puerta para tener privacidad—. Primero, hay algo que me gustaría preguntarte, ya que el tema ha salido a relucir.

Florence intentó mantener la compostura mientras los nervios le provocaban un cosquilleo en la columna vertebral. ¿De verdad iba a alargar la conversación?

—¿Qué pasa?

—¿Te arrepientes?

La expresión de Clay era seria, expectante. Como si la respuesta le importara. No tuvo más remedio que contestar con sinceridad.

—No.

—Me alivia oírlo. —Se sentó en el borde de la mesa—. ¿Te gustaría tener más experiencias como esa? Conmigo, quiero decir.

—Yo... —¡Por Dios! ¿Cómo responder a eso?—. ¿A ti te gustaría?

—La verdad es que sí. Pero yo no he ocultado que te deseo. Lo que importa aquí es lo que quieres tú.

Su cuerpo le pedía a gritos que aceptara. Pero ¿se estaba precipitando? Esa decisión requería reflexión y consideración. Clay era un hombre hecho y derecho, no un jovenzuelo torpe en un baile de la alta sociedad. Tal vez así era como se afrontaban esas cosas, con una conversación franca entre dos adultos. ¿No se quejaba siempre su familia de que era demasiado impulsiva?

Además, no podía olvidarse de su propósito. Una relación con Clay no la ayudaría en absoluto a abrir su casino. Sin embargo, podría ayudar a su padre. ¿Seguiría con sus planes de arruinarlo si se involucraba con ella? Seguramente no. No era un hombre cruel, al menos por lo que ella había visto. Podía ser duro, y no toleraba presiones de nadie, pero era justo.

Carraspeó antes de preguntarle:

—¿Qué significa eso? ¿Que ya no hay más clases?

—Las clases son un tema aparte. Estoy dispuesto a ser tu mentor durante todo el tiempo que desees, independientemente de lo que ocurra entre nosotros.

Bueno, eso era un alivio.

—Hablando de clases... —Metió la mano en el bolsillo interno de sus faldas para sacar el dinero que había guardado antes. Tras sacar los billetes, los dejó sobre su mesa—. Aquí tienes. Es lo que te debo hasta la fecha.

Clay ni miró el dinero.

—¿Y?

—Yo... no lo sé.

—¿Porque hay alguien más?

—¡No! ¡Por Dios, no! ¿Hay alguien más...? —repitió la pregunta, señalándolo con la mano.

A Clay le temblaron los labios, como si le hubiera hecho gracia la pregunta.

—No. No hay nadie. No lo ha habido desde hace tiempo.

Interesante. Annabelle no era su amante, pues.

—Entonces... ¿sería una aventura amorosa?

—Sí, supongo que sí, si necesitas etiquetarlo.

—¿Cómo lo etiquetarías tú?

—No estoy seguro de que deba decir la palabra en compañía educada.

Ella sonrió, encantada con ese lado juguetón de su personalidad.

—Creía que no eras un caballero, por no mencionar que ya has dicho esa palabra en particular delante de mí.

—Así es. Si te ayuda a decidirte, también estoy libre de enfermedades y todavía conservo todos los dientes.

Eso la hizo reír. ¿Presumiría de su resistencia a continuación?

—Desde luego eres tenaz cuando quieres algo.

—No lo sabes tú bien. —Se enderezó y acortó la distancia que los separaba—. No puedo sacarme de la cabeza lo que pasó la otra noche. Estoy desesperado por saber más de ti. Y creo que vale la pena repetir que soy un hombre que valora mucho la privacidad. Nadie se enterará de lo que pase entre nosotros, si es que hay algo.

Florence ya había llegado a esa conclusión. Clay era un misterio para la mayoría de los neoyorquinos, incluidos sus empleados. Hablar de su vida personal le parecía muy poco característico. Y eso hizo que recordara algo.

—Sí, eres muy reservado. Tanto que apenas te conozco.

Esos ojos oscuros brillaron mientras la miraban fijamente, con mil secretos enterrados en sus profundidades de obsidiana.

—Sabes más que la mayoría de los demás, salvo Jack y Anna. Sabes lo suficiente.

No, ni por asomo. Se quedó mirando su boca y se preguntó si ese hombre tan grande podría ser amable con ella. Había una manera de averiguarlo y la idea hizo que se le pusiera la carne de gallina. Claro que eso lo cambiaría todo.

¿Estaba preparada?

Su familia la consideraba imprudente e irresponsable, y había pasado años intentando demostrar que tenían razón. A esas alturas tenía un futuro planeado, en el que no se incluía un marido ni aunque fuera el apuesto propietario de un casino. Así que, ¿qué quería?

Allí delante de ese hombre enigmático y curtido, supo la respuesta. Tal vez fuera imprudente e irresponsable por querer explorar lo que fuera que estuviese sucediendo... y por discutirlo tan directamente con él.

—No. Sé muy poco de ti —insistió—. Por ejemplo, no tengo ni la más remota idea de si sabes besar bien.

Clay guardó silencio un instante, pero solo fue un instante.

—¿Me estás pidiendo que rectifique esa circunstancia? —Le colocó las manos en los brazos y se los acarició mientras subía por ellos en dirección a los hombros, continuando hasta el mentón, donde sintió las ásperas caricias de sus dedos—. Porque vas a descubrir que soy muy receptivo a las peticiones.

Florence se estremeció cuando le acarició la piel de la garganta con los nudillos, sin dejar de mirarla. Como si el simple roce fuera una prueba. Como si esperara que ella lo apartase.

No lo hizo.

El contacto tuvo el efecto contrario. Sus nudillos la hipnotizaron mientras la acariciaban, dejando una estela a su paso, y comprendió al instante que sí, que Clay podía ser tierno con ella. Y eso le gustaba. Mucho. Empezaba a costarle trabajo respirar a causa de la expectación. Se pegó un poco más a él.

Clay inclinó la cabeza y sus manos se desplazaron hasta tomarle la cara entre ellas. Florence se fijó en todos sus detalles: el asomo de barba, el arco de su labio superior. Las pestañas tan oscuras que le rodeaban los ojos. Las arruguitas de su piel que delataban que había vivido plenamente. Cada centímetro de su persona era fascinante, cada marca y cada cicatriz, una faceta más de su misterioso pasado.

Le colocó la boca casi encima de la suya, dejando sus narices a punto de rozarse.

—¿Ya has cambiado de opinión?

—No —susurró ella, y en ese momento sus labios se acercaron.

Fue una caricia suave al principio, apenas un roce. Cerró los ojos y se quedó quieta, a la espera. Hasta que él la besó (la besó de verdad) y se sintió caer al vacío y girar en el aire bajo el roce de esos labios. Clay la estrechó entre sus brazos y sintió ese cuerpo tan grande, sólido y cálido que la envolvía al tiempo que lo agarraba por los hombros para sujetarse y le devolvía el beso.

En un momento dado, él separó un poco los labios para introducirle la lengua en la boca a fin de acariciarle la suya una y otra vez, hasta que empezó a jadear, desesperada por respirar. Fue un beso minucioso e íntimo, una fusión de aliento y carne, algo que nunca antes había experimentado. Su boca era tentadora y suave, un fuerte contraste con ese cuerpo formado por tendones y músculos. Arqueó el cuerpo hacia él en un intento por acercarse más y aliviar el doloroso deseo que empezaba a crecer en su interior.

¿Había dudado en algún momento de su capacidad para besar?

Clay no era un jovenzuelo con tres pelos en la barba y mucha labia. No, era un hombre, competente y fuerte. Un hombre que sabía lo que quería y que no permitía que ningún obstáculo se interpusiera en su camino. Y en ese momento la estaba besando con una minuciosidad absoluta que le estaba robando el sentido.

Florence perdió la noción del tiempo. Podrían haber pasado minutos u horas. Incluso días. No existía nada más que ellos dos y la necesidad de seguir unido. Cuando Clay levantó la cabeza, descubrió que estaba pegada a él como una lapa y que el pecho le subía y le bajaba como si hubiera cubierto a nado todo el East River. Incluso le había metido los dedos entre el pelo, que era más sedoso de lo que parecía. Tardó un momento en regresar a la realidad.

—¿He demostrado mi valía? —le preguntó él con voz áspera, más ronca de lo normal.

—¿Cómo?

Clay se inclinó y le dio un beso fugaz en los labios.

—Estabas cuestionando mi habilidad para besar. Espero haber despejado tus dudas.

—Creo que podemos olvidarnos de esa preocupación.

Solo tenía ojos para ese rostro curtido, cuya expresión se había suavizado después del beso. Le colocó una mano en una mejilla, porque le fue imposible no tocarlo. Con la punta de un dedo, recorrió la cicatriz de su frente. Él jadeó con brusquedad, pero no dijo nada mientras ella lo acariciaba. La piel de la cicatriz era suave, un testimonio de su perseverancia.

—¿Cómo te la hiciste?

—En una pelea. En otra época estaba dispuesto a todo con tal de ganar dinero.

—¿Fue mientras trabajabas en la taberna de tu tío?

—Sí. Entonces, ¿tu respuesta es sí? ¿Te acostarás conmigo?

Florence se percató del cambio de tema. Sin embargo, era una decisión que debía tomar con la cabeza despejada, así que tomó una honda bocanada de aire y retrocedió un paso.

—¿Cuándo? ¿Ahora?

—No, no necesariamente. —Clay se metió las manos en los bolsillos del pantalón—. Cuando quieras. Esta noche, mañana. Tú decides.

—¡Ah!

Clay ladeó la cabeza y la observó con detenimiento.

—No sabría decir si estás aliviada o decepcionada.

—No lo sé ni yo.

—Cuando era niño, tomaron muchas decisiones por mí. No me gusta engatusar ni obligar a los demás para que hagan lo que yo quiero. Lo mejor es que todo el mundo esté de acuerdo sobre el plan a seguir.

—Así nadie podrá quejarse después.

—Exacto —convino al tiempo que asentía con la cabeza—. El equilibrio. Ojo por ojo.

Lo miró con los párpados entornados, segura de haberlo entendido mal, y esperó a que él se riera. Pero no lo hizo.

—No lo entiendo. ¿Estamos hablando de venganza o de una aventura sexual?

—De ambas cosas.

Eso le recordó el plan de Clay de arruinar a su padre. Había esperado que, si mantenían una relación, podría convencerlo con el paso del tiempo de que su padre era una buena persona. ¿Podría acostarse con un hombre decidido a arruinar a su familia?

—Si lo hacemos, ¿abandonarás tus planes de venganza contra mi padre?

—No.

No dijo más, solo esa palabra, pronunciada con tal firmeza que se le cayó el alma a los pies. No iba a cambiar de opinión.

—En ese caso, no puedo. Jamás me perdonaría por haber mantenido una relación íntima con una persona que pretendía hacerle daño a mi familia.

—Una cosa no tiene nada que ver con la otra.

¿De verdad se creía semejante tontería?

—Eso es absurdo. Claro que sí.

Clay cruzó los brazos por delante del pecho y la chaqueta negra se amoldó a sus hombros y a sus bíceps.

—Si tu intención es la de arrinconarme, Florence, debo advertirte que no voy a permitirlo.

—No te estoy presionando. Solo estoy constatando un hecho. No voy a acostarme con un hombre que está intentando arruinar a mi familia.

—No estoy tratando de arruinar a tu familia. Solo a tu padre.

—No me vengas con cuentos.

Lo oyó soltar un gruñido ronco mientras se alejaba en dirección a la chimenea, en cuya repisa apoyó un codo. Un leño crepitó, creando una lluvia de chispas, mientras el momento se alargaba. Se encontraban en un punto muerto, y ella no tenía la menor intención de ceder. ¿Cómo iba a hacerlo? Aunque de vez en cuando cometiera alguna imprudencia, quería a su familia.

—¿Ayuda en algo si te digo que no es una amenaza para su vida ni un daño físico? ¿Que no pienso arruinarlo económicamente?

«Mmm...». Sí, en cierto modo eso la reconfortaba. Aunque no lo suficiente como para dejar el tema.

—En ese caso, ¿por qué no me dices lo que planeas hacer?

—No pienso hacerlo. Es un riesgo que no estoy dispuesto a correr.

Florence enderezó la espalda.

—Pues entonces no estoy dispuesta a correr el riesgo de acostarme contigo.

Él la miró con los ojos entrecerrados y una expresión irritada que le deformaba las cicatrices.

—No me gustan los juegos, Florence.

—Muy curioso, viniendo de un hombre que es el dueño de un casino. Y no estoy jugando. Estoy siendo sincera contigo, don ojo por ojo.

—No estás siendo del todo sincera. Quieres acostarte conmigo.

—Nunca lo he negado. Pero para alcanzar esa intimidad se necesita confianza, que aún no tenemos.

—¿Ah, no? —Clay se apartó de la chimenea y puso los brazos en jarras—. ¿Te haces una idea de la confianza que he depositado en ti? Te he contado y enseñado cosas que casi nadie conoce. La gente mataría por los conocimientos que has adquirido en este club.

Ella no había pensado en sus enseñanzas de esa manera, pero supuso que él tenía razón.

—Muy bien. Tú confías en mí, pero yo no confío en ti.

Lo vio apretar los labios y su expresión se ensombreció hasta convertirse en una máscara feroz y fea.

—En ese caso, creo que nuestras clases han terminado por esta noche, señorita Greene. Ahí detrás tiene la puerta.

10

Aunque aún sentía un hormigueo en los labios por haberla besado, Clay intentó no sentirse herido. Le habían dicho cosas mucho peores a lo largo de los años, insultos que apenas habían tenido efecto en él. Sin embargo, esa frase de labios de una señorita de la alta sociedad le había retorcido las entrañas y se las había abrasado.

«Tú confías en mí, pero yo no confío en ti».

Era ridículo. Se había preocupado por su bienestar desde el momento que cruzó el umbral de su casino. La había rescatado del garito de juego aquel cuando la acusaron de hacer trampas. La había ocultado durante la redada. ¡Por Dios, si lo único que había hecho era mantenerla a salvo y tratarla con total honestidad!

Incluso la había informado del odio que le profesaba a su padre.

Sin embargo, y a pesar de todo eso, no confiaba en él.

Esperó a que ella dijera algo, a que se disculpara, lo que fuera. No obstante, Florence se limitó a mirarlo fijamente con una expresión ardiente en los ojos y los hombros rígidos.

—No puedes intimidarme para que confíe en ti.

—Besarte no es intimidarte.

—No, me refiero a esa mirada ceñuda con la que me estás observando.

¿Estaba frunciendo el ceño?

—Es mi cara, Florence. Y a menos que estés lista para admitir que confías en mí, hemos terminado por esta noche.

La furia relampagueó en esos ojos verdosos y la vio soltar el aire con brusquedad por la nariz mientras se erguía todavía más. Una reina guerrera, una mujer sin miedo a nada. La imagen lo impresionó, aunque él también estaba furioso con ella.

De repente se oyeron unos golpecitos en la puerta y Jack asomó la cabeza.

—Clay, tienes visita. ¿Estás libre?

—Ya me iba —anunció Florence, con la barbilla levantada—. Aquí hay ciertas personas que actúan de forma muy poco razonable.

—Entiendo —murmuró Jack, cuya mirada se paseaba de Florence a él y viceversa.

Clay no intentó detenerla. Florence no confiaba en él. No había mucho más que decir por el momento.

—Pasa, Jack.

El aludido abrió la puerta y se hizo a un lado para que entrara Richard Crain, un hombre corpulento que había ascendido en las filas políticas del partido demócrata con el actual alcalde, Hugh Grant. Como tesorero del ayuntamiento, ostentaba un poder considerable y prácticamente ejercía como teniente de alcalde. Clay lo conocía desde hacía años y había demostrado ser valioso en muchas ocasiones.

—Madden —lo saludó el hombre mientras entraba, si bien se detuvo al ver a Florence—, ¿interrumpo algo?

—En absoluto —contestó él—. Siéntate.

Florence lo miró con una sonrisa que dejó a la vista todos sus dientes antes de volverse hacia la puerta.

—En efecto, ya está todo dicho —repuso mientras pasaba junto a Jack y salía por la puerta, tras lo cual desapareció por el pasillo.

Clay le dirigió una mirada elocuente a su socio y Jack se marchó. Seguiría a Florence para asegurarse de que se iba en un carruaje de alquiler.

Se obligó a relajarse y le estrechó la mano a Crain a modo de saludo.

—Bienvenido, Richard. No te esperaba. ¿Te apetece una copa?

—No, no es necesario —replicó el hombre mientras se dejaba caer en un sillón y cruzaba una pierna sobre la rodilla contraria—. He venido para ponerte al día.

Y para cobrar sus honorarios, sin duda.

—¿Sobre qué?

—Las cosas están progresando en todos los frentes. Los planos de tu arquitecta se han aprobado.

—Es una noticia excelente. —Debería sentirse eufórico por ello, pero seguía preocupado por Florence. ¿Por qué se mostraba tan difícil?

¿Y por qué la deseaba con tanta desesperación?

—Sabes que me estoy ocupando personalmente de tus intereses —siguió Crain durante el silencio que siguió a sus palabras—. Conseguirás lo que quieres contra viento y marea.

—Eso es justo lo que deseaba escuchar. Te lo agradezco, Richard.

—Aunque debo recordarte que Duncan Greene tiene muchos amigos poderosos en la ciudad. ¿Estás preparado para la tormenta que se avecina cuando tus planes salgan a la luz?

Clay apretó los dientes e intentó no reaccionar. ¡Maldito fuera Duncan Greene! ¿Sabrían esos amigos tan poderosos que Greene había echado a varias familias de sus casas solo para construir un bloque de oficinas? Ese hombre se merecía toda la venganza que había planeado, y mucho más. Acomodado en su sillón, respondió:

—Gracias por el aviso, pero estoy preparado para cualquier tormenta que se presente.

Jack volvió al despacho y le hizo un gesto afirmativo con la cabeza para informarlo de que Florence se había marchado de modo seguro. Clay se sintió aliviado y enfurecido a la vez por su marcha. Ansiaba quedarse a solas con sus pensamientos. Y con una botella de bourbon.

Sacó del cajón de su escritorio un grueso paquete envuelto con papel de estraza y se lo entregó a Crain.

—Aquí tienes.

Crain sonrió, un gesto avaricioso que delataba que se sentía con derecho a recibir el pago, y que a Clay le revolvió el estómago, aunque lo había visto en incontables ocasiones en diferentes hombres de la ciudad. Por desgracia, el éxito en Manhattan significaba jugar según sus reglas, lo que suponía el pago de ingentes cantidades de dinero a los funcionarios corruptos.

—Un placer hacer negocios contigo, Madden. —El paquete desapareció en el bolsillo interior de la chaqueta del hombre, que procedió a darle unas palmaditas al evidente bulto—. Saludaré a nuestro estimado alcalde de tu parte.

—Te lo agradezco, Richard. ¿Quieres quedarte a jugar abajo? Jack puede prepararte unas fichas.

Crain se frotó el mentón, probablemente pensando en jugar al póquer, la única debilidad que tenía. Clay lo sabía todo sobre el funcionario, pero aún no había utilizado esa información en su beneficio. Se había limitado a archivar el dato, por si algún día lo necesitaba.

—Supongo que puedo quedarme un rato —dijo el tesorero al levantarse—. Un detalle muy generoso de tu parte, Madden.

—Siempre es un placer tener en la casa a uno de los buenos funcionarios de nuestra ciudad —replicó él mientras también se ponía en pie y le hacía un gesto con la cabeza a Jack, que condujo al hombre al pasillo.

Jack le entregaría unas cuantas fichas en la planta baja. Dado que Richard Crain era un pésimo jugador de póquer, sin duda perdería esa cantidad al cabo de una hora. Tras lo cual echaría mano de la abultada cantidad de dinero que él acababa de darle…, y así el dinero volvería a su bolsillo.

Si no estuviera tan malhumorado, hasta habría sonreído. Jack regresó a su despacho al cabo de un momento, justo cuando se estaba sirviendo una copa.

—¿Por qué me desagrada tanto ese hombre?

—Es inofensivo, si no te dan asco las ratas de alcantarilla capaces de robarles a sus propias madres.

Jack ocupó el sillón que Crain había dejado libre.

—La señorita Greene se ha marchado en un carruaje de alquiler.

—Sí, ya te entendí antes. —Se dejó caer en su sillón y rodeó el vaso de bourbon con las manos.

—¿Planeas ahogar tus penas en alcohol? —le preguntó Jack.

—Vete a la mierda.

Jack se limitó a soltar una carcajada.

—¿Te importaría contarme el motivo de que Florence Greene y tú hayáis mantenido una discusión de pareja?

—Ni hemos discutido ni somos pareja —masculló—. Además, no necesito que me controles, Jack. Deberías ocuparte del casino. Seguramente nos están robando a manos llenas ahí abajo.

—Cuéntame qué ha pasado.

—¡Por Dios, no! Hablar es lo último que me apetece hacer ahora mismo. De hecho, si planeas echarme algún sermón en algún momento de las próximas dos horas, ya puedes irte.

—Hay otras mujeres.

—Soy consciente de ello. —Bebió un buen trago, disfrutando de la quemazón del licor mientras descendía hasta su estómago. Sí, había otras mujeres, pero no eran Florence Greene. Y ella se había hecho con toda su atención.

—Tengo una buena noticia si te interesa.

—¡Por Dios, desembucha ya!

Jack sonrió y metió la mano en la caja esmaltada de la mesa de Clay para seleccionar un puro.

—La mujer de Bill lo ha echado de casa. Ahora vive con su amante en la calle Treinta y siete Oeste.

—Bien. Vamos a ejecutar la hipoteca. Quiero quitarle todo lo que tenga a su nombre. Quiero destruirlo. —Eso les enseñaría a todos los hombres a los que tenía en el bolsillo a no traicionarlo.

Jack silbó.

—¡Vaya humor te gastas! Si estás seguro, de acuerdo.

—Estoy seguro. —Apuró el licor que le quedaba en el vaso—. Debemos enviarle un mensaje claro al departamento de policía de Nueva York. Nadie atenta contra mí sin que le salga caro.

Florence bebió un sorbo de su café mientras contemplaba las llamas que bailoteaban en la chimenea. Los Greene se habían reunido en el salón para tomar el postre y el café, como era su costumbre cuando cenaban en familia. Justine se había sentado al piano, para trabajar en la nueva pieza que estaba aprendiendo, mientras todos los demás charlaban. Las conversaciones se sucedían a su alrededor, pero ella no podía dejar de pensar en lo sucedido hacía ya tres noches, cuando Clay la echó de la Casa de Bronce.

«¿Te haces una idea de la confianza que he depositado en ti? La gente mataría por los conocimientos que has adquirido en este casino».

Sin embargo, no había confiado en ella lo bastante como para explicarle por qué odiaba a su padre. ¿Cómo iba a plantearse siquiera la idea de acostarse con un hombre que guardaba semejante secreto?

Sin embargo, lo echaba de menos. Muchísimo. Era horrible preguntarse qué estaría haciendo, qué estaría pasando en el casino. Se había convencido a sí misma de que lo visitaba con frecuencia solo para aprender todo lo posible..., pero eso era mentira. Clay era la razón por la que no podía mantenerse alejada de la Casa de Bronce. La trataba como a una igual, no como a una boba. Y se sentía muy atraída por él, tanto que se le aceleraba el corazón cada vez que él estaba cerca. Aunque su negocio fuera ilegal, era un buen hombre. Un hombre honorable que vivía con un código propio.

Sin embargo, ¿debía incluir ese código la venganza contra Duncan Greene?

Su padre estaba sentado en el otro sofá al lado de su madre, sonriendo por algo que ella decía. La adoraba. Las adoraba a todas, en realidad. Sí, podía ser un hombre temible cuando se enfadaba (algo que con ella ocurría a menudo), pero tenía un gran corazón. Sin importar lo que hubiera hecho para merecer el enfado de Clay no podía haber sido a propósito. Debía de tratarse de un malentendido. Si Clay se lo contara...

—Hay que ver lo callada que has estado esta noche —dijo Mamie, que se dejó caer en el sofá a su lado—. ¿Te preocupa algo?

—¿De verdad quieres saberlo?

—¿Qué clase de pregunta es esa? Por supuesto que quiero saberlo.

—No me refería a eso. A veces es mejor vivir en la inopia en lo referente a mí.

Mamie se colocó la taza de café delante de los labios.

—¿Es por Clayton Madden?

Florence imitó el gesto, que protegía sus labios de las miradas indiscretas.

—Sí.

—¿Te has acostado con él?

—¡Mamie!

Sus padres las miraron con preocupación. Florence agitó una mano.

—¡Me ha destrozado el vestido nuevo!

Su madre frunció el ceño.

—¿El de la falda de brocado verde? ¡Ay, Mamie, si acaba de llegar de París!

—Lo siento, mamá. Llevaré el vestido a una modista para que lo arregle.

—Llévalo a Lord & Taylor. Hacen un trabajo excelente.

—Lo haré. Lo prometo.

Una vez que su madre se volvió de nuevo hacia su padre, Mamie murmuró:

—Te juro que no sé cómo se te ocurren las mentiras tan rápido.

Florence encogió un hombro.

—Es un don.

—A ver, cuéntame qué pasa con el señor Madden. —Al ver que no empezaba a hablar de inmediato, su hermana añadió—: Sé que le tienes cariño. Lo llevas escrito en la cara.

Eso era mentira. Había jugado lo bastante al póquer como para aprender a controlar sus expresiones.

—Para. Estás intentando sonsacarme información.

—Muy bien, tienes razón. Pero, por favor, dime qué te preocupa. Eso al menos me ayudará a olvidarme de mis propios problemas.

Florence se colocó de nuevo la taza de porcelana delante de los labios.

—Quiere acostarse conmigo.

Mamie la imitó.

—Por supuesto que sí. Sería tonto si no lo hiciera. Eres despampanante y lista.

—Gracias —dijo Florence con sinceridad, halagada por los cumplidos de su hermana. Lo normal era que se lanzaran pullas la una a la otra, no cumplidos—. Le he dicho que no.

—Bien por ti. Así que no te atrae.

Recordó la noche de la redada.

—Te equivocas. Me atrae muchísimo.

—¡Ah! ¿Entonces te preocupa que te descubran?

—Nos quedamos a solas en el casino con mucha frecuencia. No creo que tengamos problemas de privacidad.

Mamie hizo una pausa y se sirvió más café de la cafetera dispuesta en la mesa. Cuando volvió a sentarse, levantó la taza para taparse los labios.

—Me dijiste que con Chester ya..., en fin, en el Astor Place. Sin embargo, si necesitas que te explique cómo funcionan estas cosas...

—No, no. No es eso. No es la mecánica del asunto. Es que apenas lo conozco. ¿Cómo voy a acostarme con un hombre en el que no confío?

—¿No te fías de él? Florence, prácticamente pones tu vida en sus manos cada vez que lo visitas.

«Mmm...», murmuró para sus adentros. No había pensado en eso. Debía de confiar un poco en él, entonces. Decidió contarle a Mamie el resto.

—Odia a papá. Es algo que admite sin tapujos y dice que ha puesto en marcha algún plan de venganza contra él. ¿Cómo voy a acostarme con un hombre que planea hacer algo así?

—¿Te ha dicho en qué consiste ese plan?

—Se niega.

—Hazme caso. No puedes dejar que papá se interponga entre otro hombre y tú.

Recordó lo de Mamie con Frank Tripp, el abogado de su padre. Frank se había resistido a mantener una relación con Mamie por miedo a sufrir la ira de su padre.

—Pero es que Clay espera perjudicar a papá.

—¿Físicamente?

—No, dice que no es nada físico y que no lo arruinará económicamente.

—¿Crees que quiere avergonzarlo?

—No acabo de imaginar cómo podría lograrlo.

Mamie bebió un sorbo de café y mantuvo la taza en alto.

—Yo tampoco. Papá tiene su cuota de enemigos, pero nadie ha podido tocarlo. Clayton Madden no sería el primero en intentarlo y fracasar.

—¿Crees que me preocupo por nada?

—Creo que papá es capaz de cuidarse solo. Acuéstate con Clay (o no), pero hazlo por las razones correctas. Tampoco vas a casarte con él. Estamos hablando de disfrutar de unas horas de placer, no de una boda.

Florence sopesó la idea.

—No sé si confío en él.

—¿Te ha mentido alguna vez?

—No. —Todo lo contrario, en realidad—. A veces, es difícil saber lo que está pensando; pero que yo sepa, no ha mentido.

—¿Por qué no le preguntas a papá si conoce a Clay? Tal vez puedas enterarte de la historia desde su punto de vista.

—¿Y cómo se supone que voy a hacerlo? «Verás, papá, últimamente he pasado mucho tiempo con Clayton Madden en la Casa de Bronce y me estaba preguntando si alguna vez habéis compartido un puro o una copa de brandi en el club». Me desheredaría en el acto.

—Florence, no tires piedras a tu propio tejado. Ya se te ocurrirá algo. Solo tienes que dejar caer alguna insinuación.

—Es la idea más ridícula que has...

—¿Qué estáis murmurando vosotras dos?

Ambas se sobresaltaron al oír la voz de su padre. Mamie derramó un poco de café, que acabó manchándole el vestido de noche.

—¡Maldición! —exclamó.

—¡Marion, esa lengua, por favor! —la reprendió su madre, escandalizada.

—Lo siento, mamá. Será mejor que vaya a quitarme esto enseguida. —Soltó la taza—. ¿Me puedes ayudar?

—Estoy un poco cansada —le contestó su madre, tras lo cual se inclinó para darle un beso en la mejilla a su padre—. Hasta dentro de un rato, cariño. Florence, por favor, duerme un poco esta noche. Se te notan demasiado las ojeras.

Mamie se rio y añadió en voz baja:

—Sí, por favor, deja de escabullirte hasta las tantas. Vamos, aprovecha para preguntarle.

Florence no tardó en quedarse a solas con su padre, salvo por Justine, que seguía tocando el piano. Lo vio tomar un libro de la mesita que tenía junto al codo y trató de no sentirse dolida por el hecho de que prefiriera leer a hablar con ella. Intentó parecer despreocupada mientras se servía otro café.

—¿Has visto la edición vespertina del periódico, papá?

—No. ¿Por qué? ¿Te mencionan otra vez en las columnas de cotilleos?

—¡Qué va! —Respiró hondo y siguió hablando—. Hablan de no sé qué problemas en el Tenderloin. En un casino, creo.

Su padre respondió con un gruñido totalmente indiferente, tras lo cual abrió el libro y comenzó a hojear las páginas.

—El nombre era la Casa de Bronce. Sí, exacto. ¿Lo conoces?

—No, no me gusta apostar. Ya lo sabes. —Alzó la mirada del libro—. Florence, ¿por qué demonios me preguntas por la Casa de Bronce?

—Por curiosidad. El artículo dice que todos los hombres ricos de la ciudad lo frecuentan. He pensado que tú también lo conoces, o que conoces al dueño, Clayton Madden.

—En fin, pues no he puesto un pie allí y no conozco al tal Madden. Es más, deberías alejarte de cualquier joven que lo frecuente. Esos lugares están llenos de calaveras. De degenerados que pasan por alto el buen comportamiento. Me gustaría que encontraras a un hombre adecuado, como Chauncey, el pretendiente de Mamie. Procede de una familia buena y decente, no como esos granujas que tanto parecen gustarte.

Fabuloso. Otro sermón cuando solo intentaba buscar información. La irritación le abrasó el pecho, de manera que soltó la taza café con brusquedad y la porcelana tintineó.

—Chauncey no es un príncipe, papá.

—¿Y qué significa eso, jovencita?

El casi prometido de su hermana era un pelmazo. Pagado de sí mismo. Insípido. No le sorprendería descubrir que mantenía conversaciones consigo mismo en una habitación vacía. Desconocía lo que era el trabajo duro para sobrevivir. Se lo habían puesto todo delante desde que nació. Sería un marido terrible para Mamie.

—Significa que no deseo casarme con un hombre como Chauncey.

—Entonces, ¿con qué tipo de hombre te gustaría casarte? Me gustaría saberlo, porque si crees que voy a aprobar un matrimonio con un rufián de poca monta, estás muy equivocada.

Quiso protestar al instante y decir que algunos rufianes de poca monta eran cincuenta veces mejores que el hombre que Chauncey podría llegar a ser; claro que su intención no era la de casarse con Clay. Sin embargo, la idea de que su padre no lo aprobara la irritaba.

—Tal vez nunca me case. Tal vez no me interese mimar a un adulto consentido que actúa como un niño, a la espera de que cumpla todas sus órdenes.

—Sin embargo, te desagrada la idea de casarte con un hombre mayor, como el señor Connors. —Su padre arrojó el libro a la mesa y se puso en pie—. A estas alturas, ya ni intento comprenderte. No quieres un hombre joven y tampoco uno mayor. No quieres un hombre como Chauncey, pero tampoco quieres a alguien maduro y responsable. Escúchame, Florence, será mejor que elijas a alguien, porque no puedes vivir en esta casa indefinidamente. —Y con esas palabras salió del salón sin decir nada más.

Florence se frotó los ojos con los dedos. Aquello no había salido como esperaba. Claro que ¿desde cuándo las conversaciones con su padre empezaban y acababan de forma razonable?

—No lo ha dicho en serio —le aseguró Justine en voz baja mientras se sentaba a su lado en el sofá.

Lo cierto era que se le había olvidado que su hermana menor estaba en el salón. Apoyó la cabeza en su hombro y suspiró.

—Yo creo que sí lo ha hecho.

A su padre se le estaba acabando la paciencia con sus hijas solteras, de manera que debía asegurarse su propio futuro... lo antes posible.

11

Clay se quedó quieto, con el lápiz sobre el libro de cuentas. Los números se convirtieron en un borrón delante de él mientras esperaba, inmóvil. Allí estaba. Otro ligero golpe sonó justo por encima. No tenía sentido. Todo el tercer piso era su espacio privado, su santuario dentro del casino.

Sin embargo, quedaba patente que alguien se estaba moviendo en la segunda planta.

Soltó el lápiz y se apartó de la mesa. No era Jack. El casino estaba lleno esa noche y seguiría así tres o cuatro horas más. Hasta que cerrasen, su socio se quedaría en la sala, observando y dirigiendo, mientras él se encargaba de poner al día los libros de cuentas. Eso quería decir que una limpiadora o un trabajador del casino se había atrevido a entrar en sus dominios.

Casi se frotó las manos mientras subía la escalera en silencio. Al menos así tendría la oportunidad de ventilar con alguien parte de la frustración que sentía. Tres noches cargadas de frustración, para ser exactos.

«No voy a pensar en ella. No voy a recordarla mientras me acariciaba la cara con la punta de un dedo».

Ninguna mujer le había tocado antes las cicatrices. Su cara no era amable y juvenil; era aterradora y curtida. La sensación de esa caricia reverente sobre la herida, con los ojos rebosantes de cariño en vez de lástima, casi le aflojó las rodillas.

Aunque tenía que ponerle freno. Se preocupaba demasiado por ella. Como un tonto, había permitido que relegara a un segundo plano todo lo demás en su vida. No cometería el mismo error una segunda vez si ella decidía volver. Se limitarían a las clases y nada más.

Una vez en la puerta se sacó la llave y la metió en la cerradura en silencio antes de hacerla girar. Tras un breve chasquido, entró en sus dominios. Todo parecía estar en orden; un espacio de muebles prácticos y desgastados. Esperó a que sus ojos se acostumbraran a la penumbra antes de avanzar.

No había muchos sitios donde esconderse. La planta estaba compuesta por tres habitaciones espaciosas, prácticamente sin separación entre una y otra. Miró detrás del sofá y en la pequeña cocina. Eso dejaba el cuarto de baño y el dormitorio. Apretó las manos mientras recorría en silencio la zona para llegar a su espacio más íntimo. Quienquiera que lo hubiese violado iba a arrepentirse.

Recortada contra la ventana abierta había una silueta delgada. Una mujer sin duda. Estaba de espaldas a la habitación, ya que tenía la vista clavada en el oscuro exterior. Por lo más sagrado, ¿quién...?

Le dio al interruptor y la lámpara de gas del techo se encendió. La mujer jadeó y se dio media vuelta.

¡Florence!

Se quedó sin aliento en los pulmones de golpe. Estaba allí. En su dormitorio. Guapísima, con el aspecto de un ángel perfecto. ¿Cómo demonios había llegado hasta allí?

Después recordó la conversación que mantuvieron unas noches antes y sintió la conocida rabia en el pecho. Aplastó la emoción de verla. No lo deseaba a él. Solo deseaba sus conocimientos.

Cruzó los brazos por delante del pecho y se apoyó en el marco de la puerta.

—¿Qué haces? —Lo dijo con un tono más seco del que pretendía, pero no retiró la pregunta ni se disculpó.

—Te estaba esperando.

—Estaba trabajando en mi despacho, algo que sin duda debías saber, teniendo en cuenta que el casino está abierto. ¿Por qué no ir allí?

—Porque no he venido a por una clase.

Parpadeó y se concentró en su cara, mientras su cerebro intentaba encontrarle sentido a las palabras. La esperanza cobró vida, pero la sesgó de golpe. Había dejado su postura más que clara la última vez que se vieron. Y él no era de los que suplicaban ni engatusaban.

Así que, ¿por qué estaba allí?

Como necesitaba verla mejor, se acercó a la ventana.

—¿Y por qué has venido?

—¿No es evidente?

—Para mí, no. —Florence se negaba a mirarlo y tenía las mejillas coloradas. Ojalá supiera el motivo—. ¿Estás avergonzada?

—No debería —respondió ella con una breve carcajada—. Ni que fuera... —Suspiró y echó la cabeza hacia atrás para clavar la mirada en el techo—. Esto es muchísimo más fácil para los hombres.

—No es verdad. Ahora mismo estoy desconcertado y las posibilidades me están matando. Ya sabes lo que pienso de la ambigüedad.

Ella bajó la cabeza y lo miró a los ojos.

—He venido para acostarme contigo.

El deseo le corrió por las venas y fue directo a su miembro tras oír la inesperada y excitante declaración. Había cambiado de idea sobre acostarse con él. ¿Por qué?

«No dudes de tu buena fortuna, hombre. Acércate y bésala antes de que cambie de opinión».

No, tenía que asegurarse. Él no acostumbraba a hacer nada sin antes evaluar la situación de forma cuidadosa y metódica. Se merecía una explicación, aunque su cuerpo fuera presa de repente de una excitación muy juvenil.

—¿Qué te ha hecho cambiar de idea sobre lo de confiar en mí?

—Me he dado cuenta de que sí confío en ti. Confié en ti para que me enseñaras, para que me tomases en serio. Confié en ti para que me mantuvieras a salvo y protegieras mi anonimato en el casino. Confié en ti lo suficiente para besarte y para darme placer mientras estabas en la misma estancia. Sí que confío en ti.

Sintió que la piedra que era su corazón se agrietaba, y que lo calentaba un sentimiento que llevaba mucho tiempo sin experimentar. Ternura.

Se esforzó por aplastarlo. Por doblegarlo. Aquello no iba de sentimientos y emociones. Florence estaba allí por el peligro y la excitación, por un colorido respiro de la monótona y gris existencia de su vida en la alta sociedad. No por una gran aventura amorosa con un criminal. Él no era una elección a largo plazo, solo un divertimento a corto plazo.

Así que... peligro y excitación. De eso sí sabía.

—¿Quieres que te folle?

Ella separó los labios con un jadeo. Después se le oscurecieron los ojos, que casi le brillaban a la tenue luz.

—Sí.

¡Ah! El poder de ese monosílabo. Echó a andar hacia ella para acortar la distancia que los separaba con el cuerpo alerta y preparado. Un ladrón que perseguía a su presa. La expectación lo consumió mientras ella lo observaba, inmóvil, con las mejillas arreboladas. Cuando pudo tocarla, le tomó la cara entre las manos e inclinó la cabeza. Le acarició la nariz con la suya y aspiró su aroma. Todo se nubló; tenía la vista llena por esa despampanante criatura.

—Dulce Florence, no soy uno de tus mimados y vacuos hombres de la zona alta de la ciudad. No seré tímido ni tierno. —Le acarició la garganta con los dientes, mordisqueándola un poco. Ella gimió y se agarró a sus brazos para mantener el equilibrio. Casi sonrió por esa respuesta. Sí, sabía cómo iban a ser las cosas—. ¿Quieres problemas, princesa? Aquí me tienes. Y te prometo que te los daré cuando quieras.

La besó en la comisura de los labios, atormentándolos a ambos, alargando la expectación. Ya casi la tenía dura del todo, y la sentía palpitar a medida que el deseo le corría por las venas. El anhelo tan profundo que sentía por esa mujer lo asustaba, aunque jamás lo admitiría.

Acto seguido, ella levantó la cabeza y lo besó, moviendo los labios con avidez, y él se olvidó de pensar. Solo existía ella. Con besos osados y largos, mientras lo agarraba con fuerza. Florence no esperó a que le arrancase una respuesta, era su igual, le exigía una respuesta con esos labios hábiles y esa cálida lengua.

Le encantó.

El beso se volvió más carnal, mientras se tocaban y acariciaban con frenesí. No perdió el tiempo y la besó con pasión, con urgencia, y toda la desesperación que había estado guardando las últimas semanas cobró vida para hacerlo arder. La acarició con la lengua, la adoró, le dijo sin palabras lo mucho que había sufrido por desearla. La boca de Florence era un paraíso húmedo, glorioso. Podría perderse en él y morir feliz.

Se tambalearon un poco hasta que ella acabó con la espalda contra la pared, momento en el que le echó los brazos al cuello para pegarse más a su cuerpo, de manera que su erección terminó presionándole el abdomen, rígido por el corsé. No era suficiente. Necesitaba su cálida piel, la fricción de su cuerpo a su alrededor. La necesitaba desnuda bajo él.

Lo necesitaba todo.

Le puso fin al beso y apoyó las manos a ambos lados de su cabeza, en la pared. Su pecho se sacudía por la fuerza de la respiración.

—Quiero desnudarte.

—Bien, porque yo también quiero desnudarte. —Florence le recorrió los hombros y el torso con las manos mientras se humedecía los labios.

Jamás había agradecido tanto el ejercicio físico que practicaba de forma habitual para mantenerse en forma (al fin y al cabo, la intimidación era su moneda de cambio). Por algún motivo, a Florence no le asustaban ni su tamaño ni sus cicatrices.

«Peligro y excitación, ¿recuerdas?».

Como ya iba sin chaqueta, comenzó a desabrocharse el chaleco mientras ella lo miraba. Movió los dedos con rapidez, de modo que pronto la prenda acabó en el suelo. Después se bajó los tirantes y se quitó el cuello de la camisa. A continuación, se desabrochó los botones. Cuando se desabrochó los suficientes, se sacó los faldones y se la quitó por encima de la cabeza. Florence no apartó la mirada en ningún momento, con los párpados entornados y la vista fija, y con el cuerpo apoyado en la pared.

Siguió desvistiéndose. Después de quitarse los zapatos de cuero con un par de puntapiés, se desabrochó los pantalones y se los bajó. Sacó las piernas y alejó de una patada la prenda, junto con los calcetines. Eso lo dejó con la delgada ropa interior de algodón, que no ocultaba nada. Todo lo contrario, en realidad. La tela se le amoldaba a la erección y a las pelotas de forma indecente.

Florence lo miró de arriba abajo. Sin embargo, no esperó a que ella reaccionara. En cuestión de segundos se quitó la ropa interior y se quedó desnudo delante de ella. El torso de Florence se agitaba por la respiración, con los pechos pegados al escote del vestido de noche verde esmeralda mientras admiraba su cuerpo desnudo.

«Este soy yo —quería decirle—. Con cicatrices, corpulento e imperfecto». No era uno de esos mimados ricachones de manos suaves con aversión al trabajo. Él era rudo e inflexible. Había hecho muy poco de lo que se sintiera orgulloso hasta el momento. Sería lista si se marchaba para no volver.

—¿Ya has cambiado de idea? —Se mantuvo inmóvil mientras esperaba su respuesta. No se había sentido tan vulnerable desde que a los dieciséis años lo trincaron por montar una timba de dados ilegal en el Bowery.

—Claro que no. —Florence se llevó las manos a la cabeza y se quitó las peinetas que le sujetaban el recogido. Los sedosos mechones rubios le cayeron sobre los hombros, como un halo alrededor de su hermosa cara—. Eres glorioso, Clay.

El cumplido fue como una lanza que se le clavara en el pecho, destruyendo el escaso autocontrol que aún le quedaba. No podía esperar un segundo más para tocarla y acariciarla. Le tomó la cara entre las manos y se apoderó de su boca para darle un beso ávido y ardiente. Florence le colocó las manos en los hombros y después se las deslizó por el pecho; una caricia ligera, pero atrevida, y tan excitante que empezó a temer por su aguante. Sus lenguas se enzarzaron en una pugna, y su erección se alzaba entre ellos. «Imbécil, ¿por qué no la has desnudado antes?», se preguntó.

Buscó las cintas que le sujetaban las faldas. Ella le puso el fin al beso y le apartó la mano.

—Será más rápido si lo hago yo.

Asintió con la cabeza y la besó primero en la sien y después en la mejilla. Deslizó los labios por la curva de la barbilla hasta llegar a la tersa piel de su garganta. Florence era dulce y delicada, muy distinta de su atrevida personalidad. Sus dedos le rozaron el abdomen mientras se desabrochaba el corpiño. Cuando la tela se abrió, él alargó una mano para tomarle un pecho, ya que la vista que ofrecían bajo el corsé era muy tentadora. Florence se volvió para quitarse la gruesa tela de los brazos, de modo que él aprovechó para agachar la cabeza y besarle la parte superior de los pechos. Le mordisqueó la piel y se la chupó, metiéndosela en la boca mientras ella se afanaba en desabrocharse el vestido.

—No me estás facilitando las cosas —susurró ella casi sin aliento.

—Te has equivocado de hombre si querías las cosas fáciles —replicó antes de centrarse en las cintas de las enaguas. Cuando se las quitó, soltó los broches del corsé, uno a uno. Pronto se reunió con el resto de prendas en el suelo, junto con el vestido y el polisón, hasta dejarla con la camisola, los calzones y las medias.

La sujetó por la parte posterior de los muslos y la alzó.

—Rodéame la cintura con las piernas —le gruñó contra la garganta.

Ella obedeció, agarrándose a él con brazos y piernas, y la besó de nuevo. Dio media vuelta y la llevó a la cama, donde la dejó en el colchón antes de tumbarse sobre ella, apoyando el peso del cuerpo sobre los brazos. Sus cuerpos estaban unidos justo por la pelvis. Incapaz de contenerse, movió las caderas. Ella echó la cabeza hacia atrás, con los ojos cerrados en señal de rendición, y ambos gimieron.

¡Por Dios, esa imagen! ¡Joder! Jamás podría olvidar su imagen allí, con el pelo rubio extendido sobre su cama, la blanca piel sonrosada por la excitación. Ojalá que su aroma perdurase en las sábanas durante años.

Ella alzó las caderas, y el calor de su cuerpo le rozó la erección. ¡Ay, por Dios! Estaba muy mojada y caliente. Si seguía así, no duraría ni diez minutos. De haber sido creyente, habría empezado a rezar para contener el orgasmo.

—Por favor, Clay —susurró ella al tiempo que se movía contra él de nuevo.

Soltó un juramento. Todas las veces que se había imaginado haciéndolo con ella, y habían sido muchas, siempre partía de una seducción lenta. En esa imagen, él ejercía un férreo control. Eso no era lo que estaba pasando. Florence no le estaba permitiendo ir a su ritmo, le exigía más que en su fantasía.

Claro que a su cuerpo no parecía importarle. Cada suspiro, cada caricia, lo hacía arder más. Pero tenía que frenar un poco. De lo contrario, no estaría preparada para él.

—Espera, debería...

Otro movimiento de caderas, y la punta de su erección se encontró en su entrada. Se quedó quieto, con un dolor lacerante en los músculos. «¡Ay, Dios! ¡Jesús Bendito! ¡Ay, mierda!». Todo su cuerpo le gritaba que la penetrase, que la invadiera, que la poseyera. No, no podía. «Tiene experiencia, pero no tanta. No le hagas daño».

—Ahora, por favor —murmuró ella contra su cuello mientras le clavaba las uñas en las nalgas.

El escozor fue como un latigazo en su cuerpo y lo llevó a mover las caderas de tal forma que se la metió hasta el fondo.

Florence jadeó..., y no de placer. Captó el dolor en el sonido. Al mirarla, vio que tenía los ojos cerrados con fuerza y que se había quedado blanca. ¡Maldición!

Se apartó de ella y se puso de rodillas. Florence abrió los ojos.

—¿Qué haces? No pares ahora.

—Florence, te estaba haciendo daño.

La expresión desconcertada de su rostro se acentuó.

—¿Y qué?

Frunció el ceño al oírla.

—No está bien.

—¡Ah, lo siento! Normalmente no tengo problema para ocultar el dolor hasta que se pasa.

¿Ocultar el dolor? ¡Por Dios! ¿Sus otros amantes no la habían preparado? ¿Suponía ella que el sexo era doloroso?

«Tú tampoco la has preparado, cabrón egoísta».

Miró fijamente a esa magnífica mujer, a esa criatura audaz y lujuriosa, y maldijo a cualquier hombre que no la hubiera complacido como se merecía, incluido él. Pensaba rectificar las cosas en ese preciso instante.

Le deslizó las manos por las pantorrillas y le bajó las medias. Después le desató los calzones y se los quitó. Cuando le levantó la camisola por el cuerpo, ella se incorporó para ayudarlo. Por fin la tenía desnuda, tumbada, delante de él como un festín. Pechos pequeños y perfectos. Piel aterciopelada. Abdomen ligeramente abultado y caderas anchas. Su sexo relucía y suplicaba las caricias de su boca.

¡Por el amor de Dios! Era la perfección personificada.

No se merecía follarla. Era un criminal desalmado que valoraba el dinero más que la ética. Sus manos habían cometido actos violentos y habían robado desde que tenía uso de razón. Y en ese momento tenía a una de las señoritas de la alta sociedad más cotizadas en su cama, desnuda.

Aunque tampoco era idiota.

No se la merecía, pero no iba a detenerse, no sin antes demostrarle lo que era el verdadero placer. La clase de placer que sabía que los señoritingos de la zona alta de la ciudad eran incapaces de dar por su egoísmo.

Cuando hizo ademán de bajarse de la cama, ella se incorporó sobre los codos.

—Espera, ¿qué haces?

—Túmbate, Florence. Estás a punto de recibir otra clase.

¿Otra clase?

No tenía ni idea de a lo que se refería Clay. Peor aun, se sentía idiota. Había gemido de dolor por su invasión y eso había hecho que se detuviera.

¿Por qué no se había mordido el labio o había mordido la almohada?

El dolor nunca duraba más de un par de minutos. Después volvía la excitación y empezaba a sentir algo maravilloso de nuevo. Si hubiera podido convencer a Clay de que continuara...

Además, ¿qué estaba haciendo? Había empezado a descender por el colchón y se había detenido con la cabeza entre sus piernas abiertas, con la cara justo sobre... En ese momento recordó a la pareja del burdel.

Clay la acarició con los dedos, separándole los pliegues, tras lo cual se inclinó hacia delante y... ¡Ay, madre del amor hermoso! La lamió. Desde la entrada hasta la diminuta protuberancia que tenía por encima. Le temblaron las piernas por el sorprendente éxtasis mientras el gemido de Clay resonaba en la estancia.

—¡Por Dios! ¡Qué bien sabes! —lo oyó mascullar—. Nunca me cansaré.

Acto seguido, agachó la cabeza una vez más, con los ojos cerrados, y le acarició la piel con la lengua. La sensación era indescriptible. No se parecía en nada a como se la había imaginado; hacía que un sinfín de chispas se concentraran en ese punto. Florence contuvo el aliento y suplicó en silencio que lo hiciera de nuevo. Cuando lo hizo, sus brazos se negaron a sostenerla y se dejó caer en la cama, con el cuerpo preparado y dispuesto para cualquier cosa que él tuviera en mente.

Al parecer, lo que tenía en mente era algo muy similar. La lamió y la acarició con la lengua, y la besó y la chupó. Ella jadeó y se agarró a la colcha mientras intentaba mantenerse anclada a la realidad aun cuando la tierra giraba bajo ella. Clay no dejó un solo recoveco sin explorar; lo hizo tan a conciencia como se enfrentaba a los libros de cuentas. Esa protuberancia tan sensible que tenía escondida entre los pliegues fue el punto que más atención recibió, y con cada pasada de su lengua sentía que su interior se contraía todavía más. Tenía la frente perlada de sudor. Empezaron a temblarle las piernas, con los músculos en tensión. El placer fue creciendo a medida que se iba tensando. Clay pareció darse cuenta, porque aumentó la presión y le chupó el clítoris hasta que ella arqueó la espalda.

Justo cuando se creía incapaz de aguantar más, la penetró con un dedo. Gritó, y la deliciosa invasión la lanzó al éxtasis. Un ramalazo tras otro de placer aniquiló todo atisbo de razón y de pensamiento. Solo atinó a quedarse tumbada mientras la sensación se apoderaba de ella. Continuó una eternidad, una oleada tras otra, hasta que se quedó sin fuerzas. Totalmente agotada.

Mientras recuperaba el aliento, se maravilló por lo que acababa de suceder. El orgasmo había sido más intenso que cualquier otro que ella se hubiera provocado. ¿Tal vez no se esforzaba lo suficiente? ¿O se debía al enorme talento de Clay?

Una clase, sin duda.

Él le acarició la vulva con la nariz y siguió saboreándola.

—¿Te ha gustado?

—Sabes que sí.

Un sonido de pura satisfacción masculina brotó de su garganta.

—Es una pena que nadie se haya tomado la molestia de darle a este coñito el cariño que se merece.

Nunca había oído esa palabra en voz alta, solo la había leído en los libros que escondía debajo de la cama, y se percató de que le ardía la piel. Todo lo relacionado con Clay la excitaba, incluso su forma de hablar. Era muy real y crudo, como el acero sin pulir en un mundo lleno de falso oropel.

La penetró con un segundo dedo, estirándola todavía más. Se quedó sin aliento. No por el dolor, sino por la deliciosa caricia contra esa piel tan sensible. Estaba muy mojada, tanto que le empapaba los dedos mientras él la penetraba. Cada movimiento era mejor que el anterior, hasta que empezó a alzar las caderas para salir a su encuentro.

—No debería doler —susurró él antes de besarle un muslo—. Ni por unos segundos. Solo debería ser maravilloso.

Apenas comprendió las palabras, porque la penetró con un tercer dedo. Su músculos internos lo aprisionaron mientras su cuerpo buscaba el placer de nuevo. Cuando le acarició el clítoris con la lengua, le agarró la cabeza con las manos para pegarlo a ella.

—¡Ay, por Dios, Clay!

De repente, lo vio subir por su cuerpo, con los músculos de los brazos en tensión a medida que se tendía sobre ella.

—Ven aquí, criatura deliciosa. —Le separó los muslos todavía más con las piernas mientras se sujetaba el miembro con una mano y lo colocaba en la entrada de su cuerpo—. ¿Has cambiado ya de idea?

Sonrió al oír la conocida pregunta.

—¿Esperas que alguna vez la respuesta sea sí?

Lo vio esbozar una sonrisilla torcida, pero él no respondió mientras la penetraba con la punta. Clay estaba totalmente concentrado en el punto donde se unían sus cuerpos, mientras ella lo miraba a la cara. Tenía una expresión tensa en el rostro que resaltaba aún más sus facciones, aunque no por ello parecían menos hermosas. La verdad, era increíble mirarlo. Fuertes hombros, estómago plano. Un torso musculoso salpicado de vello oscuro. Un espécimen de hombre maravilloso, incluso con las cicatrices y con una nariz casi demasiado grande para su cara.

Poseía una imperfección perfecta, y le parecía fascinante.

En esa ocasión no sintió dolor, solo la presión de su grueso miembro al invadirla. Al llenarla. Clay parecía no tener prisa mientras soportaba el peso del cuerpo con los brazos e imponía un ritmo dolorosamente lento. Sin duda era por su bien, pensó ella, para no volver a hacerle daño, y esa consideración la sorprendió. Otros amantes habían apresurado el encuentro, ya que su placer no les parecía relevante.

Hasta ese momento creía que era lo normal. ¡Por el amor de Dios! Se había estado perdiendo muchas cosas.

Esos ojos oscuros se clavaron en ella.

—¿Todo bien?

Asintió con la cabeza, ya que no estaba segura de poder articular palabra alguna en ese momento. Lo sentía muy adentro, su calor y su fuerza formaban parte de ella, y por raro que pareciera no le parecía suficiente. La necesidad de algo más la estremeció. Levantó los brazos y lo agarró con fuerza por los hombros.

—¡Qué estrecha eres! —masculló él justo antes de retroceder un poquito. La penetró de nuevo y gruñó—. ¡Maldición, Florence! —Se apoderó de sus labios para darle un beso voraz al tiempo que le introducía la lengua en la boca, y mientras sus alientos se entrelazaban, empezó a mover las caderas.

Florence captó en esos labios su propio olor y sabor, la pegajosa humedad que él había lamido como si de un helado se tratase. Era atrevido y carnal, mucho más sensual de lo que se había imaginado. Se agarró a él mientras la penetraba una y otra vez, acariciándola por dentro con su miembro, haciendo que le diera vueltas la cabeza. Todo en su interior quería salir a su encuentro; tenía el cuerpo desesperado y ávido de más.

Clay se apartó de su boca y la besó en la mejilla primero y después en el mentón. Le atrapó el lóbulo de la oreja entre los dientes. Después le dejó un reguero de besos ardientes por el cuello, chupándole la piel, saboreándola, mordisqueándola. Jadeó mientras el placer la consumía, mientras crecía. Mientras la catapultaba hacia el precipicio.

En ese momento él usó una mano para levantarle un pecho y le atrapó el pezón entre los dedos. Después se lo chupó y se lo metió en la cálida humedad de su boca mientras frotaba la pelvis contra su clítoris. La succión se parecía a lo que le había hecho entre las piernas y solo sirvió para aumentar su anhelo. Ardía de pasión, de deseo. Había perdido la razón, era como un animal hambriento en celo.

—¡Ay, Dios! —musitó mientras salía a su encuentro.

Clay la soltó y empezó a embestirla con más fuerza que antes.

—¡Dios! Estoy a punto. —Se tumbó sobre ella por completo y se movió con más rapidez mientras sus manos se entrelazaban y sentía su cálido aliento contra la oreja.

Le encantaba sentir su peso sobre ella, la pasión con la que se movía. Además, empezó a susurrarle un sinfín de halagos sobre lo maravillosa que era sentirla, lo ardiente y lo perfecta que era. Cuando le clavó los dientes en la curva entre el cuello y el hombro, el mundo desapareció. El orgasmo le corrió por las venas, quemándola. Se estremeció y gritó, apenas consciente de los gruñidos de Clay mientras el placer la volvía del revés.

Antes de dejar de temblar, Clay se apartó de ella. El semen le cayó sobre el abdomen mientras él se la acariciaba con la mano, con fuerza, con la expresión demudada como si sintiera dolor. Terminó con un gemido final, dejándole la piel cubierta por la evidencia de su placer.

Los jadeos entrecortados rompían el silencio, mientras su cuerpos se estremecían, sudorosos. No se parecía en absoluto a lo que se había imaginado; sobrepasaba sus sueños más desquiciados. Las otras veces... En fin, palidecían en comparación. ¿Habían sido todos esos hombres unos amantes torpes? ¿O el respeto y el cariño que le tenía a Clay hacían que la experiencia fuera mejor?

Era incapaz de saberlo. Pero si se salía con la suya, no sería la última vez que se acostaban.

Clay abrió los ojos y dio un respingo al ver su abdomen.

—¡Mierda! —dijo antes de pellizcarse el puente de la nariz con dos dedos—. ¡Dios! Lo siento, Florence. —Sin mirarla, se bajó de la cama—. No te muevas.

12

¡Ah! Se había... disculpado. Eso no se lo esperaba.

Florence intentó no sentirse decepcionada cuando el frío aire le rozó la piel desnuda. Las novelas eróticas que leía describían momentos de ternura y abrazos después de hacerlo. De arrumacos y besos dulces tras el ardiente éxtasis. Sin embargo, hasta la fecha no había experimentado ternura alguna. Chester apenas se había molestado en quitarse los zapatos durante sus encuentros..., y Clay acababa de salir del dormitorio como si le hubieran prendido fuego.

Tal vez estaba dándole un cariz demasiado romántico a esos interludios. Se suponía que los hombres consideraban el sexo como algo para obtener un placer estrictamente físico, no para establecer un vínculo emocional con su pareja. De alguna manera se las había apañado para que sus dos amantes se apresuraran al terminar el encuentro.

«No eres feliz a menos que causes revuelo o te conviertas en el centro de atención».

Se le formó un nudo en la garganta al recordar las palabras de su padre. ¿Así la veía todo el mundo, como alguien desesperado por recibir afecto? ¿Como alguien que anhelaba ser el centro de atención cual actriz que alimentara su vanidad?

Clavó la mirada en la puerta cerrada del cuarto de baño y se tragó todos esos ridículos sentimientos y las dudas que cobraban vida en su interior. No había motivos para creer que era culpa suya. No había hecho nada malo. De hecho, era él quien la había dejado allí, vulnerable y desnuda, en su cama.

Así que, ¿a qué esperaba, a que acudiera un hombre a salvarla?

Agarró la sábana y se limpió el abdomen. Por eso tenía que ser independiente. Depender de los demás era un error ridículo y la garantía del fracaso. Solo Dios sabía cuánto tiempo pensaba dejarla Clay allí antes de regresar.

Se levantó de la cama, buscó sus cosas y empezó a vestirse. Encontraría la manera de arreglarlo. Retomarían su acuerdo empresarial y le demostraría que eso no cambiaba las cosas entre ellos. Podía comportarse como un hombre en esa situación.

La puerta del cuarto de baño por fin se abrió. Ataviado con unos pantalones, Clay salió con una toalla húmeda en las manos. Frunció el ceño al verla, y el miedo se apoderó de ella, acariciándole la fría piel.

Lo vio detenerse y pasarse una mano por el pelo.

—¿Te ayudo a vestirte o...?

Se puso la camisola.

—Me las apaño sola.

Mientras lidiaba con el corsé, él se quedó inmóvil, con la mirada perdida. Había apretado los dientes y tenía una expresión inescrutable en la cara. No tenía ni idea de lo que estaba pensando, pero tenía que llevarlo a tierra firme de nuevo.

—¿Pasamos una hora con los ejercicios de cuentas? Tengo preguntas sobre...

—No.

Su negativa fue rápida, firme. Lo miró parpadeando y se apretó con más fuerza las cintas del corsé.

—Si estás muy ocupado esta noche, puedo volver mañana.

—No, mañana no. Ni la semana que viene. No puedes volver.

¿No podía volver? Seguro que no lo decía en serio. Se le secó la boca y sintió la lengua muy torpe. Aun así, consiguió decir:

—No lo entiendo.

—No puedo darte más clases. Esto —dijo al tiempo que señalaba la cama— ha sido un error.

—¿Es otra vez por la confianza? Porque creía que me había explicado.

—No se trata de confianza. Se trata de ti. Y de mí. Lo que ha pasado esta noche ha sido un error.

Intentó contener la vergüenza que se le arremolinaba en el pecho.

—Insistes en decir que lo de esta noche ha sido un error. Pero no explicas el motivo.

Lo vio pasarse una mano por la cara, haciendo que se le tensaran los músculos del torso y de los brazos. Siempre parecía muy calmado y frío. Nunca lo había visto tan alterado como en ese momento.

—No tengo que darte motivos, Florence. Nos hemos dado un revolcón. Ha estado bien. Muy bien. Ahora se ha acabado y no deberíamos repetirlo.

Se quedó sin aliento y sintió que el dolor brotaba en su interior. La rabia también, y se aferró a esa emoción con ganas, ya que no estaba dispuesta a que viera el daño que le estaba causando.

—¿Así te portas con todas tus conquistas? ¿Las tratas a patadas después de acostarte con ellas para echarlas?

Lo vio hacer una mueca.

—No es mi intención ser cruel. Intento explicarlo lo mejor que puedo.

—Pues que sepas que lo estás haciendo fatal.

—Yo... —Soltó un largo suspiro y por fin la miró a los ojos. Lo que vio en ellos la sorprendió: pánico. Clay tenía... miedo. ¿De qué? Estaba a punto de preguntárselo, pero en ese momento él añadió—: Cuando accedí a darte clases, creí que sería divertido ayudar a la hija de Duncan Greene a descender a los bajos fondos de Nueva York. Te encontraba atractiva, pero nunca creí que fuera a pasar nada. A las mujeres como tú, de tu posición, no se las educa para mantener relaciones pasajeras. Y a mí solo me interesa lo pasajero.

¿Le había dado la impresión a Clay de que buscaba un compromiso de por vida? ¿Por eso la había dejado sola en la cama?

—No te estoy pidiendo matrimonio, Clay.

—Ya lo sé. Y aunque lo hicieras, ambos sabemos que es imposible. No estás hecha para hombres como yo.

«¿Por qué tienes que ser distinta? ¿Por qué no puedes encajar?».

Las conocidas preguntas surgieron de nuevo ante el rechazo de Clay. ¿Cuántas veces se las habían hecho sus padres a lo largo de los años?

Se desentendió un momento de la decepción para concentrarse en el futuro.

—¿Qué tiene que ver eso con que me enseñes a dirigir un casino? ¿No pueden las clases continuar aunque nuestra relación personal no lo haga?

—No, no pueden. Eres una distracción que no necesito.

Una distracción. La consideraba una distracción. No una pareja o una colega. No una alumna. No una amante ni una amiga siquiera. Era una molestia, un estorbo.

¡Por Dios! ¿Por qué le dolía tanto? Sentía una opresión en el pecho por las lágrimas contenidas, y el nudo que tenía en la garganta era tan grande que le costaba respirar. Siempre había sido la rara, nunca había encajado en su familia, pero creía que por fin había encontrado a alguien que la entendía. Un lugar donde la aceptaban.

Al parecer, se había equivocado. Tampoco encajaba allí.

Se inclinó para hacerse con más prendas de ropa mientras intentaba no llorar.

«Pobre princesita de la alta sociedad».

Era lo que Justine, su hermana pequeña, le decía cada vez que se quejaba de ser la rara. «Hay personas en esta ciudad con problemas de verdad, con problemas que son de vida o muerte —le gustaba decir a Justine—, no solo sentimientos heridos». En otras palabras, que no perdiese de vista lo que era realmente importante y que hiciera algo con lo que la molestaba.

Muy bien. Si Clay no la quería, no iría detrás de él. Tenía su orgullo. Daba igual lo que hubiera sucedido allí esa noche. Lo olvidaría, y también se olvidaría de él con el tiempo. Había más casinos en la ciudad, otros hombres expertos en operar al margen de la ley. Encontraría a uno y continuaría con sus planes.

Porque era ella quien estaba al mando de su propio futuro. Nadie más.

Sacó fuerzas de esa verdad, se alimentó de ella hasta que recompuso su armadura. Se enderezó y lo miró.

—Por favor, no quiero entretenerte. Puedo salir yo sola.

—No, debería... —Clay miró a su alrededor como si acabara de darse cuenta de dónde estaban—. Debería ayudarte a buscar un carruaje de alquiler.

—Preferiría que no lo hicieras. Uno de los porteros me buscará uno. Ya no necesito tu ayuda.

Él se inclinó en busca de la camisa y se la puso pasándosela por la cabeza.

—Sé que estás enfadada y lo siento. Confía en mí, ya me darás las gracias.

—¿Confiar en ti? —Soltó una carcajada amarga mientras se dirigía al cuarto de baño—. Pues prefiero no hacerlo. Ya lo intenté una vez y no me han gustado los resultados. —Cuando llegó a la puerta, se detuvo—. Por favor, me gustaría que no estuvieras aquí cuando yo salga.

Un cuarto de hora después el dormitorio estaba desierto.

Clay golpeó el montón de papeles con la palma de la mano y miró al repartidor con los ojos entrecerrados.

—Me has entregado quince botellas de menos esta semana.

El muchacho, que no tendría más de veinte o veintiún años, empezó a temblar de forma visible.

—No, señor Madden. No puede ser. Comprobé el pedido dos veces yo mismo. Todo estaba en orden.

—Aun así —dijo él con absoluta frialdad—, nos faltan cinco botellas de whisky de centeno, cuatro botellas de bourbon, tres botellas de borgoña y tres botellas de brandi.

—No-no sé qué decir. —El muchacho empezó a retroceder hacia la puerta que usaban para entregar mercancías—. Jack el Calvo las contó cuando llegó el carromato.

—¿De verdad? ¿Lo viste contar todas las botellas?

El muchacho tragó saliva con fuerza al tiempo que se quedaba blanco.

—No, pero nunca intentaría timarlo. Ni mi jefe tampoco.

—Pues alguien me ha timado..., y detesto a los timadores.

—¡Eh! ¿Qué pasa aquí? —Jack se colocó a su lado, alargó un brazo y tiró de él para alejarlo del repartidor—. Nadie ha timado a nadie. No hay motivos para alterarse.

Clay apretó los dientes.

—Nos faltan quince botellas.

Jack le lanzó un sobre con dinero al repartidor.

—Todo está bien. Gracias por el buen trabajo. Nos vemos la semana que viene.

—Gracias, señor. —El muchacho se alejó hacia su carromato a toda prisa, sin mirar de nuevo a Clay.

—¿Qué demonios es esto? —preguntó.

Jack retrocedió unos pasos y frunció el ceño.

—Anna necesitaba más licor esta semana. Le di las botellas y se me olvidó anotarlo. Y debería ser yo quien te preguntara eso. Acabas de conseguir que se mee encima de miedo.

La frustración y el arrepentimiento le provocaron un dolor palpitante en las sienes. ¡Maldito fuera el eterno dolor de cabeza!

—Mándale cincuenta extra con mis disculpas. No sabía lo de Anna.

—Es la última vez que te encargas de las entregas, al menos hasta que regrese Florence Greene.

Clay no replicó; se limitó a dar media vuelta y dirigirse a la escalera. Los fuertes pasos que lo siguieron indicaban que no estaba solo. ¡Dios! Apretó la marcha con la esperanza de que Jack se rindiera.

—Porque va a volver, ¿no? —le preguntó su socio—. Solo han pasado tres noches, pero estás más furioso que un oso herido. No sé cuánto más podremos aguantar.

—No quiero hablar del tema. —En el descansillo se dirigió hacia su despacho. Su despacho vacío, sin repartidores y sin chismosos.

—Pues te fastidias. El repartidor ha sido la gota que ha colmado el vaso. Dime qué te pasa.

Intentó cerrarle la puerta en las narices, pero Jack era rápido para alguien que pesaba más de noventa kilos.

—No intentes dejarme fuera —le dijo al tiempo que se abría paso—. Ya deberías saber que no sirve.

—Me duele la cabeza. ¿No puedo beber solo?

—No. —Jack fue al aparador en busca de una botella y dos vasos. Lo soltó todo en la mesa con un golpe antes de sentarse en un sillón—. Habla.

Clay suspiró y se sentó. No había dormido desde la noche que pasó con Florence, y el cansancio hacía mella en su cuerpo. «Fuiste un cretino con ella. Le hiciste daño, maldito cobarde».

Sí, cobarde.

Porque hacerlo con Florence Greene no se pareció en nada a lo que se esperaba. Sus encuentros habituales eran divertidos, satisfactorios para ambas partes. Una liberación y poco más. Pero con Florence había sentido algo por ella, de verdad. Algo más profundo, más importante. Un vínculo que ninguna otra mujer lo había hecho experimentar.

Y eso lo había acobardado.

Alargó la mano hacia el bourbon. Era su favorito, de una pequeña destilería en las montañas de Kentucky. Su costumbre era saborearlo, pero no esa noche. Cuando por fin terminó de servirse, el vaso estaba casi lleno.

—¿Por qué te molestas con un vaso? —masculló Jack.

Hizo caso omiso y bebió un largo trago. Tal vez si se emborrachaba, conseguiría descansar. Una pena que detestara perder el control asociado a una borrachera. Además, beber más de la cuenta nunca solucionaba nada.

Bien podía desembuchar.

—No va a volver.

Jack enarcó las cejas oscuras y lo miró fijamente a la cara.

—¿Ha pasado algo?

Clay empezó a golpear el suelo con un pie, incapaz de mantenerse inmóvil. Con ese trozo de pan que tenía por corazón, Jack se enfadaría al enterarse de cómo había tratado a Florence, aunque tuviera un buen motivo para sus actos. Lo había evitado durante dos días precisamente para no mantener esa conversación.

No había servido de nada. Estaba a punto de perder la cabeza. Tal vez admitir la verdad aliviaría en parte la culpa que se le había clavado entre los omóplatos y le permitiría dormir un poco.

«¿Confiar en ti? Pues prefiero no hacerlo. Ya lo intenté una vez y no me han gustado los resultados».

Bebió más bourbon.

—Se coló en mis aposentos la otra noche.

—Sí, lo sé. Fui yo quien le dijo a Red que le abriera la puerta.

¡Ah! Eso explicaba cómo había llegado a sus dominios privados. Red era el muchacho de los recados favorito de Jack en el casino.

—¿Se puede saber por qué lo hiciste?

—Porque ella me lo pidió.

—Sabes que no quiero que suba nadie. Jamás.

—¿La echaste?

—No.

—Entiendo.

—Es evidente que no. Me acosté con ella.

Jack frunció el ceño, como si no pudiera comprender por qué se mostraba tan obtuso.

—Sí, eso me supuse. Creía que eso mejoraría tu humor.

—¿Te parece que me ha mejorado el humor?

—No, parece que llevas una semana sin dormir.

Tres noches..., pero ¿quién llevaba la cuenta?

—Le dije que no volviera.

—¿Por qué? Sé que le tienes cariño. Es evidente cada vez que está aquí.

Apretó los dientes al oírlo. «Cariño». ¡Qué palabra tan anodina para lo que sentía por Florence! Era más una necesidad imperiosa. Una obsesión. Totalmente abrumadora. Había clavado la mirada en esos ojos verdosos mientras la penetraba, y algo en su interior había cobrado vida. Unas emociones que había enterrado y descartado hacía mucho salieron a la superficie, y solo había sido capaz de pensar una cosa: «mía».

Tenía que poseerla de nuevo. Y una vez más.

Nunca se cansaría de ella.

Solo había un problemilla. No era la mujer adecuada para un hombre como él. Los criminales, incluso los que tenían mucho éxito, no acababan con señoritas de la alta sociedad. Aunque tenía un corazón rebelde, Florence no podía cambiar la familia en la que había nacido, de la misma manera que él no podía cambiar sus propias circunstancias. Duncan Greene le rebanaría el cuello con una hoja roma antes de permitir que tuviera a su hija.

Muchos años antes juró que nunca permitiría que lo dejaran sin opciones. El control siempre sería suyo, de nadie más.

¿Cuando le arrebataron la casa a su familia? ¿Cuando se vieron obligados a mudarse a los barrios bajos a una pocilga alquilada e insalubre por culpa de Duncan Greene? Esas cosas estuvieron fuera de su control. Como lo estuvo la muerte de su hermano, o el abandono de su padre. Nunca volvería a permitir sentirse impotente.

De manera que sí, Florence debía mantenerse alejada. Por más que anhelara ver su sonrisa, oír sus carcajadas o besarla en la boca una vez más…, no podía. Se negaba a desear algo que nunca podría tener. Era un descenso a la locura.

Miró a Jack, que observaba su debate interno con gran interés.

—Lo que siento por ella no es el problema. Este no es su sitio.

—Pues a mí me parecía que encajaba muy bien. Y no te preocupa su reputación. Nunca te han preocupado esas tonterías. Así que, ¿qué pasó de verdad?

—Te lo acabo de decir. Me acosté con ella y luego le ordené que no volviera más.

Jack se quedó boquiabierto, y la sorpresa y la decepción se reflejaron en su cara.

—¿En ese orden? ¡Por Dios, Clay! A ti no te van los arrumacos después de hacerlo, ¿no?

Se sirvió más bourbon, la misma cantidad que antes.

—Pues no, eso es lo que intento explicar. Las mujeres como ella quieren promesas y joyas. Paseos por el parque. ¿Me imaginas en un carruaje paseando por el parque a la hora de moda? —Resopló.

—Sí, ya te entiendo. Te sientes más cómodo aquí en el casino, es evidente para todo el mundo, pero no vas a estallar en llamas si te da el sol. ¿Y por qué estás tan seguro de que quiere promesas y joyas? ¿Se lo has preguntado?

—No hace falta. Conozco a su padre, su familia es privilegiada y rica. No podríamos ser más incompatibles, aunque fuera para una breve aventura. Voy solo un pasito por delante de la policía, y solo porque pago muy bien.

Jack se frotó el mentón mientras sopesaba esa respuesta. Aunque sospechaba que no le iba a gustar, valoraba los consejos de su socio. Siempre lo había hecho. Jack no había tenido una vida fácil, pero era inteligente y sensato. No se le daban bien los números, pero sí entender a la gente y saber cómo afrontar un problema desde todos los ángulos posibles. Por eso eran tan buenos socios.

—Crees que no eres lo bastante bueno para ella.

—¡Menuda tontería! —protestó, aunque con voz débil. Se frotó los ojos. Estaba tan cansado que ni siquiera era capaz de ofrecerle una réplica contundente.

—No, es eso. Crees que eres un criminal desalmado y que ella es un ángel de la zona alta de la ciudad. Os has colocado en esas dos columnas tuyas y has llegado a la conclusión de que no salen las cuentas.

—¿Y tú crees que sí? La idea es ridícula.

—Solo digo que la estás subestimando. Intenta abrir un casino, Clay. Es más una criminal que una princesa de la alta sociedad. Y tus ambiciones van más allá de la Casa de Bronce y de nuestra sociedad. Las personas no son una cosa u otra. Las personas tienen facetas. También cambian, se adaptan. Por no mencionar que has supuesto muchas cosas sobre ella. Algo me dice que a Florence no le harían mucha gracia tus conclusiones.

No, Jack se equivocaba. En el fondo las personas siempre eran las mismas. Aunque Florence deseaba abrir un casino, tras esa rebeldía seguía siendo una dama y arrastraba todo lo que conllevaba su posición. Él no era un caballero, no tenía la menor idea de lo que eso implicaba. Vivía en un mundo donde reinaban la intimidación y la venganza, el dolor y el soborno.

—Es más —siguió Jack—, te comportas como si quisiera casarse contigo. ¿Te dijo algo que implicara que era más que una noche?

Sacudió la cabeza en respuesta.

—Pero ya sabes cómo piensan las mujeres como ella...

—Me estás diciendo lo que crees que ella piensa, pero solo son suposiciones. Me gustaría oír por qué necesitas alejarla.

—Ya te he explicado el motivo. ¿No me has estado prestando atención?

—¡Ah! Ya lo creo que he estado prestando atención. Y he escuchado un montón de excusas, pero no la verdad. —Jack se inclinó hacia delante para servirse un vaso de bourbon. Acto seguido, se puso en pie con el vaso en la mano y lo miró—. Lo que me lleva a la conclusión de que la señorita Greene se te ha metido bajo la piel, hasta tal punto que te ha asustado. ¿Estoy en lo cierto?

«Sí».

—No le busques nada romántico a la situación.

Jack levantó el vaso a modo de brindis.

—¿Por qué iba a molestarme en hacerlo cuando tú lo estás haciendo tan bien? —Tras decir eso, salió silbando del despacho.

13

Florence le entregó un montón de monedas al cochero, que aceptó el dinero y miró a su alrededor con los ojos desorbitados. Comprendía la reacción del hombre. Ella también tenía los nervios a flor de piel. Cabía la posibilidad de que aquella fuera la estupidez más grande que había cometido hasta la fecha.

Sin embargo, no le quedaba alternativa.

«Eres una distracción que no necesito».

Tragó saliva para deshacer el nudo que amenazaba con ahogarla. Clay no la quería cerca, y ella tenía que pasar página, encontrar a otra persona que la ayudara. No pensaba renunciar a sus sueños solo porque el dueño gruñón de un casino ya no deseaba ayudarla.

Otro hombre en Nueva York podía enseñarle lo que necesitaba. Uno que dirigía tantos casinos, salones de billar y salas de apuestas como Clayton Madden o tal vez incluso más. Cierto que la mayoría se encontraba en las peores zonas de la ciudad y eran sitios en los que la violencia estaba a la orden del día. Pero ese hombre dirigía establecimientos de juego y podía contestar todas sus preguntas. Si conseguía convencerlo de que la recibiera, por supuesto.

—Señorita, no me parece bien dejarla en este barrio a esta hora —dijo el cochero—. A lo mejor debería llevarla de regreso a la zona alta.

—Agradezco su preocupación —replicó—, pero no me pasará nada. No voy lejos, solo hasta el final de la calle. —Señaló con una mano.

—Pero, señorita —susurró el hombre—, ahí es donde...

—Estoy al tanto. Le juro que tendré cuidado. Gracias por su preocupación. —Le dio otra moneda—. Buenas noches.

Se levantó las faldas y rodeó el caballo para bajar a la calzada. Había un animal muerto en mitad de la calle, aplastado por una carreta o un carruaje, y se alejó bastante al rodearlo. La noche había caído sobre la ciudad, y la juerga en los barrios bajos estaba en todo su apogeo. Las tabernas y los bares se encontraban atestados de marineros y estibadores, de comerciantes y estudiantes. La bebida correría toda la noche, y de madrugada se verían peleas y parejas manteniendo relaciones sexuales en la calle.

Aunque su destino no era ni un bar ni una taberna. Su destino era el club New Belfast Athletic, el cuartel general del señor Mulligan.

Mulligan era el dueño de la taberna y de la sala de juegos de Donnelly, el lugar donde la habían acusado de hacer trampas. «Seguramente sea la única persona de la ciudad que sabe tanto de apuestas como yo». Todo un halago en boca de Clay, que no era dado a hacer falsos cumplidos. No, él era más de acostarse con alguien y luego darle largas.

Se desentendió de esos recuerdos, enterrándolos en el oscuro pozo donde encerraba sus pensamientos más desagradables. En ese preciso instante tenía cosas más importantes en las que pensar. Como convencer a Mulligan de que la ayudase.

Dos guardias flanqueaban la puerta del club, con expresión seria a la amarillenta luz de la farola de gas. La miraron con recelo mientras se acercaba, ya que llevaba la cabeza cubierta por una gruesa capucha. Esa noche no llevaba un atuendo fastuoso, pero no podía decirse que fuera mal vestida. Sin duda en la penumbra parecía un pez fuera del agua.

—Buenas noches. —Se detuvo delante de la puerta—. Deseo ver al señor Mulligan.

Uno de los guardias resopló y clavó la mirada en la calle de nuevo. El otro la miró con el ceño fruncido.

—Esta noche no ha pedido ningún servicio. Largo de aquí, palomita.

¿Servicio? ¿Creían que era una...? ¡Ah!

—No, se equivocan. Deseo contratarlo.

Los dos hombres se rieron entre dientes.

—Seguro que sí. Tampoco lo hace por dinero. Ahora largo antes de que...

—¡Esto no va de favores sexuales! —masculló ella, y los dos se enderezaron al tiempo que enarcaban las cejas. No sabía muy bien si se habían sorprendido por su tono de voz o por sus palabras, pero al menos por fin la tomaban en serio—. Decidle que soy la rubia que Donnelly acusó de hacer trampas la otra noche. Sabrá quién soy. —Rezó para que fuera verdad; al fin y al cabo, Jack el Calvo le había mandado saludos de parte de Clay. Seguro que le habían entregado el mensaje, ¿verdad?

Los guardias se miraron entre sí. Seguramente mientras decidían si les decía o no la verdad. Finalmente uno asintió con la cabeza y cruzó los brazos por delante del pecho. El otro abrió la puerta y desapareció en el interior del club.

Florence miró por encima del hombro. No se esperaba que la dejaran en la calle, expuesta, mientras esperaba a que le concedieran audiencia con el capo criminal. Menos mal que llevaba siempre una pequeña pistola en el bolso cuando se adentraba en los bajos fondos. Hasta la fecha nunca había tenido que usarla, pero llevarla le daba un mínimo de seguridad.

El otro guardia regresó antes de lo que esperaba. Le abrió la puerta para que pasara.

—Acompáñeme, señorita.

Hizo caso omiso de las mariposas que sentía en el estómago y subió los escalones para entrar al club. El interior era enorme, mucho más grande de lo que parecía desde fuera. El ruido la asaltó. El ruido de los vítores y los gritos de los hombres que disfrutaban de un combate de boxeo; de la música y las risas que procedían de la parte posterior del edificio. ¿Estaban celebrando un baile allí detrás?

El guardia la alejó del ruido y la condujo a una recargada escalera situada en un lateral. Subieron dos tramos. Las paredes estaban empapeladas con un diseño de rayas verdes y blancas. Sus pasos quedaban amortiguados por las alfombras orientales que adornaban el suelo. Había apliques de latón en las paredes y una elegante lámpara de techo, de gas, iluminaba el camino. Un contraste muy marcado con el espartano interior de la zona privada de la Casa de Bronce.

El guardia llegó a una puerta de roble. Llamó dos veces.

—¡Adelante! —dijo una voz ronca desde dentro.

El guardia abrió la puerta y se hizo a un lado para dejarla pasar. Florence entrelazó las manos con fuerza y entró, sin saber qué se iba a encontrar. ¿Qué aspecto tenía un jefe criminal? ¿Tendría una mesa apoyada en pilas de dinero ilegal? ¿O estaría muy desgastada y era práctica como la de Clay?

«Deja de pensar en él».

Un hombre se puso en pie al otro lado de una enorme mesa, cubierta de documentos. No era demasiado alto e iba vestido de punta en blanco, con un traje azul y un chaleco de seda verde que debía de costar una fortuna. Reloj de bolsillo de oro y zapatos relucientes. ¡Por el amor de Dios! Era muy guapo, de pelo oscuro y ondulado, y ojos azules. Y joven. ¿Había cumplido siquiera los treinta?

No se esperaba eso. A juzgar por su reputación, Mulligan era un criminal desalmado que se desayunaba a sus enemigos. El hombre que tenía delante podría ir de visita a cualquier mansión de la Quinta Avenida.

Se bajó la capucha de la capa. El guardia se quedó sin aliento, y Mulligan pareció quedarse inmóvil. Se dio unas palmaditas en las mejillas y se atusó el pelo. ¿Le pasaba algo a su aspecto?

Mulligan se recuperó enseguida y se acercó a ella.

—Tengo entendido que es la mujer a la que pillaron contando las cartas en la taberna de Donnelly la otra noche.

—No conté las cartas.

Mulligan le hizo un gesto con la barbilla al guardia, que se llevó una mano al sombrero y desapareció. La puerta se cerró. Florence se concentró en respirar con tranquilidad para no demostrar su nerviosismo.

«Sin miedo. Demuestra confianza hasta que la sientas».

Él le hizo una reverencia.

—*Enchanté*, señorita Greene.

Se quedó boquiabierta.

—Sabe quién soy. —¿Y hablaba francés?

—Tengo por costumbre saber cosas. ¿Puedo? —Le tendió una mano, dispuesto a acompañarla, mientras que con la otra mano le indicaba la silla.

Aceptó la mano que le ofrecía, y él la llevó hasta el asiento vacío. Una vez que estuvo sentada, él rodeó la mesa y se dejó caer en el ancho sillón de cuero.

¿Quién era ese criminal con los modales de un caballero y el aspecto de un Adonis?

Se desentendió de esas ideas y dijo:

—Pero no he dicho cómo me llamo.

—¿De verdad cree que no intentaría averiguar el nombre de la belleza de la alta sociedad a la que Clayton Madden le está dando clases? Eso es como agitar un trapo rojo delante de un toro, señorita Greene.

—En ese caso, bien puede llamarme Florence.

Lo vio esbozar una sonrisilla torcida, un gesto que suavizó sus facciones, y supo que esa sonrisa debía de enloquecer a las mujeres.

—Florence pues. La mayoría de la gente me llama Mulligan. —Entrelazó las manos—. ¿Te apetece una copa?

—No, gracias. —No tenía ni idea de por dónde empezar. Él se acomodó en el sillón y esperó con paciencia, como si tuviera todo el tiempo del mundo. Florence carraspeó—. Te agradezco que me recibas.

—La curiosidad es una de mis debilidades. No se me ocurre por qué una mujer como tú vendría a mi club en mitad de la noche, sobre todo a sabiendas de que acostumbras a pasar el tiempo en la Casa de Bronce.

Tomó una honda bocanada de aire para armarse de valor.

—Deseo contratarte.

—Sí, eso me han dicho. ¿Puedo preguntar para qué?

¿Acaso nada alteraba a ese hombre? Le recordaba a Clay. Ambos eran tranquilos y metódicos. «Deja de pensar en él».

—Deseo abrir un casino. Para mujeres. Y necesito que alguien me ayude a aprender el aspecto empresarial.

A Mulligan le brillaron los ojos como si le hiciera gracia.

—De ahí que Clayton Madden estuviera dándote clases. ¿Puedo preguntar qué ha pasado?

—¿Qué quieres decir?

—Con Clay. Sé que es un malnacido gruñón que detesta a las personas y que prefiere estar solo. Pero no veo cómo puede odiarte a ti.

Se equivocaba. No la quería cerca. Sin embargo, no pensaba decírselo.

—Al parecer estaba demasiado ocupado y no podía sacar el tiempo necesario.

Mulligan frunció el ceño mientras la observaba.

—¿Estás de broma? ¿No podía sacar tiempo para ti?

—Eso parece. En fin, estoy dispuesta a pagar por tu tiempo...

Mulligan se inclinó hacia delante e hizo un gesto con una mano.

—Tengo más dinero del que podré gastarme en la vida. ¿Qué dijo exactamente Clayton?

—Que era una distracción que no necesitaba. —¿Por qué insistía tanto ese hombre con el tema? Ya se sentía bastante mal después del rechazo de Clay—. Es comprensible. He aprendido mucho de él, pero había llegado el momento de zanjar el acuerdo. —Porque se había comportado como un malnacido gruñón, tal como Mulligan había dicho.

Salvo que... hubo un momento en el que no se comportó como un gruñón en absoluto. Se había mostrado tierno. Y dulce.

«¿Quieres problemas, princesa? Aquí me tienes. Y te prometo que te los daré cuando quieras».

Menuda mentira.

Prácticamente había salido corriendo para alejarse de ella. Y se había disculpado incluso. Todo el asunto fue humillante e irritante.

Mulligan la observaba con una expresión rara, como si supiera lo que estaba pensando. Se revolvió en el asiento.

—Clayton me ha enseñado los distintos juegos de azar y cómo detectar a los tramposos. Ahora me interesa el aspecto contable del negocio.

—¿Estabas allí cuando la redada?

—Pues... sí, estaba allí. —¿Por qué le interesaba la redada?

—Tiene un túnel que pasa por debajo del casino y lleva al burdel, ¿verdad? Yo le di la idea. Hay un sistema de túneles subterráneos en esta parte de la ciudad. Lugares en los que la poli no puede entrar. ¿Eso no te asustó? Me refiero a la redada.

—No. —Recordó el burdel y lo desinhibida que se había mostrado con Clay, lo erótica que había sido la experiencia. Sintió un ardiente rubor, algo que a Mulligan no pudo pasarle desapercibido por culpa de su piel clara—. ¿Por qué habría de asustarme eso?

—Interesante. Creo que eres más dura de lo que aparentas, Florence Greene. —Se inclinó de nuevo hacia delante y cruzó los brazos sobre la mesa—. Te ayudaré todo el tiempo que quieras.

Clay le dio la entrada al asistente y pasó el torniquete. Habían terminado de construir el Polo Grounds el año anterior como sustituto del viejo estadio emplazado justo detrás. Era un precioso campo de béisbol, y el Polo Grounds se había convertido en el hogar de los New York Giants.

El béisbol era uno de los pocos placeres que tuvo durante su infancia. En aquel entonces los niños se arremolinaban y veían los partidos sin entrada. Los muchachos se reunían en las colinas que rodeaban el Union Grounds, en Brooklyn, y veían a esos rápidos y fuertes hombres en el campo mientras gritaban y animaban a sus equipos favoritos.

Él aceptaba apuestas durante los partidos, por supuesto. No eran de los que desperdiciaban la oportunidad de ganar un dólar. Gran parte de su juventud consistió en trapichear para ganar dinero, para pagar el techo sobre la cabeza de su madre y la suya. Mentir, hacer trampas, robar... Cualquier escrúpulo con el que hubiera nacido desapareció en cuanto lo perdieron todo.

A esas alturas salía muy pocas veces de la Casa de Bronce, salvo para ver algún que otro partido de béisbol. ¿Como aliciente? El estadio abarrotado era un lugar excelente para encontrarse en territorio neutral. Algunas sabandijas eran demasiado venenosas como para permitirles la entrada en la Casa de Bronce.

El partido de ese día prometía ser la bomba. Los hombres corrían a sentarse, ansiosos por ver la acción en el campo, ya que el partido había comenzado hacía unos minutos. Clay se tomó su tiempo. Le encantaba el ambiente del estadio, el hecho de que los residentes se reunieran para animar a sus equipos. El sentimiento de pertenecer a algo mayor que uno mismo. Hacía que se tuviera fe en la humanidad.

Se preguntó si Florence habría ido a ver algún partido.

«¿Así te portas con todas tus conquistas? ¿Las tratas a patadas después de acostarte con ellas para echarlas?».

Ya no quería tratos con él, y eso era algo que se había buscado solito. La había espantado, le había dicho que no regresara. De modo que su ausencia debería ser un alivio. El tiempo de sobra lo había empleado en el trabajo, y los libros de cuentas nunca habían estado tan al día.

Salvo que se sentía fatal. Se sentaba a su mesa como una máquina, calculando y escribiendo, acompañado por ese dichoso dolor en el pecho que no desaparecía. Había pasado casi una semana y todavía levantaba la mirada hacia la puerta cuando se abría, con la esperanza de que hubiera vuelto.

¿No se suponía que la distancia ayudaba? ¿No deberían sus sueños centrarse en otra persona una vez que ella ya no estaba? Esperaba que esas emociones desaparecieran pronto. No estaba seguro de cuánto tiempo más aguantaría echándola de menos.

«Eres glorioso, Clay».

Tragó saliva con fuerza. No podían mantener una relación. La idea era ridícula. Ella era luminosa y pura, un ángel mimado que no tenía por qué relacionarse con basura de los bajos fondos como él. Algún día le daría las gracias por haberla puesto en otro camino.

Compró una bolsa de cacahuetes y se dirigió a su asiento justo al lado de la primera base. Unos anchos hombros le bloqueaban la visión.

—¿Cacahuetes?

Bill el Grande se volvió, y el bigote se le torció por la mueca desagradable que hizo.

—Llegas tarde.

—El partido acaba de empezar.

—Llevo casi media hora esperándote.

No tenía por qué darle explicaciones a Bill. No le debía absolutamente nada a ese hombre.

—¿Qué quieres, Bill?

—Quiero que me quites de encima al banco. No puedo perder la casa. Mi mujer y mis hijos viven allí, Madden. ¡Mi madre!

—He oído que tu mujer te ha echado de casa. ¡Qué mala suerte!

—Todo por tu culpa, malnacido —masculló Bill—. Me has arruinado la vida y solo porque me atreví a pedir lo que me pertenece.

—Te equivocas. Intentaste chantajearme y luego hiciste una redada en mi casino. Cruzaste una línea. Has perdido tu oportunidad para negociar.

—No tienes pruebas de que yo participase en la redada.

—No necesito pruebas. Conozco a los polis implicados, todos a tu mando. No se quedaron mucho tiempo, solo destrozaron el lugar y salieron corriendo.

—Te has creado enemigos, Madden. Hay muchas personas que podrían ser las culpables.

Cierto, pero en ese caso el único culpable era el hombre con el que hablaba.

—Voy a enterrarte, Bill. Tan hondo que cualquier policía de Queens se lo pensará muy bien antes de susurrar siquiera mi nombre.

—No puedes hacerlo —protestó Bill con voz entrecortada—. Soy el segundo al mando. No puedes eliminarme. Todos los polis de la ciudad irán a por ti.

Uno de los jugadores de los Giants alcanzó la primera base, y los espectadores rugieron encantados. Clay abrió otro cacahuete y se lo metió en la boca. Tal vez la próxima vez compraría palomitas de maíz.

—¿Has oído lo que he dicho? —Bill se revolvió en su asiento—. Como intentes hacerme daño, no te irás de rositas.

—Puede que sí o puede que no. Sin embargo, no soy el único que tiene enemigos en la ciudad. No creo que muchos lamenten tu caída.

—Hablando de enemigos, me pregunto qué pensará Duncan Greene sobre lo que has estado haciendo con su hija.

Clay se quedó helado, aunque intentó no mostrar reacción alguna. ¿Cómo se había enterado Bill de las visitas de Florence a la Casa de Bronce?

—Te equivocas. No he tenido el menor contacto con ninguna de las hijas de Greene.

—No se te da bien mentir, Madden. Ya se ha corrido la voz de lo tuyo con la hija mediana. Tu personal se ha ido de la lengua.

Totalmente imposible. Su personal era leal a más no poder. Apostaría su vida a que Bill había sobornado a alguien para que vigilase la puerta del casino a fin de saber quién entraba y salía, el muy imbécil. Además, Florence no iba a volver a la Casa de Bronce.

—Vas a quedar como un payaso si intentas venderle esa historia a Greene.

—Ya lo veremos. —Bill levantó su corpachón del asiento—. Quítame al banco de encima..., o le haré una visita en persona a Duncan Greene.

Clay tiró una cáscara de cacahuete vacía al suelo.

—Buena suerte con eso.

—¡Que te den! —masculló Bill antes de bajar las gradas hecho una furia.

Diez minutos después Jack se sentó junto a Clay.

—¿Cómo ha ido?

Le ofreció la bolsa de cacahuetes a medio comer.

—Como era de esperar.

Jack se rio y metió la mano en la bolsa, de la que sacó un puñado de cacahuetes.

—Seguro que ha sido divertido.

—Sabe lo de Florence. Que ha visitado el casino, digo. Ha amenazado con irle con el cuento a Greene.

—¡Dios! ¿Crees que cumplirá la amenaza?

Bill tal vez insinuara que había algo entre Florence y él, pero no tenía pruebas. Claro que nadie había dicho nunca que ese hombre fuera listo.

—A saber. —La multitud aplaudió cuando un tercer *strike* acabó la entrada. Clay se llevó dos dedos a los labios y silbó con fuerza. Cuando el estadio se quedó en silencio, añadió—: Da igual. Florence no va a volver a la Casa de Bronce. Cualquier rumor solo es una especulación. No hay pruebas de que haya estado en el casino.

—Cierto. Aunque tenga vigilado el local, el testigo podría equivocarse.

—Eso es. Le he dicho que está loco.

—¡Qué tierno que sigas queriendo protegerla!

Clay gruñó, pero no lo contradijo. Aplastó otra cáscara.

—¿No habíamos quedado en que no ibas a buscar romanticismo en la situación?

—Pues sí, pero no te he hecho caso. Menos mal, porque si no le buscara romanticismo al asunto, no podría decirte a quién se ha buscado ahora para que le dé clases.

La tensión se apoderó de todos sus músculos, bloqueándole el cuerpo. ¿Florence se había buscado a otro para que le diera clases? ¡Por el amor de Dios! La noticia fue como un puñetazo en el estómago.

—¿Quién? —Jack se quedó callado para darle más dramatismo, con los labios apretados. Estaba disfrutando. Se inclinó hacia él—. Como no me lo digas ahora mismo, te juro que...

—Se rumorea que ha ido en busca de Mulligan.

Clay se puso en pie de un salto, y la bolsa de cacahuetes cayó al suelo, olvidada. Salió de la fila de asientos y subió los escalones del graderío en un abrir y cerrar de ojos. ¿Acaso se había vuelto loca? Podrían matarla por el mero hecho de caminar por la calle donde estaba el club de Mulligan, por no hablar de lo que podría pasarle una vez que atravesara sus puertas.

—Espera —le dijo Jack—, no puedes ir a verlo solo.

—No necesito una niñera. —Llegó al pasillo y echó a andar hacia los torniquetes—. Mulligan no me va a hacer daño.

—Ojalá tuviera tu misma confianza. No siempre habéis estado de acuerdo.

—Eso eran negocios. Esto es personal.

—Lo que empeora las cosas. —Jack lo agarró del brazo para detenerlo—. Clay, piensa. Mulligan no va a entregártela sin más. Exigirá algo a cambio.

Tragó saliva al oírlo. Su socio tenía razón, pero le daba igual.

—Pues le daré lo que me pida. Cualquier cosa con tal de sacarla de allí.

Jack esbozó una sonrisa.

—Ve a por ella.

14

El trayecto en carruaje se le hizo eterno. Clay casi echaba espumarajos por la boca cuando por fin llegó a Great Jones Street. El sol acababa de ponerse detrás de los edificios cuando echó a andar hacia el club de Mulligan, y las sombras alargadas daban cobertura a todo tipo de actividades ilícitas a lo largo del camino.

Los dos guardias de la puerta se pusieron en alerta al verlo acercarse. Eran dos críos de no más de veinte años, seguramente armados. No les prestó la menor atención mientras subía los escalones.

—Un momento —dijo uno de los guardias—. No puedes entrar sin más...

Pasó junto a él y abrió la puerta de un empujón. El otro guardia hizo ademán de sujetarlo del brazo, pero se zafó de él. ¿Qué pensaba Mulligan al poner a esos cachorros de guardia?

Había estado en el club New Belfast Athletic varias veces. Siempre de noche y nunca más de unos minutos para una reunión breve con Mulligan. Sus negocios se habían solapado en ocasiones a lo largo de la última década, y era un constante tira y afloja para mantener las buenas relaciones. Por su parte, le había cedido la mayor parte del juego en los barrios bajos en los dos últimos años, ya que él prefería desplumar a los elegantes clientes de la zona alta de la ciudad.

Subió los escalones de dos en dos para llegar al despacho de Mulligan. Los guardias le pisaban los talones y pedían ayuda a gritos. Sin duda alguna varios de los hombres de la zona de boxeo se habían unido a la fiesta.

No lo atraparían, no antes de llegar al despacho de su jefe.

Abrió de golpe la pesada puerta de roble que protegía el santuario de Mulligan. Una pistola lo recibió al otro lado, con el cañón apuntándolo a la cara.

Se detuvo y esperó, mientras su pecho se sacudía por los jadeos. La dura expresión de Mulligan se transformó en una guasona al bajar la pistola.

—Te he estado esperando, Clayton. Pasa.

Un grupo de muchachos se detuvo en seco al llegar a la puerta, derrapando sobre el suelo, como sabuesos detrás de un zorro. Se oyeron voces que gritaron a la par:

—¡Señor!

—Mulligan.

—¡Oye!

Mulligan levantó una mano.

—No pasa nada, chicos. Lo estaba esperando.

La jauría miró con cara de pocos amigos a Clay. Después todos se marcharon, refunfuñando. Sin embargo, uno de los guardias de la puerta se quedó rezagado.

—¿Quiere que me quede?

Mulligan se acercó al muchacho y le puso una mano en un hombro.

—No me pasará nada. Clay y yo tenemos que hablar de negocios. Pero intenta que nadie más consiga colarse cuando estás de guardia, ¿quieres?

El muchacho se disculpó y se fue, pero Clay estaba demasiado alterado como para prestarles atención. Se dejó caer en la silla emplazada delante de la mesa de Mulligan y se quitó el sombrero. La irritación le recorría todo el cuerpo.

—Buenas noches, Clay. Te veo bien. ¿Te apetece una copa?

Clay ansiaba zarandearlo, exigirle que le contara todo lo que sabía de Florence, pero así no se hacían las cosas. Aunque eran dos matones para el mundo exterior, en realidad sus reuniones eran muy civilizadas.

—Bourbon si tienes.

—Por supuesto.

Acto seguido, oyó el tintineo del cristal mientras servía el licor y al cabo de unos segundos Mulligan le puso un vaso delante.

—Gracias —susurró.

—¿Cómo van las cosas por la zona alta? —Mulligan se dejó caer en su enorme sillón de cuero, con un vaso de cerveza en la mano—. Tengo entendido que el negocio te va bien.

—Sí que va bien. Te sorprendería la facilidad con la que algunos de esos imbéciles arriesgan su herencia. —Se obligó a beber el bourbon despacio cuando en realidad ansiaba estampar el vaso contra la pared—. He oído que vas a expandir el negocio cervecero. —Señaló el vaso que Mulligan tenía en la mano con un gesto de la barbilla.

—Pues sí. He encontrado un cervecero increíble. Es un genio con la malta y el lúpulo. Deberías llevarte un poco de cerveza para tu casino.

—Gracias. Estaría bien.

Mulligan bebió de su cerveza antes de soltar el vaso en un posavasos metálico.

—Encantado de que lo hagas. Bueno, ahora dime qué te ha traído a los barrios bajos en esta bonita noche primaveral.

—Sabes por qué estoy aquí.

—Sí, pero me encantaría oírtelo decir.

Clay lo miró mientras intentaba tranquilizarse. Tenía que actuar de forma razonable. Nadie podía sospechar jamás lo que Florence significaba para él.

—Tengo entendido que has conocido a la señorita Greene.

—He tenido el placer. —Mulligan se acomodó en su sillón—. Una joven increíble. Preveo que tiene un futuro muy prometedor por delante.

—¿Cuánto tiempo lleva viniendo?

—Veamos... Apareció hace tres noches y ha estado viniendo desde entonces. ¿Qué puedo decir? Hemos conectado.

Clay apretó los puños. ¿Que habían conectado? La idea de Florence y Mulligan juntos le daba ganas de aplastar algo. ¿En qué estaba pensando Florence? Mulligan no buscaba lo mejor para ella. No la protegería y le enseñaría. No se preocuparía por ella.

«Tampoco va a herir sus sentimientos», concluyó.

Cierto, pero se disculparía por eso en cuanto tuviera la oportunidad.

—Quiero recuperarla.

Mulligan sonrió, sin molestarse siquiera en ocultar lo gracioso que le resultaba todo aquello.

—No es un juguete ni una propiedad, Clay. Hablamos de un mujer muy terca con una habilidad increíble para las cartas.

—Pues deja que lo diga de otra forma: quiero que dejes de darle clases.

—No veo por qué debería hacerlo. Es entretenida y guapa. Le da vida a este sitio.

Sintió que le ardía la nuca mientras la rabia lo consumía. Era evidente que Mulligan lo estaba pinchando, pero en su mente no paraba de fantasear con la idea de volcar la mesa y darle un puñetazo en la cara. ¡Sería de lo más satisfactorio, joder!

—¿La has llevado al club?

—Pues claro. Algunos días salimos del despacho. Esta noche pensaba llevarla a un localito que tengo en Mott Street...

—De eso nada —masculló—. Lo único que vas a hacer es decirle que no puedes seguir dándole clases.

Mulligan endureció la mirada, y el azul de sus ojos se transformó en hielo.

—No hay muchos con las pelotas necesarias para venir a mi despacho a darme órdenes. Tal vez quieras repensar tu estrategia.

Clay soltó el aire despacio e intentó recuperar un poco de cordura. No podía obligar a Mulligan, no en su terreno. No, tenía que negociar de forma lógica, con la cabeza despejada.

—¿Qué quieres a cambio?

Mulligan levantó el vaso y bebió otro sorbo.

—¿Qué me ofreces?

—Te compraré cien barriles de esa cerveza para el casino.

Mulligan resopló.

—No me insultes. Por cierto, me gusta mucho su perfume. Es... naranja con alguna especia que no termino de identificar. Se queda flotando en el ambiente durante horas después de que...

—Te daré la casa de apuestas en Canal Street.

—¿La que dirige Paddy O'Murphy?

—Sí.

Mulligan se frotó el mentón y se percató de que le temblaban los labios por la risa contenida.

—Sí que te ha dado fuerte por la muchacha. Está visto que hasta las torres más altas caen.

Clay se puso en pie.

—No seas cretino. Solo has accedido a ayudarla para irritarme. Estoy intentando mostrarme civilizado.

—Te equivocas, y estás siendo un cabrón mojigato. La espantaste, le dijiste que era una distracción y ahora no te gusta que haya acudido a otro. Pues es una pena, Clayton.

¿Florence le había hablado de su última conversación? ¿Qué más sabía Mulligan?

—No debería haber dicho eso —masculló al tiempo que se pasaba una mano por el pelo. La situación era humillante, tener que acudir a su rival y suplicarle acceso a una mujer que seguramente nunca volviera a dirigirle la palabra. Y Mulligan estaba disfrutando de cada minuto.

—No tengo claro que a la muchacha le importe. Parece muy contenta aquí, ayudándome con los libros y aprendiendo el negocio. Tengo planes para ella. Y ahora que sabemos que le gustan los hombres de la parte mala de la ciudad, voy a ver si le apetece...

Clay no pensó. La furia se apoderó de su cerebro, y se abalanzó sobre Mulligan por encima de la mesa. Antes de que pudiera reaccionar, lo tenía agarrado por el cuello.

—No te atrevas a tocarla —rugió.

Mulligan se quedó inmóvil, con expresión pétrea.

—Basta con que grite para que entren por esa puerta diez hombres que te harán pedazos. Mucho cuidado con lo que haces a continuación, Clayton.

—Te va a costar gritar después de que te arranque la garganta —gruñó.

Mulligan suavizó la expresión, otra vez con esa sonrisa contenida en los labios.

—Te la devolveré, pero también quiero participar en el casino que estás construyendo en la parte este.

Clay parpadeó y aflojó las manos por la sorpresa. Mulligan se apartó los dedos del cuello mientras él regresaba a su asiento.

—¿Cómo te has...? —Se mordió la lengua para no terminar la ridícula pregunta. Por supuesto que Mulligan se había enterado de los planes que tenía para la calle Setenta y nueve.

—No quiero mucho —continuó Mulligan—. Sería un inversor, por supuesto.

Clay se pellizcó el puente de la nariz con dos dedos. Acceder a eso sería darle a Mulligan un lugar en la zona alta de la ciudad. Y su rival lo usaría para intentar apoderarse de todo, para expandir su imperio más allá de la calle Cuarenta y dos. Para echarlo a él del negocio.

La posibilidad se le clavó entre los omóplatos como un dichoso peso, aplastándole la columna. ¡Maldita fuera esa ciudad! Estaba llena de timadores y ladrones; era una poza de inmundicia y de crimen de la que no se podía escapar.

¿De verdad iba a hacer negocios con Mulligan para poner en peligro su empresa?

Sabía la respuesta. Por Florence, sí. Vendería su alma al diablo con tal de liberarla de Mulligan. No le gustaba, pero ¿qué alternativa tenía?

Hizo caso omiso de la frustración y de la impotencia que sentía.

—Muy bien. Pero faltan varios años todavía.

—Puedo esperar. —Mulligan entrelazó las manos detrás de la cabeza y se acomodó en el sillón—. Sientes algo por ella, ¿verdad?

—No digas tonterías. No quiero que le hagan daño. Es peligroso que esté aquí, y lo último que nos conviene a todos es que Duncan Greene nos eche a la policía encima para vengar a su hija.

—Mmm. —Mulligan no parecía creérselo, pero no discutió. Se puso en pie y rodeó la mesa. Lo miró con las manos en los bolsillos—. Me parece que la última vez que le hicieron daño estuvo contigo. Hablaré con ella, pero la última palabra es suya. Si no desea irse contigo, respetarás sus deseos.

—Me parece justo. —Podía convencerla. Florence era atrevida y terca, pero no irracional—. Avísame cuando regrese y vendré.

—No hace falta. Si me das unos minutos, haré que la traigan.

—Un momento, ¿está aquí? —Acababa de anochecer. Florence no iba a la Casa de Bronce hasta que ya era noche cerrada. ¿Qué hacía en el Bowery a la hora de la cena?

—Parece que le gusta mi local, Clay. Sobre todo las chicas de la taberna.

—Has dejado que... —Se obligó a tomar una honda bocanada de aire. Por supuesto que Mulligan la había dejado. Le había dado acceso total a Florence y ella lo había aprovechado al máximo, ¡y al cuerno con su seguridad!—. Dime dónde está.

Mulligan miró el reloj de bolsillo que llevaba.

—Creo que no. Quédate aquí. Iré a buscarla y le diré que suba.

Florence estaba sentada en el pequeño camerino que usaban las bailarinas para prepararse antes de subir al escenario. La estancia era una gruta del tesoro llena de joyas y plumas, de cosméticos y de medias de seda. Le gustaba sentarse a charlar con las chicas mientras se vestían antes de ir a la taberna para ver el espectáculo. Las bailarinas eran listas y graciosas, tres muchachas guapas y atrevidas a las que les gustaba el escenario. No había vergüenza alguna en sus números descarados ni en las bromas subidas de tono. Les pagaban bien y los hombres de Mulligan las protegían.

Con todo, no le parecía una mala manera de ganarse la vida.

Allí nadie les hacía sentir que no encajaban. Nadie las juzgaba. Nadie les decía que eran una distracción que no deseaban.

Solo eran mujeres que bailaban en un escenario. Que hacían felices a los demás. Había cierta libertad en eso, una alegría necesaria.

Intentó que parte de esa alegría se colara en su interior y la animara. Sin embargo, le costaba porque todavía seguía furiosa y dolida.

«Ha pasado una semana. Tienes que dejar de lloriquear. Olvídate de él».

De repente, un pañuelo de seda le cayó sobre la cabeza.

—¿Y por qué frunce el ceño, señorita Florence?

Sonrió, se lo quitó y se lo devolvió a Maeve.

—Por nada importante.

—Mmm. Eso quiere decir que es por un hombre. —Maeve se sentó a su lado—. He acertado, ¿a que sí?

Katie se inclinó hacia el espejo para retocarse el carmín.

—Seguro que es uno de esos ricachones de la zona alta, de los que montan en caballos enormes por el parque.

—Y que miran por encima de la nariz a todo el mundo —dijo otra de las chicas mientras se ponía las medias.

—Nunca me han gustado los ricachones de la zona alta —repuso ella—. Son... aburridos. Y vanidosos.

—En fin, te podías buscar a alguien mucho peor que Mulligan, si es a quien le tienes echado el ojo —dijo Katie—. Es lo más parecido a un caballero que tenemos por aquí.

—Y una bestia parda en la cama por lo que he oído —terció otra chica al tiempo que se abanicaba.

—Cierto —confirmó Katie—. Ojalá no tuviera la norma de no acostarse con las bailarinas. Me encantaría darle un buen revolcón.

—Mi amiga Amanda se lo tiró —dijo Maeve—. Dijo que la estuvo lamiendo tanto tiempo que después tuvo que ponerse hielo en sus partes. Estuvo escocida durante días.

Todas las chicas gimieron y suspiraron, un sonido a caballo entre el espanto y el anhelo.

—No le tengo echado el ojo al señor Mulligan —les aseguró al tiempo que acariciaba un tocado con una pluma de avestruz—. Solo me está dando clases.

—Ya, a mí me encantaría que me diera clases —replicó Katie con sorna—. Como tres o cuatro veces cada noche.

Todas se echaron a reír, incluida Florence.

—Lo digo en serio —insistió—. Nuestro acuerdo es puramente de negocios.

—Porque ya tienes el corazón ocupado. —Maeve la observó con atención—. He visto esa expresión perdida en tu mirada las últimas noches. ¿Quién es?

—Alguien a quien le tenía mucho cariño, la verdad. Pero me dijo que era una distracción que no necesitaba.

—Menudo desgraciado —dijo Katie mientras se ponía una peluca pelirroja—. Estás mejor sin él. Los hombres dan más trabajo del que merecen.

—Me lo dijo justo después que estuviéramos..., ya sabéis, juntos.

Una serie de chillidos reverberó en la estancia. Su reacción consiguió consolarla de alguna manera. Esas mujeres la entendían; unas mujeres que no esperaban que estuviera pendiente de los buenos modales ni que midiera sus palabras. Era refrescante.

Florence adoraba a sus hermanas, pero habían crecido con el mismo legado de los Greene sobre sus cabezas. Mamie era la heredera, la que perpetuaría el apellido familiar. Justine era la menor, la buena samaritana amable y dulce. Eso la dejaba a ella como la irresponsable, la escandalosa. La hermana que decepcionaba a todo el mundo.

—Cariño, da gracias al cielo de que has escapado de ese hombre —dijo Maeve—. ¿Todavía no se ha enfriado la cama y ya te trata así? La cosa solo puede empeorar. Créeme lo que te digo.

Una de las chicas sacudió la cabeza.

—Una vez un hombre me pidió que me levantara de la cama y le preparase un sándwich. El sudor ni se me había secado todavía.

Katie captó la mirada de Florence a través del espejo.

—¿Al menos le sacaste un par de orgasmos?

—Pues sí. —Le ardió la piel al recordarlo. Clay había sido... ingenioso. Sórdido. Divertido.

—Es lo mejor a lo que se puede aspirar hoy en día —le aseguró Maeve—. No necesitamos a los hombres ni la mitad de lo que creen.

Florence se preguntó por la historia de esa mujer. Percibía mucho dolor detrás de las palabras y los consejos de la bailarina. Algo que tenían en común, al menos.

Alguien llamó a la puerta y todas se quedaron calladas. Nadie podía entrar en el camerino, por órdenes de Mulligan, que así se aseguraba de que fuera un lugar seguro para las bailarinas, incluso de sus hombres.

—¿Sí? —dijo Maeve.

—Soy Mulligan. ¿Está la señorita Greene dentro? Tengo que hablar con ella.

—¡Qué suerte tienes! —le susurró Katie a Florence antes de mirar a Maeve—. Por favor, deja que pase.

—¿Está todo el mundo decente? —preguntó Maeve. Cuando quedó claro que todas estaban vestidas, dijo en voz alta—: Puede pasar.

La puerta crujió, y Mulligan llenó el vano. Con el pelo peinado hacia atrás y ataviado con un traje impecable, era un hombre impresionante. Florence habría jurado que varias bailarinas suspiraron.

—Señoras, *bonsoir*.

Las mujeres lo saludaron y Katie se apoyó contra la mesa, de modo que la bata se le escurrió para dejar al aire un hombro.

—Señor Mulligan. Buenas noches.

Él hizo caso omiso de las miradas y mantuvo los ojos clavados en Florence.

—Ha venido alguien a verte.

—¿A mí? —¿Quién demonios había ido a verla allí? Una idea espantosa se le pasó por la cabeza—. ¿Se trata de mi padre?

—Deberíamos hablarlo en el pasillo.

No pensaba esperar un segundo más para saber quién la había seguido hasta allí. Además, esas mujeres le habían ofrecido apoyo incondicional.

—No pasa nada. Puedes hablar sin tapujos.

—Se trata de Madden. Está en mi despacho.

Maeve se quedó sin aliento.

—¿Clayton Madden? ¿Es el que...? —Florence le dirigió una mirada elocuente, de manera que Maeve cerró la boca al punto.

Soltó el aire despacio e intentó calmar su desaforado corazón. ¿Cómo se había enterado Clay de dónde estaba? Y lo más importante: ¿por qué estaba allí? Había dejado clarísima su postura la última vez que estuvo en la Casa de Bronce. ¿Qué más había que decir?

—No deseo verlo.

—Creo que te interesa oír lo que te quiere decir.

—¿Por qué? ¿Qué ha dicho?

Mulligan se metió las manos en los bolsillos del pantalón.

—Creo que quiere disculparse.

—¿Te lo ha dicho?

Él guardó silencio un instante antes de contestar:

—No con esas palabras.

Eso quería decir que no. Clay no tenía intención de disculparse. Sin duda, creía que su intención de aprender sobre el negocio de los casinos acabaría cuando él la echó. Después había descubierto su relación con Jack, y no le había hecho gracia. Pues qué pena. Había encontrado a otra persona para que la ayudara. Ya no necesitaba a Clayton Madden.

—Puedes decirle que se vaya. No tengo nada que hablar con él.

Maeve le dio unas palmaditas en el brazo; un gesto de solidaridad femenina que apreció.

—Mira —dijo Mulligan al tiempo que levantaba las manos—, como no aceptes verlo ahora, insistirá en venir una y otra vez, y me dará la tabarra hasta que lo hagas.

—No tienes por qué quedarte a solas con él —le ofreció Katie—. Te acompaño si quieres.

—Gracias —dijo ella, conmovida de verdad por su apoyo. Acababa de conocer a esas mujeres—. Pero no es necesario. No pienso volver a hablar con él en la vida.

—Sé razonable, Florence —insistió Mulligan—. No puedo permitir que Madden aparezca por mi casa. Por favor, hazlo por mí, ¿sí? Escucha lo que tenga que decirte y luego deshazte de él.

La culpa le formó un nudo en el estómago al oírlo. Mulligan había sido muy amable con ella. Podía hacer algo tan insignificante, ¿no? Pasaría unos minutos con Clay y después lo despacharía.

Aunque ¿estaba preparada? Clay la había pillado desprevenida al ir allí y exigir verla. ¿Por qué tenía que bailar al son que él tocaba? El gran Clayton Madden hablaba y el mundo corría a hacer su voluntad. Pues ella, no. Ya no.

Había aprendido la lección. Para él era una distracción, un estorbo, una molestia. Que esperase un rato. Tal vez así aprendería una lección sobre cómo tratar a los demás.

De hecho, tal vez la lección consistiera en demostrarle que ya no le importaba lo que pensase. Que era feliz, que le iba muy bien al cuidado de Mulligan.

Y tal vez necesitaba ver lo que se estaba perdiendo. Que era ella.

Miró las coloridas faldas que colgaban de la barra metálica. ¡Ah, sí! Tenía unas cuantas lecciones que enseñarle.

—Muy bien, lo veré —le dijo a Mulligan—. Dile que hablaré con él después de la actuación.

—¿Estás diciendo que...? —preguntó Maeve.

—Sí. ¿Tenéis un vestido extra para mí?

Katie soltó una risotada y Maeve se echó a reír.

—¡Vamos a prepararla, chicas!

15

—Necesita un momento.

Clay dejó de pasearse de un lado para otro para mirar a Mulligan, que acababa de entrar por la puerta.

—¿Y eso qué quiere decir?

Mulligan se adentró más en el despacho y se metió las manos en los bolsillos.

—Ahora mismo está ocupada. Cuando esté libre, puedes hablar con ella.

—¿Ocupada haciendo qué?

—No tardará mucho. Acompáñame.

Mulligan parecía estar conteniendo la risa, porque le temblaban los labios y los tenía apretados.

La irritación le corrió por la piel, en pequeñas oleadas.

—¿Tengo alternativa?

—No, así que deja de protestar y sígueme.

Mulligan salió del despacho, por lo que lo siguió al pasillo. Echaron a andar hacia la parte posterior del edificio, donde otro pasillo llevaba a una escalera. Una vez en la planta baja, Clay pudo oír las risas y las voces, el tintineo de los vasos. ¿Se acercaban a la taberna?

—No tengo tiempo para una copa —le dijo a la espalda de Mulligan.

—Sí que lo tienes.

¿Qué quería decir eso? Antes de poder preguntárselo, Mulligan abrió una puerta y entraron en la taberna. Los hombres se sentaban en grupo en torno a las mesas redondas distribuidas por el espacio. Había un escenario en el extremo más alejado de la sala.

—¿Cerveza? —le preguntó Mulligan por encima del ruido.

—Parece que no me queda más remedio.

Mulligan levantó una mano y le hizo un gesto al hombre que había detrás de la barra. En cuestión de segundos les llevaron dos vasos de cerveza, y la voluptuosa camarera miró con expresión ávida a su jefe, como si fuera una cola de cangrejo untada de mantequilla. Su rival se limitó a darle las gracias sin corresponder su interés y a concentrarse en Clay.

—La siguiente actuación está a punto de empezar. La veremos mientras esperas.

—Mulligan —gruñó—, quiero ver a Florence. Ahora mismo.

—Paciencia, Clay. —Apoyó un hombro en la pared—. No te haría daño relajarte un poco.

No podía relajarse, no mientras Florence Greene siguiera entre esas paredes. ¿Tendría la menor idea de los peligros que se escondían en ese club? Mulligan no había ascendido hasta lo más alto de un emporio criminal rascándose la nariz. Tenía los dedos metidos en todo tipo de actividades ilegales, todas muy peligrosas y todas organizadas bajo ese techo.

Observó a los espectadores, a los ladrones y los matones, a los estibadores y los trabajadores que componían la banda de Mulligan. Si él no hubiera escarbado en todas partes para buscar una salida, formaría parte de ese grupo, desesperado por un respiro de su mísera vida. Desesperado por ver a mujeres bonitas enseñar los calzones en el escenario.

Empezaron a oírse las notas de un piano en algún punto del escenario, y la multitud vitoreó. Todos los ojos se clavaron al frente, salvo los suyos. Él tenía la mirada puesta en la cerveza mientras sopesaba cómo disculparse. Florence no tendría prisa por perdonarlo, con independencia de lo que le dijera.

Sin embargo, ya se había enfrentado a situaciones con pocas probabilidades de ganar. Perseveraría...

—Creo que te gustará levantar la mirada —masculló Mulligan—. No querrás perderte esto.

Las chicas estaban saliendo al escenario. Llevaban faldas coloridas a juego con las pelucas, con los labios pintados de rojo intenso. Todas llevaban corpiños de escote muy bajo, con volantes. Le costó contener un suspiro impaciente. Era una pérdida de...

Se quedó helado. Una bailarina, una muchacha con una brillante peluca naranja, le llamó la atención. La curva de sus labios, el brillo de sus ojos... ¡Por todos los demonios del infierno! Conocía esa curva y ese brillo. Aunque no podía ser. ¿La princesa de la alta sociedad bailando en un escenario? No se atrevería.

¿O sí?

Después recordó que se trataba de Florence. Por supuesto que se atrevería.

Las bailarinas sacaron cadera y se levantaron las faldas para enseñar una torneada pantorrilla. Los hombres enloquecieron y empezaron a golpear las mesas con los vasos. Clay no apartó la mirada de la mujer de naranja, cautivado por sus movimientos. Cada patada y cada giro, cada carcajada y cada sonrisa, lo excitaban. La había observado durante tanto tiempo y tan a menudo que ya podría ir disfrazada en una habitación a oscuras que él la reconocería.

Verla tan feliz y tan llena de vida, cuando él la echaba de menos con un dolor que lo debilitaba, lo destrozó. Se le encogió el estómago. ¿Cómo había creído posible dejarla marchar?

La verdad era que no podía. No se trataba de rescatarla de las garras de Mulligan. Se trataba de ellos dos. Ya no le importaba la diferencia en sus orígenes. Ni le importaba su padre. Deseaba a esa mujer increíble el tiempo que ella estuviera dispuesta a concederle. Un día, un año... Daba igual.

No volvería a apartarla de su lado. Si lo perdonaba, disfrutaría del tiempo que tuvieran juntos.

El ritmo aumentó, y las bailarinas empezaron a dar patadas a la vez, agitando las faldas. Florence lo miró a los ojos, y captó su rebeldía, lo estaba desafiando para que la detuviera. Sin embargo, ni se le pasaría por la cabeza hacerlo. Intentar controlar a Florence Greene sería como tratar de retener el viento con las manos. Prefería apoyarla a aplastarla.

Y al verla bailar, al verla tentar y coquetear, el deseo le corrió por las venas y se la puso dura. Esa mujer era una caja de sorpresas.

—¿No te molesta? —Mulligan señaló el escenario con la barbilla—. Creía que saldrías corriendo y montarías un numerito. Que intentarías bajarla a rastras de ahí.

Se imaginó la reacción de Florence si intentaba algo así.

—Si crees que podría hacerlo, es que no la conoces.

—Tenía razón. Te ha dado muy fuerte —masculló Mulligan.

El baile terminó, y las chicas le dieron la espalda a la multitud. Después de agitar las faldas, y enseñarles los calzones a los espectadores, se marcharon del escenario. Los hombres aplaudieron a rabiar, y Clay silbó con fuerza.

—Quiero verla. Ahora mismo.

—Me lo suponía. Te la llevaré a mi despacho.

Las bailarinas estaban apretujadas en el camerino mientras intentaban recuperar el aliento tras la actuación cuando alguien llamó a la puerta.

En esa ocasión, Florence se lo esperaba. Todas la miraron, y ella asintió con la cabeza. Cuanto antes viera a Clay, antes se marcharía.

—¿Sí? —dijo Maeve.

—Necesito a Florence. —Era la voz de Mulligan.

—Ya voy. —Tras hacerse con un pañuelo, se secó el sudor de la frente. En la vida se lo había pasado tan bien. Bailar en el escenario era maravilloso.

Y había dirigido cada patada, cada giro y cada vaivén de caderas al frío y amargado corazón de Clay.

—¿Te vas a cambiar antes? —le preguntó Katie cuando echó a andar hacia la puerta.

Florence se miró. Le gustaba el modelito. Pero lo mejor era que sospechaba que Clay lo detestaría.

—No, voy a ir así. Si no le gusta cómo voy vestida, que me bese el trasero. —Todas estallaron en carcajadas.

—¡Ah! Le va a encantar —le aseguró Katie.

—¿Le habéis visto la cara cuando se dio cuenta de que era Florence? —preguntó otra de las chicas—. Como si lo hubiera golpeado un rayo.

—A mí me ha parecido tierno. No podía apartar los ojos de ella. —Maeve se acercó y le ofreció su vestido—. Clayton Madden. Casi no me lo creo. Pero no lo aceptes si no te va a tratar bien.

Florence sonrió y dejó el vestido en una silla.

—No hay de qué preocuparse. No pienso aceptarlo. Volveré enseguida para cambiarme.

Abrió la puerta y se encontró a Mulligan allí, con un hombro apoyado en la pared y un vaso de cerveza en la mano. Al ver su ropa, sonrió.

—Si la fastidia, me siento en la necesidad de decirte que siempre serás bienvenida aquí, *cara mia*.

¿Quién hubiera dicho que ese capo criminal hablaba cuatro idiomas y había leído tanto? Mulligan era una contradicción. Aunque lo más importante era que había sido amable con ella.

—Gracias. Pero no tengo intención de irme.

—Ya lo veremos. Sígueme.

Él se dio media vuelta y la condujo hacia la escalera posterior. Mientras atravesaban el club, Florence se concentró en la rabia que sentía, alentando el dolor, en vez de dejarse vencer por los nervios ante la aparición de Clay. Sin duda alguna pensaba sermonearla sobre los peligros y la indecencia de su presencia en ese lugar; un sermón que no pensaba aguantar. No le debía explicaciones a Clayton Madden.

Haber cometido el error de pasar una noche con él no le daba el derecho de decirle qué hacer. El baile de esa noche debía de habérselo dejado claro. Casi había esperado que corriera al escenario para bajarla a rastras. Por sorprendente que pareciera, no lo había hecho. En cambio, sus ojos oscuros habían seguido cada movimiento con una expresión tan intensa que le provocaron escalofríos en la espalda.

Fue casi como si le hubiera gustado verla allí arriba.

Una tontería, claro. No podía olvidarse de su apellido ni de la importancia de su padre. El estatus social lo era todo para Clay. «No estás hecha para hombres como yo».

Pues tampoco estaba hecha para hombres como Chauncey Livingston, el hombre con el que su hermana estaba prácticamente comprometida. Los hombres de la alta sociedad eran ineptos y vanidosos hasta decir basta.

Había experimentado más placer en una sola noche con Clay que con cualquier otro hombre hasta la fecha. De hecho, su placer ni se le había pasado por la cabeza a sus otras parejas.

De modo que evitaría a los hombres de momento. Se concentraría en el futuro y olvidaría el pasado. Algún día descubriría dónde estaba su sitio y con quién.

En el descansillo, Mulligan enfiló hacia la derecha y continuó por el pasillo. La puerta de su despacho se encontraba en el otro extremo, y el estómago le dio un vuelco por la expectación y el miedo.

«No tengo motivos para estar nerviosa. No puede obligarme a hacer nada», se dijo.

Mulligan se detuvo delante de la puerta cerrada.

—Si me necesitas, estaré cerca.

Asintió con la cabeza, conmovida por su preocupación.

—No me pasará nada. —Tomó una honda bocanada de aire, giró el pomo y entró.

Clay se volvió hacia ella, con su habitual e inmaculado traje negro. Y aunque estaba preparada, se quedó sin aliento al verlo. No podía saber qué pensaba, pero no parecía enfadado. Tenía las manos en los bolsillos de los pantalones y los anchos hombros, relajados. Una montaña calmada en mitad de la estancia.

Se miraron fijamente, y el momento se fue alargando sin que ninguno se moviera o hablase. Era tan imponente y guapo como lo recordaba, y las mariposas que le provocaba en el estómago no habían perdido intensidad. No se había dado cuenta de lo mucho que echaba de menos verlo y hablar con él hasta ese momento. Una pena que Clay no demostrara el mismo interés en ella.

Oyó que la puerta se cerraba a su espalda, y eso la hizo actuar. Dio un paso hacia delante, preparada para zanjar ese asunto.

—Si has venido para convencerme de que me marche, pierdes el tiempo.

—He venido para disculparme.

De modo que Mulligan no se había equivocado. Aun así, no estaba segura de querer oírlo.

—Disculpas aceptadas. Buenas noches. —Tras despedirse con un gesto de la cabeza, se dio media vuelta y se abalanzó hacia el pomo de la puerta, dispuesta a escapar.

—Espera.

La urgencia de su voz la detuvo. Se volvió despacio.

—¿Por qué?

—Necesito que me escuches. —Levantó las manos—. Por favor, Florence.

Se apoyó en la puerta, reconfortada por la sólida madera a su espalda.

—Cinco minutos, Clay.

—Me parece justo. Siento lo que dije. Lo siento todo, de hecho. No hablaba en serio, y te merecías algo mejor.

—Pues sí. Así que, ¿por qué lo dijiste?

—Me pillaste desprevenido. No estoy acostumbrado a... —Suspiró y se pasó una mano por el pelo—. No estoy acostumbrado a alguien como tú.

«Alguien como tú». Las palabras actuaron como una llama con una mecha. La rabia le encendió la piel. Volvían a lo mismo, otra vez la había encasillado.

—¿No estás acostumbrado a alguien tan mimado o malcriado? ¿Tan impulsivo? ¿Tan irresponsable? ¿O tal vez decepcionante? Elige una. O dos. No te preocupes, lo he oído todo en algún momento.

Lo vio fruncir el ceño.

—No creo que seas nada de eso.

—Seguro que sí. Me dijiste que me fuera y que no regresara jamás antes siquiera de que pudiese vestirme.

—Me habías puesto nervioso, Florence. Y era problema mío, no tuyo. Siento si te hice creer otra cosa.

—¿Que te había puesto nervioso? ¿Por qué?

—El sexo siempre ha sido solo eso, sexo, en lo que a mí se refiere. Pero contigo fue distinto. Mejor. Eso no me lo esperaba.

¡Ah! Creía que era mejor que las otras mujeres de su pasado. La presión que sentía en el pecho se aflojó un poco.

—Pues tienes una forma muy curiosa de demostrarlo.

—Ya me doy cuenta. En aquel momento, creía que nos estaba haciendo un favor a ambos.

—¿Y ahora?

—Fue un error. Actué como un cobarde.

Parpadeó. Algo le decía que Clay no admitía a menudo su cobardía. La rabia se disolvió como un cubito de hielo en una acera en verano.

—¿Qué quieres decir? ¿Quieres seguir dándome clases?

—Sí, y quiero que sigamos acostándonos.

El deseo se apoderó de sus entrañas y le corrió por las venas pese a sus intentos por permanecer indiferente. La noche que pasaron juntos fue la mejor de su vida. Sin embargo, también había sido la peor. No permitiría que le hicieran daño otra vez. Aceptar clases de Clay era una cosa; mantener relaciones íntimas otra muy distinta.

Aunque tenía sentido trabajar con él. Su casino era justo el tipo de local que ella quería abrir, salvo que el suyo sería para mujeres. Mulligan, si bien tenía muchos conocimientos, no dirigía la Casa de Bronce. Además, el casino de Clay también estaba más cerca de su casa.

«Admítelo, quieres pasar tiempo con él», se dijo para sus adentros.

No, eso no era personal. Era una decisión puramente de negocios.

Hizo caso omiso de la vocecilla de su cabeza que le susurraba que estaba mintiendo.

—Volveré por las clases, pero nada más. No puedo acostarme contigo.

Clay le recorrió la cara con los ojos antes de decir:

—¿Puedo preguntar por qué?

—Porque nunca debería haber sucedido. Deberíamos mantener una relación profesional entre nosotros. Así nadie sale herido.

—No te haré daño, Florence.

—No puedes prometérmelo. Aunque lo hicieras, no te creería. Me hiciste daño, Clay. No me arriesgaré una segunda vez.

Él echó a andar, acercándose despacio, con una sonrisilla en los labios.

—Soy un hombre de palabra. Una vez que hago una promesa, nunca la rompo. —Le colocó una mano bajo la barbilla y le acarició la piel con los nudillos—. No te presionaré. Si me dices que no hay esperanza, no volveré a hablar de una relación física. Pero te juro por mi vida, por todo lo que poseo, que no huiré de ti. Estoy a tu disposición, durante todo el tiempo que desees.

La cabeza le daba vueltas en busca de las palabras adecuadas. No era una proposición matrimonial, pero sí era... potente. Se estaba ofreciendo a ella durante el tiempo que deseara. No lo había dicho, pero debía importarle. «Contigo fue distinto. Mejor. No me lo esperaba».

Aun así, ¿por qué no lo había dicho antes? ¿Por qué había tardado una semana? Había sido muy desdichada esos siete días.

—¿Qué te ha hecho cambiar de idea? ¿Fue cuando te enteraste de que había venido a los barrios bajos con Mulligan?

—Eso fue lo que me impulsó a buscarte, pero no he podido dejar de pensar en ti desde la noche que te marchaste. Estás en todas partes, allá donde miro. En cada vuelta de carta, en cada lance de los dados. No he podido ni cambiar las sábanas. Siguen oliendo a ti.

La calidez se apoderó de ella, desde las puntas de los pies al nacimiento del pelo. Se dejó caer contra la puerta y lo miró con los párpados entornados.

—Y yo que creía que te enfadarías al verme bailar.

—Al contrario. Quiero mantenerte a salvo, pero no soy tu padre. Si quieres enseñar esas magníficas piernas a una habitación llena de desconocidos, es cosa tuya.

—¿Magníficas?

Clay resopló por la nariz antes de colocar una mano en la puerta, junto a su cabeza, e inclinar todo el cuerpo hacia ella.

—¡Joder! Ya lo creo que son magníficas, Florence.

—¿Te ha gustado mi baile? —Lo preguntó con voz ronca, sensual. Rara incluso a sus propios oídos.

—Me ha encantado. —Con la mano libre, le acarició un rizo naranja que tenía junto a la sien—. No podía apartar los ojos de ti.

—Me he dado cuenta.

—Como si pudiera evitarlo. Eres la mujer más hermosa y deslumbrante de cualquier habitación. Tu sonrisa podría darle corriente a todas las calles de la ciudad.

¡Por el amor de Dios! Ese hombre...

Sentía la lengua hinchada, torpe. Se humedeció los labios.

—¿Ahora también con cumplidos? No sé ni qué decir.

—Solo digo la verdad. —Clay bajó la mirada a su boca—. ¿Puedo besarte?

En vez de contestar, lo agarró de la corbata y tiró hacia ella. Clay inclinó la cabeza y le rozó los labios con ternura, una vez, dos, antes de colocarle una mano en la nuca para sujetarla. El beso se tornó más febril, y sus bocas se fundieron mientras se chupaban y se lamían los labios, y ella se puso de puntillas para pegarse más a él al tiempo que le clavaba los dedos en los hombros. Cada respiración, cada suspiro, le fue devuelto con el mismo fervor.

Pasaron varios minutos antes de que Clay apoyara la frente en la suya. Los dos jadeaban en busca de aliento.

—¿Pensarás en lo que he dicho?

No podía recordar nada salvo ese beso, así de atolondrado tenía el cerebro por el deseo. El torso de Clay era fortísimo. Sus hombros eran muy anchos. Le acarició la parte superior del cuerpo con las manos, recorriendo cada plano. No podía dejar de tocarlo.

—¿Sobre mi baile?

—No —contestó él con una risilla—. Sobre acostarnos juntos. Piénsatelo y dime si te interesa.

¡Ah! Eso. Ya lo recordaba. Se le aceleró el corazón por la idea, y la sangre le corrió más rápido por las venas para concentrarse entre sus muslos. Ya estaba mojada, porque a su cuerpo le interesaba... y mucho.

¿Podía ceder tan pronto?

—Si me haces daño, ¿pondrás a mi nombre las escrituras de la Casa de Bronce?

La miró con los ojos entrecerrados y un brillo travieso en esos ojos oscuros.

—¿Eso he dicho?

—Has jurado por las escrituras de la casa de Bronce que no me harías daño.

—Creo que he jurado por todo lo que poseo que no huiré de ti.

—Ya estamos otra vez con cuentos.

La besó en la nariz.

—Ni se me pasaría por la cabeza. Muy bien, las escrituras serán tuyas si te hago daño.

Se inclinó hacia él y le acarició el mentón con los dientes.

—¿Y a qué esperamos?

Clay se quedó sin aliento.

—¿Ahora?

—¿Tienes otros planes para esta noche?

—Claro que no. —La tomó de la mano y alargó el brazo hacia el pomo de la puerta.

—Te veo abajo. Antes tengo que cambiarme.

Clay se detuvo y recorrió el escote y el corpiño con la mirada.

—Me gusta cómo vas. Si me lo preguntas, preferiría que te quedaras con esa ropa.

—¿Te apetece acostarte con una corista esta noche?

Él abrió la puerta y la sacó al pasillo.

—Solo si la corista eres tú.

16

Clay acompañó a Florence hasta la puerta principal del casino.

La Casa de Bronce ya estaba muy concurrida. Los caballeros se agolpaban en las mesas, donde volaban las fichas y los dados. La condujo, todavía con la peluca, hasta el centro de la sala de juegos. Nadie la reconocería, y así llegarían más rápido a su dormitorio.

Algunas cabezas se giraron, pero no por mucho tiempo. No dudaban de lo que veían: una mujer con una peluca naranja y falda a juego del brazo de un hombre. Supondrían que era suya por esa noche, y no se equivocarían.

La expectación le retorció las entrañas. El viaje en carruaje había sido una tortura, con ese cuerpo apretado contra el suyo durante todo el trayecto. Florence se había reído de su incomodidad y se había burlado de él. Le había prometido que pagaría todas esas burlas cuando estuvieran solos.

Jack se acercó para bloquearles el paso.

—¿Qué estás haciendo? —masculló, dirigiéndose a él, con el rostro lívido—. ¿Has perdido la...?

—A las buenas, Jack. —Florence había adoptado un acento similar al que se oía en los barrios bajos. No se parecía en nada a su dicción perfecta y elegante, y su voz parecía incluso más ronca y áspera al alargar las vocales.

Clay intentó contener una sonrisa.

Jack se relajó de inmediato al reconocerla.

—¡Ah! Entiendo. Efectivamente, esto nos sorprende a todos a la par que nos alivia en gran medida. Bienvenida a la Casa de Bronce, señorita.

En ese momento, Florence lo miró con expresión pícara.

—¿En gran medida?

—No le hagas caso —dijo él, que miró a su socio—. No estaré disponible durante el resto de la noche.

—¡Oooh! ¡Qué suertuda que soy! —exclamó Florence con su acento falso mientras se pegaba más a su costado.

—Trátala bien —le advirtió Jack antes de inclinarse hacia Florence para añadir—: Que disfrute de la velada, señorita.

Clay la tomó de la mano y atravesó con ella la planta baja. Los pasillos interiores se encontraban desiertos, ya que el personal estaba trabajando en el casino o en las cocinas. Florence y él se movieron con rapidez, subiendo escaleras y recorriendo los pasillos hasta llegar a sus dominios privados. Tras sacar una llave, abrió la puerta de sus aposentos y la invitó a pasar al interior.

El fuego ya estaba encendido y su suave resplandor creaba la luz suficiente para ver el camino hasta el dormitorio. Se inclinó para levantarla en volandas, y ella le echó los brazos al cuello.

—Clay —susurró Florence contra su sien—, date prisa.

Segundos después la dejó sobre la cama y la cubrió con su cuerpo. No se molestó en desnudarse ni en quitarse los zapatos. Necesitaba besarla, sin pérdida de tiempo.

Ella se apoderó de su boca con avidez y separó los labios para introducirle la lengua y buscar la suya. Nunca se cansaría de eso, de su ardiente humedad y de su sabor, a menta y naranja. La devoró con un beso apasionado y febril. Brutal y desesperado.

En el pasado, los besos siempre le habían parecido un preludio insulso a otras actividades, un peldaño en el camino para lograr que las mujeres se abrieran de piernas. Con Florence era diferente. Besarla era necesario, una conexión que llenaba algo en su interior. Le encantaban los sonidos que escapaban de su garganta, los chupetones de sus labios, las caricias atrevidas de su lengua. Su aliento contra la piel. Lo bien que encajaban.

Era la perfección absoluta.

Sintió las caricias de esas manos en los hombros, en el torso y allí hasta donde alcanzaban. Cada suave roce prendía una llamarada sobre su piel.

Estaba ardiendo por ella, y tenía una erección dolorosa apoyada entre sus muslos, aunque separada de su cuerpo por capas y capas de tela. ¡Dios! Le daban ganas de llorar por toda la tela que debían apartar antes de poder follársela en condiciones. ¡Él ni siquiera se había quitado la chaqueta, joder!

Frustrado, apartó la boca de la de Florence.

—Voy a morirme si no te la meto pronto —dijo, y ella le dio un mordisco en la barbilla mientras deslizaba una mano entre sus cuerpos para darle un apretón. Lo recorrió un escalofrío mientras cerraba los ojos—. Ten piedad de mí, Florence.

Ella le asestó un empujón en los hombros y lo hizo rodar hasta dejarlo tumbado de espaldas.

—Relájate. Quizá pueda hacer algo por ti.

Con su ayuda, se quitó la chaqueta. Sin embargo, cuando intentó cubrirla de nuevo con su cuerpo, ella se lo impidió.

—No te muevas. ¿O es que no quieres que te ayude?

Por su cabeza pasó una lista de las distintas maneras en las que podía ayudarlo en ese momento, pero ninguna de ellas era adecuada para los oídos de una dama. Su conciencia no le permitía corromperla más.

—¿A quitarme la ropa?

—No, con lo que tienes debajo de la ropa —respondió al tiempo que descendía por la cama y le desabrochaba la pretina del pantalón.

El deseo le corrió por las venas y su verga se tensó un poco más por la idea de que se la metiera en la boca. Distraído por la imagen mental, tardó en reaccionar cuando ella le abrió los pantalones.

—Espera, no tienes por qué hacer esto. No es apropiado... —Dejó la frase en el aire al ver la mirada fulminante que ella le dirigió.

—¿No es apropiado que tu corista haga esto?

Se guardó las protestas. Florence era una mujer cabal, sabía lo que quería. Aunque le resultara difícil admitirlo, no quería enfurecerla de nuevo. De manera que unió las manos por debajo de la cabeza.

—No es apropiado que yo lleve tanta ropa —contestó un tanto distraído mientras ella empezaba a desabotonarle la ropa interior.

—Entiendo. Podrías colaborar un poco, ¿sabes? —le preguntó al tiempo que miraba su chaleco con gesto elocuente.

Clay se apresuró a desabrocharse los botones negros. Tiró el chaleco de seda al suelo justo cuando ella le metía la mano por la abertura de la ropa interior para tomarlo en una mano. El contacto de esa piel contra la suya, el frío de su mano sobre su carne caliente, le arrancó un gemido. Movió las caderas y las levantó a modo de súplica.

Ella rio en voz baja mientras se inclinaba sobre él. Contuvo la respiración, con todo el cuerpo tenso, y sintió que le acariciaba la punta con la lengua, tras lo cual le dio un lametón. Gimió y cerró los ojos. No duraría nada si la miraba.

—Me sería de gran ayuda —la oyó decir y sintió la erótica caricia de su aliento sobre la piel— que me dijeras lo que te gusta. Nunca he..., en fin, que no he tenido muchas oportunidades para practicar estas habilidades como las demás bailarinas.

¿No lo había hecho antes? ¡Por Dios! La idea de que esa fuera la primera felación de su vida lo enloqueció, como si fuera un lunático encerrado en la isla de Blackwell. Esa posesividad era un sentimiento barbárico, pero la parte animal de su cerebro la disfrutaba. La anhelaba.

Pedirle algo así estaba mal, pero no la trataría como si fuera una frágil princesa. Si ella quería hacerlo, actuaría con naturalidad.

—Chúpamela —susurró con voz ronca—. Métetela en la boca todo lo que puedas. Usa la lengua, la mano y los labios para acariciármela.

Al parecer le gustaron esas palabras, porque lo miró con los párpados entornados y los ojos oscurecidos por el deseo. ¿Le gustaba sentirse a cargo de su placer o era más bien por cómo le había hablado? Esos ineptos amantes de la alta sociedad seguro que habían usado eufemismos ridículos y habían dicho mucho «por favor» y «gracias», siempre sumidos en la oscuridad.

Él se había criado en las calles. Conocía todas las palabrotas que se habían inventado, y algunas otras de su propia creación. Si a una mujer no le gustaba su forma de hablar, mejor que se acostara con otro.

Florence se la rodeó con una mano e inclinó la cabeza para acercar la boca.

—Sí, eso es —la animó.

En un primer momento, pensó que iría despacio, que lo torturaría un rato. Que se mostraría un poco insegura hasta reunir el valor para hacerlo de verdad.

¡Qué equivocado estaba!

Florence abrió la boca por completo y se la metió entera para empezar. Se sintió rodeado de repente por su ardiente humedad y echó la cabeza hacia atrás.

—¡Joder! —exclamó al tiempo que experimentaba un placer electrizante y tensaba las piernas para evitar mover las caderas y hundirse más en ese aterciopelado paraíso—. ¡Por Dios, Florence!

Su reacción debió de satisfacerla, porque vio la expresión alegre de sus ojos cuando logró recuperar el uso de la razón. Se había puesto manos a la obra con determinación, y se la estaba chupando con esos labios pintados de rojo, lamiéndosela desde la base hasta la punta a la perfección. Verla moviendo la cabeza sobre él, con esa ridícula peluca naranja tan fuera de lugar y las mejillas hundidas mientras se la chupaba era de lo más erótico. No la apresuró en ningún momento, ni siquiera cuando sintió que se acercaba al orgasmo.

Sin embargo, no quería acabar de esa forma.

Se incorporó y tiró de ella. Con un ágil movimiento, la colocó sobre sus caderas, a horcajadas.

—Ya tendremos tiempo para eso después. Ahora mismo quiero estar dentro de ti. —Le apartó las faldas en busca de la abertura de sus calzones. Estaba empapada y caliente, lista para él. Penetró su canal con un dedo para prepararla—. Enséñame los pechos —jadeó con voz ronca.

Florence se desabrochó el ajustado corpiño de volantes. Una vez suelto, se lo quitó y se quedó con el corsé y la camisola. La penetró con un segundo dedo, y ella jadeó al tiempo que subía las manos para cubrirse el pecho.

—Sigue, Florence.

Se abrió el corsé para dejar más piel desnuda al alcance de su ávida mirada. «La necesito ya». Se lamió el pulgar de la mano libre y se la metió bajo las faldas en busca de su clítoris. Lo tenía hinchado y listo, de manera que se aprestó a trazar círculos a su alrededor hasta que ella empezó a mover las caderas, ansiosa por recibir más.

—Levántate —le dijo mientras apartaba las capas de tela y la colocaba en posición sobre su miembro.

Tras arrojar el corsé al suelo, Florence se recogió las faldas con ambas manos y empezó a descender. Le resultó imposible apartar la mirada una vez que su cuerpo aceptó la punta de su miembro. Lo rodeó. Lo presionó.

Su ritmo era una tortura, pero apretó los dientes y se armó de paciencia. Su cuerpo era tan estrecho como lo recordaba, e igual de resbaladizo mientras se cerraba a su alrededor. Una vez que estuvo metido hasta el fondo en ella, ambos gimieron, incapaces de respirar con normalidad. No recordaba haberse sentido nunca tan vulnerable y poderoso al mismo tiempo con una mujer.

—¡Ay, Dios! —exclamó ella—. Es demasiado.

Eso lo petrificó.

—¿Te estoy haciendo daño?

Ella negó con la cabeza.

—No, es que estoy a punto de...

¿Correrse? ¡Por el amor de Dios! Él también estaba al borde del orgasmo. La agarró por las caderas y le demostró cómo moverse para frotar esa zona erógena de su interior. Florence cerró los ojos y apoyó las manos en su abdomen al tiempo que empezaba a rotar las caderas. La fricción lo dejó al borde del abismo, con ese cuerpo tan apretado a su alrededor, masajeándolo. Al percatarse de que sus movimientos se hacían más rápidos, empezó a acariciarle de nuevo el clítoris, desesperado por que llegara al clímax antes que él.

Florence no tardó en perder el ritmo, de manera que levantó las caderas para hundirse en ella y mantener la presión hasta que empezó a estremecerse en torno a su miembro. Le clavó las uñas en el abdomen y todo su cuerpo tembló. La miró a la cara, miró a esa criatura perfecta que lo apocaba con su espíritu aventurero y su naturaleza audaz. Necesitaba llevarla al orgasmo mil veces más solo para ver si su expresión cambiaba con cada uno de ellos.

La presión se hizo insoportable y en ese momento el placer lo cegó y el mundo estalló en un millar de colores a su alrededor, bañándolo con su luz y su calor. Un respiro de puro goce lejos de sus pensamientos habituales, tan sombríos y lúgubres.

Florence se dejó caer sobre su torso y se acurrucó contra él. Todavía seguía en su interior y percibía los pequeños estremecimientos que la sacudían. La vida real no tardaría en molestarlos. Pero de momento la tenía en su cama, y eso era lo único que importaba.

—Feliz cumpleaños, cariño mío.

Florence abrazó a su abuela. Esa noche la familia Greene al completo se reunía para la cena de Pascua. Habían pasado la mañana en la iglesia, tras lo cual se unieron al resto de la alta sociedad en un paseo por la Quinta Avenida. Era una excusa para que las damas luciesen sus nuevos sombreros y vestidos de Pascua, y para que los caballeros hicieran lo propio con sus sombreros de copa y sus fracs. Era la tradición favorita de su madre, a la que sus tres hijas no podían faltar.

—Abuela, mi cumpleaños es dentro de dos días.

—Es cierto, pero nunca es demasiado pronto para colmar de amor a mi nieta favorita.

—No deberías decir eso. Mamie y Justine podrían oírte.

Su abuela se apartó y le acarició una mejilla.

—No me gustaría herir sus sentimientos, aunque no creo que ninguna de las dos se sorprenda si descubren mis preferencias.

Seguramente, no. Florence enlazó un brazo con el de su abuela y juntas enfilaron el pasillo. El resto de la familia ya se había acomodado en el gran salón que usaban para las ocasiones más formales. A ella le gustaba disfrutar de un momento de tranquilidad a solas con su abuela.

La semana anterior había sido una locura entre las clases con Clay, acostarse con él, mentirles a sus padres y pensar en Clay. En otras palabras, había estado bastante ocupada.

—Cuando conociste al abuelo, ¿creíste que tu matrimonio sería feliz?

—¡Por Dios, no! Mi padre fue quien lo acordó todo, y me pasé dos días llorando. Me creía enamorada de otra persona.

Florence jadeó.

—Es la primera noticia que tengo. ¿Quién era ese joven al que descartaron a favor del abuelo?

Su abuela se detuvo junto a un cuadro al óleo de un jardín inglés. Lo había pintado un artista reconocido, pero no recordaba su nombre.

—Un capricho pasajero —contestó su abuela—. Lo nuestro habría sido un desastre. Nunca os lo he contado porque no me gustaría que fuerais al altar temerosas de vuestra elección. ¿Por qué lo preguntas? ¿Tu padre ha acord...?

—¡Por Dios, no! —se apresuró a interrumpirla—. Sabes que no me casaré con ningún hombre que elija mi padre. Si alguna vez decido casarme, ya me buscaré yo a mi marido.

—Sí, es lo que has dicho siempre. Pero a cierta edad la oportunidad de casarse pasa de largo. No deberías esperar tanto tiempo. Por no mencionar que la paciencia de tu padre no será eterna.

Un hecho del que era dolorosamente consciente. Sin embargo, para conseguir su sueño, necesitaba la ayuda de su abuela. Tras tomar una honda bocanada de aire le dijo:

—¿Y si no quiero casarme? ¿Y si quiero hacer otra cosa?

Su abuela frunció el ceño y apretó los labios. Era la misma expresión de perplejidad con la que miraba a las debutantes que no se habían aprendido los pasos de baile. Sin embargo, Florence no se amilanó ni se puso nerviosa. Eran dos reacciones que tanto su abuela como ella detestaban. En cambio, esperó con una expresión paciente y tranquila.

—¿Como qué?

No era el momento adecuado. No allí, en el pasillo, con su familia tan cerca. Tenía que decírselo a su abuela cuando estuvieran solas, con tiempo para discutir la idea a fondo.

—Te prometo que un día de estos vendré a contártelo.

—Más vale que lo hagas, porque ahora me has dejado muerta de la curiosidad.

Florence se inclinó para darle un beso en una mejilla.

—Gracias.

—En fin, vamos a darnos prisa o van a creer que nos hemos perdido.

Florence sonrió y siguió a su abuela al gran salón. Sus tías, sus tíos y sus primos se habían acomodado en distintos sofás y sillones de estilo francés, mientras los criados servían copas de champán en bandejas de plata. Se apresuró a tomar una copa de la burbujeante bebida antes de que volaran.

—Por fin aparecéis —resonó la voz de su padre—. Madre, siéntate. Ya que toda la familia está reunida esta tarde, he pensado que es un buen momento para comunicar una noticia.

Florence se dejó caer en el sofá junto a Mamie. Su hermana mayor le dirigió una mirada preocupada justo cuando su abuela decía:

—¿De qué se trata, Duncan?

—De las casas de esta manzana. —Cuando todos guardaron silencio, su padre añadió—: Como todos habréis visto esta noche, muchas de las casas vecinas se han vendido y las han demolido.

—Resulta difícil de pasar por alto —murmuró su tío Thomas—. ¿Por qué es importante?

—Yo también tengo curiosidad, ya que les he dicho que no voy a vender —terció su abuela—. ¿Qué has averiguado?

—Un promotor ha comprado toda la manzana. Han presentado un proyecto en el ayuntamiento para construir un club.

—¿Un club? —preguntó su madre—. ¿Dónde, en la esquina?

—No —respondió su padre—. Planean usar toda la manzana.

—Eso es imposible. Me he negado a vender.

—El plan es levantar el edificio alrededor de esta casa.

Florence se quedó boquiabierta y oyó que Mamie contenía la respiración. ¿Construir alrededor de la casa de su abuela? ¿Qué significaba eso?

Todos empezaron a gritar preguntas y comentarios, pero ella guardó silencio mientras trataba de entender cómo planeaban lograr semejante hazaña. Esa casa había sido su oasis lejos de la presión y el conformismo de su propio hogar familiar. Y algún día le pertenecería.

¿Y tendría un club a su alrededor?

Su padre levantó una mano.

—Tranquilos. Thomas, para responder a tu pregunta, tengo un contacto en el ayuntamiento que fue quien me puso al corriente de lo que se cuece.

—¿Podrán llevarlo a cabo? —oyó Florence que preguntaba su madre—. ¿No hay alguna manera de que tu madre o el ayuntamiento detengan el proyecto?

—Es poco probable. No hay nada en las leyes de urbanismo que lo impida. Además, los propietarios de esta manzana ya han vendido y muchos se han ido, así que no hay forma de reunir apoyos. Esta casa es la única que queda.

—Esto es ridículo. —Su abuela dejó la copa de champán en la mesa auxiliar con un golpe y sus pulseras tintinearon—. Es imposible que pretendan rodear esta casa con otro edificio como si fuera una estola de piel. La idea es ridícula.

—Ridícula o no —replicó su padre—, el promotor está decidido a construir. No tiene sentido, pero está claro que alguien se ha hecho con todas las propiedades con ese fin.

—¿Quién es ese promotor? —quiso saber su tío Thomas—. Tal vez deberíamos hablar con él.

—Estoy en proceso de descubrir el nombre o los nombres de las personas que están detrás del proyecto. Puedes estar seguro de que les haré una visita a todos los implicados.

—Papá, tu abogado, el señor Tripp —terció Mamie—. Tal vez sea capaz de encontrar la forma de salir de esto.

Florence resopló con suavidad.

—No se puede ser más obvia —murmuró. Su hermana estaba enamorada de Frank Tripp, pero intentaba ocultárselo a la familia.

—Cállate —le ordenó, hablando entre dientes.

—Pienso consultarlo, Marion —le aseguró su padre—. Sin embargo, debemos prepararnos para lo peor.

—¿Eso significa que o vivo rodeada de un club, con alborotadores entrando y saliendo a todas horas, o pierdo mi casa? —preguntó su abuela, prácticamente a voz en grito—. ¿Eso es lo que estás diciendo?

—Madre, haré todo lo que esté en mi mano para impedirlo —replicó su padre.

Teniendo en cuenta que era un hombre de gran determinación, Florence pensó que era probable que tuviese éxito. Nadie se enfrentaba a Duncan Greene y salía indemne.

Se preguntó por enésima vez durante esa semana por qué lo odiaba Clay. ¿Qué habría pasado entre ellos? Clay ni siquiera lo conocía en persona. Su padre se había criado al norte de Manhattan, en esa casa, rodeado de lujos y privilegios. Clay había crecido en la calle Delancey, en los barrios bajos de la ciudad. Era imposible que sus caminos se hubieran cruzado en algún momento, sobre todo teniendo en cuenta que su padre no jugaba.

Su abuela se puso en pie, con una expresión cansada en la cara que resaltaba sus arrugas.

—Me gustaría subir y acostarme. Podéis cenar sin mí.

—¿Estás segura, madre? —le preguntó su tío Thomas, que se acercó a ella y la tomó del brazo—. ¿Quieres que te ayude a subir?

—No estoy enferma, Tom. Puedes quedarte aquí. Yo me encargaré de subir la escalera sola. —Tras levantarse un poco las faldas echó a andar con elegancia hacia la puerta y desapareció por el pasillo.

Florence se sentía acongojada por su abuela. Por su familia. Y por ella misma, claro, ya que eso supondría la pérdida de una parte de su futuro. Se había apresurado a descartar el matrimonio porque esa casa sería un hogar, con o sin marido. Si su padre no podía detener el proyecto de construcción, sus planes serían todavía más arriesgados.

—Duncan, ¿qué vamos a hacer? —preguntó su madre—. Tu madre adora esta casa.

—Nuestro padre la construyó para ella —terció Thomas—. Todos nos hemos criado aquí. No podemos dejar que se la arrebaten.

Su padre levantó una mano, ese gesto tan característico con el que Florence sabía que les estaba ordenando que guardaran silencio.

—Soy consciente. Yo me encargaré de todo.

—Casi me da pena quien esté detrás de este plan de construcción —dijo Mamie en voz baja.

Florence no podría estar más de acuerdo.

—Desde luego. Quienquiera que sea no imagina el infierno que acaba de desatar.

17

Esa noche mucho más tarde, Florence se encontraba en la bañera, recostada sobre Clay. Los aposentos de Clay en la Casa de Bronce eran sencillos; un espacio funcional donde pasaba poco tiempo. El cuarto de baño, sin embargo, era suntuoso en comparación. La estancia, alicatada con azulejos blancos y azules, tenía accesorios dorados y mármol italiano. La ducha se había dispuesto en un rincón, y una enorme bañera de mármol ocupaba el centro. Era incapaz de calcular la cantidad de agua que se necesitaba para llenar una bañera de ese tamaño, pero ¿quién era ella para quejarse? Se sentía como si estuviese flotando en un lago transparente y caliente, con un hombre corpulento y desnudo a su espalda.

En otras palabras, estaba en el paraíso.

Clay había pedido que les subieran champán y dos copas, además de un poco de comida de la cocina. En algún momento de la noche, volvería a su casa, pero en ese instante tenía todo lo que deseaba.

—¿Qué hacías de pequeño? —le preguntó. Era un hombre fascinante, pero desconocía cómo había sido su infancia—. Aparte de trabajar en la taberna de tu tío.

—No hay mucho que contar. No fui un niño muy interesante.

—Siento discrepar. Estoy segura de que eras fascinante. —Le acarició una pantorrilla con los dedos de los pies—. Por ejemplo, ¿tienes hermanos? ¿Tus padres aún viven? Hay muchas cosas de ti que desconozco.

Percibió el movimiento de sus músculos mientras bebía un sorbo de champán.

—No tengo hermanos vivos. Mi hermano menor murió de cólera cuando yo tenía doce años.

—¡Oh, Clay! Lo siento.

Él le dio un beso en la coronilla.

—Yo también.

—Me dijiste que os mudasteis a la calle Delancey, ¿verdad?

—Sí, cuando tenía casi once años. Antes de eso vivíamos en la Séptima Este.

—¿Tus padres y tú?

—Sí.

—¿Y los dos viven?

—Eso creo.

Echó la cabeza hacia atrás para mirarlo a la cara.

—¿Me estás dando largas a propósito?

—No me gusta hablar de mi pasado. Fue muy distinto del tuyo, eso está claro.

—Porque mi padre es rico.

—Para empezar, sí. —Trazó la curva de uno de sus pechos con la yema de un dedo, y siguió hasta meterlo debajo del agua para recorrer el borde de la areola.

La suave caricia le provocó un escalofrío, y se le endureció el pezón.

—¿Y?

—Y que procedes de una de las familias más prestigiosas de la ciudad. Criados, cocineros, conductores. Tienes acceso a las grandes mansiones y a las fiestas más exclusivas.

Aunque todo eso era cierto, dichas circunstancias conllevaban expectativas y presiones.

—Tal como lo dices, parece fácil y grandioso. En realidad, es asfixiante y aburrido.

Clay resopló, y su pecho la empujó hacia delante.

—Casi todos los habitantes de esta ciudad matarían por estar tan aburridos.

—Yo no. Me muero por salir de ese círculo.

—¿Por completo? Hasta ahora pensaba que abrirías tu casino para mujeres, pero que te quedarías entre bastidores. Que lo dirigirías de forma anónima.

Había considerado esa opción, por supuesto. Ser propietaria de un negocio, sobre todo de un casino, no le haría gracia a la alta sociedad. Aunque las damas de alcurnia frecuentaran el establecimiento, a ella la mirarían con malos ojos por dirigirlo.

Sin embargo, llevar el casino de forma anónima le parecía mal. Como si se sintiera avergonzada por su negocio, algo muy alejado de la verdad, por supuesto. Además la constante preocupación de que alguien sacase a la luz su condición de propietaria la desgastaría con el tiempo.

Eso supondría seguir fingiendo, intentando encajar.

—No voy a ocultarme —dijo—. Si me dan la espalda por ello, es un riesgo que estoy dispuesta a correr.

—Probablemente sea lo mejor. Mantenerlo en secreto sería la circunstancia ideal para que te sometieran a un chantaje.

Mmm... No había pensado en eso.

—Hablas como un hombre que piensa como un criminal.

—Cariño, soy un criminal.

—No en el sentido tradicional de la palabra. Sin embargo, el juego debería ser legal. Si la gente está dispuesta a arriesgar el dinero que ha ganado con el sudor de su frente en juegos de azar, ¿por qué eres tú quien comete la infracción?

—Pero es ilegal, lo que significa que podría ir a la cárcel.

—¿Te han arrestado alguna vez?

—Muchas.

«¡Por Dios!», pensó. Echó la cabeza hacia atrás para mirarlo a la cara.

—¿En serio?

—Claro. Llevo mucho tiempo dedicándome a esto. Si la policía no te pescaba en las calles, los otros muchachos te delataban para quedarse con tu negocio.

—Entonces, ¿cómo amasaste tanto dinero para conseguir todo esto? —preguntó al tiempo que hacía un gesto que abarcaba el lujoso cuarto de baño.

—Aprendí a correr rápido.

Ella se rio y volvió a acomodarse contra su torso.

—Haces que parezca fácil.

—Ni mucho menos. En mi vida nada ha sido fácil.

Florence reflexionó sobre lo diferentes que habían sido sus vidas mientras movía una mano en el agua y observaba las ondas en la superficie. Unas ondas que crecían, se amplificaban, conectadas con la anterior y la posterior. Como las decisiones que se tomaban a lo largo de la vida y que después afectaban a todo lo demás.

—El dinero no proporciona una vida fácil de forma automática.

—Hablas como una mujer que siempre lo ha tenido.

—Casi pareces guardarme rencor.

Clay soltó el aire, y su aliento le acarició la nuca.

—A ti no. Tú no tienes la culpa de las circunstancias que te han rodeado siempre. Pero el dinero proporciona comodidades y alternativas. Por ejemplo, yo me he pasado casi veinte años de mi vida trabajando y esforzándome para construir la Casa de Bronce. Tú piensas recibir clases durante unas semanas, quizá meses, y luego abrir un casino similar que será todo tuyo. Un lujo que puedes permitirte, gracias a tu padre.

—¿De verdad crees que mi padre apoyaría mi casino?

—He supuesto que tienes un fondo fiduciario.

—Solo podré acceder al fondo fiduciario cuando cumpla treinta años o cuando me case.

—¡Ah! —Clay recogió agua con la palma de la mano y se la echó por los hombros, provocándole un cosquilleo en la piel—. En ese caso, ¿cómo lo vas a conseguir? —le preguntó.

—Pienso pedirle el dinero a mi abuela. Sin embargo, tengo que esperar. Ahora no es precisamente el momento ideal para hacerlo.

—¿Por qué? ¿Está enferma?

—No. —Titubeó, ya que no quería desahogar sus problemas con él. Pero confiaba en Clay. Estaban más unidos desde la noche que bailó en el escenario de Jack Mulligan. Independientemente de lo que fuera que estaba sucediendo entre ellos, era algo grande y aterrador; claro que él había prometido no hacerle daño y ella debía creerlo—. Existe la posibilidad de que tenga que vender su casa.

—Imagino que tiene otras —dijo con un deje aburrido, aunque detectó algo en su voz. Una dureza inesperada. ¿El rencor por la fortuna de su familia?

—Sí, pero no como esta casa en concreto. Mi abuelo la construyó para ella cuando se casaron. Mi padre y mi tío crecieron allí. De ahí el vínculo sentimental.

—Sin duda el dinero de la venta calmará cualquier apego. El valor de la propiedad debe de haberse triplicado desde que se construyó.

Florence frunció el ceño. Para Clay, todo era cuestión de dinero. Pero aquello era algo más que dólares y centavos. Debía hacerle entender, que comprendiera que la vida era algo más que un libro de cuentas.

Se movió sin salir del agua y se acomodó de manera que pudiese verle la cara.

—Si está en su mano, no la vendería ni por todo el oro del mundo. Echa de menos a mi abuelo, y la casa le recuerda a él a diario. Además, ha prometido dármela en herencia cuando muera.

—¿A ti?

—Parece una tontería, pero me encanta esa casa desde que era pequeña. Pasaba más tiempo allí que mis hermanas y se convirtió en un refugio para mí. —Un lugar alejado de la decepción de su padre y de las expectativas de su madre—. No sé lo que habría hecho sin mi abuela y sin esa casa tan grande y liberadora.

Clay se sumió en el silencio unos segundos, y después la tomó por los hombros y la acomodó contra su pecho. Sus brazos la rodearon, estrechándola con fuerza.

—¿No quieres casarte y formar un hogar con tu marido?

—¡Por Dios, no! Prefiero un negocio propio a un marido. Y si vivo en la casa de mi abuela, puedo usar el fondo fiduciario para los gastos de funcionamiento del casino.

—No tenía ni idea.

—Nadie lo sabe, pero la casa de mi abuela es fundamental para mis planes de futuro. Si la vende, probablemente acabaré viviendo en la planta superior de mi casino y me convertiré en una reclusa huraña.

Él resopló al escuchar la pulla, y el movimiento de su pecho hizo que rebotara sobre su torso. Ambos guardaron silencio unos segundos. Solo se oía el chapoteo del agua contra la bañera, desde la que se alzaban volutas de vapor. Se le ocurrió que era tan buen momento como cualquier otro para hacer la única pregunta que se interponía entre ellos.

—¿Me dirás alguna vez la razón por la que odias a mi padre?

—No.

En fin, la respuesta no dejaba resquicio alguno.

—No es un mal hombre. Un poco intimidante a veces, pero no es cruel.

—Nunca me harás cambiar de opinión sobre él.

—¿Ni aunque te cuente anécdotas pintándolo como un padre atento y cariñoso? ¿O te enumere todas las obras de caridad a las que hace donaciones? ¿O te diga que una vez salvó a un gatito y lo trajo a casa para mis hermanas y para mí?

—Nada de eso afectará a lo que siento por Duncan Greene.

—¿Desde cuándo lo conoces?

—No lo conozco.

—Clay —dijo, alzando la voz por la frustración—, estás siendo evasivo de forma deliberada y...

Con un movimiento suave, la levantó del agua y la hizo girar hasta sentarla a horcajadas sobre sus caderas. Acto seguido, se incorporó para chuparle un pezón y Florence sintió que el fuego corría por sus venas. Cada lametón, cada mordisco sobre el enhiesto pezón le provocaba un placentero estremecimiento entre los muslos.

—Estás intentando distraerme —murmuró ella.

—Sí, exacto. ¿Funciona?

Clay sumergió una mano para acariciarla por debajo del agua, y ella se olvidó de todas sus preguntas. De momento.

La Casa de Bronce tenía un aspecto muy diferente a la luz del día. Parecía menos elegante, más funcional.

Las limpiadoras y los mozos de servicio se afanaban para hacer desaparecer todo rastro del desenfreno de la noche anterior y preparar las escotillas para el próximo jolgorio. Los repartidores y trabajadores entraban y salían para hacer entregas y reparaciones. Clay no escatimaba en gastos y pagaba bien a su gente. Solo lo mejor para esa reluciente joya del vicio y la corrupción.

Normalmente se levantaba a las diez o a las once de la mañana y se vestía. Luego se tomaba un café y recorría las distintas estancias del casino, revisando cada rincón. Le encantaba este lugar.

Esa mañana se demoró un poco más en su rutina matinal. Estaba cansado; las noches con Florence le estaban pasando factura. Sin embargo, cada bostezo y refunfuño del día siguiente valían la pena. No se cansaba de ella. Esa mujer no le tenía miedo, era aventurera y decidida. Lo desafiaba de maneras inesperadas, como esa voluntad de experimentar y hacerle preguntas sobre sus preferencias.

Saludó con la cabeza a una muchacha que estaba puliendo los elementos de latón de la sala principal.

—Buenos días, Adeline.

Ella se detuvo y lo miró, parpadeando.

—Buenos días, señor.

—Lo estás dejando estupendo. Gracias.

—¡Oh! —La muchacha miró con cautela la barandilla—. Es mi trabajo, señor.

Una mano se posó en el brazo de Clay. Era Jack, que había aparecido como por arte de magia.

—Sí, y lo haces muy bien. Puedes continuar, Adeline. —Jack tiró de él para atravesar la estancia. Una vez que estuvieron fuera del alcance de todo el mundo, le dijo—: Deja de ser amable con el personal. Los estás poniendo nerviosos.

Clay frunció el ceño.

—¿Qué significa eso?

Se detuvieron.

—Significa que tus cambios de humor nos tienen a todos en vilo. No estamos acostumbrados a verte enamorado.

—No estoy enamorado —protestó él con un resoplido y vio que Jack ponía cara de no creer lo que decía. Decidió dejarlo estar y, en cambio, le preguntó—: ¿No se me permite ser moderadamente feliz aunque sea durante unos días?

—Ninguno de los dos tiene tiempo para esta conversación —replicó Jack—. Duncan Greene está arriba en tu despacho.

¡Por Dios! Se puso en tensión de la cabeza a los pies, con todo el cuerpo alerta. Esperaba que llegara ese momento, pero no tan pronto.

—¿Y cuándo ibas a decírmelo?

—Acaba de llegar. Venía a decírtelo cuando te encontré asustando a Adeline.

—Sin duda se ha enterado del proyecto que hemos presentado en el ayuntamiento.

—Sin duda.

Si no tuviera una taza de porcelana en las manos, se las habría frotado. ¡Por Dios Santo, estaba deseando mantener esa conversación!

—En ese caso, será mejor que le dé las malas noticias.

—¿Quieres que te acompañe?

—No es necesario. Tienes mucho que hacer y no espero que esto dure mucho. Me amenazará y se irá hecho una furia.

—En fin, estaré cerca por si me necesitas.

Clay le dio una palmada en el hombro a Jack, agradecido por contar con alguien que siempre le cubría las espaldas, y se dirigió a la escalera. La expectación le provocó un hormigueo en la piel. Llevaba años fraguando sus planes; le habían costado sangre, sudor y lágrimas. Años de lucha y de trabajo. Todo con un objetivo en mente: apoderarse de la casa de la infancia de Duncan Greene y destruirla.

«¿Qué te parece acabar con la vida patas arriba, Duncan?», pensó. No era exactamente un ojo por ojo. Duncan Greene tenía bastante más dinero que los Madden cuando perdieron su casa. Los Greene no se verían forzados a vivir en un cuchitril atestado de ratas, chinches y enfermedades. Además, en ese momento la casa familiar no era su lugar de residencia.

Sin embargo, hacía años que había jurado que se la arrebataría..., y antes muerto que no llevar a cabo esa promesa.

Aunque eso significara darle un varapalo al futuro de Florence.

«La casa de la abuela es fundamental para mis planes de futuro».

Una pena, pero ya encontraría la forma de compensarla.

Abrió la puerta de su despacho y entró. Duncan Greene se había sentado en un sillón frente a su mesa y su corpulenta figura parecía estar en su elemento. En ese instante, miró por encima del hombro y lo vio, pero no se puso en pie.

Muy bien, pues. No intercambiarían saludos.

Clay contuvo una sonrisa mientras cerraba la puerta y se dirigía a su mesa. Duncan estaba molesto, algo que a él le provocaba una increíble alegría.

—Señor Greene. —Se sentó en su sillón y bebió un sorbo de café—. ¿A qué debo el placer de su visita?

Los ojos de Duncan Greene lo miraron con expresión hosca e insondable. Era un hombre corpulento y bien vestido. Había pasado su juventud boxeando, disparando, jugando al béisbol y montando a caballo, básicamente practicando todas las actividades físicas con las que se entretenían los jóvenes pudientes. Era la viva estampa del hombre rico y privilegiado en una ciudad que premiaba dichas circunstancias.

—Sabe muy bien por qué he venido.

Clay se llevó la taza a la boca.

—¿Ah, sí?

—Dígame, Madden. ¿Por qué la calle Setenta y nueve? Podría levantar su club en cualquier lugar de la ciudad. Hay un montón de parcelas vacías, por no hablar de todo el terreno pantanoso que se puede excavar. Sin embargo, ha elegido usted esa manzana concreta en ese barrio concreto. ¿Por qué?

—Quizá el setenta y nueve sea mi número favorito.

La expresión de Duncan no cambió.

—Inténtelo de nuevo.

Clay apuró el café y dejó la taza con cuidado sobre la mesa.

—No entiendo por qué estoy obligado a explicarle mis planes.

—Está intentando construir un club-casino alrededor de la casa de mi madre, así que me gustaría saber por qué. ¿De verdad pensaba que no me enteraría de quién estaba detrás del proyecto?

—Nunca me ha importado —mintió Clay, que cruzó las manos sobre el regazo—. Creo recordar que hay un propietario que no quiso vender. ¿Es su madre?

—Sabe muy bien que es mi madre.

—¿Por qué ha venido, señor Greene?

—Dígame qué hace falta para que abandone este proyecto suyo.

—No tiene usted suficiente dinero para detenerme.

—Eso parece un reto.

—Sin embargo, me gustará verlo fracasar. Así que, adelante. Intente detenerme.

Duncan Greene se levantó de su sillón como si hubieran accionado un resorte y estampó las manos contra su mesa.

—¡Cabrón engreído! No soy un matón de poca monta ni un ladrón de tres al cuarto al que puedas intimidar. Solo tengo que hablar con el alcalde para enterrarte.

Las amenazas lo habrían enfurecido de no haber disfrutado tanto del momento. Echó despacio el sillón hacia atrás y se puso en pie, tras lo cual se inclinó hacia delante para que su mensaje quedara claro.

—Tengo en el bolsillo a más hombres de la policía, de la oficina del alcalde y del partido demócrata de los que se imagina. Y no solo en el bolsillo, sino que los tengo bien agarrados por todo lo que me deben. No podrá impedirlo, señor Greene, como tampoco yo pude impedir que un joven arrogante comprara una manzana entera de la calle Séptima hace veinte años y desplazara a todas las familias que vivían allí.

Duncan se echó hacia atrás de repente y ladeó la cabeza.

—¿La calle Séptima? ¿Es usted...? ¿Me está diciendo que la suya fue una de las familias realojadas para la construcción de aquellas oficinas?

—«Realojadas». ¡Qué palabra más elegante y culta! Yo prefiero «estafadas».

—Eso es absurdo. Pagué el precio justo de mercado por todas aquellas propiedades.

—¡No me venga con cuentos! —exclamó Clay—. Las familias recibieron una miseria con la que tuvieron que buscarse otra vivienda. Mi familia acabó en un cuchitril insalubre de la calle Delancey, donde mi hermano menor no tardó en morir de cólera. Así que ahórrese las pamplinas del precio justo.

Duncan Greene se pasó las manos por el pelo, con los ojos desorbitados.

—Un momento... ¿Todo esto es un plan de venganza por su parte? ¿Contra mí?

Clay no respondió de inmediato. Volvió a sentarse y se movió hasta dar con una postura cómoda.

—Por si no me he explicado bien, no puede impedirme que construya en esa manzana en particular. Tal vez su madre quiera invertir en algodón para taparse los oídos. Es probable que haya mucho ruido por las noches.

El rostro de Duncan se oscureció hasta alcanzar un rojo intenso, y vio que le palpitaba una vena en una sien.

—Es una mujer de sesenta años, Madden. ¿No tiene corazón?

—Ninguno, Greene. No queda ni rastro de él. Me lo robaron a la tierna edad de once años cuando mi familia fue desarraigada y destruida.

—¡Qué hijo de puta! —dijo Duncan perdiendo cualquier atisbo de formalidad—. Si crees por un segundo que has ganado, estás muy equivocado. Tengo más amigos en esta ciudad que tú, y mucho más dinero.

—En esta ciudad los amigos no sirven para nada. Me he pasado toda la vida acumulando el poder y el dinero necesarios para destruir la casa de su familia. Nada me impedirá llevarlo a cabo.

—Estás loco.

—Y usted está malgastando tanto su saliva como mi tiempo.

Vio que Duncan apretaba los dientes y henchía el pecho.

—Hoy te has ganado un enemigo muy poderoso, Madden.

Clay le regaló una sonrisa siniestra.

—Se equivoca. Llevamos veinte años siendo enemigos. Sin embargo, usted no se había dado cuenta hasta hoy.

Duncan no dijo nada más. Se dirigió a la puerta y la abrió de golpe, tras lo cual Clay oyó sus pasos mientras se alejaba por el pasillo. Había sido un encuentro de lo más satisfactorio. Él, al menos, lo había disfrutado.

Y lo mejor era que ese no sería el único enfrentamiento con Duncan Greene. Estaba deseando que llegara ese momento.

La fiesta solo acababa de empezar.

18

Florence paseaba de un lado para otro en el saloncito de su abuela, acompañada por el frufrú de sus faldas al arrastrarlas sobre las caras alfombras orientales. Esa estancia era una de las favoritas de su abuela. Estaba decorada con tonalidades azules y blancas, muebles clásicos franceses y arte moderno en las paredes. Era el lugar donde solían tomar el té cuando estaban en familia.

Era evidente que su abuela se había llevado un duro golpe al enterarse de los planes urbanísticos en los que se había visto envuelta. La cena de Pascua prosiguió sin ella, aunque fue una celebración tristona. Nadie tenía muchas ganas de charlar después de las noticias de su padre. Su abuela incluso había cancelado la partida de eucre de esa semana.

Florence estaba preocupada, así que cuando su abuela le pidió que fuera a verla esa mañana, se apresuró a complacerla. Una vez en su casa, la ansiedad la carcomía por dentro y parecía que llevara horas esperando. ¿Qué haría su abuela si su padre era incapaz de solucionar el problema? ¿Se quedaría o acabaría vendiendo la casa?

La idea de vender la propiedad le provocaba náuseas. Esa casa representaba la libertad, las alternativas y las oportunidades que se le negarían sin ella. Si acababa derrumbada, su futuro se vería alterado de una manera que ni siquiera alcanzaba a predecir.

El sonido de las pulseras de su abuela la alertó de que se acercaba. Se volvió hacia la puerta y la descubrió atravesando el vano.

—Hola, abuela.

—Florence, aquí estás. ¡Qué alegría verte! —Su abuela la saludó con un enorme abrazo—. Siento mucho haberme ido de la cena de Pascua como me fui.

—Lo entiendo. —Se separaron y ella siguió a su abuela hasta el sofá—. ¿Cómo estás?

Su abuela dejó un montón de papeles en la mesita auxiliar.

—Triste. Sin embargo, nada es eterno. Fuimos una de las primeras familias de esta manzana, y la vida ha cambiado mucho desde entonces. El signo de estos tiempos, me temo.

—¿Eso significa que vas a vender?

Su abuela suspiró mientras servía té para los dos.

—No me gusta la idea. Deberías quedarte con esta casa cuando yo ya no esté. Debería seguir en la familia, no convertirse en un montón de escombros arrojados al puerto. Sin embargo, no veo alternativa posible.

¡Por Dios, aquello era deprimente! Intentó mantenerse positiva.

—Papá puede encontrar una manera de evitar que el proyecto siga adelante. Conoce a toda la gente influyente de la ciudad.

—Sí, pero algunas cosas se escapan a su control. Aunque él jamás lo admitiría.

—Es cierto. Odia que lo desobedezca. Dice que a estas alturas ya ni intenta comprenderme.

—El trabajo de una hija es hacer que a su padre le salgan canas.

—En ese caso, mi vida ha sido un éxito —replicó con sorna, haciendo que su abuela se riera—. Estoy segura de que tú también corriste tus aventuras después de que te presentasen en sociedad.

Vio que a su abuela le temblaban los labios, como si estuviera luchando contra una sonrisa.

—En aquel entonces era distinto. La ciudad no estaba tan edificada ni tan organizada.

Florence bebió un sorbo de té.

—Mmm... —murmuró mientras colocaba la taza en el platillo—. Algún día te sonsacaré todas esas anécdotas.

—No debería contarte nada. Tu padre pedirá mi cabeza si os animo a ti y a tus hermanas a cometer más imprudencias.

Ni por asomo. Las hermanas Greene no necesitaban ningún tipo de estímulo en lo que a imprudencias se trataba.

—No se lo diré.

—En ese caso, a lo mejor otro día. Hoy estamos aquí para hablar de ti. He pensado que podrías contarme tu idea, la que deseas llevar a cabo en vez de casarte.

Florence clavó la mirada en los posos del té que giraban en el fondo de la taza mientras sopesaba cómo proceder. ¿Y si su abuela decía que no? No tenía otro plan alternativo, así que si lo estropeaba, el sueño de levantar un casino quedaría fuera de su alcance.

«Sin miedo. Demuestra confianza hasta que la sientas».

Dejó la taza y el platillo sobre la mesa con las palmas de las manos humedecidas por el sudor.

—Quiero abrir un casino solo para señoras.

Su abuela enarcó las cejas y abrió la boca por la sorpresa. Florence guardó silencio a la espera de que asimilase la información. No era necesario apresurarse y abrumarla con razones e ideas. Eso vendría después.

Su abuela se recuperó de la sorpresa al cabo de unos largos segundos.

—¿Un casino para mujeres?

—Sí.

—El juego es ilegal.

—Eso lo dice una mujer que organiza una partida semanal de eucre en la que se apuestan joyas.

Su abuela le restó importancia al comentario con un elegante gesto de la mano.

—Pero eso es solo para las amigas. Tú estás hablando de establecer un negocio. De convertirte en propietaria de un casino.

—Exacto.

—Sin tener en cuenta lo que dirá tu padre, supongo que sabes lo que esto significa para tus perspectivas matrimoniales.

—Soy consciente. No espero tener perspectiva alguna, y eso me parece bien.

—Podrías mantener en secreto tu participación en dicho negocio —sugirió su abuela, cuya mirada perspicaz no se apartaba de ella—. Pero deduzco que esa idea no te interesa.

—Quiero hacerlo. De hecho, creo que se me dará bastante bien.

—Pero, Florence —siguió su abuela, que soltó la taza y el platillo—, eso implica mucho más que tener un espacio donde las mujeres puedan reunirse y jugar a las cartas. Significa amenazar a la gente que te deba dinero y castigar a las tramposas. No es una profesión honorable.

—Solo porque el juego es ilegal. Si fuera legal, nadie vería con malos ojos el hecho de poseer un casino.

—Creo que te equivocas, pero dejemos de lado esa discusión. ¿Cómo vas a aprender a llevar ese negocio? Se necesita muchísimo tiempo para aprender los distintos juegos y cómo dirigirlos. Para llevar la contabilidad y gestionar a los empleados. No alcanzo siquiera a imaginar todos los detalles que implica el asunto, y eso que todos los años organizo el Baile de la Forsitia. Te aseguro que siempre hay complicaciones inesperadas.

—Tienes razón, supone un gran esfuerzo. Pero llevo aprendiendo casi un año. Conozco todos los juegos de azar y su funcionamiento. Y, desde hace un mes más o menos, tengo por mentor al dueño de un casino. Me ha enseñado...

—¡Un mentor! ¡Por Dios! Te lo estás tomando en serio.

—Muy en serio, abuela. Me reúno con él a última hora de la noche, cuando el casino está abierto, para poder ver su funcionamiento.

—Debe de ser muy divertido. No creo que tu padre esté al tanto de todo esto.

—No, desde luego que no. Si se enterara, me encerraría en mi habitación.

—No vas muy desencaminada. Tal vez nunca entienda tus razones para querer hacer esto. ¿Estás dispuesta a romper tu relación con él, quizá incluso para siempre?

Esa era una de las cosas que le gustaba de su abuela, su capacidad para analizar los problemas desde todos los ángulos. Una cualidad que deseaba que poseyera su padre.

—Creo que entrará en razón.

Su abuela se rio.

—Yo no apostaría por eso..., nunca mejor dicho.

—¿No te gustaría tener un lugar donde tus amigas y tú pudierais jugar a la ruleta o a los dados? Eso es lo único que intento hacer. ¿Por qué son hombres los únicos que pueden divertirse?

—Yo hace tiempo que me pregunto lo mismo. Sin embargo, nuestro mundo sigue siendo conservador, pese a las protestas que se producen en los barrios bajos. ¿No te preocupa que la policía o el ayuntamiento te pongan trabas? Pensó en Clay y en Bill el Grande. En su vínculo con el tesorero del ayuntamiento.

—Hay formas de evitarlo.

—Tengo la impresión de que nada de lo que diga podrá disuadirte. —Su abuela se sirvió más té y le añadió un poco de azúcar antes de removerlo—. Entonces, ¿quieres mi beneplácito?

Florence soltó el aire muy despacio. Había llegado el momento.

—Quiero que te unas a mi idea como inversora.

Su abuela tuvo una reacción de lo más inesperada: se echó a reír. Florence intentó no ponerse nerviosa mientras esperaba. ¿Había usado un enfoque erróneo? Nunca le había pedido dinero a nadie de esa manera. Tal vez debería haberle presentado su plan escrito en un papel, con algunas cifras concretas sobre la cantidad que necesitaba.

—¡Ay, Florence, eres increíble! No esperaba que me pidieras ayuda.

Sintió que se le caía el alma a los pies. Vio su futuro ante ella: un oscuro abismo consistente en vivir encerrada en casa, frecuentar las mismas fiestas y bailar con las mismas personas año tras año. Lo mismo, lo mismo, lo mismo. ¿Cómo iba a sobrevivir?

«No, ya encontrarás una manera. Aunque tu abuela se niegue, encontrarás la manera», se dijo.

—No pasa nada, abuela. Lo entiendo. Es demasiado pedir...

—No te he dicho que no. Es que me has pillado por sorpresa. ¿Cuándo piensas llevar a cabo este plan?

—Papá está ansioso por que Mamie se case, así que una vez que ella se establezca en su hogar, no me cabe duda de que concentrará todos sus esfuerzos en mi persona. Tengo poco tiempo, quizá un año. Tal vez más.

—Déjame pensarlo, entonces. Ahora mismo no puedo decirte ni que sí ni que no. Este asunto merece una reflexión a fondo.

—¡Ah, eso he hecho! Reflexionar a fondo, quiero decir.

—Sí, pero yo todavía no. Así que permíteme que lo analice bien, y dentro de poco te daré mi respuesta. —Se echó hacia delante en el sofá para recoger los papeles que había dejado en la mesa—. Hazme un favor, ¿quieres? Dale estos documentos a tu padre.

Florence los aceptó.

—De acuerdo. ¿Son sobre los planes urbanísticos?

—No sabría decirte. Llevo meses sin abrir ni una sola carta que me pareciera remotamente relacionada con esos dichosos planes. Eso es todo lo que he recibido. Ahora que los revise tu padre. Quizá encuentre algo útil.

—Muy bien, se los daré. Y cruzaré los dedos.

—Yo también. Quiero ver a mis bisnietos crecer en esta casa —replicó, mirándola con socarronería—. Aunque su madre dirija un casino.

—Ya sé que eso es lo que deseas. Aunque no creo que ningún vecino me invite a tomar el té. —Ambas sabían que la alta sociedad la condenaría al ostracismo si seguía adelante con su sueño.

—En ese caso, menos mal que no queda ninguno.

Florence hizo una mueca al oír el sombrío recordatorio y percatarse de su metedura de pata con el comentario anterior.

—Lo siento.

—No es necesario que te disculpes. No debemos ocultar la verdad. Y ahora, vete. Dentro de unos minutos llegarán unas diez señoras para hablar de la lista de invitados del baile.

Florence se puso en pie y se acercó para besarla en una mejilla.

—Gracias por escucharme. Anímate. Si vendes la casa, siempre podrás mudarte un poco más al norte y vivir con nosotros.

—¿Yo, vivir con tu padre? Lo quiero mucho, pero no gracias.

Algunos días, ella era de la misma opinión.

Clay miró la cabeza rubia que se inclinaba sobre los libros de contabilidad esparcidos sobre su mesa. Luego pensó en otras cosas que pronto podría esparcir sobre la mesa, y su cuerpo reaccionó al instante. El corazón se le aceleró y la sangre empezó a correrle con rapidez por las venas. Sus manos ansiaban acariciar esa piel suave y hacerla gemir. Florence había llegado hacía solo una hora y él ya estaba completamente distraído por culpa del deseo.

«Estás haciendo el tonto por esta mujer», se dijo.

Era cierto, pero le resultaba imposible controlar esa reacción en su presencia. Le gustaba todo de ella, desde su aspecto angelical y su sonrisa de infarto hasta su ingenio y su inteligencia. Era apasionada e intrépida en la cama y, en respuesta, él no le ocultaba nada, algo inédito. Con otras había temido asustarlas, ser demasiado exigente. Florence lo hacía arder, le provocaba un deseo tan abrasador que se perdía en el momento. Y a ella no parecía importarle. Todo lo contrario.

Así que, ¿lo odiaría cuando se enterara de lo que había hecho?

No podía culparlo, ¿verdad? Al fin y al cabo, ya se lo había advertido. Jack le había suplicado que cancelara los planes del casino de la calle Setenta y nueve, pero no se dejaría disuadir. Llevaba veinte años fraguando su venganza contra Duncan Greene. Unas cuantas semanas de increíble dicha en la cama con su hija no podían cambiar eso.

No lo permitiría.

Además, lo bueno nunca duraba, sobre todo si era tan bueno como lo que tenía con Florence. Lo único que podía hacer era aprovechar el tiempo y disfrutar de cada segundo con ella. Arrancarle todos los suspiros y gemidos que pudiera hasta que su plan saliera a la luz y ella lo despreciara. De ahí que mirase el reloj. Pronto. Muy pronto la tendría en la cama, desnuda.

¡Por Dios! Apenas podía esperar.

—¿Has encontrado el error? —le preguntó, dispuesto a abreviar la clase de esa noche.

—Creo que sí —le contestó ella, que levantó la cabeza y lo miró parpadeando.

Como era habitual, el impacto de su belleza fue como un golpe en el pecho. Rasgos perfectos, cejas elegantes, labios carnosos. Podría mirarla durante horas sin cansarse.

—Enséñamelo. —Se inclinó para examinar su trabajo. Le había presentado un problema reciente en uno de sus salones de billar de los barrios bajos, que en realidad funcionaba como tapadera para una casa de apuestas hípicas. Un rompecabezas que deseaba ver si era capaz de resolver.

Florence señaló sus notas.

—Este local tiene siempre una menor recaudación en las carreras de los martes por la noche, mientras que los demás locales muestran una mayor recaudación esa noche en concreto. El martes es uno de los días más populares en el hipódromo de Sheepshead Bay. Por tanto, ¿qué ocurre en este local para que nadie apueste los martes?

¡Qué mujer! ¡Maldición, era excepcional!

—Tienes razón. Entonces, ¿por dónde empezamos a investigar el problema?

—Supongo que aceptan apuestas para las carreras de los martes por la noche en este salón de billar.

—Sí.

—Supongo que es posible que los clientes tengan un motivo para no apostar a las carreras de ese hipódromo.

—Es posible, pero resulta raro que sea algo sistemático. La gente es demasiado voluble para algo así. ¿Qué más?

—Alguien está sisando dinero.

Esbozó el asomo de una sonrisa en señal de satisfacción.

—Muy bien. ¿Quién?

—¿El dueño?

—Es poco probable. Si lo descubren, es él quien más tiene que perder. Me conoce lo bastante como para saber lo que pasaría si lo pillan. Supongamos que no es él. —Aunque ya sabía la respuesta, quería ver si Florence podía llegar a ella por su cuenta.

—Uno de los empleados, entonces. Un cajero.

—¿Cómo lo demostramos?

La vio morderse el labio inferior de una forma que lo enloqueció.

—Hay que comprobar quién trabaja esa noche.

—Sí, podemos hacerlo, pero no vamos a llegar a nada concluyente solo por saber quién se ocupa de ese turno.

—Podrías ordenar que le cambien el turno al sospechoso y hacer que trabaje otra noche de la semana, para ver si los ingresos disminuyen esa noche en concreto.

¡Joder, adoraba a esa mujer!

—Muy, muy bien.

Ella le sonrió y lo miró con un brillo de felicidad en esos ojos tan preciosos. La expectación le tensó todo el cuerpo. Necesitaba tocarla.

—Esto ha sido divertido —dijo—. Levántate.

Florence ladeó cabeza sin dejar de mirarlo.

—¿Por qué?

—Porque quiero tu boca en la mía ahora mismo. —Empezó a rodear la mesa para llegar al otro lado.

Ella lo observó con los párpados entornados y la vio sacar la lengua para humedecerse los labios.

—¿Y qué pasa con nuestra clase de hoy?

—Ahora mismo se me ocurre que puedo enseñarte otra cosa muy distinta.

—¿Ah, sí?

Una vez que estuvo frente al sillón, la invitó a ponerse en pie. Le rodeó la cintura con las manos y la pegó a él.

—Esta noche vas a aprender cómo recibir placer encima de una mesa.

Ella se rio y lo detuvo poniéndole una mano en el pecho.

—Por más que me guste aprender al respecto, espera un momento. No debemos distraernos tan temprano.

—¿Por qué no?

—Mañana no vendré, así que esta noche necesito recabar toda la información posible.

Semejante noticia no debería afectarlo, ya que la había visto todas las noches de la última semana. Sin embargo, sintió que la decepción le atenazaba el pecho. Ya temía lo larga que sería la noche siguiente sin ella.

—¿Tienes planes?

—No me mires con el ceño fruncido —le dijo mientras se ponía de puntillas para darle un mordisco en el mentón—. Mañana es mi cumpleaños y voy a cenar con mi familia.

—¿Tu cumpleaños?

—Sí. Cumplo veintidós años.

Dio un respingo al oírla. Solo era una niña si la comparaba con sus treinta y un años. «Eres demasiado viejo para ella», le dijo una vocecilla, pero decidió hacerle caso omiso. Había muchas razones por las que no era adecuado para ella, y la edad era la última de la lista.

La soltó y regresó a su sillón, al otro lado de la mesa.

—En ese caso, será mejor que aprovechemos la noche.

—¿Te molesta que no venga mañana? —Florence seguía de pie y lo miraba con curiosidad.

—No, por supuesto que no.

—¿Entonces qué pasa? De repente, te has puesto muy serio.

A veces era demasiado perspicaz.

—No pasa nada —le dijo.

—Mentiroso. ¿Es por mi cumpleaños? —Se acercó a él acompañada por el frufrú de sus faldas y con una sonrisa misteriosa en los labios—. ¿Por mi familia? ¿O es por mi edad?

Sí, era demasiado perspicaz.

—Se me suele olvidar que soy mucho mayor que tú.

Ella se acercó a su sillón y se colocó entre sus rodillas. Tras apoyarle las manos en los hombros, se inclinó y le ofreció una panorámica espectacular de la parte superior de sus pechos.

—Se te olvida porque en realidad no importa —le susurró al oído—. Treinta y un años no te convierten en un viejo.

Clay le acarició la cintura, alisando la costosa seda que cubría su cuerpo.

—Sí, pero con veintiuno tú sí eres muy joven.

—Mañana tendré veintidós. Además, ¿por qué te molesta mi edad? —Le mordisqueó el lóbulo de la oreja, provocándole un estremecimiento—. ¿Vuelves a pensar que me estás corrompiendo?

Se la colocó en el regazo tras tirar de ella hacia delante. Deslizó una mano por la parte posterior de su cuello y se detuvo en la nuca.

—No.

Más bien estaba pensando en no separarse nunca de ella, a sabiendas de que era imposible.

La besó con ternura en la boca y se alegró cuando ella se relajó y le devolvió el beso. Le encantaba su forma de besar, entregada en cuerpo y alma. Florence no se contenía, ni se plegaba sumisa a sus deseos. No, ella atacaba y exigía. Se enfrentaba a él de igual a igual. Y jamás se cansaría de eso.

Alguien llamó a la puerta antes de abrirla. Separó su boca de la de Florence para ver de quién se trataba y descubrió que era Jack, que acababa de entrar en tromba con los ojos desorbitados por el pánico. Al verlos a ambos, su amigo soltó el aire, aliviado.

—Menos mal —dijo al tiempo que se doblaba por la cintura para recuperar el aliento.

Clay dejó a Florence en pie y se levantó.

—¿Qué ocurre? ¿Ha pasado algo?

—Es posible que alguien se haya colado en el club —contestó Jack—. Hoy le tocaba a Johnny el Niño vigilar la puerta trasera. Lo han encontrado en el suelo, sin sentido, y la puerta abierta de par en par.

Clay se quedó paralizado, y el miedo le caló hasta la médula de los huesos. Si alguien estaba tratando de hacerle daño... No podía permitir que Florence siguiera en el club. Su seguridad era lo único que importaba.

—Ven conmigo —le dijo.

—Espera, ¿adónde vas? —le preguntó Jack.

—Le pediré un carruaje para que vuelva a su casa y luego me uniré a ti para registrar todo el club.

Unos delicados dedos rodearon su antebrazo.

—Clay, no deberías hacerlo. Si el peligro es real, deja que sean los demás quienes busquen al intruso.

Negó con la cabeza mientras apartaba esos dedos de su brazo. Acto seguido se los llevó a los labios y le besó los nudillos.

—No me pasará nada. Conozco los mejores escondites.

—Déjame ayudarte —le dijo ella.

La idea de que un cliente descontento o un policía corrupto le hiciera daño le retorció las entrañas.

—Por supuesto que no. Y esto es innegociable, Florence.

—Te veré en el sótano —le dijo Jack antes de salir a toda prisa.

Clay echó a andar, invitando a Florence a caminar hacia la puerta.

—Te irás a casa y no volverás hasta que me convenza de que es seguro.

—Eso es ridículo. Nadie quiere hacerme daño. Puedo ayudar a buscar a quien sea...

—No. —Una vez en el pasillo, tiró de ella para que no aminorara el paso. Cuanto antes la pusiera a salvo, antes podría volver a respirar con tranquilidad—. No lo permitiré. Debes irte. Me pondré en contacto contigo para decirte cuándo puedes volver.

—¿Y si no encuentras a nadie? ¿Significa eso que puedo volver esta noche?

—Esta noche, no. —Por mucho que la deseara en su cama, no correría ese riesgo.

—Así que podrían pasar semanas antes de que te vuelva a ver. ¿Es eso lo que me estás diciendo?

Se detuvo en la escalera y la empujó hasta dejarla con la espalda pegada a la pared. Tras apoyar la frente en la suya, le tomó la cara entre las manos.

—No voy a arriesgar tu seguridad. Ni hoy, ni nunca. No me lo pidas, porque no puedo permitir que te hagan daño. Eso me destruiría.

La vio abrir la boca por la sorpresa mientras la respiración agitada hacía que le subiera y le bajara el pecho. Parecía que se hubieran detenido un momento para asimilar el peso de lo que acababa de decir.

—¡Ay, Clay! —Florence se puso de puntillas para besarlo. Sus labios eran cálidos e insistentes, reconfortantes. Estaba allí, entre sus brazos, a salvo con él.

Y así debía continuar. No podía permitir que la fea oscuridad de su vida estropeara la de Florence.

—Vamos —dijo una vez que le puso fin al beso.

Apenas tardaron unos minutos en llegar a la puerta trasera. Johnny el Niño estaba sentado en el suelo, apoyado en la pared mientras se ponía hielo en la cabeza, rodeado por un grupo de sus hombres.

—Que alguien busque un carruaje de alquiler —ordenó, dirigiéndose al grupo. Uno de los muchachos asintió con la cabeza y salió por la puerta trasera—. ¿Estás bien? —le preguntó al Niño, que en realidad tenía veinticinco años, aunque aparentara dieciséis.

El muchacho hizo una mueca mientras lo miraba con el ceño fruncido.

—Lo siento, Madden. Fue más rápido que yo. Oí un ruido en el callejón pero no vi a nadie. Salí a investigar y me golpeó.

—No te preocupes —replicó Clay—. Lo encontraremos. Primero voy a dejar a la señorita en un carruaje. Luego volveré y te llevaré a casa de Anna.

—Clay, ¿y si...? —empezó Florence, pero él detuvo lo que fuera a decir con un gesto de la mano.

—La respuesta sigue siendo no. Vas a volver a la zona alta de Manhattan, princesa.

19

Clay y Jack levantaron todas las alfombras y miraron en todos los rincones. Buscaron en despensas y en armarios. Debajo de las camas y detrás de las cortinas. No dejaron atrás ni una estancia, empezando por el sótano y acabando en el ático. Sin embargo, no encontraron a ningún intruso.

Incluso comprobaron la identidad de los clientes del casino. No había extraños, ni nadie que se hubiera colado. Todos eran socios de pago.

Aquello no tenía el menor sentido.

Clay estaba en la galería, con Jack a su lado, observando la familiar imagen de los dados y las ruletas en las mesas. Los hombres reían y aplaudían; el champán y los licores fluían libremente. Todo era normal en la Casa de Bronce esa noche, si no se tenía en cuenta que alguien había golpeado dos horas antes a uno de los porteros.

—Tal vez haya escapado —dijo Jack. El antiguo boxeador tenía los brazos cruzados por delante del pecho y la ira era evidente en la tensión de sus hombros. Clay sabía que su socio se tomaba muy en serio la seguridad de la Casa de Bronce, y que estaba molesto por el incidente—. O ni siquiera haya entrado. Tal vez atacó al Niño y salió corriendo.

Clay no lo creía factible. Los actos de violencia fortuitos eran raros en ese mundo. La violencia siempre tenía un propósito, aunque solo tuviera sentido para el autor.

—¿Por qué molestarse?

—¿Y si estaba explorando el lugar? ¿Poniendo a prueba nuestra seguridad para intentar forzar la entrada en otro momento?

Era una táctica que empleaban algunos delincuentes.

—Es posible. O tal vez estuviera haciendo algo en el callejón que no quería que el Niño descubriera.

—Lo dudo, pero eso explicaría que no se quedara por aquí. —Jack estampó un puño contra la barandilla, y la madera tembló con la fuerza del golpe—. No me gusta ir a oscuras. Un ladrón se cuela, y lo atrapamos. Alguien entra sin permiso en el casino, y lo echamos. Tanto misterio no me gusta.

—A mí tampoco. Pero es evidente que no hay nadie dentro. Y que nadie ha entrado ni ha salido durante las últimas dos horas. —Los crupieres habían repartido fichas gratis a quien quisiera marcharse mientras realizaban la búsqueda. Eso había mantenido a los clientes contentos y ocupados mientras ellos dos examinaban el club de arriba abajo.

—¿Crees que tiene algo que ver con Bill?

Clay lo había considerado, pero atacar a uno de los empleados de la Casa de Bronce no parecía el estilo del policía.

—No lo descarto, pero es poco probable que se moleste. Habría venido a por mí, no a por el Niño.

—Cierto. Y aquí todo el mundo lo conoce. No sería tan tonto como para intentar hacerte daño.

—Por no mencionar que amenazó con hablarle a Duncan Greene de las visitas de Florence. Eso me parece más probable que un ataque al personal.

—¿Un cliente descontento, entonces?

—Hemos tenido bastantes, sí. —Clay se pasó una mano por la cara—. Sin embargo, no se me ocurre ninguno en concreto que señalar como el culpable.

El repiqueteo de unos tacones anunció la llegada de una mujer. No la que Clay esperaba, por supuesto. Había enviado a Florence a casa inmediatamente después de descubrir el ataque que había sufrido Johnny el Niño. Y no le permitiría regresar hasta estar seguro de que dicho ataque no era el preludio de más violencia. No importaba lo mucho que deseara estar con ella.

—¿Habéis encontrado al atacante de Johnny? —preguntó Anna mientras se acercaba.

—No —respondió Clay—. No hemos encontrado a nadie dentro del club.

Anna se acercó a ellos con el ceño fruncido.

—Eso no me tranquiliza en absoluto.

—A mí tampoco —repuso Jack.

—Seguiremos atentos —dijo Clay—. Es lo único que podemos hacer en este momento. ¿Cómo está el Niño?

—En la gloria —contestó Anna con una sonrisa—. El médico se fue hace una hora. El muchacho tiene ahora siete mujeres guapas revoloteando a su alrededor y ofreciéndose a ejercer de enfermeras. No esperes que se recupere pronto.

—Envíame las facturas y ya está.

—Eso haré. —Miró por encima de su hombro—. ¿Dónde está tu intrépida compañera, la simpática señorita Greene?

—La envié a casa. —Por su propio bien. Nada le habría gustado más que acurrucarse en la cama con ella en ese mismo momento. Complacerla hasta olvidarse de los intrusos, de los policías corruptos, de Duncan Greene y del resto de innumerables preocupaciones que lo atormentaban a diario. Aunque lo peor era que esa separación podía durar días. Semanas. Si se producían más actos violentos fortuitos en el interior del club, no podía permitirle regresar.

Apretó los dientes. La idea de pasar semanas sin verla era más dolorosa que el asalto que sufrió a los catorce años por parte de tres matones en un bar del Bowery. En aquel entonces le robaron la recaudación de la semana, unos míseros cuarenta dólares, y le rompieron varias costillas.

Aun así, prefería enfrentarse a aquello que a cualquier periodo de tiempo sin Florence.

—¿Va a volver ahora que ha pasado todo? —preguntó Anna, ajena a la inquietud que lo devoraba por dentro.

—No, no hasta que la amenaza haya pasado.

Jack resopló.

—Teniendo en cuenta las circunstancias, puede que eso nunca ocurra.

—No puedes protegerla todo el tiempo, Clay —le recordó Anna—. Además, es una adulta. Conoce los riesgos de venir aquí.

Eso no le importaba. La protegería lo mejor que pudiera, y para ello debía solucionar ese problema en primer lugar.

—Gracias, pero sé lo que estoy haciendo.

—¿Esto significa que irás a la zona alta de Manhattan para verla?

¿A la zona alta de Manhattan? ¿Habría perdido Anna la cabeza? Un hombre como él estaba constantemente en guardia, siempre mirando por encima del hombro. Aun sin tener en cuenta sus problemas con Bill y el departamento de policía de la ciudad de Nueva York, había muchos hombres que le harían daño si se les presentaba una oportunidad. Su intención era no ofrecerles ninguna.

—Sabes que prefiero no salir del club.

Anna puso los ojos en blanco.

—Lo cual es absurdo. Tu legión de enemigos no puede seguirte la pista por la noche en un carruaje cerrado.

—Ni siquiera a la luz del día —añadió Jack—. Por si no te acuerdas, hace poco fuiste a un partido de los Giants en el estadio Polo Grounds.

—Porque mantuve una reunión. De negocios.

—Tu relación con la señorita Greene también es un negocio —le recordó—. Todas esas... clases nocturnas.

—En efecto. En su dormitorio —añadió Jack, y Anna se rio.

Mientras se reían a su costa, Clay pensó en lo que había dicho Anna. Podía salir del club, por supuesto. Pero prefería quedarse en él a menos que fuera absolutamente necesario abandonarlo. Así era más seguro. ¡Caray, uno de sus antiguos socios fue asesinado a tiros a plena luz del día tres años antes en Washington Square Park! Y ese hombre solo se encargaba de una serie de casas de apuestas de poca monta.

Sin embargo, las largas noches sin Florence aparecían ante él como una espesa niebla gris. Inertes e insípidas. Un ciclo interminable de tedio. Ella había aportado luz y alegría a su mundo, incluso cuando no se lo merecía; luz y alegría que le serían arrebatadas definitivamente cuando descubriera sus planes para la casa de su abuela.

Eso no le dejaba mucho margen de tiempo.

Seguro que había una forma de verla fuera del club sin que ninguno de los dos se expusiera al peligro. No podía pasear con ella por Central Park, pero existían muchos lugares discretos para ese tipo de cosas.

Además, ¿no era su cumpleaños al día siguiente?

Miró su reloj de bolsillo. En realidad, el día siguiente ya había llegado. Se le ocurriría alguna forma de sorprenderla.

Los cumpleaños solían ser ocasiones divertidas, pensó Florence mientras apuraba el champán de su copa. Esa noche estaban cenando en un comedor privado de Sherry's, su restaurante favorito. Se había puesto su vestido favorito. Y había pedido todos sus platos favoritos.

Así que, ¿por qué la celebración de ese año le parecía tan triste como si un negro nubarrón se cerniera sobre el horizonte?

Nadie estaba especialmente alegre. Su padre, que mantuvo los dientes apretados y se mostraba distraído en todo momento, había estado muy apagado durante toda la cena. Mamie también parecía preocupada, perdida en sus pensamientos y poco comunicativa. Por su parte, ella se había pasado la comida preocupada por Clay y preguntándose cuándo volvería a verlo. Lo que había dejado a Justine y a su madre al cargo de la conversación.

A la hora del postre, estaba claro que nadie deseaba prolongar la velada. Ni siquiera habían acabado de recoger la mesa cuando su padre se levantó para dar por terminada la celebración.

—Querida Florence, feliz cumpleaños. Ahora, si no os importa, mañana tengo una reunión bien temprano. Es mejor que nos vayamos a casa.

—Papá, mamá y tú podéis iros —sugirió Mamie—. Nosotras nos quedaremos y terminaremos el champán.

—¿Estás segura? —preguntó su madre con el ceño fruncido por la preocupación—. No me gusta la idea de que os quedéis las tres solas en un carruaje por la noche.

Florence se clavó las uñas en las palmas de las manos para no reírse como una loca. Si su madre supiera la frecuencia con la que sus dos hijas mayores salían de casa sin acompañante a altas horas de la noche, seguramente le daría un síncope.

—No pasará nada —le aseguró Mamie—. Dentro de un rato ordenaré que nos busquen un carruaje de alquiler.

Su madre miró a su padre.

—¿Qué te parece, Duncan?

—Creo que es mejor que nosotros volvamos a casa en un carruaje de alquiler. Así podréis quedaros todo el tiempo que queráis y George os llevará de vuelta —dijo, refiriéndose al cochero de la familia.

Una vez tomada la decisión, sus padres se despidieron y se marcharon. Los camareros entraban y salían del comedor, retirando la vajilla y la cristalería. Cuando por fin se quedaron solas, Florence le dijo a Mamie:

—Estabas ansiosa por librarnos de ellos.

Su hermana esbozó una sonrisa cómplice, la que usaba cuando ocultaba un secreto.

—Y pronto verás por qué, hermanita.

—Bueno, yo quiero enterarme —dijo Justine—. ¿Qué está pasando?

Mamie se acomodó en su silla, con la copa de champán en la mano.

—A lo mejor solo quería pasar más tiempo con mis hermanas.

—Antes me creo que planeas vender ostras en el Bowery —replicó Florence—. Dime de qué se trata.

En vez de responder, Mamie le entregó a una nota.

Asegúrate de que Florence se vaya sola. Tengo una sorpresa para ella.

M

¿Se podía saber quién...? Y en ese momento cayó en la cuenta de golpe. ¡Clayton! ¿Estaría abajo? La emoción le corrió por las venas, como el champán que había estado bebiendo toda la noche. ¡Por Dios! ¡Qué ganas tenía de verlo!

Sin embargo, la confusión pronto eclipsó su entusiasmo. Clay nunca salía de la Casa de Bronce. No tenía sentido que fuera a Sherry's solo para acompañarla a su casa.

—¿Cuándo has recibido esa nota?

—Durante los aperitivos. —Mamie se miró las uñas como si se las estuviera examinando—. Y desde entonces he mantenido en secreto tu pequeña cita.

—¿Por qué tengo la impresión de que acabaré pagándote este favor?

—Porque eso es lo que vas a hacer. Frank me está ayudando con una mujer de una de las familias a las que yo ayudo en los barrios bajos. La han arrestado, y es posible que necesite desaparecer en ciertos momentos. Así que tendrás que cubrirme las espaldas con papá y mamá.

—¡La han arrestado! —Justine estaba atónita—. ¿Por qué?

—Por asesinar a su marido —contestó Mamie—. Frank está decidido a conseguir su absolución. Pero necesita mi ayuda, así que...

—Por supuesto que la necesita —repuso Florence en voz baja, lo que hizo que Mamie le diera un codazo—. ¡Ay! De acuerdo, me aseguraré de que papá y mamá no sospechen nada.

—Eres la mejor mentirosa de la familia —le dijo Justine—. Tienes un extraño don para encontrar justificaciones en segundos.

—No es difícil. Solo tienes que fingir que pareces saber de lo que hablas. La gente te cree si hablas con confianza. —Arrastró la silla hacia atrás para ponerse en pie—. Y ahora, si me disculpáis, necesito ver quién me espera.

—Creía que era Clayton Madden —dijo Justine, que también se puso en pie.

—Casi nunca sale de la Casa de Bronce —le explicó Florence. Puesta a pensarlo, la posibilidad de que Clay la estuviera esperando le parecía inverosímil. Y teniendo en cuenta el ataque que sufrió el portero la noche anterior, quienquiera que la esperase abajo podría tener un propósito nefasto—. Y últimamente han ocurrido algunas cosas raras. Podría ser otra persona tratando de engañarme.

—En ese caso, deberíamos acompañarte —terció Mamie—. No permitiré que mis hermanas sufran daño alguno.

—Yo tampoco —añadió Justine.

Florence se sintió conmovida por esa muestra de solidaridad familiar.

—Vamos, pues. Apuñalaremos al pobre infeliz con nuestros alfileres de sombrero.

Las tres juntas salieron del comedor privado y bajaron la escalera hasta la planta principal. El restaurante estaba lleno de gente, una mezcla de miembros de la alta sociedad, actores de teatro y compinches políticos. Los camareros vestidos de negro trajinaban de un lado para otro y los comensales mantenían animadas conversaciones a voz en grito. Florence se desentendió del caos y fue directa a la puerta principal.

Una vez en la acera, apenas podía respirar. Justine y Mamie estaban justo a su espalda, pero no las esperó. Echó a andar hacia la Quinta Avenida para buscar el carruaje. Quienquiera que la estuviese esperando no la encontraría temblando en un rincón. ¡No demostraría miedo!

—¿Puedo ofrecerle mi carruaje, señorita? —le preguntó una voz ronca a su espalda.

Se dio media vuelta al instante y jadeó. Clay estaba allí, vestido con un elegantísimo esmoquin. Llevaba un sombrero de copa de seda en la cabeza y un bastón en la mano. Incluso se había puesto una camisa blanca, algo que se alejaba muchísimo de su habitual atuendo negro. ¡Qué barbaridad, su atractivo resultaba hasta pecaminoso! Era como el trueno y la electricidad, una descarga de masculinidad y pasión descarnada. Fue incapaz de pronunciar palabra. Se limitó a mirarlo, petrificada, como si fuera una estatua.

Algún día la expondrían en un museo y en la placa rezaría el título de la escultura: «Mujer estupefacta».

—Sabía que sería usted —dijo Justine. Su hermana pequeña, que no le tenía miedo a nada ni a nadie, se acercó a Clay—. Es Clayton Madden.

—Lo soy. Y usted debe de ser Justine. —La tomó de la mano y le hizo una reverencia (¡una reverencia!); momento en el que Florence pensó que iban a salírsele los ojos de las órbitas—. Y usted es la señorita Greene —siguió, dirigiéndose a Mamie—. Me alegro de volver a verla.

Mamie sonrió.

—En aquella ocasión, no nos presentamos oficialmente.

—Cierto, pero vigilo todo lo que sucede en mi club. No es frecuente que estén a punto de drogar a una mujer en mi sala de juego.

—¿Qué estás haciendo aquí? —le preguntó Florence en voz baja. Su asombro inicial había remitido, pero le costaba creer que Clay estuviera allí, en la Quinta Avenida, charlando con sus hermanas—. ¿No deberías estar en el club?

Un brillo burlón que jamás le había visto asomó a esos ojos oscuros, derritiendo sus entrañas como si fuera un cuchillo caliente atravesando un bloque de mantequilla.

—Me he tomado la noche libre —respondió él—. Se me ha ocurrido que podía darte una sorpresa.

Florence sintió que la cubría un ardiente rubor, que sin duda sería evidente en tres manzanas a la redonda por culpa de su piel clara.

—¿Llevándome a mi casa en carruaje?

—Finalmente, sí. Sin embargo, antes he planeado algo más. —Miró a Mamie y Justine—. Señoritas, ¿puedo robarles a su hermana?

—Encantadas de que se la lleve —respondió Mamie—. Justine y yo daremos un buen rodeo para llegar a casa, por si acaso nuestros padres siguen despiertos.

—Y le diremos a tu doncella que la cena te ha sentado mal —añadió Justine—. Eso te dará un poco más de tiempo.

—Gracias —les dijo Florence antes de enfrentar la mirada de Clay—. ¿De verdad estás aquí?

—Acompáñame y te lo demostraré. Mi carruaje está un poco más adelante.

Tras despedirse con la mano de sus hermanas, Florence permitió que Clay la acompañara a su carruaje. En la Quinta Avenida. A la salida del restaurante Sherry's. Ambos vestidos de punta en blanco. No le parecía real.

Se detuvo junto a un gran carruaje negro cerrado. Un vehículo caro que saltaba a la vista que no era de alquiler. La madera lacada tenía detalles dorados e incrustaciones de perla. Una vez que Clay la ayudó a subir, le dijo al cochero que se pusiera en marcha y la siguió al interior. Su corpulencia resultaba casi cómica en el reducido interior.

—Esta noche estás deslumbrante —dijo con voz ronca—. Me dejas sin aliento.

El cumplido se le metió bajo la piel y le envolvió el corazón. Ningún hombre la había mirado nunca como lo hacía él, con esa intensidad. Con esa pasión. Como si ardiera de deseo por ella. En respuesta experimentó una sensación abrasadora en las entrañas, corriéndole por las venas.

—Tú... —Apenas era capaz de hilar dos pensamientos. Ella, una mujer que nunca se quedaba sin palabras—. Estás muy guapo.

—Gracias.

—¿Qué ha pasado con lo de no comportarte como un caballero conmigo?

Lo vio esbozar una sonrisa torcida, un gesto pícaro y juguetón.

—El día de tu cumpleaños se pueden hacer excepciones, ¿no crees?

—No estaba segura de que te acordaras.

—Por supuesto. Veintidós años. Una edad ciertamente joven, pero desde luego mayor que la que tenías ayer.

Florence se mordió el labio. ¿Quién era el hombre que tenía delante? Estaba viendo una faceta completamente nueva de Clayton Madden.

—¿Adónde vamos? ¿A dar un paseo por la ciudad?

—¡Por favor! ¿Qué clase de regalo sería ese?

—¿Me has comprado un regalo?

—En cierto modo. Pero es una sorpresa.

Se asomó por la ventanilla y vio que se dirigían hacia el sur por la Quinta Avenida. Avanzaban ya por la calle Treinta y cuatro.

—¿Vamos al club?

—Eso sería decepcionante, teniendo en cuenta que es una sorpresa. Ya has visto el club.

—Así que me llevas a un lugar en el que no he estado antes.

Él sacudió la cabeza mientras se reía entre dientes.

—No hay más preguntas. No pienso permitir que lo averigües hasta que lleguemos.

Estaba tan emocionada que casi daba botes en el asiento. No podía recordar la última vez que se divirtió tanto. Aunque era difícil, intentaría frenar su curiosidad por el momento.

—¿Encontrasteis al intruso anoche en la Casa de Bronce?

—No.

—Y ¿cómo está el portero al que golpearon?

—Perfectamente. Las chicas de Anna se han ocupado de su recuperación. Me han dicho que es posible que siga débil durante unas semanas.

Florence se rio.

—En fin, me alegro. Así que puedo volver mañana.

—No, todavía no. Me gustaría que pasaran unos días más para asegurarnos de que fue un incidente fortuito, que no formaba parte de un plan mayor.

—Pero Clay...

—No discutas, Florence. —Alargó un brazo para agarrarle una muñeca. Con un fuerte tirón de su poderoso brazo, acabó sentada en su regazo, pegada a su cuerpo—. Vamos a disfrutar de tu cumpleaños y del resto de la noche. Me muero por meterte mano.

Ella se relajó contra su pecho, ya que el calor de su cuerpo tenía sobre ella el efecto de una droga. La dejaba débil y lánguida.

—Te he echado de menos.

—¡Ay, preciosa mía! Eso no es nada comparado con lo que he sentido yo. —Le colocó una mano en la nuca y la acercó a sus labios.

Estuvo a punto de suspirar al sentirlo pegado a ella. Su boca, ese duro torso y los muslos bajo los suyos. Esos labios tan suaves y carnosos la besaron con avidez antes de que le introdujera la lengua en la boca en busca de la suya hasta hacerla enloquecer.

Cuando se separaron, ambos respiraban con dificultad. Florence le apoyó la cabeza en un hombro.

—Espero que mi sorpresa de cumpleaños contenga más besos como este.

—Muchísimos más —le prometió él—. Todos los que quieras.

—Dime adónde vamos.

Recorrió el borde de su corpiño con la yema de un dedo, acariciándole la piel desnuda y haciéndola temblar.

—Ya casi hemos llegado.

—Mmm... Así que está por encima de la calle Catorce.

—Serás incapaz de adivinar el lugar exacto, así que mejor empiezas a practicar la paciencia.

—Estoy segura de que podría adivinarlo si tuviera suficiente tiempo.

—Así habla una jugadora —replicó mientras la besaba en la coronilla—. Pero no, no lo harías.

Las ruedas se detuvieron y Florence miró por la ventanilla. Estaban en Broadway, justo al norte de Madison Square Park.

—¿Vamos a un hotel? —En esas manzanas había muchos hoteles de lujo, como el de la Quinta Avenida y el Albemarle. Quizá hubiera reservado una suite para pasar la noche.

—En cierto modo —respondió Clay, que alargó un brazo para abrir la portezuela. Tras dejarla en su asiento, se apeó y la invitó a hacer lo propio—. Vamos.

Ella agarró su mano y descendió. Estaban frente al Hoffman House, uno de los hoteles más grandes de la ciudad. La maquinaria política del partido demócrata lo utilizaba como cuartel general no oficial, y casi todas las decisiones importantes de la ciudad se tomaban allí.

Clay la tomó del brazo y se dirigió a la puerta. Sin embargo, no la condujo al vestíbulo. Echó a andar hacia el bar. Un bar exclusivo para caballeros. Los moralistas no paraban de quejarse para que cerraran el Gran Bar del Hoffman House debido al escandaloso cuadro que decoraba una de sus paredes. Tal vez por eso las mujeres tenían prohibida la entrada. ¡Qué tontos! Pensaban que proteger a las mujeres de la desnudez salvaría la sociedad. Y lo único que se conseguía de esa manera era provocar vergüenza e infundir ignorancia.

—Después de ti —le dijo mientras abría la puerta del bar.

—Pero las mujeres tienen prohibida la entrada.

Lo vio agachar la cabeza para decirle al oído:

—Esta mujer en concreto tiene permitida la entrada solo por esta noche.

La emoción le provocó un escalofrío en la columna. La atracción ilícita de lo prohibido. Entró, sin saber qué encontraría. Y descubrió una estancia elegante, tan refinada como cualquier establecimiento público en el que hubiera estado. Las paredes estaban cubiertas por paneles de caoba y los techos eran altos y decorados con frescos. Unas gruesas alfombras orientales cubrían el suelo y rodeaban una barra de madera tallada. Había tapices franceses en las paredes y estatuas desnudas de mármol y bronce expuestas con orgullo.

—Bienvenida, señorita. Buenas noches, señor Madden —los saludó un camarero, que se acercó a ellos. Otros cuatro camareros aguardaban en el extremo más alejado de la estancia—. Si me permiten acompañarlos a su mesa...

En ese momento fue cuando Florence se dio cuenta de que solo había una mesa dispuesta en el establecimiento, situada bajo un dosel de terciopelo rojo. Una cortina roja a juego cubría la pared del fondo y una araña de cristal iluminaba el espacio.

—Gracias —dijo Clay mientras la tomaba del brazo.

Siguieron al camarero hasta la mesa. Florence no paraba de mirar a un lado y a otro, tratando de asimilarlo todo. Ninguna mujer había pisado ese suelo, ni había visto jamás esas paredes. ¿Cómo los había convencido Clay para que le permitieran ser la primera?

Le retiró la silla y ella tomó asiento. ¿Quién era ese hombre de modales impecables, propietario de un casino? Estaba rodeado por capas y capas de misterio. Un misterio que ella esperaba resolver.

—¿Les apetece beber algo? —les preguntó el camarero una vez que Clay ocupó la silla vacía.

—Dos cócteles de la casa, por favor —respondió él—. Y la botella de burdeos de mayor añada que tengas.

—Muy bien, señor.

El camarero se marchó y Florence entrecerró los ojos de forma juguetona.

—¿No debería elegir yo misma qué quiero beber para celebrar mi cumpleaños?

—Créeme, tienes que probar el cóctel de la casa. Según parece, está de moda. —Se inclinó hacia ella—. Además, ¿cuántas mujeres pueden presumir de haberlo probado?

Florence se mordió el labio. ¿Era tan transparente?

—Es el regalo perfecto, Clay. ¿Cómo se te ha ocurrido elegir algo tan inusual para mí?

Sus labios esbozaron una sonrisa, y el buen humor disimuló un poco las cicatrices.

—Una mujer que anhela abrir su propio casino, que seguramente podría ganarme en una partida de cartas, requiere un regalo inusual. —Le levantó una mano, se la llevó a la boca y le rozó los nudillos con los labios—. Y ni siquiera has visto la mejor parte.

20

Antes de que pudiera preguntarle a Clay qué quería decir con eso, el camarero volvió con sus bebidas. Dejó un cóctel para cada uno en la mesa, junto con una copa de vino vacía. Otro camarero se dispuso a abrir la botella de burdeos. Clay levantó su cóctel y esperó a que ella hiciera lo mismo.

—Por ti. Como reza el antiguo dicho irlandés: «Que siempre tengas el bolsillo lleno y el corazón ligero. Que la buena suerte te acompañe por la mañana y por la noche». —Acercó la copa a la suya para brindar.

—Gracias. —«¡Qué labia tiene!», pensó con una sonrisa mientras se llevaba la copa a la boca y bebía un sorbo. El cóctel era fuerte, con sabor a ginebra y naranja, pero delicioso—. ¿Qué lleva?

—Ginebra, vermut seco y angostura de naranja. ¿Te gusta?

Ella asintió con la cabeza.

—Pues sí. Nunca había probado nada igual.

El camarero se enderezó tras llenarles las copas de vino.

—¿Desean algo más?

—No —respondió Clay, poniéndose en pie. Sacó un fajo de billetes del bolsillo del esmoquin y se lo entregó al camarero—. Si pudieras asegurarte de que nadie nos molesta durante el resto de la noche, te lo agradeceremos.

—Gracias, señor. Puede estar seguro de que así será.

El camarero invitó al resto del personal a abandonar la estancia. La puerta de acceso al vestíbulo del hotel se cerró tras ellos, dejándolos completamente solos.

—No entiendo —dijo ella mientras Clay se sentaba—. ¿Has reservado el bar entero para nosotros?

—Sí. ¿Estás lo bastante impresionada?

—Muchísimo.

—¿Así que no debo descorrer esa cortina de terciopelo? —le preguntó él al tiempo que señalaba la tela roja que cubría la pared situada frente a ellos.

La emoción corrió por sus venas, provocándole un cosquilleo.

—¿Ese es el cuadro?

—Sí. ¿Seguro que tus inocentes ojos podrán soportarlo?

—Después de la escena del dormitorio en el burdel de Anna, ¿de verdad necesitas preguntarlo?

—No, supongo que no. Y soy consciente de que esto no será lo mismo, pero es posible que se le acerque. —Se inclinó hacia ella para besarla en una mejilla, y su aroma, a tabaco y pino, la envolvió.

Florence cerró los ojos e inspiró hondo. Era tan potente como el cóctel que tenía en la mano.

Una vez que apuraron las bebidas, Clay se levantó y echó a andar hacia el cordón de la cortina mientras ella se maravillaba de lo mucho que ese hombre había llegado a significar para ella. Era más que su amigo y amante. Más que un mentor. Lo era todo.

La primera persona con la que deseaba hablar cada día.

La persona a la que anhelaba besar mañana, tarde y noche.

La persona que echaba de menos con un dolor físico en el corazón.

«¡Por Dios Bendito! ¿Me estoy enamorando de él?», se preguntó.

¡No! No podría haber elegido peor momento para ese tipo de pensamientos. Todo su futuro dependía de ser independiente, de tomar sus propias decisiones. De dirigir su propio casino. No podía permitir que nadie le arrebatase eso, ni siquiera Clay.

Y él tampoco le había confesado su amor eterno exactamente. Más bien todo lo contrario. «A mí solo me interesa lo pasajero». Clay se lo había advertido y ella no le había hecho caso.

Así que no, no era tan tonta como para enamorarse de un hombre que nunca la querría, ¿verdad?

Dejaría esas reflexiones para el día siguiente. Esa noche estaba celebrando su cumpleaños. Estaban juntos en ese lugar, y se limitaría a disfrutar. Las recriminaciones podían esperar un día.

Clay tiró del cordón de la cortina y la tela se abrió, descubriendo un enorme cuadro de más de dos metros de altura. ¡Aquello era demasiado! La brillante luz de la araña iluminaba la considerable cantidad de carne desnuda que tenía delante.

—¡Por Dios! ¡Qué barbaridad!

En vez de regresar a su silla, Clay se acercó a ella. La levantó, pero en vez de llevarla a otro lado, tomó asiento y la invitó a acomodarse en su regazo. Ella se apoyó en su amplio torso, de espaldas a él, y juntos contemplaron el cuadro.

Cuatro voluptuosas mujeres desnudas rodeaban a un sátiro a la orilla de un río. Se burlaban de él, intentando arrastrarlo al agua, pero él se resistía.

Había pechos y nalgas, pero casi todos los genitales estaban cubiertos. En general, no parecía tan escandaloso. Tenía barajas de cartas debajo de su cama más eróticas que eso. Sin embargo, era de una belleza incuestionable, con esa representación de fuerza tanto masculina como femenina.

—Se llama *Ninfas y Sátiros*. Lo pintó un francés, Bouguereau —dijo Clay—. ¿Te gusta, mi pequeña voyerista?

—Es precioso. Aunque no entiendo a qué viene tanto alboroto. El cuadro no es tan impactante como pensaba.

—Nunca lo son.

—Entonces, ¿por qué no dejan entrar a las mujeres para que lo vean?

—Tal vez no desean darles ideas. —Le acarició la cintura por encima de la ropa, casi como si no pudiera evitarlo.

—¿Para que secuestren a un sátiro, quieres decir?

—No, para que luchen. ¿No entiendes lo que está pasando?

Florence analizó la escena con más detenimiento.

—Parece que las ninfas están intentando aprovecharse del sátiro y que él se resiste.

—No exactamente. En la mitología griega, las ninfas habitaban en los arroyos y los bosques. Los sátiros son la representación del hedonismo y el placer masculinos, y casi siempre aparecen con una erección. A este sátiro lo han sorprendido espiando a un grupo de ninfas que se estaba bañando. Si miras, verás al resto de las ninfas al fondo, observando. Las más valientes, las que están en primer plano, van a tirarlo al agua para que se refresque.

Eso sí tenía sentido.

—Se han unido para castigarlo.

—Exactamente. —Su cálido aliento le rozó la sensible piel del cuello antes de que lo hicieran sus labios—. Una ninfa no puede hacer nada, pero muchas pueden convertirse en una fuerza invencible.

—¡Ah! Por eso crees que este cuadro nos daría ideas a las mujeres. —Florence suspiró al sentir que sus labios empezaban a recorrerle la piel. El calor se extendió por su cuerpo, y estuvo a punto de derretirse.

—¿Se te ocurre alguna? —le preguntó al tiempo que subía una mano por su torso hasta llegar al pecho, uno de los cuales le acarició con la palma, haciendo que arqueara la espalda. ¡Maldita fuera toda la ropa que llevaban en ese momento!

Sentía la presión de su erección en la parte baja de la espalda. Movió un poco las caderas para torturarlo.

—Creo que a ti te ha inspirado.

—Mmm... Efectivamente. Pero claro, cerca de ti, siempre se me ocurre algo. —Le lamió el cuello y después le hundió los dientes en la delicada piel—. ¿Qué crees que pasa después en la escena?

Ella jadeó y se agarró a sus antebrazos para estabilizarse mientras cerraba los ojos.

—Que tiran al sátiro al agua.

—Vamos... ¿No se te ocurre nada mejor? —Recorrió el borde de su corpiño con la punta de un dedo y sintió que se le endurecían los pezones bajo la caricia. Un deseo palpitante se extendió por su cuerpo, aunque era más evidente entre sus muslos. Clay le mordisqueó el lóbulo de la oreja—. ¿Las ninfas se quedan insatisfechas o el sátiro las complace?

—¿A todas?

—Quizá no a todas —le respondió él sin alejar la boca de su oreja mientras buscaba el bajo de sus faldas con una mano. Tras agarrar la tela, tiró de ella, dejando al descubierto sus piernas—. Quizá había una ninfa rubia que le llamó la atención, una con los ojos verdosos y sin miedo alguno.

¡Ay, Dios! Tomó una bocanada de aire, casi mareada por el hechizo que él estaba tejiendo. Era difícil recordar que se encontraban en un restaurante y no en su habitación. Cuando las faldas le llegaron a las rodillas, detuvo el avance de su mano.

—¿Y si vuelven los camareros?

—La puerta está cerrada. Nadie nos molestará. Relájate, preciosa. —El aire frío le llegó a los muslos mientras él le levantaba las faldas hasta la cintura—. Bueno, ¿por dónde íbamos?

—Por la ninfa rubia —susurró ella.

—Sí, la ninfa valiente y sin miedo a la desagradable apariencia del sátiro y a su lujuria. Por alguna extraña razón parecía preferirlo a todos los demás. —Clay alargó las manos para separarle los muslos, de manera que sus pies quedaran a ambos lados de los suyos. Estaba totalmente expuesta, a su merced—. Y era tan hermosa que el sátiro se sentía indigno de ella.

Ese detalle consiguió llegarle al cerebro, pese al deseo que la abrumaba.

—Eso es ridículo...

—Chitón —la silenció mientras buscaba con una mano la abertura de sus calzones—. Esta es mi historia. —Unos dedos largos se deslizaron por el vello rizado de su pubis—. ¡Joder! Puedo oler lo excitada que estás —masculló al tiempo que le daba otro mordisco, arrancándole un gemido.

—¿Por dónde ibas?

—Lo siento. La ninfa rubia era inteligente, mucho más inteligente que el sátiro. —Exploró sus pliegues con un dedo, pero sin llegar a rozar siquiera allí donde más deseaba que la tocara, atormentándola—. Así que se lo llevó bien lejos de los otros sátiros y las demás ninfas, consciente de que el sátiro no podría resistirse.

La yema de un dedo pasó por encima de su clítoris, y ella se sobresaltó. «¡Repítelo, por favor!», pensó.

Acto seguido, le lamió el cuello y le dio un beso con los labios separados mientras cubría su sexo con la palma de la mano, lo que hizo que ella levantara las caderas para sentirlo donde más lo necesitaba.

—Clay...

—Y una vez que estuvieron solos —siguió—, la ninfa demostró ser juguetona y traviesa; la chispa de alegría que le faltaba a su solitaria vida. —La penetró con un dedo, llenándola despacio con su grosor.

—¡Ay, Dios! —susurró ella con los ojos cerrados al tiempo que echaba la cabeza hacia atrás para apoyarla en uno de sus hombros. No podía moverse, no podía pensar; solo podía desearlo. Las piernas le temblaban, y sus músculos internos se tensaban para que le diera más cada vez que ese dedo se movía.

—Al final, la ninfa le permitió tocarla y fue la experiencia más dulce y erótica que el sátiro había experimentado en toda su vida. —Le presionó el clítoris con la palma de la mano, moviéndola en círculos mientras su cálido aliento le rozaba la oreja—. El sátiro la tenía dura, durísima, cuando por fin ella separó los muslos y lo acogió en su interior. El placer estuvo a punto de matarlo, por lo ardiente y estrecha que era la ninfa, cuyo cuerpo se cerró a su alrededor y lo presionó para sentirlo bien adentro.

La penetró con un segundo dedo, y Florence elevó las caderas para recibirlo. La presión de su mano era maravillosa; le parecía algo necesario. Siguió moviendo los dedos, cada vez más rápido sin dejar de acariciarle el clítoris con la palma de la mano. La electricidad corría por sus venas. Se estaba fraguando una tormenta en su interior.

—La ninfa se corrió con fuerza y le clavó las uñas al sátiro en la espalda. Su cuerpo lo presionaba, alentándolo a que se corriera en su interior. Encantado de satisfacerla, se dejó llevar y empezó a moverse hasta llenarla con su semen.

Sus palabras eran tan escandalosas como sus dedos, y no parecía dispuesto a detener ninguna de las dos cosas. Florence se agarró a él, sin saber lo que hacía a esas alturas. En ese momento, él dobló los dedos con los que la penetraba y el orgasmo fue incontenible. Sus caricias la llevaron a las cotas más altas de placer, haciendo que se olvidara de todo lo demás. Se estremeció mientras el placer se prolongaba, y al final acabó desplomándose contra él.

Clay siguió besándola con suavidad y ternura en el cuello, pese a la obvia erección que aún tenía.

—Feliz cumpleaños, preciosa —le susurró contra la piel.

Florence soltó una especie de carcajada que bien podría ser un resoplido.

—Gracias, Clay.

—De nada, aunque eso ha sido tanto para ti como para mí. —Apartó los dedos de su cuerpo y se los llevó a la boca. Tras introducírselos en ella, gimió y cerró los ojos con cara de estar disfrutando de su sabor.

Ella colocó bien las piernas para poder inclinarse hacia él. Clay estaba sonrojado y tenía tensos los músculos del cuello. Parecía un hombre al límite. Tras colocarle una mano en el torso la fue bajando poco a poco.

—¿Te cuento yo ahora una historia?

—No —contestó él con un largo suspiro—. Me encantaría que lo hicieras si estuviéramos en el club, en la intimidad de mis aposentos. Pero dado que estamos en público y no puedo hacerle a tu cuerpo desnudo todo lo que deseo, me temo que es mejor que te acompañe a casa.

—¿Estás seguro?

—Mucho. —La puso en pie y después se levantó él—. Además, quería consentirte el día de tu cumpleaños.

—En ese caso, te devolveré el favor cuando llegue el tuyo.

Atisbó la extraña expresión que apareció en su rostro; una expresión que no supo descifrar. Sin embargo, agachó la cabeza y le dio un beso fugaz en la boca.

—Lo estoy deseando. Ahora, vamos a llevarte a casa.

Clay acompañó a Florence a la salida. Estaba para comérsela, un poco despeinada y con los labios hinchados por sus besos. Nunca le había parecido tan hermosa. Si pudiera quedársela, tenerla a su lado para toda la eternidad, lo haría.

Sin embargo, ningún hombre la merecía menos. Se había movido por los márgenes de la clase criminal de la ciudad durante la mayor parte de su vida. Había hecho muchas cosas de las que no estaba orgulloso con tal de sobrevivir. Regentaba un imperio de avaricia y corrupción del que dependían cientos de personas.

Algún día, una vez que se hubiera vengado de su padre, tal vez podría dejar atrás el negocio y los casinos. Podría olvidarse de las casas de apuestas, de los juegos de azar, de los tramposos y de los libros de cuentas. Podría encontrar un modo de vida normal en el que no estuviera mirando por encima del hombro todo el tiempo.

Para entonces, Florence ya se habría ido.

Pasó por alto la opresión que sentía en el pecho y la condujo hasta la puerta. Sin embargo, antes de que pudiera abrirla, ella le dio un tirón para detenerlo. Le acarició una mejilla con una mano y se miraron durante un buen rato. Nunca había sentido tanta paz, nunca se había sentido tan comprendido como cuando estaba con esa mujer. Empezaba a sentir en su interior el extraño impulso de tomarla en brazos y subirse al primer tren que partiera hacia el oeste para escapar de la vida que había creado para sí mismo.

Ella se humedeció los labios y dijo con la voz más ronca que antes:

—Clay, gracias. Ha sido..., ha sido perfecto.

—Quería que tuvieras algo único y memorable. Espero que nunca lo olvides. —«Espero que nunca me olvides», añadió para sus adentros.

Ella se puso de puntillas, y le dio un beso fugaz en los labios.

—Imposible. Siempre lo recordaré. Has hecho que este sea el mejor cumpleaños de mi vida.

El halago hizo que se le hinchara el pecho por el orgullo y que le ardiera la piel. Tenía que sacarla de allí rápidamente, o de lo contrario acabaría alquilando una suite y nunca se irían. Llegó a la puerta, la abrió para que ella pasara y de repente Florence se detuvo en el vano, bloqueando la salida.

—Florence...

En ese momento, vio por qué se había detenido.

Duncan Greene y Bill el Grande se encontraban junto a su carruaje, en la calle, esperándolo. La rabia demudaba la cara de Duncan, una imagen temible, mientras que la sonrisa de Bill dejaba claro que estaba disfrutando de todo aquello. Ese malnacido le había ido con el cuento de lo suyo con Florence.

Ese era el final, entonces. Esa noche terminaba su relación con ella. El descubrimiento le provocó el deseo de golpear algo.

«Sabías que este día iba a llegar», se recordó.

Sí, lo había sabido siempre. Nunca había habido esperanza alguna de evitarlo, en realidad.

«Pero deseaba más tiempo».

Ese pensamiento flotó en el aire frío de Manhattan como la niebla, inalcanzable y etéreo. Habría dado exactamente igual que deseara volar.

Rodeó a Florence y se metió las manos en los bolsillos del pantalón. Miró fijamente a Duncan.

—Buenas noches, caballeros.

—Date media vuelta y vuelve a entrar —replicó Duncan Greene entre dientes—. No pienso mantener esta conversación en la calle.

—Papá... —comenzó Florence, que al parecer había salido de su estupor.

—¡Dentro! —exclamó su padre—. Ahora mismo, Florence.

Ella se dio media vuelta en el acto y regresó al interior del restaurante. Clay esperó, inmóvil, mientras Bill pasaba frente a él.

—Te lo advertí —dijo el ayudante del superintendente—. Pero no me hiciste caso.

Clay no se molestó en responder. Ya se ocuparía de Bill más tarde. En ese momento, lo más importante era Duncan Greene, que se acercó a él con los puños apretados. Tenía todo el cuerpo tenso por la furia mientras se abalanzaba sobre él.

—Entra antes de que te rompa el maldito mentón —masculló el padre de Florence.

—Me gustaría que lo intentaras —se burló él—. Te lo advierto, no peleo según tus reglas de Queensberry. Las mías las aprendí en las calles del Lower East Side, donde los hombres como tú no durarían ni un puto día.

Duncan lo apuntó a la cara con un grueso dedo.

—Entra, Madden. O haré que Bill te detenga aquí mismo en la calle.

—¿Con qué excusa?

—¿Importa acaso? Hará lo que yo le diga, y tú te pasarás unas semanas en Las Tumbas. ¿Quieres que ese sea el último recuerdo que ella tenga de ti?

Clay lo miró, sin pestañear, furioso porque había jugado la única carta que no podía rechazar: Florence. Tras volverse, agarró el pomo de la puerta y entró. Florence estaba de pie en medio de la estancia, tan blanca como un fantasma y abrazándose la cintura con los brazos. Sus ojos se movían entre él y su padre, que acababa de cerrar la puerta al entrar.

Duncan frunció el ceño nada más echarle un vistazo al interior del establecimiento. Se había fijado en la íntima mesa para dos, en los cócteles y en el vino. Cualquier imbécil sabría lo que había ocurrido allí esa noche, salvo el detalle de que Florence se había corrido en su regazo.

Ese recuerdo era solo suyo, y pensaba saborearlo en las largas noches que se avecinaban.

—Papá, puedo explicártelo.

Duncan cruzó los brazos por delante de su corpulento pecho.

—¿De verdad puedes hacerlo, Florence? Porque te lo advierto: hoy no estoy de humor para tus mentiras, para que me mientas otra vez.

Clay vio cómo se le movían los músculos de la garganta mientras ella tragaba saliva. Florence pareció encogerse y sintió que algo se retorcía en su pecho. Se movió para interponerse entre ella y su padre.

—Enfádate conmigo, Duncan. No con Florence.

—¡Ah, no sabes lo enfadadísimo que estoy contigo, Madden! ¡No tienes ningún derecho a tocar a mi hija! —Su voz fue subiendo de volumen hasta terminar en un rugido. Estaba casi morado por la furia.

Clay permaneció tranquilo, con los hombros relajados. Se había enfrentado a suficientes hombres furiosos como para saber que debía mantener la cabeza fría.

—Sin importar lo que creas que es esto, te prometo que no lo es. Me preocupo por tu hija.

—Mentiroso. Esta es otra forma de vengarte de mí, utilizando a mi hija. Destrozando su reputación.

—No, papá —replicó Florence, que se puso a su lado—. Clay me ha estado dando clases. Me ha estado enseñando a manejar un casino.

Su padre dio un respingo.

—¿Has buscado a este criminal para que te dé clases? ¿¡Te has vuelto loca!?

Los músculos de Clay se tensaron y dio un paso hacia Duncan.

—Como sigas gritándole, te estampo un puñetazo en la boca, seas su padre o no.

Duncan miró a su hija.

—Piensa, Florence. ¿No te das cuenta de quién está intentando derribar la casa de tu abuela para poder construir otro casino? ¿Aún no te has dado cuenta?

—¿Otro casino? No lo entiendo.

—Te está usando como venganza contra mí.

—¿Crees que Clay está intentando derribar la casa de la abuela? —Empezó a reírse y lo miró—. Eso es ridículo.

Clay no se unió a sus carcajadas. En cambio, se quedó allí quieto, con el cuerpo preparado para recibir el golpe. Las acusaciones eran ciertas. Duncan no había mentido. Y todos los presentes, salvo Florence, lo sabían.

Pronto se daría cuenta de que él le había ocultado eso, de que era un monstruo. Un malnacido egoísta. Pronto descubriría que la venganza le importaba más que cualquier otra cosa. Incluso ella.

«No tenía por qué acabar así», se dijo.

Falso. Nunca había habido alternativa. Así que esperó, con la garganta ardiendo por las explicaciones que no quería dar. Era demasiado tarde para volverse atrás.

Y vio en su rostro que estaba a punto de perderla para siempre.

La estancia estaba en silencio. Un silencio absoluto. El tipo de silencio que decía a voces que todos conocían el final de la historia y que solo una pobre imbécil estaba tratando de entenderlo todo.

Ella era la tonta, se dijo Florence.

La verdad estaba en la decepción y en el disgusto de su padre. En la expresión ufana del policía. En los ojos vacíos de Clay.

Ni siquiera había intentado defenderse.

«Porque sabe que no puede».

Se le cayó el alma a los pies. El lugar donde se encontraba parecía burlarse de ella, ese elegante escenario de seducción y romanticismo que él había orquestado esa noche. ¿Cómo podía un hombre tan tierno, tan cariñoso, haber tramado el plan para robar la casa de su abuela a sus espaldas? Le había explicado lo que esa casa significaba para ella y su futuro. ¿Cómo había sido capaz de seguir adelante con su plan después de oírla?

Tal vez había entendido mal. Tal vez su padre estaba equivocado.

—No —susurró al tiempo que negaba enfáticamente con la cabeza—. No puede ser. ¿¡La casa de mi abuela!?

Clay siguió en silencio, con una mirada pétrea clavada en su padre. Estaban librando una batalla en la que ninguno pensaba ceder, y ella estaba atrapada en medio.

Tenía que hablar con Clay, a solas. Seguro que había algo más que lo que su padre creía.

—Papá, me gustaría hablar un momento a solas con Clay.

La expresión de su padre se endureció.

—Por encima de mi cadáver. Sube al carruaje ahora mismo o te sacaré de aquí a rastras.

—Por encima de mi cadáver —le soltó Clay, repitiendo sus palabras.

—No tengo ningún problema en hacerlo —repuso su padre, que hizo ademán de quitarse la chaqueta con el ceño fruncido y una mirada furiosa y relampagueante en los ojos—. Tal vez le ahorre la molestia a los demás y te estrangule aquí mismo con mis propias manos.

—¡Papá, para! —Se interpuso entre ellos, dándole la espalda a Clay—. Cinco minutos. No te pido más.

—No te dejaré a solas con él.

Detestaba hacerlo, pero tenía que señalar lo obvio.

—He estado a solas con él toda la noche. Unos minutos más no cambiarán nada.

Su padre se abrió la chaqueta al poner los brazos en jarras.

—¡De acuerdo, maldita sea! Cinco minutos. Pero antes de irme, quiero decirte un par de cosas, Madden. —Se inclinó hacia él, y le dijo con una voz amenazante que ella no le había oído usar jamás—. Seducir a mi hija ha sido algo muy bajo, incluso para ti. Pero escúchame bien: como vuelvas a acercarte a menos de tres metros de ella, nada me impedirá enterrarte.

En los labios de Clay apareció una mueca desdeñosa.

—Lo intentaste hace veinte años, Greene. No funcionó entonces y estoy seguro de que no funcionará ahora.

—¡Te he dicho que no fue culpa mía!

—Un momento, ¿de qué estáis hablando? —quiso saber Florence, mirándolo a uno y a otro—. ¿Qué pasó hace veinte años?

El silencio se prolongó durante un minuto eterno. Clay se limitó a mirar a su padre, mientras su enorme cuerpo temblaba por la rabia.

—¿Por qué no se lo dices? Sin duda le encantará que seas tan altruista.

—Aléjate de ella —masculló su padre—. Y aléjate de la casa de mi madre.

—Demasiado tarde —replicó Clay con una sonrisa—. Ya han aprobado el proyecto y espero que la construcción comience en el plazo de un mes. Pronto habrá mucho ruido y polvo en esa manzana.

—Yo no estaría tan seguro de eso —repuso su padre con otra sonrisa, aunque su expresión era más bien arrogante y ufana—. Cinco minutos, Florence. Y después entraré de nuevo.

Su padre y Bill se marcharon, y la puerta se cerró de golpe tras ellos. Florence sentía que la cabeza le daba vueltas. ¿Qué acababa de pasar allí?

Apretó los puños y se enfrentó al hombre que había llegado a significar tanto para ella.

—Es verdad, ¿a que sí? Eres tú quien está demoliendo todas las casas de la manzana de mi abuela para poder construir un casino.

—Nunca te he mentido —masculló—. Nunca...

—Lo único que me dijiste fue que tu venganza no era física ni económica. ¿En qué sentido mejora eso las cosas? ¡Clay, es la casa de mi abuela!

—Es, ni más ni menos, lo que se merece tu padre.

—¡Ah! Entiendo. Ahora es cuando intentas justificar por qué vas a romperle el corazón a mi abuela y a sabotear mi futuro.

Vio el terrible rencor que asomaba a sus ojos.

—No necesito justificarme. Ni ante ti ni ante nadie.

La sorpresa la hizo jadear, separando los labios. Esas palabras tan bruscas habían sido como un golpe, y su cuerpo se sacudió por el impacto.

Su reacción debió de afectarlo, porque se pasó una mano por el pelo y cambió el peso del cuerpo de un pie a otro. Acto seguido, añadió con voz más suave:

—No te estaba utilizando como parte de mi venganza. Este plan lleva años en marcha.

—¿Cómo quieres que te crea?

—Nunca te he mentido. Ni una sola vez.

—Mentir por omisión es mentir.

—Sabes de esto más que nadie, salvo Jack. Pese a todo, lo que ha pasado entre nosotros ha sido sincero.

No estaba segura de poder creerlo. Antes de poner en claro sus sentimientos, debía saber de qué estaban hablado Clay y su padre.

—Todavía no entiendo lo que hizo mi padre hace veinte años. Dime qué fue tan terrible que te ha impulsado a planear durante años...

—¡Se acabó el tiempo! —gritó su padre mientras golpeaba la puerta del bar—. Salid ahora mismo o echaré esta puerta abajo.

Ella mantuvo la vista clavada en Clay.

—Me debes una explicación.

—No hay ninguna. Si esperas descubrir que soy el héroe de este melodrama, te vas a llevar una gran decepción.

—¡Ahora mismo! —gritó su padre—. Os doy diez segundos. Diez. Nueve. Ocho...

La cuenta atrás continuó. Los años de experiencia le decían que su padre nunca iba de farol. Echaría la puerta abajo en cuanto terminara de contar. Y tal vez se lo permitiría si no fuera la primera mujer en haber puesto un pie en el Gran Bar del Hoffman. Si el local acababa sufriendo daños esa noche, el mundo la culparía a ella. Y después no permitirían que otra mujer lo pisara. Nunca más.

«No está todo dicho. Obtendré mis respuestas», se dijo.

Echó a andar hacia la puerta. Antes de abrir el pestillo, miró a Clay por encima del hombro.

—Nunca he pedido un héroe. Solo quería un compañero.

Tras abrir el pestillo, giró el pomo y salió.

21

—Ya no tienes tantos humos, ¿verdad?

Clay parpadeó a la tenue luz de las farolas y se volvió hacia la voz. Bill. ¡Por Dios! Casi se le había olvidado que el policía formaba parte de esa pesadilla.

—¿Ahora es cuando te regodeas? Porque si es así, te aconsejo que no pierdas el tiempo.

—Te lo dije. —Bill se apartó del edificio de ladrillo y echó a andar hacia él—. Te dije que te arrepentirías si me quitabas la casa. Si destrozabas mi matrimonio. Te mereces todo lo que ha pasado esta noche.

Clay se esforzó por no abalanzarse sobre el otro hombre y estrangularlo.

—No vas a recuperar ni tu casa ni a tu mujer. Esto no te ha ayudado en nada.

Bill sacó barriga, seguramente para abultar más. Una táctica intimidatoria clásica que él mismo empleaba, pero con los hombros.

Sin embargo, no se dejaría intimidar, mucho menos por ese hombre.

Se mantuvo firme y cruzó los brazos por delante del pecho.

—Has jugado tu única baza, Bill. La has jugado... y has perdido. Ya no tienes nada con lo que presionarme.

—Salvo arrestarte y meterte en la cárcel.

—Mis abogados me sacarían en menos de una hora. Es una pérdida de tiempo para todos.

—A estas horas, les costaría encontrar a un juez que te suelte. Me tienta hacerlo solo porque puedo.

—¡Menuda estupidez, joder! —No estaba de humor para aguantar esas tonterías. Bill le había costado otra noche con Florence, y en su cumpleaños, nada más y nada menos. La noche estaba siendo perfecta..., y en ese momento se había ido al garete. Nunca volvería a hablar con él.

«¡Clay, es la casa de mi abuela!».

Se dio media vuelta y echó a andar hacia su carruaje. Al menos podía ir al casino y perderse en las toneladas de papeleo que lo esperaban.

—¡Me lo pusiste demasiado fácil para encontrar tu punto débil! —gritó Bill—. Solo tuve que crear una amenaza en el casino, y allá que salió ella a toda prisa de tu brazo.

Se paró en seco al oírlo y se volvió despacio hacia el ayudante del superintendente.

—¿Qué quieres decir con eso de que creaste una amenaza en el casino?

—El chico que tienes en la puerta. Ni vio venir el golpe. Supusiste que era un intruso y sacaste a tu amante del casino en un carruaje, para protegerla de cualquier mal. Así es como supe que te la estabas tirando.

¿El ataque a Johnny el Niño había sido... obra de Bill? ¡Maldito fuera! Nunca hubo un intruso. Bill quería comprobar si Florence estaba en el casino y así exponer su relación.

La rabia le corrió por las venas y se le tensaron todos los músculos. Se abalanzó sobre el policía, decidido a derribarlo, y chocaron hasta caer en la acera. Era muy rápido con las manos, de modo que consiguió asestarle dos puñetazos en la barbilla antes de que Bill pudiera defenderse.

Lucharon en el duro suelo. El policía se puso encima durante un segundo y aprovechó el momento para golpearlo en la garganta. Clay se quedó aturdido el tiempo justo para que lo hiciera rodar hasta dejarlo bocabajo y sujetarle las manos a la espalda.

—Me has asaltado. Así que voy a arrestarte.

Intentó zafarse, pero Bill le agarraba los brazos con fuerza, por no mencionar la rodilla que le estaba clavando en la base de la espalda.

—Haré más que asaltarte en cuanto tenga la oportunidad —rugió—. Te...

—¿También me estás amenazando? Porque lo añadiré a los cargos.

Clay rugió de nuevo e intentó zafarse del policía, pero no le puso demasiado interés. Florence se había ido. ¡La había perdido! Se había imaginado ese momento muchas veces, pero el dolor que sentía era muchísimo peor de lo que había previsto.

La rabia lo abandonó y se quedó inmóvil, lo que le valió un puñetazo en los riñones. Se le nubló la vista un largo segundo mientras el dolor lo atravesaba. Cuando pudo respirar de nuevo, Bill se había puesto en pie y lo había levantado del suelo.

Sin soltarlo, lo llevó hasta un carruaje que esperaba.

—¡Oh! ¡Cómo voy a disfrutar de esto! El famoso Clayton Madden pasando la noche en el calabozo. Vas a ser toda una celebridad.

—Imbécil pomposo —replicó él, aunque no se molestó ni en decirlo con furia. Podían intentar humillarlo, pero esa no era su primera detención. Seguramente tampoco sería la última. Sabía cómo funcionaba el sistema. Cuanto más ruido hiciera, más violentos se pondrían los policías, ya que tendrían una justificación. Si mantenía la calma, podría llamar a sus abogados para que lo soltaran rápido.

Aunque, la verdad, ¿qué prisa había? Salvo para salvaguardar su orgullo, claro.

Cuando lo sacaran, volvería a una cama fría..., una cama que permanecería en ese triste estado ya que Florence se había ido. La Casa de Bronce le recordaría su sonrisa traviesa, sus ojos chispeantes. La oiría en cada rincón; un susurro que lo atormentaría hasta el fin de los días. Era demasiado deprimente como para pensarlo.

Tal vez Bill le hubiera hecho un favor. Pasar la noche en una celda era muchísimo mejor que intentar ahuyentar los recuerdos de la mujer a la que había perdido.

El trayecto hasta la zona alta de la ciudad se hizo en un tenso silencio.

Florence casi palpaba la rabia de su padre mientras volvían a casa. Él tenía la vista clavada al otro lado de la ventanilla, con los dientes apretados, en silencio. A medida que avanzaban, las casas eran cada vez más grandes y con más espacio entre ellas, y la furia brotaba de su padre en oleadas. El silencio le parecía estupendo. Lo último que necesitaba era que le gritase en un espacio tan reducido.

Así tenía tiempo para pensar. La mente le daba vueltas por las preguntas y las recriminaciones, no dejaba de girar, con la misma rapidez que las ruedas del carruaje. La rabia y la tristeza pugnaban en su interior.

«Lo que ha pasado entre nosotros ha sido sincero».

¿Cómo era posible cuando él había guardado ese secreto todo ese tiempo? No se había olvidado de su venganza, ni siquiera después de que le contara lo que la casa de su abuela significaba para ella. ¿Qué clase de hombre hacía eso?

«Uno al que no le importas lo más mínimo, está claro».

Sintió un nudo en la garganta y temió echarse a llorar delante de su padre.

«La ninfa demostró ser juguetona y traviesa, la chispa de alegría que le faltaba a su solitaria vida».

Mentira, todo mentira.

Al cabo de poco tiempo, se detuvieron bajo el pórtico de entrada de la residencia de los Greene. Como deseaba estar sola, Florence no esperó a que el lacayo le abriera la portezuela y desplegara los escalones. Se apeó sin ayuda y corrió hacia la entrada.

La casa estaba en silencio a esa hora, y oía a su padre a su espalda.

—Florence, quiero hablar contigo. —No esperó su respuesta, se limitó a echar a andar hacia su gabinete.

Con el alma en los pies, lo siguió. El gabinete, situado en la parte posterior de la casa, era una estancia que usaba su padre exclusivamente. Le gustaba estar solo mientras trabajaba y era famoso por sus enfados si lo interrumpían. Sin embargo, Florence era quien más tiempo había pasado allí, ya que prefería dar los sermones y las regañinas en ese santuario masculino.

Suspiró.

La estancia era como una tumba, oscura y en silencio, ya que la máquina del teletipo permanecería congelada hasta el día siguiente. Una tira de papel blanco se había amontonado en el suelo, sin comprobar. Se sentó en uno de los sillones emplazados frente a la mesa, mientras que su padre la rodeaba para acomodar su voluminoso cuerpo en el sillón situado al otro lado.

—Por si antes no he sido lo bastante claro, vas a mantenerte alejada de Clayton Madden y de la Casa de Bronce.

Abrió la boca..., y su padre levantó una mano.

—No me discutas, jovencita. No se te ha perdido nada en un casino, y mejor no hablar de ese hombre. A tu madre le daría un síncope si se enterase.

—¿Piensas decírselo?

—No. Le partiría el corazón, razón por la cual te ordeno que te olvides de este asunto. Se acabó lo de escabullirse para estar con Madden. Se acabó lo de visitar casinos. ¿Queda claro?

—¿Qué pasó entre Madden y tú hace veinte años?

—No es de tu incumbencia. Basta decir que he encontrado la manera de pararle los pies a Madden. No le echará el guante a la casa de tu abuela.

En fin, eso era un alivio.

—¿Cómo lo has conseguido?

—¿Recuerdas los documentos que tu abuela te dio el otro día? —Después de que ella asintiera con la cabeza, su padre siguió—: Resulta que el ayuntamiento desea construir un colegio en esa manzana. Declararán un interés prioritario en la casa y en los terrenos circundantes. De hecho, el señor Crain vendrá mañana con los documentos para que los firme. Madden no conseguirá nada..., y me muero por verle la cara cuando se lo diga.

¿Un colegio? ¿Eso quería decir que al final derribarían la casa?

—¿Y en qué ayuda eso exactamente?

—Tu abuela ya ha accedido. Se mudará a Newport para vivir. La casa quedará en manos de una obra de caridad. Lo más importante es que Clayton Madden no consigue absolutamente nada.

—Pero ¿por qué es...?

—Florence, deja que me preocupe yo de lo que es importante. Ahora mismo vamos a hablar de ti y de tu comportamiento tan inapropiado e imprudente. De ahora en adelante, se acabó Clayton Madden. Se acabó el juego. Se acabó deambular por la ciudad por Dios sabe dónde.

—Papá, no. Pienso abrir un casino exclusivo para mujeres...

—Desde luego que no. —Le tembló el mostacho tal como hacía cuando se enfurecía—. Una hija mía jamás se verá involucrada en algo tan bajo. ¡Florence, podrían arrestarte!

—La probabilidad de un arresto es mínima. Hay modos de esquivar la ley.

—Sí, con sobornos y amenazas, métodos que sin duda usa la gentuza como Clayton Madden para mantener a flote su negocio. Te prohíbo que sigas por ese camino. Ya es bastante malo que Mamie esté dilatando su compromiso con Chauncey. No puedo permitir que otra de mis hijas desobedezca mis deseos de un modo tan descarado. —La señaló con un dedo—. Harás lo que te digo, Florence.

—Es decir, que me case con un hombre infantil y egoísta como Chauncey. Que siente cabeza y tenga niños, y que administre la casa de mi marido mientras me marchito hasta morir por vivir en una jaula de oro.

El rubor empezó a subirle a su padre por el cuello.

—Lo dices como si todo eso fuera un horror. No hay nada de malo en tener una familia.

—¡Lo es cuando evita que las mujeres puedan decidir! —Fue alzando la voz con cada palabra hasta acabar gritando.

—¡Decisiones que podrían llevarte a la cárcel! —gritó su padre en respuesta.

La frustración le quemaba la piel.

—Si fuera varón, me dejarías hacer lo que quisiera.

—De eso nada. Ser un hombre conlleva unas responsabilidades que ni te imaginas. Ser padre más todavía. Y mientras vivas bajo mi techo...

—Pues me mudaré.

Su padre apretó los labios.

—¿Y cómo te vas a mantener? ¿Tienes idea del desafío que supone vivir sola?

—Ya te he dicho que pienso abrir un casino.

—Nunca lo permitiré, no mientras me quede aliento en el cuerpo.

—Papá, no es justo.

—¿Justo? —Se inclinó hacia delante y entrecerró los ojos—. ¿Crees que es justo que un policía venga a mi casa para decirme que mi hija se está acostando con el dueño de un casino, con un conocido criminal? ¿Y que después averigüe que se ha estado escabullendo por las noches para ir a su casino? ¿Tienes idea del miedo y de la preocupación que me han corroído estas últimas horas? ¿Te parece eso justo, Florence?

—Nunca me haría daño.

—¿Te ha dejado embarazada?

Jadeó, y la pregunta la habría tirado de espaldas de no estar sentada.

—No. —De hecho, había terminado su menstruación hacía pocos días.

—¡Gracias a Dios! —masculló su padre—. Y no te sorprendas tanto de que te pregunte. Sabrá Dios desde cuándo llevas con esto. —Se pasó una mano por la cara—. Me vas a mandar a la tumba, Florence. No entiendo cómo creíste que esto sería una buena idea.

—Es lo que quiero, papá. No deseo casarme y sentar cabeza. Quiero mi propio negocio. Y se me dan bien las cartas y los juegos de azar.

Él sacudió la cabeza y esbozó una sonrisilla condescendiente.

—Ganarles a unas ancianas en la partida semanal de eucre que organiza tu abuela dista mucho de dirigir un casino.

¡Por Dios! Nunca la comprendería.

—Lo sé muy bien. Si me dieras una oportunidad...

—¿Y has pensado en el escándalo? Mataría a tu madre. No, se acabó la conversación. El señor Connors ha pedido permiso para cortejarte, y creo que es una buena idea. Le diré a tu madre que le pida que...

No pudo aguantar un segundo más. Se puso en pie de un salto y se enfrentó a él.

—Nunca te perdonaré si me obligas a casarme.

Su padre soltó un largo suspiro.

—A veces un padre tiene que tomar decisiones teniendo en cuenta lo mejor para su hijo. Lo comprenderás cuando tengas hijos propios. Así que si te duele, lo siento. Pero ya me darás las gracias algún día.

—No, no te las daré.

Se dio media vuelta y salió del gabinete mientras se mordía el labio para contener las lágrimas. Su padre nunca lo entendería. Creía que era imprudente e irresponsable. Nunca aprobaría nada de lo que ella quería a menos que se tratara del matrimonio. Intentar convencerlo era una pérdida de tiempo.

Tenía que hacerlo sola.

—¿Qué pasó anoche?

La voz llegó justo desde atrás. Florence dio un respingo y se llevó una mano al pecho al tiempo que se daba media vuelta. ¡Por el amor de Dios! ¿De dónde había salido su hermana?

—Justine, me has dado un susto de muerte.

Su hermana pequeña la tomó de la mano y tiró de ella hacia las sombras de la galería de retratos situada cerca de la entrada principal.

—Creía que me habías oído. Te he llamado.

—No, no te he oído. ¿Por qué me sigues?

—Para averiguar qué pasa. Papá tenía un humor de perros durante el desayuno y mamá dijo que no tenía ni idea del motivo. Lo oí marcharse antes de que los dos volvierais anoche a casa. Bueno, ¿qué ha pasado?

Hizo una mueca. «Bien puedo contárselo todo».

—Papá nos descubrió a Clay y a mí juntos anoche.

—¡Ay, no! Seguro que se puso furioso.

Florence se sentó en un diván.

—Fue espantoso. Estábamos en el Gran Bar del hotel Hoffman House.

—Las mujeres tienen prohibida la entrada.

—Clay lo organizó todo. Me llevó para ver un cuadro después de que nos fuéramos de Sherry's.

—¿Los dos solos?

Asintió con la cabeza. Se le formó un nudo en la garganta, una bola de desdicha y vergüenza. Y de rabia, por supuesto.

—Fue romántico. Se mostró muy dulce. Creía... —«Eso da igual». Fuera lo que fuese lo que había creído, se equivocaba.

—Vi cómo te miraba anoche en la calle. Está enamorado de ti.

—Justine, es la persona que hay detrás del proyecto urbanístico de la manzana de la abuela.

Su hermana parpadeó, con los ojos nublados por el desconcierto.

—¿Clayton Madden es quien ha comprado todas las casas para derribarlas? ¡Por el amor de Dios! ¿Por qué?

—No lo sé. Tiene que ver con su venganza contra papá.

—Me parece un poco radical. ¿Fue por algún negocio o alguna otra tontería?

—No tengo la menor idea. Pero papá me ha dicho que no puedo abrir mi propio casino y me ha prohibido volver a ver a Clay.

—¡Ay! Ya sabes que a papá se le va la fuerza por la boca. Cambiará de idea en cuanto se tranquilice un poco.

—No lo creo. Quiere que el señor Connors me corteje.

—¿El señor Connors? Pero es... viejo.

—Sí que lo es. No te preocupes, me escaparé de casa antes de permitir que eso pase. No deseo casarme.

—A menos que sea con Clayton Madden.

Puso los ojos en blanco al oírla. Justine creía que el amor podría curar todos los problemas de la sociedad.

—No deseo casarme con Clay.

—Mentirosa. Es evidente que sientes algo por él. Mamie y yo lo hablamos mientras volvíamos a casa.

¡Maldita fuera la perspicacia de su hermana!

—Lo que siento por Clay da igual. ¡Ha intentado derribar la casa de la abuela! —Incluso decirlo en voz alta resultaba espantoso.

—En su defensa hay que decir que le ofreció dinero para que vendiera. Clay intentó comprar la propiedad, como hizo con las demás. No hay nada raro en lo sucedido.

—Salvo que pensaba construir un casino a su alrededor para obligarla a mudarse.

—No digo que apruebe la idea, pero la abuela tiene dinero de sobra para vivir donde desee. De hecho, podría comprar una parcela en cualquier parte, echar abajo la casa y que la reconstruyeran ladrillo a ladrillo. Ser rico soluciona la mayoría de los problemas.

Justine era voluntaria en muchas obras de caridad y luchaba por conseguir mejores servicios con los que ayudar a los residentes más pobres de la ciudad. Les recordaba a todas horas a Mamie y a ella los privilegios de los que disfrutaban porque su familia era rica.

—Según papá, la casa se convertirá ahora en un colegio. Así que Clay no conseguirá la venganza que esperaba.

—¿Lo sabías?

—¿Lo de la venganza? Sí, Clay me dijo la noche que nos conocimos que pensaba vengarse de papá.

—Así que lo sabías desde el principio.

—Sí, pero no había necesidad de hacer que me... —«Que me enamorase de él».

—¡Ajá! Ibas a admitirlo, ¿verdad? —Justine parecía encantada—. ¿Le has preguntado a Clay por el tema? A lo mejor estaba tan embobado contigo como tú con él.

—Esto no ha sido una gran historia romántica, Justine. —Se levantó del diván y empezó a pasearse de un lado para otro—. Clay debería habérmelo contado.

—¿Por qué no le dijiste a papá que Clay planeaba vengarse de él?

—Creía que podría impedirlo. Que con el tiempo se encariñaría conmigo y se daría cuenta de que papá es un hombre decente.

—Así que tú tenías tus propios planes, que no compartiste con Clay.

—¡No te pongas de su parte! —protestó ella cuando la irritación y la frustración que sentía la abrumaron—. ¡Qué ingenua eres! La vida no es de color de rosa. Hay personas horribles y desagradables.

Justine cruzó los brazos por delante del pecho.

—¿Crees que no lo sé? ¿Con todo lo que he visto en los barrios bajos, con el hambre y las enfermedades? Fumaderos de opio y bares de ginebra. Niños con los pies congelados porque no se pueden permitir zapatos. Mujeres obligadas a vender sus cuerpos para alimentar a sus familias. Cólera, sífilis y fosfonecrosis. He visto las monstruosidades que nuestra sociedad les ofrece a los que sufren. Así que te pido por favor que no me llames ingenua.

La vergüenza hizo que el rubor le subiera por el cuello. ¿Cómo se le había olvidado eso?

—Lo siento. Tienes razón. Es que... —Dejó caer los brazos a los costados—. Estoy triste.

—Él te hacía feliz, ¿verdad? —Al verla asentir con la cabeza, Justine suavizó su expresión—. Al menos, dale a Clay una oportunidad para explicarse. Es lo mínimo que te debe.

Mmm... Aunque no deseaba verlo de nuevo, tal vez su hermana tuviera razón. ¿Qué sucedió entre su padre y Clay hacía veinte años? Clay sería poco más que un niño de los barrios bajos. No se le ocurría cómo podría haberse cruzado su camino con el de su padre.

Sin embargo, algo había sucedido. Y ese algo había matado su oportunidad de tener un futuro con Clay.

—Me lo pensaré. —Ladeó la cabeza y miró pensativa a su hermana pequeña—. ¿Cómo te has vuelto tan sabia?

—Supongo que viendo a mis hermanas mayores meterse en líos. —Justine se acercó a ella y la tomó de la mano—. Papá y la abuela son capaces de apañárselas solos. No tienes que protegerlos ni intentar librar sus batallas. Y aunque no creo que un casino para mujeres sea un buen uso de dinero ni de terreno, es tu sueño. Así que ve a por él, Florence. Siempre nos tendrás a tu lado, apoyándote.

Le dio un apretón a Justine en la mano. Mamie seguramente diría lo mismo, y se sintió muy agradecida por contar con sus hermanas.

—Gracias. No sé qué haríamos sin ti.

Justine soltó una carcajada.

—La verdad, yo tampoco lo sé.

Se oyeron unas voces graves. Justine y Florence se ocultaron en las sombras por costumbre. Una costumbre nacida de la innata curiosidad por las personas que visitaban la casa.

—¿Quién es? —susurró Justine—. A lo mejor Clay ha venido para disculparse.

La pregunta hizo que Florence estuviera a punto de atragantarse. No se imaginaba a Clay visitando la casa de los Greene, mucho menos después de lo de la noche anterior.

—No, sería imposible.

Un hombre alto, casi tanto como su padre, apareció en el pasillo con un maletín de piel en la mano. Acto seguido, su padre apareció con una sonrisa enorme en la cara, tras lo cual ambos echaron a andar hacia la entrada principal. ¿Quién era ese desconocido y por qué su padre parecía tan feliz?

Florence observó la cara del invitado de su padre al pasar, y un recuerdo afloró en el fondo de su mente. No lo conocía, ¿o sí?

Williams ayudó al hombre con sus pertenencias mientras su padre se quedaba cerca.

—Crain, te agradezco una vez más la rapidez. Creo que me daré una vuelta por los barrios bajos esta mañana para dar la buena noticia en persona.

¡Ah, sí! Su padre había dicho que un tal señor Crain llegaría con los documentos para asegurar el nuevo colegio del que disfrutaría la ciudad. Aunque eso no explicaba por qué el señor Crain le resultaba tan familiar.

—Es usted quien le hace un gran servicio a la ciudad, señor Greene. Ese barrio necesita con desesperación otro colegio. —Se estrecharon la mano, y el hombre se fue.

Su padre se dirigió a su mayordomo antes de que la puerta se hubiera cerrado del todo.

—Williams, que traigan mi berlina a la puerta. Tengo que hacer una visita a la Casa de Bronce.

Florence sintió un aguijonazo en el corazón. «Papá va a ir a ver a Clay». Una parte de ella quería escabullirse al casino y oír su conversación. Tal vez así por fin averiguara la historia que los unía.

Una extraña sensación, innegable y fuerte, hizo que mirase hacia la puerta cerrada. Sentía un hormigueo premonitorio en el cuello que le avisaba de que algo iba mal. Había visto a ese hombre hacía poco. Pero ¿dónde? La mayor parte del tiempo la había pasado con Clay en...

Se quedó sin aliento y se le tensaron todos los músculos cuando la respuesta se reveló con una precisión inequívoca.

«En la Casa de Bronce». Crain trabajaba para el ayuntamiento. Le había llevado unos documentos para que su padre los firmara en relación al colegio de la calle Setenta y nueve. ¿Por qué se había reunido también con Clay?

Tenía todos los nervios a flor de piel; el instinto le decía que ambos hechos estaban relacionados.

«No, son imaginaciones tuyas. Una coincidencia muy rara, nada más».
Clay trataba con policías y funcionarios del ayuntamiento a todas horas
por su trabajo.

Y sin embargo...

—¿Qué pasa? —preguntó Justine en un susurro—. Parece que has visto
a un fantasma.

—No estoy segura. Algo de ese hombre me tiene preocupada.

—¿El que acaba de marcharse?

—Sí. Tengo que ver a Clay y llegar al fondo de este asunto.

—¿Ahora?

—Ahora mismo. Saldré por los jardines y buscaré un carruaje de alquiler.

—Ten cuidado —le susurró su hermana.

—Siempre lo tengo —replicó antes de echar a andar hacia el otro extremo de la galería de retratos y salir por la puerta que daba al comedor.

De una manera o de otra, ese día obtendría respuestas.

22

La rutina del mediodía en la Casa de Bronce se interrumpió cuando Clay entró al día siguiente. Había estado fuera toda la noche, encerrado en una celda de la comisaría.

—¡Dios! —Jack soltó de golpe la caja con botellas que llevaba en las manos—. ¿Qué demonios te ha pasado?

Clay hizo caso omiso de su amigo y se dirigió a la empleada que tenía más cerca.

—¿Te importa traerme un poco de café, por favor? Y lo que el cocinero tenga a mano para comer.

La muchacha asintió con la cabeza y se alejó a toda prisa, dejando a Clay mientras se sentaba con dificultad en una silla de madera. Le dolía todo el cuerpo. No solo por los enormes puños de Bill, sino también por haberse pasado horas intentando ponerse cómodo en una diminuta celda. Le había resultado imposible pegar ojo durante su arresto. Y, pese a las repetidas peticiones, no le habían permitido avisar a sus abogados hasta que amaneció.

Estaba hambriento y agotado. Lo peor de todo era que por delante de él se extendía un futuro sin Florence, como un guantelete con afiladas púas metálicas que se le clavaban a la menor oportunidad. Una tortura dolorosa y extenuante. Era demasiado deprimente como para pensar en eso.

Jack se sentó en el asiento que tenía enfrente.

—Creía que estabas con tu chica.

—He estado en la cárcel.

Jack se quedó boquiabierto y frunció el ceño por la incredulidad.

—¿Te han arrestado? ¿Por qué?

—Oficialmente por asaltar a un policía y resistirme a la detención.

—¿Y oficiosamente?

—Por intentar darle una paliza a Bill.

—No puedo decir que me sorprenda. Sin duda se lo merecía. Pero ¿cómo te echó el guante para poder arrestarte?

—Me dio un puñetazo en la garganta.

Jack sacudió la cabeza e hizo una mueca.

—Siempre se te ha dado fatal protegerte la cabeza y el cuello.

Por supuesto que Jack iba a decir algo así. Durante años había sido uno de los mejores boxeadores del país.

—En fin, dame todas las clases de boxeo que quieras, pero deja que duerma antes un poco.

—¿Te importaría explicarme qué ha pasado?

Procedió a contarle a Jack todo lo sucedido durante la noche, desde que Florence y él salieron del Gran Bar del hotel Hoffman House hasta esa mañana.

—Y no me permitieron llamar a mis abogados hasta que amaneció. De lo contrario, me habrían soltado mucho antes.

La muchacha regresó con una taza en un platillo, y con un poco de comida, que dejó en la mesa delante de él.

—Aquí tiene, señor.

—Gracias, Pippa —dijo Jack antes de que él pudiera responder—. ¿Te importa dejarnos solos?

La muchacha se marchó, seguida del resto de empleados. Cuando estuvieron a solas, Jack le dijo:

—Así que Greene ya sabe lo tuyo con su hija. ¿Qué implica eso para nosotros?

—Nada. Le dirá que se mantenga alejada de mí y ahí se acabará todo. —Se metió medio bollito en la boca y se lo tragó sin apenas masticar.

—No creo que Greene se contenga a la hora de intentar vengarse de alguna manera por tus devaneos con su hija. Por no mencionar tus intentos de echar a su madre de su casa.

—Que lo intente si quiere. Va a fracasar.

—No podemos enfrentarnos a amenazas de todos los flancos, Clay. Algo acabará cediendo.

Suspiró y bebió un sorbo de café. Jack tenía razón, claro. Un negocio ilegal solo podía remover un número concreto de avisperos antes de que lo atacaran y lo destruyeran.

—Florence no volverá a hablar conmigo, así que eso se acabó. Y el tema de la casa casi está listo. Bill ha jugado su única baza, y mis abogados ya han hecho que desestimen los cargos.

—¿No crees que Florence te vaya a perdonar?

—¿Por intentar derribar la casa de su abuela? No creo que sea una ofensa perdonable.

—¿Merecía la pena?

Fue incapaz de enfrentar la mirada astuta de Jack. De modo que la clavó en su café.

—Lo será en cuanto abra el casino de la calle Setenta y nueve.

—Mentiroso. La echarás de menos.

—Eso da igual, sabía que esto iba a pasar. Su odio era el resultado inevitable de este drama.

—Eres un malnacido muy frío —dijo Jack mientras se ponía en pie—. Duerme un rato. Me canso solo de mirarte.

—¿Señor Madden?

Clay se volvió hacia la puerta. Era Pete, el portero.

—¿Sí?

—Ha venido un hombre para verlo. Le dije que no estaba disponible, pero dice que le conviene recibirlo.

—¿Quién es?

—El señor Duncan Greene.

Clay se pasó una mano por la cara. Ese día era como si tuviese cien años. No había dormido. No había comido. Seguía llevando la ropa de la noche anterior. ¿Acaso no podía esperar?

«Quítatelo de encima. Así podrás pasar página y olvidarte de ella», se dijo.

—Lo recibiré.

—Te acompaño —se ofreció Jack—. No estás en condiciones de luchar otro asalto. Estás peor que yo después del combate por el título en Coney Island.

—No va a atacarme. —Gimió al ponerse en pie. ¡Por lo más sagrado! Iba a estar durmiendo una semana después de aquello.

—No pienso arriesgarme. Si Bill consiguió vencerte, Duncan Greene tiene muchas papeletas de hacerlo también.

—Muy bien. Llévalo a mi despacho, Pete.

—Ahora mismo, señor.

Pete desapareció, y Clay subió la escalera. Andaba con rigidez y percibía la impaciencia de Jack mientras lo seguía. Su amigo se mantuvo en silencio, menos mal, y lo dejó que avanzara como pudiera a su ritmo. Cuando llegaron a su despacho, se sentó a la mesa, y Jack se quedó de pie a su lado.

No tuvieron que esperar mucho.

Duncan entró en cuanto Pete abrió la puerta, con una sonrisa ufana en los labios. El padre de Florence llevaba una cartera, que dejó en el suelo después de sentarse. La puerta se cerró, y Clay fue al grano.

—¿Por qué has venido, Greene?

—¿Qué tal pasaste el resto de la noche? —le preguntó Duncan, que parecía muy complacido consigo mismo—. ¿Tuviste una buena velada en la comisaría?

—Si crees que pasar unas cuantas horas en una celda me molesta, no me conoces en absoluto. Te lo voy a preguntar de nuevo: ¿por qué has venido?

—He venido para ponerte al día con respecto a la casa de mi madre y tus esfuerzos por construir un casino en la calle Setenta y nueve. Te aviso de que no te va a gustar.

—¿De verdad?

—Que sepas que no tenía por qué acabar así —siguió Greene—. Si alguien de tu familia hubiera venido a verme para explicarme la situación, habría actuado para restituiros el valor de la casa.

—¿En serio? —Torció el gesto—. Porque intenté hablar contigo. Dos veces. Y me despacharon en ambas ocasiones.

—No iba a hablar con un niño de once años. Tu madre o tu padre deberían haber luchado por tu familia.

—¿Cómo sabes que no lo intentaron?

—Porque me lo habrías dicho ahora mismo.

—No tienes ni idea de lo que les sucedió a mis padres, a mi familia, después de que nos echaras de nuestra casa. No te atrevas a decir que te preocupaban las familias desahuciadas que pisoteaste.

—Si quieres hacerme quedar como un monstruo, Madden, adelante. Pero sí me preocupaban las familias desahuciadas. Me dijeron que todas recibieron un precio justo de mercado por sus propiedades.

—Pues te mintieron.

—Ya veo que estoy malgastando saliva. —Duncan metió la mano en la cartera y sacó un fajo de documentos—. Voy a ir al grano. Al comprar las propiedades que rodean la casa de mi madre esperabas echarla, para poder así comprar su propiedad y construir tu casino. Ya no será posible. Le he vendido la propiedad al ayuntamiento.

—¡Vaya! —Clay se obligó a relajarse en el sillón—. ¿Has dicho al ayuntamiento?

—Sí. Piensan construir un colegio público en esa manzana. Todas las propiedades que compraste en la calle Setenta y nueve acabarán expropiadas. —Arrojó los documentos sobre la mesa—. Me temo que has perdido, Madden.

No tocó los documentos.

—Imposible. Yo nunca pierdo.

Duncan soltó un resoplido condescendiente, como si Clay se hubiera vuelto loco.

—Si lees los documentos, verás que el tema está zanjado. El ayuntamiento usará la propiedad para construir un colegio. Ya no habrá casino alguno allí.

—Te equivocas. —Abrió uno de los cajones de la mesa y sacó unos documentos—. No necesito leer nada de lo que me presentas. Tengo mis propios documentos aquí mismo. ¿La persona que representaba al ayuntamiento, el señor Crain? En realidad, lo tengo en nómina. ¿El colegio de la calle Setenta y nueve? Falso. De hecho, el ayuntamiento no tiene el menor interés en construir un colegio en ese lugar. Sin embargo, sí le interesa ayudarme a conseguir la última propiedad que necesito para el proyecto de mi casino... Por una enorme cantidad de dinero, por supuesto.

Duncan dio un respingo y apretó los brazos del sillón con fuerza.

—Pero los contratos que he firmado...

—Son legales y vinculantes. El DDES, o lo que tú creías que era el Departamento para el Desarrollo del East Side, no es un departamento público real. Es una empresa de mi propiedad.

A Greene casi se le salieron los ojos de las órbitas.

—¿Qué estás diciendo? ¿Que he...?

—Estoy diciendo que me has entregado la casa. —La satisfacción le corrió por las venas al ver la expresión horrorizada en la cara del otro hombre. Con una sonrisa perversa, añadió—: Presenté el proyecto con los planos para construir a su alrededor solo para crear una amenaza. Quería ponerte entre la espada y la pared, obligarte a pensar en otras opciones. Salvo que me aseguré de estar detrás de dichas opciones. De hecho, has actuado tal como yo quería. La casa de tu madre ahora me pertenece.

«De hecho, has actuado tal como yo quería. La casa de tu madre ahora me pertenece».

Florence se quedó helada mientras las palabras le resonaban en los oídos. Estaba oculta en el escondrijo, observando desde la mirilla que había junto al despacho de Clay.

El colegio había sido mentira. La implicación del ayuntamiento había sido mentira. ¿La expropiación? También mentira.

Clay había mentido. En todo.

Sintió una opresión en el pecho mientras su mente seguía dándole vueltas a la información. El señor Crain. ¡Pues claro! Eso explicaba por qué lo había visto tanto en la Casa de Bronce como en su casa.

¡Por el amor de Dios!

Era demasiado para asimilarlo. La casa de su abuela... desaparecida. Clay sabía lo mucho que esa casa significaba para ella, cómo impactaba en su futuro. Para ella era más que un montón de piedras. Esa casa representaba su independencia, la seguridad para perseguir sus sueños.

Unos sueños que tendría que repensar una vez perdida la casa.

Aspiró hondo y se llevó una mano temblorosa al estómago, mientras la cabeza le daba vueltas.

Los ojos oscuros de Clay se encontraron con los suyos y la dejaron clavada en el sitio, mirando la pared como si pudiera ver a través de ella. ¿La había oído jadear?

Le daba igual si sabía que estaba allí o no. ¡Maldición! Clay había empleado métodos deshonestos para destruir la casa de su abuela, la casa donde había crecido su padre, su futuro. Sería absurdo de no resultar tan doloroso.

¿Cómo había podido hacer algo así?

Había seguido a su padre hasta la Casa de Bronce, decidida a obtener respuestas. El cochero le había prometido no perder de vista la berlina de su padre a cambio de dos dólares más, que ella pagó de buena gana. Esperaba una explicación razonable por parte de Clay, una explicación que le asegurara que no era un monstruo.

Se había equivocado. Era un monstruo..., y ella había sido una idiota integral.

Las paredes se cerraron a su alrededor y empezó a faltarle el aliento. Se inclinó hacia delante y tomó varias bocanadas de aire. Tenía que escapar. Alejarse todo lo que pudiera de él y de ese lugar.

Se le erizó el vello de la nuca por la idea. No, no pensaba huir. ¿Por qué iba a hacerlo? No había hecho nada malo. De manera que se enfrentaría a él y lo obligaría a reconocer la verdad en su cara.

Se puso en pie, buscó el pestillo y lo abrió. La luz del pasillo le dañó los ojos, pero se obligó a andar hacia el despacho de Clay. La pesada puerta de madera rebotó contra la pared cuando entró. Jack dio un respingo y se enderezó por el repentino estruendo, pero después hizo una mueca al verle la cara.

Clay no reaccionó, mantuvo el rostro impasible, casi como si la esperase.

—¡Florence! —Su padre se puso en pie de un salto, boquiabierto—. Creía haberte dicho que te mantuvieras alejada de aquí.

Se desentendió de él. De hecho, estaba concentrada en el hombre al otro lado de la mesa. De alguna manera consiguió plantarse delante y fulminarlo con la mirada mientras el corazón se le marchitaba en el pecho. Cualquier esperanza que hubiera albergado de que no era tan espantoso y desalmado como decían se había hecho añicos. No, no era tan espantoso como indicaba su reputación. Era peor.

—¿Cómo has podido? —se obligó a preguntar—. La casa de mi abuela, Clay. Todo este tiempo has estado planeando esta... estafa.

Él no replicó. No se defendió. Sus ojos oscuros se mantuvieron inexpresivos, aceptando lo que le decía. Quería zarandearlo, tirarle algo a la cabeza. Cualquier cosa con tal de provocarle una reacción. ¿No debería disculparse? ¿Pedirle perdón de rodillas? ¿Algo?

—Florence —la reprendió su padre—, tu presencia aquí no es apropiada en absoluto.

—Todo lo que ha dicho es verdad. —La voz ronca de Clay sonó con fuerza, y pronunció las irrecusables palabras con crueldad—. No ofrezco una explicación, salvo que es lo que tu padre se merece. Ojo por ojo.

—Esto no es un ojo por ojo ni mucho menos —masculló ella—. Mi abuelo construyó esa casa para mi abuela. Es una mujer mayor, no una familia que empieza. Le estás robando a una mujer mayor su adorado hogar, por no hablar de que me estás robando a mí mi futuro.

—Tienes razón. No es estrictamente un ojo por ojo. Tu abuela tiene tres casas más y los medios para comprar cualquier propiedad que desee. Ella no se verá obligada a vivir en un cuchitril de alquiler de mala muerte en el Lower East Side.

—Eres un malnacido cruel y desalmado —terció su padre—. Podrido por dentro. Salirte hoy con la tuya no lo va a cambiar.

—Seguramente no —admitió Clay—. Pero ha sido muy satisfactorio verte perder la casa familiar.

Su padre recuperó los contratos de la mesa y los rompió por la mitad, gruñendo por el esfuerzo.

Clay se encogió de hombros.

—Crain tiene las copias firmadas y las está registrando en el ayuntamiento mientras hablamos. Romper tus copias no sirve de nada.

Florence se tapó la boca con una mano, demasiado espantada como para hablar. Le escocían los ojos por las lágrimas, un incipiente torrente de emociones que intentó contener parpadeando con desesperación. No quería llorar delante de él.

Y creer que había ido allí con la esperanza de oír su versión de la historia. «¡Tonta!».

—Florence, vamos. —Su padre la tomó del brazo e intentó tirar de ella hacia la puerta.

No se movió, tenía los pies clavados en el suelo.

—Lo sabías. Todo este tiempo has sabido lo que esa casa suponía para mí, por qué la necesitaba. Y sabías lo que me estabas arrebatando.

Clay la observó en silencio, oculto tras su gélida indiferencia. En su expresión no había ni rastro de la pasión ni del afecto que había visto tan a menudo a lo largo del último mes. Era como si hubiese erigido una muralla de tres plantas de altura a su alrededor, una fortaleza que impedía la salida de cualquier emoción.

¡Por Dios! ¡Cómo dolía!

—Pues ya está —dijo en voz baja—. Supongo que has ganado.

Él asintió con la cabeza una sola vez.

—Sí, supongo que sí.

Enderezó la espalda y echó a andar hacia la puerta, desesperada por estar en un carruaje y alejarse de ese sitio. Con la mano en el pomo, se detuvo, ya que no estaba dispuesta a marcharse sin decir la última palabra.

—Enhorabuena, Clay —le dijo por encima del hombro—. Me pregunto cuánto tardarás en darte cuenta de lo que has perdido.

23

Clay estaba contemplando el elegante edificio de piedra caliza de cuatro plantas. La luz vespertina bañaba la fachada con un brillo dorado, una bendición muy poco habitual que parecía reservada para las mejores familias. Familias como los Greene.

El hogar donde Duncan Greene había crecido. Que en ese momento le pertenecía a él.

Así que, ¿por qué no se sentía satisfecho?

Había ganado. Tenía todo lo que había anhelado de niño. Dinero, poder, un casino propio. La casa familiar de los Greene pronto sería demolida. Su venganza se había completado.

En ese caso, ¿por qué no podía quitarse de encima la sensación de inquietud?

«Me pregunto cuánto tardarás en darte cuenta de lo que has perdido».

Florence se equivocaba. Lo había sabido todo el tiempo. Sabía que cada paso que lo acercaba más a su objetivo era también un paso más que lo alejaba de ella. Había tenido la sensación de que cada día era prestado.

Y a esas alturas ella no lo perdonaría nunca.

Habían pasado dos días, pero todavía veía el dolor y el sentimiento de saberse traicionada en sus ojos, el espanto al darse cuenta de lo que se ocultaba de verdad tras su elegante ropa. «Por eso siempre visto de negro». Porque su alma era tan negra como la noche. Llena de cicatrices y fea, el interior casaba con el exterior.

Florence estaba mejor sin él.

Lo sabía y lo había aceptado. Si era así, ¿por qué no podía dormir por las noches? ¿Por qué no podía ver la sala de juegos del casino sin que le doliera el pecho como si tuviera una herida abierta?

Estaba volviéndose loco.

Jack y Anna no dejaban de sermonearlo, de suplicarle que se lo pensara mejor, de decirle que no merecía la pena destruir su única oportunidad de ser feliz con tal de llevar a cabo su venganza. Él no estaba de acuerdo. A lo hecho, pecho. Florence lo odiaba, y él no podía deshacer el pasado. Además, las mujeres como Florence Greene se casaban con ricachones privilegiados, la clase de hombres con la sangre más azul que los zafiros. Pronto se olvidaría del criminal con el que se había codeado en los bajos fondos durante unos meses y pasaría página.

En cambio, él siempre la recordaría. La mujer que se le había colado bajo la piel y que se había abierto paso hasta llegar a su frío y muerto corazón. Algo cobró vida en su interior el día que la conoció, y era lo bastante hombre como para saber que nunca lo experimentaría de nuevo. Con nadie.

Soltó el aire y se repensó esa visita. La actual ocupante de la vivienda, la abuela de Florence, lo había invitado a visitarla. Solo el demonio sabía por qué había accedido a ir. Sin duda, la mujer intentaría convencerlo de que deshiciera la venta.

«Demasiado tarde». A lo hecho, pecho.

Así que, ¿por qué estaba allí?

«Porque estás desesperado por saber algo de ella, por oír su nombre», se respondió.

En otras palabras, porque era un completo imbécil.

Echó a andar hacia los escalones de la entrada golpeando el suelo con el bastón. Un mayordomo muy formal respondió cuando llamó a la puerta.

—Señor Madden. La señora lo está esperando. Pase.

Cruzó el umbral y se quitó el bombín. La entrada era tal como se esperaba en semejante casa, la viva estampa de la elegancia y de la riqueza sutil. Nada vulgar. Obras de arte de buen gusto y madera reluciente. Una enorme araña de cristal colgaba del techo. Ese era el mundo de Duncan

Greene, levantado sobre las espaldas de los menos privilegiados, de personas como sus padres.

El mayordomo aceptó sus cosas y lo condujo al salón. Cuando anunció su llegada, una anciana se levantó de un sofá y entrelazó las manos. «Los ojos de Florence». Darse cuenta de eso casi lo hizo tropezar. No se lo había esperado, no se había preparado para encontrar parecido alguno entre ambas. Se le antojaba casi injusto.

«Sin embargo, es un castigo que te mereces».

—Señora Greene —la saludó al tiempo que le hacía una tensa reverencia.

—Señor Madden. Gracias por venir a verme. ¿Le apetece un té? ¿O prefiere algo más fuerte?

—Algo más fuerte, desde luego. Bourbon si tiene.

El mayordomo se acercó al aparador, y la señora Greene señaló un silloncito con una mano.

—Por favor, siéntese.

Se sentó despacio en un delicado sillón de estilo francés que sin duda era más antiguo que el propio Broadway. Por un instante se preguntó si soportaría su peso. Pero lo hizo, y pronto el mayordomo le ofreció una copa de bourbon. La señora Greene aceptó lo mismo, para su sorpresa.

—No la habría tomado por alguien que bebe bourbon —comentó.

—Los hombres suponen muchas cosas, de forma errónea, de las mujeres. Y su sexo subestima al mío bajo su cuenta y riesgo.

Pensó en Florence y en las suposiciones que había hecho al principio, basadas en su aspecto y en su origen. Se había equivocado de parte a parte. Ella había demostrado ser inteligentísima y absolutamente intrépida. Por no mencionar que totalmente hechizante.

—No me cabe la menor duda de que tiene razón.

La señora Greene bebió de su copa mientras lo observaba por encima del borde.

—De hecho, sin duda ha supuesto que lo he mandado llamar para intentar convencerlo de que no compre mi casa.

—La verdad, he supuesto eso, sí.

—Pues se equivoca. No tengo la menor esperanza de hacerlo cambiar de opinión. Mi hijo me ha explicado sus motivos y, si bien me gustaría que fuera de otro modo, no puedo ponerle reparos a la emoción que lo ha llevado a arrebatarme mi casa.

¿No podía? Desconcertado, bebió un buen trago del mejor bourbon que había probado en la vida. Suave y potente, el licor era incluso mejor que las botellas que él solía comprar.

—En ese caso, ¿por qué quiere verme?

—Se trata de mi nieta.

La sorpresa lo dejó sin aliento. Sintió que le ardía la piel..., y eso que no se había ruborizado desde que era un niño. ¡Por Dios!

—Ya veo que lo he sorprendido —repuso ella con una sonrisilla en los labios—. Soy muy directa. Hace falta tiempo para acostumbrarse.

Un rasgo que compartía con Florence, que nunca había dudado en decir lo que pensaba cuando estaba con él.

Echó mano de la experiencia adquirida durante años para eliminar cualquier rastro de emoción de su cara.

—¿Ha dicho que se trata de su nieta?

—Ha venido a verme, muy alterada por el papel que ha jugado en todo esto. Se siente culpable por haber trabado amistad con el enemigo.

«Haber trabado amistad». ¡Qué forma tan apagada e inútil para describir lo sucedido entre ellos! Fue más como una colisión que había alterado la vida de ambos. Dos locomotoras a todo vapor que corrían por las vías antes de chocar una contra la otra, alterando para siempre la estructura de sus dos mitades.

—¿Y?

La mujer enarcó una ceja cana.

—Conozco a mi nieta casi tan bien como me conozco a mí misma. Y, en función de su aspecto y de su comportamiento de estos últimos días, soy capaz de leer entre líneas lo que no se ha dicho. Así que dígame: ¿por qué va por ahí como si le hubieran partido el corazón?

Aunque él era el motivo, detestaba enterarse de la desdicha de Florence. «¿Qué te esperabas? Te has quedado con la casa de su abuela», pensó. Carraspeó.

—Sin duda tiene buenas intenciones, señora, pero no es de su incumbencia.

—Pues no nos vamos a poner de acuerdo entonces. Entiendo que las circunstancias distan mucho de ser ideales, pero es mi nieta favorita. Deseo saber lo sucedido entre ambos.

Guardó silencio y mantuvo una expresión neutra mientras intentaba poner orden en sus pensamientos. Desde luego que no podía contarle la verdad.

—Soy una persona muy celosa de mi intimidad, señora Greene. Prefiero no revelar los detalles de mi relación con su nieta.

—¿Qué siente por ella?

—¿Por qué?

—Porque la quiero.

«Ya somos dos».

Se tragó las palabras. No era el momento de mostrarse sentimental.

—No me refería a eso. ¿Por qué iba a alentar una relación entre su nieta y yo?

La mujer se llevó la copa a los labios para beber un sorbo, sin apartar esos hipnóticos ojos de él.

—No me cae usted bien, es la verdad. Pero quiero a Florence y me gustaría verla feliz. Deje que le cuente una historia. —Acto seguido, clavó la mirada en la copa mientras hacía girar el licor—. Cuando vine a Nueva York de niña desde Ohio, mi familia fue repudiada por la alta sociedad. Éramos ricos, sí, pero nuestra fortuna no era la apropiada. Sin embargo, los Greene iban cortos de dinero, y se acordó un compromiso con el abuelo de Florence. Al cabo de un tiempo, nos enamoramos, y él luchó por mí, se enfrentó a su familia, a la alta sociedad y a cualquier cosa que se interpusiera en nuestro camino. Habría hecho cualquier cosa por mí. Al final, me impuse a la alta sociedad y ascendí a lo más alto. —Hizo una pausa con expresión algo perdida, como si estuviera atrapada en un tierno recuerdo, antes de continuar—: Mi marido era un hombre temible, pero leal. Decidido. Vivió según sus propias normas. A juzgar por lo que me han dicho, tiene usted cualidades parecidas. Ya sabemos que luchará con uñas y dientes por lo que quiere. —Agitó una mano para abarcar la estancia, la casa en la que se ubicaba—. Así que, ¿piensa luchar por mi nieta?

Clay soltó el aire sin saber cómo responder de forma respetuosa. ¿Lucharía por Florence si pudiera conquistarla? ¡Joder, sí, lo haría! Pero su historia distaba muchísimo de la que la señora Greene había contado de su marido. Había más cosas además del pedigrí que lo separaban de Florence.

—No.

—¿Por qué no?

—Porque soy un criminal, no tengo sangre azul.

—El juego no es un delito. Las violaciones, el asesinato, el robo..., todo eso son delitos.

—No según el estado de Nueva York. Florence se merece algo más que ser la esposa de un criminal.

—¿Aunque ella ansíe ser la dueña de su propio casino?

Se frotó los ojos al oírla. Si bien se parecían físicamente, había una diferencia.

—Ansiar algo no es ser dueño de ese algo.

—Cree usted que no va a seguir adelante con su sueño.

—No he dicho eso. Pero sí creo que hay factores que todavía no ha tenido en cuenta. Por ejemplo, que su familia no aprobará que dirija un casino.

—Su familia la quiere de forma incondicional. La apoyará en cualquier empresa en la que se embarque.

—¿Aunque la alta sociedad le dé la espalda?

—¡Ah! Ella detesta a la alta sociedad. No le importará en lo más mínimo que dejen de llegarle invitaciones, y los Greene somos demasiado poderosos como para que nos den la espalda. —Hizo una pausa y lo observó con detenimiento—. Además, ¿no jugaría eso a su favor? Usted no se mueve en los círculos de la alta sociedad y no le agrada su familia. Que la expulsen de ambas solo le facilitaría las cosas.

—No lo entiendo. No puede desear de verdad que corteje a su nieta después de haber comprado esta casa.

—Cierto, no sería mi primera elección. Ni siquiera la segunda. Pero claro, a mis ojos nadie es lo bastante bueno para Florence, mucho menos un hombre que se niega a luchar por ella.

La pulla no le pasó desapercibida.

—Aunque la quisiera, no me perdonará jamás esto. Me odia.

—El odio y el amor son primos hermanos, al menos eso creo yo. Y nada que merezca la pena es fácil, señor Madden. Ya debería saberlo, teniendo en cuenta todo lo que ha trabajado para obtener lo que tiene. Me han dicho que su fortuna puede equipararse con la mía.

—Duncan jamás daría su aprobación.

—¿Le importa?

—No, pero Florence echaría de menos pasar tiempo con su padre.

Se inclinó hacia delante y apoyó los codos en las rodillas. ¡Por Dios! Esa conversación no había discurrido como se imaginaba. Se sentía casi... esperanzado.

Decidió decir la verdad.

—No me gustaría interponerme entre Florence y su familia. Sé lo mucho que duele perder a los seres queridos.

La compasión asomó a esos ojos tan parecidos a los de Florence, e hizo una mueca.

—Ya somos dos. Sin embargo, llega un momento en el que hay que abandonar el nido. Florence lleva deseándolo desde hace varios años..., según sus condiciones, por supuesto. Y está muy cerca de hacerlo, sobre todo porque he decidido financiar su casino para mujeres.

—¿De verdad? —Era un paso enorme. Florence debía de estar encantada.

—Pues sí. Las jovencitas tienen ambición en la actualidad, y creo que dicha ambición debería ser recompensada. Quiero que tenga éxito.

—Al igual que yo.

—¿En serio? —Ella ladeó la cabeza—. ¿O solo desea sentirse menos culpable en lo que a ella se refiere?

—Las dos cosas, la verdad.

—En fin, al menos es sincero. —La mujer soltó la copa y se puso en pie.

Clay la imitó y se metió las manos en los bolsillos. No sabía qué pensar de esa increíble mujer, una matriarca de la clase alta que tenía todo el derecho a odiarlo con todas sus fuerzas. Sin embargo, había sido amable y le había ofrecido consejo.

No tenía sentido.

En su mundo, la violencia engendraba violencia. Al mal se lo combatía con el mal. Si alguien iba a por él, le devolvía el golpe con más fuerza. La amabilidad era un lujo que nunca se había podido permitir.

Sin embargo, esa mujer lo estaba animando a ir tras su nieta, a luchar por Florence.

«Si bien me gustaría que fuera de otro modo, no puedo ponerle reparos a la emoción que lo ha llevado a arrebatarme mi casa».

¿Cuándo fue la última vez que alguien le dio algo sin pedir un intercambio justo? ¿O cuándo un desconocido le había demostrado un mínimo de amabilidad?

Su generosidad lo abrumaba, era un regalo que no se merecía en lo más mínimo. Acortó la distancia que los separaba y le tendió la mano.

—Señora Greene, ha sido un placer.

Ella aceptó su mano, y percibió los delgados huesos, aunque también su fortaleza.

—Espero haberle dado algo en lo que pensar.

—Me ha dado mucho más que eso. —Retrocedió e hizo una reverencia—. Buenas tardes, señora.

La casa de los Greene era un caos absoluto.

La hermana mayor de Florence, Mamie, acababa de protagonizar el escándalo del año al negarse a casarse con su prometido y, en cambio, aceptar al abogado de su padre. Un hombre que, por cierto, tenía un pasado oculto. Resultó que Frank Tripp le había estado mintiendo a Mamie todo el tiempo.

Florence lo entendía muy bien. Parecía que las dos se habían enamorado de sinvergüenzas.

Los hombres eran de lo peor.

Abrió la puerta del dormitorio de Justine y entró sin llamar. Su hermana pequeña estaba sentada en la cama. Señaló los ovillos de lana que había sobre la colcha.

—¿Qué haces?

—Punto.

—Sí, ya lo veo. Pero ¿por qué?

—Intento hacer una mantita para un bebé para una de las mujeres de los barrios bajos. —Se encogió de hombros—. Es lo menos que puedo hacer mientras estoy en casa, de brazos cruzados.

—¿Puedo ayudarte? —Cualquier cosa sería mejor que quedarse sentada, pensando. Eso solo la llevaba a la tristeza y al dolor. La verdad, no creía que le quedaran lágrimas a esas alturas.

—Claro. Ven y sujétame la lana.

Se sentó en la cama, levantó el ovillo de lana amarillo y soltó un poco de hebra. Justine continuó tejiendo, mientras las agujas tintineaban a toda velocidad.

—Se te da bastante bien.

—Gracias —repuso Justine—. Es fácil una vez que le pillas el truco. ¿Quieres que te enseñe?

Ni hablar. Remendar, coser y tejer eran cosas para otras mujeres, no para ella. Dado que su abuela había accedido a financiar su casino para mujeres, pronto estaría metida de lleno en libros de cuentas, fichas y dados.

—A lo mejor en otro momento.

—Mentirosa. —A Justine le temblaron los labios por la risa contenida—. Solo me estás siguiendo la corriente, pero te lo agradezco. ¿Sigues de capa caída?

—Estoy bien. Aunque es gracioso que a Mamie y mí nos hayan engañado los hombres, ¿no te parece?

—No me hace ni pizca de gracia. Detesto que las dos estéis sufriendo. Pero lo más importante es que no debes pensar que has hecho algo para merecértelo.

Por supuesto que lo había hecho. Había confiado en el hombre equivocado.

—Veamos: tenemos el ataque de Chauncey a Mamie, junto con la historia oculta de Frank y cómo Clay le ha birlado la casa a la abuela. He llegado a la conclusión de que todos los hombres son horribles.

—Vamos, Florence —comenzó su hermana, que no levantó en ningún momento la mirada de la labor—, sabes que no es verdad. Hay buenos hombres en el mundo, y un día encontrarás a uno.

—No, gracias. —Solo quería a un hombre..., pero le había partido el corazón—. Mamie y yo les hemos echado la cruz a los hombres para siempre.

—¡Menuda tontería! Sobre todo cuando preveo que ambos van a intentar reconquistaros.

Contuvo a duras penas la necesidad de poner los ojos en blanco al oírla.

—Justine, no puedes predecir el futuro.

—No, pero conozco a las personas. Ya lo verás. Ningún hombre en su sano juicio renunciaría a una de mis hermanas.

Con apenas diecinueve años, Justine era demasiado lista para su edad. Sin embargo, la predicción resultaba demasiado optimista para su gusto. No tenía la menor intención de perdonar a Clay, aunque intentara reconquistarla.

—Una pérdida de tiempo en el caso de Clay. Además, la abuela ha accedido a financiar mi casino, así que estaré demasiado ocupada como para involucrarme en una relación romántica.

—¿Se lo has dicho a papá?

—No. Con todo lo que está pasando no he tenido la oportunidad. Aunque da igual. Cree que el casino es un error, así que me regañará y me echará otro sermón sobre la posición social y la reputación.

—Eso no te detendrá.

—Pues claro que no.

—Desde luego que lo sucedido esta semana ha puesto a prueba lo que considera adecuado para sus hijas. Nunca he visto a papá tan alterado. Creo que es justo decir que no tiene la menor idea de lo que ninguna deseamos a estas alturas.

—¿Y tú qué deseas, Tina?

—Salvar el mundo, por supuesto. —Se encogió de hombros—. Y también un marido e hijos, supongo. Aunque más adelante. No tengo prisa.

Las agujas siguieron trajinando con un ritmo hipnótico. Florence fue soltando hebra y observando cómo las filas de la manta iban cobrando forma. Era relajante, aunque se volvería loca si tenía que hacerlo todos los días.

—¿Lo aceptarías si se pudiera deshacer todo lo que ha pasado? —quiso saber Justine.

Hizo una mueca al oírla. Era una tontería que ni siquiera merecía la pena considerar.

—Clay no lo deshará, así que no tiene sentido preguntárselo.

—Sí que tiene sentido. No puedes ver el futuro ni sabes lo que él piensa. ¿Podrías perdonarlo?

—Por favor, no me eches un sermón sobre el poder del perdón. Te juro que antes me clavó una de esas agujas. Además, no se merece el perdón.

—No, ahora mismo no. Pero tu enfado se esfumará al oír sus disculpas. ¿Estás preparada para vivir el resto de tu vida sin él?

Sintió que le ardía la garganta al tiempo que se le cerraban los pulmones. La idea de un futuro sin Clay le provocaba el deseo de acostarse en la cama y llorar, pero ya lo había hecho demasiado de un tiempo a esa parte. Esa semana su estado de ánimo iba desde la rabia y el dolor hasta la tristeza y la vergüenza. Se acabó lo de sentir todo eso. Había llegado el momento de asentar las bases de su futuro.

La puerta se abrió. Su madre apareció en el vano, con los ojos desorbitados, una expresión que Florence no le había visto jamás.

—Florence, tienes que ir al gabinete de tu padre.

El estómago le dio un vuelco y sintió que el miedo le atenazaba el pecho. No soportaría un sermón en ese momento. Estar allí con Justine, oyendo el movimiento de las agujas, era relajante y entumecedor. Su padre se limitaría a gritarle.

—¿Tiene que ser ahora?

La expresión de su madre no varió.

—Ahora, Florence. Ahora mismo.

—¿Por qué?

—Por favor, deja de hacer preguntas y acompáñame.

Resignada, soltó la lana en la cesta y se levantó de la cama. Siguió a su madre por el pasillo y escaleras abajo. Jamás la había visto moverse tan rápido. ¿Qué pasaba?

—¿Se trata de Mamie? ¿Va todo bien?

—No, esto no tiene nada que ver con Mamie.

Lo que quería decir que seguramente tuviera que ver con ella. Se mordió el labio e intentó recordar que su familia la quería, aunque no la comprendiera. Al menos, eso era lo que decía siempre su abuela.

Su madre abrió la puerta del gabinete y entró. Ella tragó saliva con fuerza y la siguió.

«Puedes soportar otro sermón. Pronto te mudarás para dirigir tu propio casino. No dejes que te...».

Se detuvo en seco. En un sillón delante de la mesa de su padre estaba Clay.

Allí. En la casa de su familia.

¡Por todos los santos! ¿Qué hacía allí?

Desvió la mirada de Clay a su padre, que tenía una expresión furiosa y avinagrada. El ambiente del gabinete crepitaba por el resentimiento y la desaprobación.

No hizo ademán de acercarse más.

—No entiendo. ¿Qué pasa?

—Florence, siéntate. —Su padre señaló el sillón junto al de Clay—. El señor Madden desea decirnos algo.

Sus pies echaron a andar hacia el otro extremo de la habitación, aunque su cabeza no pasaba del hecho de que Clay estuviera allí. Esos anchos hombros cubiertos por la tela negra le resultaban conocidos, pero solo sintió dolor y rabia al verlos.

Después de sentarse, su padre dijo:

—Ya está, Madden. Aquí la tienes. Ahora acabemos con esto.

Clay no la miró. Mantuvo los ojos clavados en su padre con expresión inescrutable. Florence no era capaz de adivinar qué pensaba ni de qué iba todo eso.

—No soy de los que marean la perdiz, así que iré al grano. He decidido devolverle las escrituras de la casa de la calle Setenta y nueve a tu madre.

Se quedó boquiabierta al oírlo, pero su padre no demostró reacción alguna. Se limitó a mirar a su adversario desde el otro lado de la mesa de nogal, y su cuerpo solo se movía para respirar.

—No te creo —dijo su padre finalmente.

—Da igual si me crees o no. —Clay levantó un fuerte hombro—. Ya le he devuelto las escrituras a tu madre con mis disculpas.

¿Lo había hecho? Una diminuta parte de ella se regocijó por las noticias. Pero nada podía deshacer el hecho de que le hubiera arrebatado la casa a su abuela. De que le hubiera mentido. Devolver la casa no deshacía nada de eso.

—¿Y dónde está el truco? —quiso saber su padre.

—No hay truco —aseguró Clay—. Solo estoy corrigiendo un error. No debería habérmela quedado.

Frunció el ceño al oírlo. ¿Lo hacía guiado por la bondad?

«Mis motivos nunca son puros. Soy egoísta como el que más».

Eso le dijo la noche que se conocieron. Seguro que esperaba ganar algo al renunciar a su venganza y devolver la casa.

—¿Por qué? —susurró.

Clay cambió de postura y sus ojos se encontraron por primera vez desde que ella entró en el gabinete.

—Porque te hice daño.

¡Ah! Esperaba ganarla a ella.

«Sobre todo cuando preveo que ambos van a intentar reconquistaros».

¿Cómo lo había sabido Justine? Sintió algo en el pecho, pero aplastó esa ridícula emoción.

—Aunque agradezco el gesto, es inútil. Todavía me debes respuestas, y pienso obtenerlas.

Vio que a sus labios asomaba el leve esbozo de una sonrisa.

—Duncan, me gustaría poder contar con unos minutos a solas con tu hija.

—Desde luego que no.

Su padre pronunció las palabras con tal determinación que supo que no cambiaría de opinión. Aun así, tenía que intentarlo.

—Papá, por favor. Quiero olvidarme de todo esto, y la única manera de hacerlo es obtener respuestas.

—Florence, permíteme hacer todo lo que esté en mi mano para protegerte. Sus respuestas no importan. No es el hombre adecuado para ti.

—¿De la misma manera que Chauncey era el hombre adecuado para Mamie?

Su padre hizo una mueca, pero ella no se disculpó. Detestaba sacar a colación la situación de su hermana, pero su padre se había equivocado al presionar a Mamie para que se casara con Chauncey, que había resultado ser una alimaña de lo peor.

—Florence —dijo su madre con un deje de reproche—, eso ha sido innecesario.

—No estoy de acuerdo —replicó—. Tenéis que dejarnos tomar nuestras propias decisiones, aunque papá y tú no estéis de acuerdo. Ahora las cosas han cambiado. No son como cuando erais jóvenes.

—No son tan distintas —protestó su padre—. También teníamos a criminales que querían seducir a jovencitas inocentes.

—¡Ay, Duncan! —exclamó su madre—. Por si no te has dado cuenta, ya la ha seducido. Y si no le permites hablar con él ahora, se escabullirá más tarde para verlo. ¿No preferirías que lo hiciera aquí en vez de que saliera de noche a la calle?

Sus padres se miraron. Parecía que se comunicaban sin palabras, que mantenían una larga conversación que solo ellos dos entendían. Finalmente, su padre suspiró.

—Muy bien. Pero voy a dejar la puerta abierta y no pienso alejarme mucho.

Sus padres se fueron, y se quedó a solas con Clay. Se alisó las faldas, con la mirada clavada en la tela en vez de en el hombre que tenía al lado.

—Lo siento.

Se quedó sin aliento al oírlo. ¿Una disculpa de parte de Clay? Tampoco se lo esperaba. Se tragó el sentimiento y la ternura, y se concentró en la rabia.

—Lo he dicho en serio. Sin importar lo que estés tramando no va a funcionar.

—¿Y qué crees que estoy tramando?

—Crees que al devolver la casa de mi abuela te perdonaré.

—¿Me estás diciendo que no lo vas a hacer?

—Devolver las escrituras no borra el hecho de que se la robaste.

—Cierto, pero no puedo deshacer el pasado. Estoy intentando enmendar los errores. Por ti.

—¿Por qué?

—Porque me importas. Porque... te echo de menos.

Su mirada era clara y firme, esos profundos ojos castaños no ocultaban artificio alguno, y las palabras rebotaron hasta llegar a su alma como pequeños cantos rodados, provocando ramalazos de alegría que le recorrieron todo el cuerpo. Era más de lo que había esperado. Ni en sus sueños más descabellados se imaginó que Clay renunciaría a la venganza por ella, que se presentaría en su casa para declarar sus sentimientos.

Sin embargo, no bastaba.

—¿Por qué no me contaste lo que sucedió entre mi padre y tú hace veinte años?

—No quería que lo supieras. De haber confesado lo que tu padre hizo, habrías intentado interceder. Me habrías convencido de que renunciara a mis planes.

—Así que mentiste. Tuve que escuchar a hurtadillas la conversación de tu despacho para enterarme.

Clay se puso en pie y empezó a pasearse de un lado para otro, pisando con fuerza la alfombra con sus zapatos de cuero a cada paso.

—Nunca te mentí. Omití información, pero no mentí.

—Ya veo que volvemos a lo mismo. —Suspiró y se puso en pie—. Es una pérdida de tiempo. Los retazos que consigo de ti no bastan. Quiero a alguien que me confíe la verdad, alguien que no oculte sus motivos. Quiero a alguien que no intente robarle la casa a mi abuela.

—Nunca me perdonarás, ¿verdad?

La desesperación se le clavó en el pecho, y su corazón estalló en pedazos que no se podían recomponer. El daño que le había causado sería para siempre. Era imposible cambiar lo sucedido.

Solo quedaban las cenizas y los escombros de lo que podría haber sido.

Tomó una honda bocanada de aire y se esforzó por mantener la compostura. No le demostraría lo mucho que la había herido.

—Crees que basta con disculparte para que todo desaparezca, pero sigues anclado en el pasado. Te importaba más una afrenta de hace veinte años que yo. Que nosotros. Necesito a alguien que me ponga en primer lugar. No puedo perdonar lo que ha pasado, Clay. No puedo.

Él dejó caer los hombros, de forma apenas perceptible, pero su mirada no cambió, casi como si esperase ese resultado.

—Entiendo. —Soltó el aire—. Supongo que se ha acabado.

—Eso parece. —¡Por Dios! ¿Por qué dolía tanto? Ni siquiera lo conocía desde hacía tanto tiempo, pero se había convertido en el centro de todo para ella. Se mordió el labio y contuvo las lágrimas.

Antes de que pudiera moverse o hablar, Clay se acercó a ella, y su proximidad hizo que se le tensaran los músculos y que contuviera la respiración. ¿Qué estaba haciendo?

Se inclinó hacia delante, de modo que ella cerró los ojos mientras se ordenaba no derretirse contra su fuerte cuerpo. Los labios de Clay le rozaron la coronilla al darle un tierno beso.

—Renunciaría a todo con tal de volver a empezar contigo —dijo en voz baja—. Adiós, Florence.

24

Clay se ocultaba entre las sombras de la galería, observando el jolgorio de la noche. Antes le alegraba muchísimo (lo satisfacía en gran medida) ver su casino lleno de clientes gastándose el dinero en juegos de azar que jamás podrían ganar.

Ya nada lo alegraba.

Había pasado casi una semana desde que devolvió las escrituras de la señora Greene y fue a ver a Florence. Parecía preocupada y triste, una imagen muy distinta de la mujer valiente y audaz que había conocido durante todas aquellas noches.

«Tú tienes la culpa. Tú eres el culpable de su tristeza».

¿Y para qué? Para vengarse de algo que sucedió cuando solo era un niño. Había destrozado su futuro por haberse quedado atrapado en el pasado. Tal cual le había dicho ella.

Era un imbécil de campeonato. Había tenido a la mujer de sus sueños, a su pareja perfecta, delante de las narices todo el tiempo. Sin embargo, estaba demasiado cegado por su propio dolor como para darse cuenta. Demasiado pendiente de Duncan Greene y del ojo por ojo. Y la había perdido.

«Necesito a alguien que me ponga en primer lugar».

Se estremeció al recordar esas palabras. Pero no rechazó el dolor. Se merecía ese horrible dolor perpetuo que llevaba en su interior. Se merecía ver el fantasma de Florence en cada rincón. Se merecía pasarse horas despierto en la cama, rememorando cada minuto que había pasado con ella, echando de menos su contacto con una locura febril.

Se merecía la desdicha.

Tal vez debería mudarse. Marcharse a Filadelfia para estar con su madre. Nada lo retenía en Nueva York, ya no. Jack podría dirigir el club, y él podría empezar de nuevo en un lugar que no le recordara constantemente a Florence Greene.

Un cliente empezó a chillar de alegría en la sala de juegos mientras recogía sus ganancias, y él puso cara de asco. Los odiaba a todos, a esos ricachones tan tontos que ni siquiera eran capaces de calcular las probabilidades. «La casa siempre gana al final», ansiaba decirles a gritos.

«No siempre te sentiste así. Si ella estuviera aquí, lo verías todo de otra manera».

Sí, pero ella no estaba allí. No volvería a estar allí.

Se dio media vuelta para buscar una copa de algún licor fuerte y ese momento oyó el repiqueteo de unos tacones en el suelo de madera. Sin embargo, sabía que no debía dar pábulo a la esperanza. Florence no quería verlo ni en pintura. Lo que significaba que solo podía tratarse de una persona.

Anna surgió de entre las sombras, arrastrando sus faldas de seda por el suelo mientras se acercaba a él. No la había visto desde la noche del supuesto intruso. De todas formas, ni siquiera la saludó. No estaba de humor para nada.

Ella lo miró a la cara, enarcando una de sus delicadas cejas.

—Hola.

Clay asintió con la cabeza brevemente, pero mantuvo la mirada fija en la mesa de dados de abajo. Jack rondaba por la sala de juegos, siempre dispuesto a resolver cualquier problema y a ocuparse de los clientes. Él debería estar en su despacho, encargándose de los libros de cuentas. Sin embargo, su despacho le recordaba a ella.

—¿Cómo estás?

¿De verdad iban a perder el tiempo con aquello?

—No estoy de humor, Anna.

—Ya lo veo. Tienes un aspecto horrible, por si te interesa saberlo.

—No me interesa en absoluto.

—Jack está preocupado por ti. Yo estoy preocupada por ti. Clay, esto no es normal en ti.

—¿Esto? ¿Observar la sala de juegos desde la galería? Seguro que lo hago todas las noches.

Ella se acercó y le dio un pellizco en la parte posterior del brazo. Él dio un respingo, pero no se apartó.

—No me provoques deliberadamente —le advirtió ella—. He venido para ayudarte.

—¿Y cómo piensas hacerlo?

—Te acorralaré hasta que hables conmigo. No puedes refugiarte detrás de esa gruesa muralla que has levantado a tu alrededor.

Estuvo a punto de reírse. Si ese era el caso, la gruesa muralla imaginaria estaba haciendo un mal trabajo protegiéndolo.

—No tengo nada que decir, y no soy un problema que requiera solución. Quiero que me dejen en paz.

—Te queremos demasiado como para permitir que sigas regodeándote en la miseria.

—¿Regodeándome en la miseria? ¿Es eso lo que crees que estoy haciendo?

—Pues sí —respondió ella—. Creías que Florence volvería a tus brazos en cuanto le devolvieses las escrituras de su abuela. Y al ver que eso ha fracasado, ¿ya vas a tirar la toalla? ¡Por Dios! Te has pasado veinte años conspirando y fraguando un plan contra su padre. ¿Vas a conformarte con un solo intento por recuperarla?

—Una cosa no tiene nada que ver con la otra. Me dijo que no podía perdonarme por el pasado. No desea volver a verme.

—Creía que la querías.

Clay apretó los labios. A esas alturas, las confesiones eran inútiles. Florence se negaría a escucharlo. Pero podía admitir la verdad: que sentía algo más que afecto por ella. El deseo que le provocaba era muy profundo. Arrollador y descarnado. Feo e inflexible. ¿Eso era el amor? En caso afirmativo, esperaba no volver a experimentarlo nunca.

El ruido de la sala de juegos aumentó cuando dos clientes empezaron a empujarse, un conato de pelea. Deseó estar allí abajo para liarse a puñetazos, para descargar parte de la energía que corría por sus venas con ferocidad. Pero ¿para qué?

—Estoy muy cansado —le dijo a Anna—. No quiero seguir haciendo esto.

—¿Quieres irte a la cama, es eso?

—No. Me refiero a esto —contestó al tiempo que hacía un gesto con una mano hacia la multitud de abajo—. He conseguido todo lo que me propuse. El dinero, el poder, la venganza...

—Sin embargo, no te ha hecho feliz, ¿verdad?

—No.

De hecho, se sentía más desdichado que nunca. Por lo menos en su juventud contaba con los planes de venganza para distraerse de la desesperación. A esas alturas, no tenía nada. Solo arrepentimiento y angustia.

—Si quieres recuperarla, encuentra la manera de arreglarlo.

—El pasado no se puede cambiar, Anna. Ambos lo sabemos. Todos los días tomamos decisiones que afectan nuestro futuro de forma impredecible.

—Eso es cierto. Cuanto tenía quince años y vivía en Akron, jamás pensé que permitirle al hijo del carnicero que me levantara las faldas acabaría llevándome a ser la dueña de uno de los burdeles más exclusivos de Nueva York. Pero así ha sido.

Clay volvió el cuerpo hacia ella y se apoyó en la pared.

—Nunca he oído esa historia. ¿Qué pasó?

—Mi padre nos pilló, me llamó «ramera» y me echó de casa.

—¡Joder, Anna, eso es horrible! Lo siento.

—La verdad, en aquel momento fue espantoso. Sin embargo, me mudé a Nueva York y conocí a un benefactor. Un hombre rico y decente. Descubrí que me gustaba el sexo y que podía ganarme la vida con él. El resto ya lo sabes.

Sí, lo sabía. Dos de los hombres más ricos de la ciudad se habían peleado por ella; uno acabó disparándole al otro y Anna se convirtió en una leyenda en el Tenderloin. Su burdel era uno de los más populares de la ciudad, y prácticamente solo recibía caballeros de clase alta y políticos.

Clay suspiró y se frotó los ojos con cansancio.

—La he perdido. Lo único bueno que había en mi vida, y lo he arruinado todo.

—Siempre has sabido cómo conseguir lo que deseas, desde mantener a tu familia hasta levantar este casino y vengarte de Greene. Así que decide qué vas a hacer hoy para cambiar tu futuro.

Clay no tenía ni idea de cómo recuperar a Florence. Nunca había mantenido una relación, al menos no una en la que hubiera sentimientos serios de por medio. Y ya había jugado su mejor baza, la devolución de la casa de su abuela.

—¿Qué harías en mi lugar?

—Suplicar de rodillas.

Clay frunció el ceño. Las palabras no eran su fuerte. Escribir sus pensamientos o expresarlos en voz alta siempre le había resultado difícil. Era un hombre de acción. Un hombre de números. Si la reconciliación dependía de sus dotes de conversador, estaba perdido.

Anna debió de ver algo en su cara.

—Que también puede ser un gesto.

—Ya lo he intentado. No funcionó.

—No, ese era para su familia. Tienes que hacer un gesto noble solo para ella.

Mmm... Otro gesto noble, pero solo para Florence. ¿Qué quería ella? Tenía todo lo que el dinero podía comprar, algo que pronto incluiría su propio casino para mujeres. Y no era una mujer tradicional, en el sentido de que no podía regalarle joyas y pieles. Era única. Tendría que pensar en un gesto adecuado a su personalidad...

Y en ese momento cayó en la cuenta.

¡Sí, era perfecto! Aunque no lo perdonara, aunque nunca volviera a hablarle, comprendió sin lugar a dudas que era eso lo que tenía que hacer.

Se inclinó para besar a Anna en una mejilla.

—Gracias. Por todo.

No esperó a que ella reaccionara para echar a andar hacia su despacho.

—De nada —la oyó decir a su espalda.

Clay no se volvió ni se detuvo. Por fin tenía un plan.

Y, si eso fallaba, sabría sin el menor rastro de duda que había hecho todo lo posible por recuperarla.

De camino a la puerta principal, Florence se asomó a la galería de retratos. En ella descubrió a una solitaria figura que no esperaba ver allí. Sentado y con los hombros encorvados, casi en señal de derrota.

Se acercó, presa de la curiosidad.

—¿Papá?

Su padre se pasó una mano por la cara y volvió el cuerpo para quedar de perfil a ella.

—Hola, Florence.

El tono suave y desapasionado de su voz la preocupó. ¿Tenía las mejillas húmedas? Se sentó con tiento en el otro extremo del sofá.

—¿Va todo bien?

Su padre soltó una amarga carcajada.

—¡Todo va sobre ruedas! Mamie está enamorada de mi abogado, el muchacho con el que he estado a punto de casarla es un canalla y tú has estado revolcándote con un criminal de baja estofa. ¿Te parece que algo haya salido mal?

—Me he disculpado muchas veces por mi relación con el señor Madden. De haber tenido la menor idea...

—Olvida lo que hizo, Florence. Estoy hablando de lo que es, de lo que tú aspiras a ser. Podrían haberte hecho daño de cien maneras diferentes en esos barrios o en ese casino. Nunca pensaste en tu seguridad, ni en lo que tu madre y yo sufriríamos si te pasaba algo.

—No ha pasado nada. Tengo cuidado, papá.

—No puedes planificar todas las eventualidades. La vida siempre nos sorprende con lo que menos esperamos, como unas hijas que desafían la tradición y las convenciones sociales en favor de la independencia.

Intentó mantener la calma y no ponerse a la defensiva.

—Ya te lo he dicho. Las cosas están empezando a cambiar. Las mujeres tenemos opciones.

—Lo entiendo, pero algunos todavía no estamos preparados para el cambio. Algunos todavía deseamos guiar a nuestras hijas hacia un futuro seguro con hombres que las traten como deben hacerlo y no les partan el corazón. Deseamos mantenerlas sanas y salvas en nuestro pequeño mundo, cerca de nosotros.

—Sin embargo, tu versión de mi futuro me asfixiaría lentamente, día tras día, hasta que no pudiera soportarlo más. Esa no soy yo, papá.

—Lo estoy aprendiendo poco a poco. Resulta que no conozco a mis hijas. —Tomó una entrecortada bocanada de aire y se acercó a ella para estrecharle la mano—. ¿Cuándo ha sucedido eso? Me parece que fue ayer mismo cuando vendaba rodillas desolladas y os enseñaba a montar a caballo. ¿En qué momento me equivoqué tanto?

Florence sintió un nudo en la garganta por la emoción y el escozor de las lágrimas en los ojos. Su padre era el hombre más seguro y arrogante que conocía. Nunca lo había visto dudar de sí mismo.

—No has hecho nada malo. De hecho, lo has hecho todo bien. Mamá y tú habéis criado a unas chicas fuertes que saben lo que hacen y se sienten cómodas en su propia piel. Mamie es lista como nadie, y Justine es la persona más amable y honrada que he conocido. ¿No lo ves? No has criado a tres hijas para que sigan la corriente. Has criado a tres hijas que cambiarán el curso de la corriente.

La miró con una sonrisilla.

—¿Como Juana de Arco?

—Exactamente. No demostréis miedo, ¿recuerdas?

—Lo recuerdo —contestó su padre, que le dio un apretón en la mano y la acercó—. ¿Sabes una cosa? En contra de lo que Mamie cree, nunca me importó tener hijas en vez de hijos. Las tres habéis sido la alegría de mi vida, junto con vuestra madre.

—¿Incluso yo?

—Incluso tú. —La besó en la coronilla—. Eres la que más se parece a mí, ¿sabes? Testaruda y obstinada. Incapaz de quedarse quieta durante cinco minutos. Creo que por eso discuto contigo más a menudo que con tus hermanas. Seguramente también por eso eres la favorita de la abuela.

Sus palabras la sorprendieron.

—Pero siempre he tenido la impresión de ser una decepción para ti.

—Mi padre quería que fuera a Yale. Fui a Harvard. Le parecía que el béisbol y el boxeo eran actividades indignas para mí. Después de presentarle a tu madre, me dijo más tarde que era demasiado anodina como para mantener mi interés durante mucho tiempo.

—Eso es horrible.

—Te lo digo porque los hijos con personalidades fuertes suelen decepcionar a sus padres. Yo no encajaba en el molde de lo que él esperaba, pero aun así me quería. Igual que yo te quiero a ti.

—¿Aunque abandone la alta sociedad y abra un casino?

—¿Hay algo que pueda hacer para detenerte?

—No.

Su padre suspiró.

—En ese caso, será mejor que lo acepte, ¿no? Pero no esperes milagros. Soy viejo y me costará deshacerme de mis costumbres.

Florence rio y le apoyó la cabeza en el hombro.

—Te quiero, papá.

Se sentaron en silencio durante un rato hasta que él dijo:

—El camino que has elegido es duro. Ojalá pudiera evitarte el dolor y las recriminaciones sociales.

—Sí que lo es, pero la alternativa me parece mucho peor. Estaré bien. Te lo prometo.

—Entonces, lo tuyo con Madden... ¿es agua pasada?

Asintió con la cabeza en vez de hablar. El dolor era demasiado reciente, demasiado arrollador como para afrontarlo en ese momento.

—Si eras feliz con él, lo siento —se disculpó su padre—. Pero creo que un hombre como Clayton Madden habría acabado asfixiándote. Es demasiado negativo para ti, es un hombre amargado.

No era cierto. Había sido perfecto. Además, Clay tenía un lado más alegre, una faceta que no le enseñaba a casi nadie. Se había mostrado gracioso y tierno, un cuentacuentos maravilloso. Era un hombre que había entendido su ambición y su inquietud.

Ojalá no hubiera tramado su venganza a su espalda.

El reloj anunció las tres en punto, y Florence dio un respingo.

—¡Ay, por Dios! Tengo que irme. —Se levantó y se sacudió las faldas.

Su padre se rio.

—Siempre a la carrera. Igual que yo a tu edad.

Sonrió y lo besó en la mejilla.

—Te quiero.

—Yo también te quiero. Supongo que no vas a decirme adónde vas, ¿verdad?

Florence se limitó a reírse y a despedirse con la mano mientras echaba a andar hacia la puerta principal.

—Es mejor que no lo sepas, te lo aseguro.

Aunque no iba precisamente a un barrio conflictivo, sino todo lo contrario. Su intención era hablar con la señora Mansfield, una de las mejores arquitectas de la ciudad, sobre el diseño del casino para señoras. No había concertado una cita con ella, pero sabía que la arquitecta visitaba todos los días las obras del Hotel Mansfield a mediodía. De manera que se había propuesto robarle a la mujer unos minutos de su tiempo.

Una vez en el exterior, empezó a buscar un carruaje de alquiler cuando vio que un hombre echaba a andar desde el elegante carruaje negro que había junto a la acera.

Jack el Calvo.

Se alegró de ver a su amigo, pero el corazón le dio un vuelco al recordar a Clay. ¿Se le pasaría alguna vez ese dolor tan fuerte? Caminó hacia el carruaje con una sonrisa en los labios.

La expresión cautelosa de Jack desapareció.

—Señorita Greene.

—Hola, Jack. ¿Qué estás haciendo tan al norte de Manhattan?

—He venido a verla.

—¿Ah, sí? ¿Por qué motivo?

—Quiere verla.

Se le cayó el alma a los pies, como si fuera de piedra.

—No.

—Clay sabía que se negaría. Espere un momento. —Tras darse media vuelta, Jack alargó el brazo para buscar algo en el interior del carruaje, unos fajos de papel—. Aquí tiene. Me pidió que le diera esto.

Florence miró el fajo como si fuera venenoso. ¿Qué le enviaba Clay? ¿Le habría escrito una carta?

—¿Qué es?

—Léalo.

—Jack, no puedo...

—Florence —dijo el hombre, llamándola por su nombre de pila por primera vez—, nunca le ha demostrado miedo. No empiece ahora.

Tomó una honda bocanada de aire. Jack tenía razón. Lo que Clay tuviera que decir no la haría cambiar de opinión. Endurecería su corazón, leería lo que fuera que contuviesen esos papeles y se iría. Pasaría página. Clay era el pasado.

Alargó una mano para aceptar el fajo. La opresión que le atenazaba el pecho se alivió un poco al ver que no se trataba de una carta. Eran documentos legales.

—No entiendo. —Miró a Jack, con el ceño fruncido.

—Ya lo hará. Siga leyendo.

Bajó la mirada y leyó el primer párrafo. Luego lo leyó de nuevo. ¡Por Dios!

No, no, no. Aquello era increíble. ¿Cómo se le ocurría algo así?

No sabía qué pensar, ni qué sentir. La recorrió una miríada de emociones, desde la incredulidad hasta la confusión y la rabia, que le aflojó las rodillas. Una mano fuerte la tomó por un codo para sostenerla.

—Tranquila —le dijo Jack.

Florence parpadeó mientras lo miraba y se obligó a hablar.

—Tengo que verlo. Ahora mismo.

—Me imaginaba que diría eso —replicó Jack, que alargó el brazo para invitarla a entrar en el carruaje—. Vamos.

25

Unas miradas curiosas los recibieron al entrar en la Casa de Bronce. Florence hizo caso omiso mientras subía la escalera en dirección a la segunda planta. El corazón le latía con fuerza, tras haberse apoderado de todo el espacio de su pecho. Quería estrangular a Clay. No, quería gritarle y luego estrangularlo.

Sin molestarse en llamar a la puerta de sus aposentos, giró el pomo. La puerta se abrió de golpe. Descubrió un gran desorden. Arcas, baúles, sábanas de hilo y libros por todas partes. Estaba... haciendo el equipaje. ¿Qué estaba pasando allí?

Con un rápido movimiento de muñeca, dejó que la puerta se estampara contra el marco. Al cabo de un segundo, apareció Clay, procedente del dormitorio. ¡Tenía un aspecto terrible! Parecía llevar días sin pegar ojo. No, más bien un mes. Llevaba el pelo revuelto, una barba de varios días y tenía unas grandes ojeras, las típicas que delataban una desesperación y un agotamiento absolutos.

Aunque detestaba verlo así, estaba demasiado enfadada como para preocuparse.

—No la quiero.

Clay se metió las manos en los bolsillos.

—Por supuesto que la quieres. Cualquiera en su sano juicio la querría.

—Cualquiera excepto yo, al parecer. No puedes darme la Casa de Bronce.

—Puedo hacerlo y lo he hecho. Ya no soy el propietario principal de la propiedad en la que te encuentras ahora mismo. Esa eres tú.

—Esto es ridículo. No quiero tu casino.

—Te juré por las escrituras de la Casa de Bronce que nunca te haría daño. He roto esa promesa..., y jamás reniego de mi palabra.

La noche en el club New Belfast Athletic, desde la que parecía haber pasado toda una vida.

—No recordaba aquella conversación, pero aunque la hubiera recordado, me niego. Este club es tuyo, de arriba abajo, por dentro y por fuera. Es un éxito gracias a ti.

—En ese caso, te será fácil ponerte en zapatos para dirigirla.

—De ninguna manera. —Levantó los brazos y luego los dejó caer, frustrada—. Tengo mis propios zapatos y prefiero usarlos como me parezca.

Clay la miró con el ceño fruncido.

—Un momento, ¿por qué estamos hablando de zapatos?

—Me refiero a que no quiero ponerme en el lugar de nadie. Dirigiré mi propio casino, como yo quiera. Lo levantaré desde los cimientos, como tú hiciste. Pero será para mí y mi clientela.

—Femenina.

—Sí, femenina. Me niego a ser propietaria de un club que me prohíba ser su socia.

Clay suspiró y clavó la mirada en la pared con un tic nervioso en el mentón.

—Eso tiene sentido.

—Estupendo. Así que quédate con las escrituras —dijo al tiempo que arrojaba los documentos al suelo—. Sigue estafando a los ricachones e intimidando a los tramposos.

—No, he decidido dejarlo. Creo que es mejor seguir con ese plan.

—¿Dejarlo? ¿Qué significa eso?

Lo vio acercarse al sofá, del que levantó una pila de libros que después dejó caer en un baúl abierto.

—Significa que me retiro del negocio de los casinos. Voy a pasar página. Me mudo a otro lado.

El pánico le provocó un nudo en la garganta y Florence se esforzó por respirar mientras su mente daba vueltas. ¿Hablaba en serio?

—¿Que te mudas? ¿Te refieres a que te vas a de Nueva York?

—Mi madre vive en las afueras de Filadelfia. Es posible que me instale allí una temporada.

Se llevó una mano a la boca, aturdida. Pese a lo enfadada que estaba con él, jamás pensó que se iría de la ciudad. Clay formaba parte de Nueva York, como el East River o Five Points. Cualquiera que hubiera jugado alguna vez a los dados en Manhattan conocía su nombre.

—¿Y qué pasa con la Casa de Bronce?

Encogió esos enormes hombros.

—Jack debería quedarse con ella. Protestará por mi decisión, pero se lo merece. Sin él, hoy no estaría donde estoy.

No. Se suponía que debía decir que se quedaría, que no podía soportar alejarse del club.

—¿Y ya está? ¿Te vas sin más?

—¿Qué quieres que haga, Florence? —Cerró la tapa del baúl con brusquedad, de manera que el golpe resonó en toda la habitación—. Intenté recuperarte y fracasé. No hay ningún motivo para que siga aquí. Me estoy volviendo loco porque no puedo dejar de pensar en ti. Al parecer, no puedo dejar de quererte, y eso me está desquiciando.

Florence oyó un zumbido en los oídos y la incredulidad le recorrió el cuerpo. ¿Acababa de decir...?

—¿Me quieres?

Clay se rio. Fue un sonido amargo y feo que surgió de lo más profundo de su pecho.

—¡Te he dado mi club, Florence! Te daría todo lo que tengo, hasta la ropa que llevo encima, si así consigo que regreses.

—Me quieres.

Él puso los brazos en jarras y la miró enfurruñado.

—Pensaba que había quedado claro. ¡Sí!

—Necesitaba estar segura de haberte oído bien. ¿Por qué no me lo dijiste?

—¿Habría importado?

—Por supuesto. Nunca supe lo que sentías por mí, por nosotros. Nunca consideré que lo nuestro podría ser algo más, que podríamos tener sentimientos reales el uno por el otro.

—Que destrocé al adquirir la casa de tu abuela.

—«Al adquirir» —repitió ella—. ¡Qué descripción más elegante para lo que pasó! Creo que más bien quieres decir «al robar».

—Muy bien, al robar. Por cierto, ya me he disculpado por eso. Tanto con ella como contigo. —Guardó silencio un instante y la miró a la cara—. Has heredado sus ojos.

¿¡Sus ojos!?

—¿Has conocido a mi abuela? ¿Cuándo?

—¿No te lo ha dicho? Fue antes de ir a veros a ti y a tu padre. Solicitó hablar conmigo, y accedí. —Esbozó el asomo de una sonrisa—. Creía que quería suplicarme que no le arrebatara la casa. Pero no se trataba de eso en absoluto. Quería hablar de ti.

—¿¡De mí!? —¿Por qué no le habían dicho nada de eso su abuela o su padre?—. ¿Y qué quería hablar de mí?

—Me preguntó qué sentía por ti y cómo pensaba recuperarte.

Florence se dejó caer en un sillón cubierto por una sábana. ¡Por Dios! Aquello era asombroso. ¿Cómo se había enterado su abuela de la relación que había mantenido con Clay? Ella no le había mencionado nada, salvo que Clay era su mentor en el casino. ¡Qué lista era su abuela! De alguna manera, se había dado cuenta.

Miró fijamente a Clay, tratando todavía de asimilar la idea de que se hubiera reunido con su abuela.

—¿Qué le has dicho?

—Que me odiabas y que nunca me perdonarías. Cosas que finalmente son ciertas.

¿Lo odiaba?, se preguntó. Si bien era cierto que unas horas antes lo hacía, ya no podía afirmarlo de forma categórica. Estaba frustrada y enfadada, sí. Pero también experimentaba otras emociones, sentimientos poderosos que le resultaba difícil explicar con palabras.

Clay la quería.

Ese hombre fuerte e inteligente la quería. Y sabía que era cierto porque lo sentía en la médula de los huesos. Nunca la había presionado para que se comportara como una dama recatada y correcta. La había aceptado tal como era, con sus defectos y sus virtudes. La había apoyado y protegido.

«Y una vez que estuvieron solos, la ninfa demostró ser juguetona y traviesa, la chispa de alegría que le faltaba a su solitaria vida».

Clay también había sido su chispa. Llevaba semanas enamorada de él, seguramente desde la noche del burdel.

Sin embargo, ¿cómo iban a seguir adelante?

En vez de preocuparse por eso, lo presionó para obtener más respuestas.

—¿Por eso le devolviste la casa, porque la conociste y te sentiste culpable?

—No. —Se apoyó en el respaldo de una butaca, y elevó un poco los hombros, haciendo que parecieran mucho más grandes—. Me di cuenta de que tenía todo lo que siempre había deseado, que había logrado todo lo que anhelaba de niño y que, sin embargo, me sentía fatal. No te tenía a ti. Renunciar a nuestro futuro potencial por el pasado fue el mayor error de mi vida.

—¿Lo dices en serio?

—Por supuesto. Eras lo único que necesitaba, mi alma gemela, pero fui demasiado imbécil, demasiado egoísta, para darme cuenta.

La emoción creció en el pecho de Florence y fue ascendiendo hasta provocarle un nudo en la garganta. Su sinceridad era impactante, desde luego. Tomó una honda bocanada de aire.

—¿Era?

—Lo sigues siendo. Ahora y siempre, Florence. Ninguna otra mujer me ha dado tanta felicidad ni me ha comprendido nunca como lo haces tú. No parecía importarte mi corazón ennegrecido ni mis feas cicatrices. —Se llevó las manos al pelo y se mesó los desordenados mechones—. ¡Por Dios! Sin ti, es como si el mundo entero se hubiera oscurecido. No puedo respirar sin echarte de menos.

—Sin embargo, estás listo para rendirte. Para marcharte.

—Puedes encontrar a otro mejor que yo. ¡Demonios, deberías buscar a otro mejor que yo! Tu familia nunca me aceptará. La alta sociedad nunca me aceptará. Un futuro conmigo significa que tendrás que darle la espalda a todo lo que conoces. No puedo hacerte eso.

—Soy capaz de tomar mis propias decisiones, Clay. No te conviertas en mi padre y empieces a organizar cómo va a desarrollarse mi vida.

Suspiró con fuerza y sacudió cabeza.

—Tienes razón. Mis disculpas. Ya te he dicho lo que siento. Ahora te toca a ti. ¿Qué quieres, Florence?

¿Qué quería? Aparte de concentrarse en su casino, el enfado y el dolor no le habían dejado margen para pensar en eso. Pero sabía que no podía deshacer el pasado, y era una firme creyente en mirar siempre hacia delante, no hacia atrás.

«¿Estás preparada para vivir el resto de tu vida sin él?». Recordó las palabras de Justine y vio la respuesta delante de ella, tan clara como la luz del día. No, no estaba preparada. Pero perdonarlo era dar un enorme salto de fe, hacer una apuesta que podría terminar perdiendo. Clay podría herirla una vez más. Pero ella también podía hacerle daño. No había garantías en los juegos de azar ni en temas del corazón. Todo era una apuesta.

Sin embargo, fue incapaz de pronunciar las palabras para perdonarlo. En el pasado tomaba las decisiones con rapidez y firmeza. Confiando en el instinto y sin preocuparse por los sentimientos de los demás.

Y eso había estado a punto de destruir a su familia.

Para seguir adelante debía aprender a tener paciencia, a frenar su naturaleza impulsiva. A pensar bien las cosas antes de saltar. Esa vez debía actuar de forma diferente.

Sí, Clay le había dado su club y había devuelto las escrituras de su abuela. Pero estaba listo para mudarse, para abandonar la ciudad. Para alejarse a ella. Tenía que estar segura por completo de que él estaría dispuesto a hacer cualquier cosa para recuperarla, a escalar cualquier montaña. Necesitaba actos, no promesas.

La conversación anterior le dio una idea. La verdad, era terrible. Y Clay la detestaría.

De ahí que fuera tan perfecta.

Soltó el aire y enfrentó su mirada, que seguía clavada en ella.

—Siempre me ha gustado arriesgarme.

Lo vio tragar con fuerza, y su nuez subió y bajó. La esperanza iluminó las oscuras profundidades de sus ojos por primera vez desde que ella entró.

—¿Ah, sí?

—Sí, pero tendrás que demostrar que lo que has dicho va en serio.

—Nunca te he mentido.

—Es una cuestión de semántica, y lo sabes.

—¿Qué quieres que haga, entonces?

Alzó la barbilla.

—Prepárate. Te enviaré las instrucciones mañana.

Clay, que montaba un enorme semental marrón, le echó un vistazo a la chaqueta verde que llevaba y murmuró:

—¡Joder! Me siento ridículo.

—No veo por qué te quejas —le soltó el padre de Florence—. Tu caballo es más grande que el mío.

Al parecer, Florence Greene tenía un sentido del humor perverso. O simplemente disfrutaba torturándolo. Para demostrar su amor por ella, le había ordenado que esa mañana saliera a cabalgar con su padre por el parque. A primera hora. Vestido de cualquier color que no fuera negro.

Era una mujer cruel y retorcida.

Sin embargo, no se había resistido. Aquello era importante para ella, y lo haría sin importar la incomodidad que sintiera al estar con su padre. Y la verdad era que la situación resultaba incomodísima.

Apenas si se aguantaban. No se habían mirado prácticamente a la cara y solo habían intercambiado unas cuantas palabras. Que Duncan hubiera accedido era un puñetero milagro.

—¿Cómo consiguió que participaras en esta charada? —preguntó Clay, impulsado por la curiosidad.

—No me convenció ella. Me negué. Me ha convencido mi mujer. Aduciendo algo sobre que las jóvenes admiran a sus padres y que el perdón es un buen ejemplo.

Clay no pudo evitarlo. Se echó a reír.

—Esas mujeres no te hacen ni caso.

—Supongo que es cierto, pero las quiero a todas con locura. Y eso me lleva a otra razón por la que estoy aquí. Como alguna vez le hagas daño a Florence, como le toques un solo pelo de la cabeza, te enterraré en un lugar donde nunca encontrarán los pedazos.

—Eso es absurdo. Jamás le haría daño.

—Asegúrate de que sea así. Porque te estaré vigilando, Madden. El hecho de que hayas renunciado a tu casino es una de las únicas razones por las que estoy dispuesto a tolerar tu presencia en su vida.

—Y el hecho de que estés buscando a las familias de la calle Siete Este para compensarlas por lo sucedido es la única razón por la que yo estoy dispuesto a tolerarte.

—Como ya te dije, siempre pensé que las propiedades se compraron por un precio de mercado justo. No tenía ni idea de que el hombre que se encargó de la transacción me estaba robando.

Clay gruñó y guardó silencio. No estaba allí para entablar una conversación educada. El paseo ya casi había llegado a su fin, y prefería hablar lo justo con Duncan Greene. A esa hora de la mañana el parque estaba prácticamente desierto. ¡Gracias a Dios! Aquello ya era bastante malo de por sí, como para colmo añadir las miradas y los susurros de la élite esnob de la ciudad.

Cabalgaron en silencio durante el resto del paseo. Al llegar a la entrada del parque, descubrieron que los esperaba una belleza rubia conocida. El corazón le dio un vuelco, como si intentara llegar a ella antes que el resto de su persona.

—Veo que ambos habéis sobrevivido —comentó ella, si bien los miró con recelo, primero a uno y luego al otro.

—En efecto, así es. —Duncan siguió adelante, sin mirarlo a él siquiera—. Espero que nos sigas en breve, Florence.

—No tardaré, papá. Gracias por lo de hoy.

—Ojalá sigas teniendo motivos para agradecérmelo. No olvides lo que te he dicho, Madden.

Clay detuvo el caballo y desmontó. Una vez en el suelo y con las riendas en una mano, se acercó a Florence, cuya mirada no se apartaba de su cara.

—¿Ha sido horrible?

El brillo en las profundidades de esos ojos verdosos la delató.

—Sabías que lo sería, por eso lo sugeriste.

Le temblaron los labios, como si estuviera luchando contra una sonrisa. Empezaron a andar despacio hacia la salida.

—Estás muy elegante con esa chaqueta verde.

Daba la casualidad de que era la única que tenía que no era negra.

—Tal vez encargue un nuevo vestuario de colores alegres.

—¿Morado?

—Si tú quieres... —Y lo decía en serio. Se vestiría como un auténtico dandi inglés si eso significaba seguir con ella.

—No me puedo creer que de verdad hayas aceptado hacer esto. Has dado un paseo matutino a caballo por el parque. Con mi padre, nada menos.

—Haría cualquier cosa por ti. Lo que sea.

—No lo dudo. No después de esta mañana.

—¿Eso significa que he pasado tu prueba?

La vio fruncir el ceño, como si se arrepintiera de lo que le había pedido.

—Debía asegurarme, Clay. El riesgo era demasiado grande como para tomar una decisión de forma impulsiva.

Se detuvo y se volvió hacia ella. Estaba lo bastante cerca como para tocarla, pero no se atrevió. Todavía no.

—No te disculpes. Por la oportunidad de estar contigo puedo soportar cualquier humillación o agonía.

—Pero prométeme que siempre serás sincero conmigo.

La expectación le provocó un escalofrío mientras se llevaba una mano al corazón.

—Te juro por mi vida que nunca más te ocultaré nada. Jamás. Te quiero y todos los días me esforzaré para que seas la mujer más feliz de Manhattan.

Florence se acercó e invadió su espacio, y él se tensó a la espera. Esperanzado. Cualquiera que pasase por allí se escandalizaría por semejante desvergüenza. A él le importaba un bledo.

La vio morderse un instante el labio inferior.

—Yo también te quiero. Y todos los días me esforzaré para que seas un hombre muy feliz.

El alivio lo inundó, y todo su cuerpo se estremeció mientras le colocaba una mano en la mejilla.

—Quédate a mi lado. Nada me hará más feliz que eso.

—Para ser un hombre de pocas palabras, desde luego que sabes cómo usarlas en tu beneficio.

—Solo digo la verdad. Y quiero que sepas que jamás te dejaré ir. Eres mía. —Se inclinó para besarla en la frente—. No creo en la suerte, pero la fortuna me sonrió la noche que entraste en mi club.

—Nos sonrió a los dos.

La tomó del brazo y la invitó a seguir caminando hasta la calle.

—No pienso discutírtelo. —Cada vez tenía más claro por qué las Greene siempre se salían con la suya. Estaba enamorado de verdad y sería incapaz de negarle nada.

—No puedes. —Florence lo rodeó con un brazo y le dio un guantazo juguetón en el trasero... a plena luz del día—. Así que ni lo intentes.

26

La Maison d'Argent (La Casa de Plata)
Calle Dieciocho con la Séptima Avenida, 1894

Las carcajadas siempre le arrancaban una sonrisa a Florence.

Estaba en la galería, sonriendo mientras observaba la sala de juegos, donde montones de mujeres bebían, jugaban y se reían.

Era lo que siempre había soñado.

Hacía un año que habían abierto las puertas de la Maison d'Argent, o la Casa de Plata, y el casino había sido un éxito inmediato. El nombre era un guiño a la Casa de Bronce, por supuesto, salvo que, como le había dicho a Clay, «la plata es más valiosa que el bronce».

En ese momento, La Maison contaba con setenta y cinco socias, de distintas edades y procedencias. El club era tan popular que ocho meses después de su inauguración logró devolverle el dinero invertido a su abuela. Era completamente suyo.

Aunque sus padres no lo aprobaban, tampoco lo desaprobaban. Prácticamente actuaban como si La Maison no existiera. A ella le parecía estupendo. Residía en la planta alta con Clay, algo que sus padres sí desaprobaban abiertamente, pero no tenía intención de casarse. Además, ni ella ni Clay querían pertenecer a la alta sociedad. De vez en cuando se encontraba con alguno de los amigos de sus padres, que le daban la espalda, o con defensores de la moral que se manifestaban en la puerta del club, pero la felicidad era la mejor venganza contra personas así.

Y ella era feliz. Deliraba de felicidad.

Sus hermanas y su abuela se habían unido al club, al igual que muchas de sus antiguas conocidas. De hecho, cuando se corrió la voz, se vio obligada a rechazar muchas solicitudes. Durante unos años más, el número de socias seguiría siendo bastante reducido. La exclusividad ayudaría a elevar el estatus del club en la ciudad, y ella todavía estaba aprendiendo a gestionar su feudo.

Menos mal que contaba con un profesor excelente. Clay le había cedido la Casa de Bronce a Jack, que había seguido aumentando el imperio que crearon juntos. Clay seguía supervisando algunos pequeños negocios de apuestas, pero de un tiempo a esa parte había decidido invertir en el béisbol. Habían creado un equipo para jugar en la ciudad, y Clay se había incorporado a la directiva como uno de los propietarios. Su agudo olfato para los negocios y su intuición sobre las actividades de ocio hacían que le resultara algo natural, y ella se alegraba de verlo tan apasionado por un nuevo proyecto.

La había apoyado en todo momento en La Maison, demostrando ser un verdadero compañero en todo y guiándola, pero dejando que fuese ella quien tomara las decisiones. No se inmiscuía y solo opinaba cuando le preguntaba algo. Tenía una suerte increíble de tenerlo en su vida como amante y amigo.

Un grupo de mujeres chillaba de alegría en una de las mesas de la ruleta. Estaban celebrando un cumpleaños, algo que ocurría con regularidad en La Maison, y el ambiente era festivo. Lo que significaba que los bolsillos estarían más ligeros cuando salieran. La idea estuvo a punto de hacer que se frotara las manos.

—Florence.

Levantó la mirada y vio que se acercaba su ayudante, Pippa. Era prima segunda de Jack y había trabajado en la Casa de Bronce hasta que la convenció de que se fuera con ella para trabajar en La Maison. Pippa era lista y eficiente, justo lo que ella necesitaba.

—¿Sí, Pippa?

—El señor Madden pide que te reúnas con él en el despacho. —Le temblaron los labios como si contuviera una sonrisa, y Florence se preguntó cuál sería el motivo de semejante reacción. Por regla general, era una persona muy seria.

—¿Ahora?

—Sí. Me ha pedido que te diga que vas a tomarte la noche libre y que, si discutes, saldrá a buscarte.

Florence se mordió el labio para no reírse. A Clay no se le permitía entrar en el casino mientras estuviera abierto. Nada de hombres, nunca. No podía hacer una excepción con Clay, aunque lo quisiese con locura.

—No sería capaz.

—No sé qué decirte —repuso Pippa—. Parecía bastante decidido.

—No sabía que iba a regresar temprano esta noche. —Sus planes incluían una velada hablando de negocios sobre el nuevo equipo de béisbol con cena incluida. ¿Ya había terminado?

—Me ha parecido bastante ansioso. Creo que quiere sorprenderte.

—¡Oh! —¿Una sorpresa? Sintió que el calor se extendía por sus entrañas y se acumulaba entre sus muslos mientras recordaba cómo la había sorprendido Clay durante los últimos años. Cuando le apetecía, era muy creativo—. Supongo que en ese caso será mejor que me vaya. ¿Te encargas de que...?

—El grupo que está celebrando el cumpleaños reciba una botella de champán, cortesía de la casa. Lo sé —concluyó Pippa por ella mientras comenzaba a empujarla hacia el pasillo—. Yo me encargo.

—No tengo ninguna duda. Gracias, Pippa, por todo. Este año pasado no habría sido posible sin ti aquí.

—Este es el mejor empleo que podría haber imaginado —replicó la muchacha—. ¿Sin hombres a la vista? El paraíso absoluto.

—Es bonito, ¿verdad? —Todo el personal del casino era femenino: camareras de mesa y de barra, crupieres, vendedoras, asistentes e incluso porteras. A Clay no le gustaba; afirmaba que necesitaba hombres grandes e intimidantes en las puertas por si había problemas. Hasta la fecha los únicos problemas que se le habían presentado los habían ocasionado los proveedores, que pensaban que las mujeres eran demasiado idiotas como para sumar correctamente—. Ven a buscarme si surge algún contratiempo.

—No lo habrá. Hasta mañana —se despidió al tiempo que hacía un gesto con la mano antes de que ella desapareciera al doblar la esquina.

El despacho no estaba lejos. La Maison tenía menos metros cuadrados que la Casa de Bronce, pero cada centímetro era elegante. Mientras que Clay había escatimado en el aspecto personal de su casino, ella le había dado libertad a Eva Mansfield para que diseñara todos y cada uno de los rincones como ella quisiera. La arquitecta se había superado a sí misma. Todas las estancias se habían diseñado pensando en las mujeres, desde los tres tocadores, cada uno con cuatro inodoros, hasta las obras de arte de buen gusto y las arañas de cristal.

Florence había deseado por encima de todo que La Maison fuera un lugar de reunión relajante y acogedor para las mujeres. El club era espacioso, estaba bien iluminado y contaba con cómodos asientos. Tenían un salón de té que servía comidas y bebidas durante todo el día y hasta bien entrada la noche. En el casino se podía apostar a los distintos juegos de azar, incluidas las cartas, y también había dormitorios disponibles para quienes necesitaran un lugar donde alojarse. La afluencia de público demostraba que su idea había sido buena.

Giró el pomo de la puerta de su despacho y entró. La estancia estaba a oscuras, salvo por una hilera de velas encendidas sobre la repisa de la chimenea y varias velas más sobre su mesa de trabajo, que se había convertido en una mesa de comedor. Clay la esperaba de pie junto a la mesa, con las manos metidas en los bolsillos del pantalón. Cerró la puerta una vez que entró.

—¿Qué es esto?

—Una celebración.

—No me digas.

—Pues sí. ¿No recuerdas qué día es hoy?

—Sí, lo recuerdo, pero no estaba segura de que tú te acordaras.

—Hace un año que inauguraste La Maison. ¿Cómo iba a olvidarlo? —Sus ojos oscuros la siguieron mientras se acercaba con tal intensidad que le provocó un estremecimiento.

Una vez a su lado, le colocó una mano en ese enorme torso.

—No podría haberlo hecho sin ti, amor mío.

Vio que sus labios esbozaban el asomo de una sonrisa mientras le ponía una mano en una cadera.

—Te equivocas, claro que podrías haberlo hecho.

—Tienes razón. Podría haber hecho esto sola, pero estoy muy contenta de que hayas estado a mi lado.

Clay se inclinó para darle un beso tierno en la boca. Nunca dejaba de impresionarla que un hombre tan grande y rudo pudiera besar con tanta dulzura.

—Te quiero —susurró Clay—. Y estoy orgulloso de ti.

Sus palabras le provocaron palpitaciones y la colmaron de felicidad.

—Gracias.

—Y ahora la sorpresa —añadió al tiempo que le daba una palmadita en la cadera, tras lo cual se dirigió a la pared del fondo, donde había algo enorme cubierto por una sábana. ¿Era un cuadro? Clay agarró la tela y le dio un tirón, dejando al descubierto un cuadro erótico muy familiar—. Se lo he comprado al Hoffman House para ti.

Ninfas y Sátiros. Florence se llevó una mano a la boca. ¡Cuántos recuerdos! La imagen seguía siendo tan provocativa como antes, pero a esas alturas tenía un significado más profundo.

—Yo soy tu ninfa.

—Y yo, tu sátiro —añadió Clay, que se colocó detrás de ella, la rodeó con los brazos y la estrechó con fuerza. Su calor la envolvió mientras se apoyaba sobre él—. A partir de ahora podremos analizar la imagen cuando nos apetezca. Para siempre.

—Es perfecto, Clay. Me gusta mucho. Gracias.

Él le dio un beso en la coronilla.

—¿Cuánto te gusta?

—Lo bastante como para permitirte que me levantes las faldas y me inclines sobre la mesa mientras lo miramos.

Sintió que el aire abandonaba el pecho de Clay.

—¡Por Dios, Florence! Soy el hombre más afortunado del mundo.

—Sí que lo eres. —Meneó el trasero para frotarlo contra la erección que sentía tras ella—. Y nunca te dejaré.

—Bien sabe Dios que yo a ti tampoco —murmuró mientras echaba la pelvis hacia delante—. Nos casemos o no, estás atada a mí.

—¿Aunque no quiera tener hijos? —Si bien usaba abiertamente un método anticonceptivo femenino para evitar el embarazo, no habían hablado a fondo del tema. Sin embargo, cada vez estaba más convencida de que la maternidad no era para ella.

—No me importa si tenemos hijos o no. No tengo ningún legado que proteger, ningún patrimonio que pasar. Mientras sigas conmigo, estaré contento.

Florence se volvió para mirarlo a la cara.

—¿Solo contento?

—Exultante de felicidad. —La besó en la garganta, haciendo que se le pusiera la piel de gallina—. Delirante de felicidad. Embriagado de felicidad.

—Mmm... No me convences.

—En ese caso, ven a la mesa, dulce ninfa, donde procederé a demostrártelo.

Agradecimientos

Los juegos de azar eran ilegales en Nueva York durante la Edad Dorada, pero estaban muy extendidos y eran muy populares. Las clases altas apostaban discretamente en los clubes, mientras que en los barrios bajos proliferaban los salones de billar, donde se apostaba de forma clandestina, y las casas de apuestas. Dado que jugar a las cartas y a otros juegos de azar no es lo mío, he tenido que aprender mucho sobre el cálculo de probabilidades, las reglas y las diferentes formas de hacer trampa, sobre todo de blackjackage.com. Cualquier error que aparezca en el texto es mío.

Gracias a Diana y Michele, que leyeron una primera versión (mucho más corta) de esta historia y me convencieron de que no era tan terrible. Escribir sería una actividad muy solitaria sin ellas en mi vida. También estoy muy agradecida por la amistad y el apoyo de Sarah, de Sophie, de Julie, de Sonali, de Lenora, de Eva y de Megan. Todas sois increíbles, además de una fuente de inspiración para mí.

Gracias a Tessa Woodward por su entusiasmo y orientación en esta historia. Es un placer trabajar contigo en mis libros. Gracias al equipo de Avon/HarperCollins, especialmente a Elle, Pam, Kayleigh y Angela. Y gracias a Laura Bradford, que siempre está pendiente de mí.

¡Un saludo a las Gilded Lilies de Facebook! Gracias por compartir mi entusiasmo por este periodo histórico y por lo mucho que os gustan mis descabelladas historias.

Gracias a todas las lectoras, blogueras y bibliotecarias por difundir la novela romántica y mis libros. Sois todas unas superestrellas.

Como siempre, gracias a mi familia por todo su amor y apoyo.

¿TE GUSTÓ ESTE LIBRO?

escríbenos y
cuéntanos tu opinión en

f /Sellotitania **🐦** /@Titania_ed

📷 /titania.ed

#SíSoyRomántica